FVA

KAI HENSEL

SONNENTAU

Ein Fall für Brecht und Velasco

FRANKFURTER VERLAGSANSTALT

1. Auflage

Herstellung und Umschlaggestaltung:
Laura J Gerlach und Julio Rodriguez
Umschlagmotiv: © Helene Schmitz
Satz: psb, Berlin
Druck und Bindung: GGP Media GmbH, Pößneck
Printed in Germany
ISBN 978-3-627-00205-3

15. Januar 2010

»Solidarität ist die Zärtlichkeit der Völker.«
Che Guevara

»Mitleid mit den Schuldigen ist Verrat an den Unschuldigen.«
Ayn Rand

0

»Möchtest du beten?«
Mads schüttelte den Kopf.
»Möchtest du schreien? Gott verfluchen?«
Mads wollte nicht beten. Er wollte nicht schreien. Er wollte nur, dass er nicht hier saß. Dass er nichts fühlte. Dass das alles nie passiert war.
»Es gibt Tage«, sagte der Pastor, »da können wir nicht beten. Wir möchten schreien: Wo war Gott? Warum hat er das Schreckliche nicht verhindert? Warum hat er die Unschuldigen nicht geschützt? Du hast gekämpft, mein Junge. Bis zum Schluss. Warum hat Gott dir nicht beigestanden?«
Faulige Luft wehte durch die zersplitterten Kirchenfenster. Draußen hustete ein Kind.
»Du kannst Gott nicht anklagen«, sagte der Pastor. »Also klagst du dich an. Du hast zu schnell gehandelt. Oder zu langsam. Du wolltest zu viel. Oder zu wenig. Wer kann das jetzt noch wissen? Weil Gott über dich nicht den Stab bricht, brichst du ihn selbst. Du verdammst dich. Du wünschst dich in die tiefsten Tiefen der Hölle.«
Das stimmte. Mads war bereit für die Hölle. Er war bereit, für seine Schuld zu zahlen. Wenn es einen Gott gab: Dann sollte er ihn jetzt von dieser Erde verstoßen! Er war nicht sicher, woher der Gestank von Kot und Erbrochenem kam. Ob er von draußen hereinwehte oder von den Kirchenbänken aufstieg. Vielleicht hing der Gestank auch in seinem Hemd, das er seit vier Tagen nicht gewechselt hatte. In den Poren seiner Haut, den Haaren seiner Nase. Der Mond schien durch einen Riss in der Mauer, genau hinter dem

Kreuz. Das Taufbecken warf einen langen Schatten. Wieder hörte er das Kind husten.
»Du warst guten Willens, mein Junge.«
»Das reicht nicht.«
»Guter Wille muss reichen! Immer! Der Mensch besitzt keinen größeren Schatz als den Willen zum Guten! Die Sehnsucht nach dem Guten! Der Wille zum Guten ist die Sehnsucht nach Gott! Er heiligt unser Tun!«
Mads fühlte die große, warme Hand des Pastors, die sich auf seine Schulter legte. Draußen hörte er das Kind schluchzen, unterbrochen von Husten.
»Warum weint das Kind?«, fragte Mads.
»Es hat seine Eltern verloren. Soll ich es herbringen?«
»Der Husten klingt nicht gut.«
»Möchtest du es untersuchen?«
»Lieber nicht.«
»Das Kind hat sonst niemanden.«
Mads hörte die schweren Schritte des Pastors auf dem Zementboden. Hörte das Aufschieben einer Tür, die schief in den Angeln hing. Die Schritte kamen zurück, begleitet vom Tapsen kleiner, nackter Füße. Mads hob den Kopf. Ein Mädchen stand vor ihm, in einem eingerissenen, ärmellosen Kleid unbestimmter Farbe, das kaum die mageren Schenkel bedeckte. Vier oder fünf Jahre, hätte Mads noch vor wenigen Wochen vermutet. Inzwischen wusste er, was chronische Mangelernährung in einem Kinderkörper anrichtet. Das Mädchen war mindestens sieben.
»Wie heißt du?«, fragte Mads.
»Marie-Lourdes«, flüsterte das Mädchen.
Er fühlte ihm die Stirn: Fieber. Er tastete die Lymphknoten am Hals und in den Achselhöhlen ab: geschwollen. Er fühlte den Puls: über einhundertvierzig und schwach. Die Atmung war schnell, flach, er hörte leises Rasseln.

»Ich tippe auf Lungenentzündung«, sagte Mads. »Aber es kann auch Tuberkulose sein.«
Das Mädchen hustete.
»Sie muss an den Tropf«, sagte Mads. »Sie braucht Antibiotika und Paracetamol.«
»Wir müssen sehen, was möglich ist«, sagte der Pastor.
»Vor allem muss sie trinken. Sie braucht viel sauberes Wasser.«
»Ich möchte dir etwas zeigen.«
»Ihr Bauch ist gebläht. Sie muss –«
»Komm, mein Junge.«
Er fühlte die großen Hände, die ihn hochzogen. Ihm schwindelte, der Pastor stützte ihn. Führte ihn den Gang hinunter, weg von dem Mädchen.
»Aber –«
»Das Mädchen wird Hilfe bekommen.«
Der Pastor stieg eine steile, aus Brettern genagelte Stiege hoch. Mads folgte ihm, sah den ausgefransten Saum der schwarzen Hose, die Schuhe, die staubig waren und neue Sohlen brauchten. Oben stieß der Pastor die Luke auf. Mads sah Sterne und schwarzen Himmel. Am Himmel kreiste ein Hubschrauber.
»Du hast es gleich geschafft, mein Junge.«
Sie kletterten aufs Dach. Die Luft war schwül, stank nach Rauch und Verwesung. Aber sie war nicht so stickig wie in der Kirche. Sie standen zwischen Kabeln, zerbrochenen Plastikstühlen, dem Motor eines Generators. Der Pastor zündete eine Zigarette an und hielt Mads die Packung hin. Mads schüttelte den Kopf. Der Pastor stieß den Rauch durch Mund und Nase. Sie blickten über Wellblechhütten und ausgetrocknete Abwasserkanäle. Hier und da brannte eine Kerosinlampe. Drüben in Port-au-Prince loderten mehrere Feuer. Autos standen im langen Stau auf der Route Soleil.

»Sie reden von achtzigtausend Toten«, sagte der Pastor. »Ich dachte fünfzigtausend?«
»Es werden von Stunde zu Stunde mehr. Morgen früh werden es einhunderttausend sein. Übermorgen einhundertfünfzigtausend. Wer kann das wissen?«
»Wenn erst die Seuchen ausbrechen ...«
»Überall liegen Leichen unter den Trümmern. Keiner kann sie bergen. Die Straßen sind verschüttet, zu den Überlebenden kommt keine Hilfe. Alle haben Angst vor neuen Beben. Vielleicht steht uns das Schlimmste noch bevor.«
In der Cité Soleil hatte das Erdbeben nur wenig zerstören können. Die Menschen hatten ihre Bretter- und Wellblechhütten in wenigen Stunden wieder aufgebaut. Mads wusste nur von einigen Dutzend Toten und Verletzten, vor allem wegen Glassplittern und den scharfen Kanten der Bleche. Aber es gab nur wenige Nahrungsmittel. Vor allem fehlte Trinkwasser.
»Gott wollte uns strafen«, sagte der Pastor und sog an seiner Zigarette. »Für unsere Gewalt. Unsere Korruption. Unsere Verderbtheit.«
»Vater –«
»Ich weiß, du glaubst nicht an Gott. Und Gott zwingt dich nicht zum Glauben. Du bist nach Haiti gekommen, um Gutes zu tun. Um den Ärmsten zu helfen, die sich nicht helfen können. Gott, das Schicksal, nenne es, wie du willst – es hat dich hart geprüft. Wozu? Damit du aufgibst? Deine Koffer packst und nach Hause fliegst? Nach Europa, wo die Menschen es weich und bequem haben?«
Ja, das wollte Mads. Er wollte zurückfliegen. Er hatte kein Recht, noch länger hier zu sein. Nicht nach dem Schrecklichen, das unter diesem Kirchendach passiert war.
»Du hast in die Kameras gesprochen«, rief der Pastor. »Du hast die Menschen wachgerüttelt. Jede Minute, hast du ge-

rufen, stirbt in Haiti ein Kind! Deine Stimme hat gebebt vor Zorn. Die Kameraleute, die Reporter, die Menschen in Europa vor den Fernsehern – sie haben dir geglaubt.«
Mads sah wieder die Kameras, die ihn umringten. Die Reporter in ihren schusssicheren Westen, als sei die Cité Soleil ein Kriegsgebiet. Seit zwei Tagen hatte er die Kranken und Verletzten ohne Strom behandelt, Tag und Nacht, im Schein von Kerzen und Kerosinlampen. Unter den Presseleuten hatte sich die Nachricht von dem jungen Dänen verbreitet, der Menschen in der Cité Soleil behandelte, wo sich sonst kein Helfer hintraute. Sie waren eingefallen wie hungrige Ratten. Plötzlich hatte es Strom gegeben, für Kameras, Scheinwerfer, Mikrofone. Überall waren eisgekühlte Cola- und Wasserflaschen aufgetaucht. Es hatte Mads Mühe gekostet, sich zu beherrschen. Den Reportern zu erklären, dass sie hier nicht auf einem Abenteuerspielplatz waren, sondern in der Cité Soleil. Dem am dichtesten besiedelten Slum der westlichen Welt. Dass die Patienten in der Kirche keine Statisten waren, sondern echte Slumbewohner. Für die es keinen Strom gab, kein Wasser, nur Müll, Exkremente und Moskitos. Dass diese Menschen deshalb, im Falle eines Ausbruchs von Seuchen, zu den ersten Opfern gehören würden. Und dass er, Mads Lerby, angehender Tropenmediziner aus Esbjerg, sich durch die verwüstete Stadt hierhergekämpft hatte, mit einem Wagen voller Impfstoffe. Um so viele Menschen zu impfen, wie er konnte. Ja, die Cité Soleil war für ihre Gewalt berüchtigt. Ja, aus einem zerstörten Gefängnis waren Bandenchefs ausgebrochen. Ja, es gab Gewalt und Plünderungen. Aber diese Kirche schützte ihn, Vater Boisseau schützte ihn, er tat, was er für diese Menschen tun musste. Und jetzt sollten sie ihn verdammt noch mal arbeiten lassen!
»In dir, mein Junge«, sagte der Pastor, »glüht die Kraft des Guten.«

Sie hatten seinen Wutausbruch gesendet. In Dänemark und noch ein paar anderen Ländern. Vielleicht sendeten sie ihn immer noch. Wahrscheinlich zeigten sie längst neue Szenen des Grauens, Material gab es genug. Niemand hatte Mads Lerbys Kampf der letzten vierundzwanzig Stunden gefilmt. Gegen Nebenwirkungen, die er sich in dieser Heftigkeit nicht erklären konnte: Krämpfe, Atemnot, Erbrechen. Er hatte gesagt, sie würden bald abklingen. Sie seien nichts gegen die Qualen, die ihnen drohten, wenn Seuchen ausbrachen; Cholera, Typhus, Diphterie, alles war möglich und eine Frage von Tagen. Sie hatten ihm geglaubt. Er hatte weitergeimpft. Hatte gegen das Misstrauen gekämpft, die eigene Erschöpfung, gegen Angst und Entsetzen. Was hätte er tun sollen, als die ersten Menschen starben? Aufgeben? Er hatte keine Kinder mehr geimpft, keine Alten, nur Starke und Gesunde. Aber auch sie waren kollabiert. Die sich erholt hatten, lagen immer noch schwach in ihren Hütten. Das letzte Opfer, eine Mutter von vier Kindern, war vor drei Stunden auf der Kirchenbank gestorben. Allergischer Schock? Überlastung des Immunsystems? Mads wusste es nicht. Er wusste nur, er durfte hier nicht bleiben.

»Morgen fliege ich zurück«, sagte er.

»Unsinn.«

»Ich kann für die Menschen nichts mehr tun.«

»Du bist ihre größte Hoffnung.«

»Ich habe keine Kraft mehr.«

»Wie willst du aus dem Land kommen? Jetzt?«

Mads zuckte die Schultern. Angeblich stand der Flughafen unter Kontrolle der US-Marines. Es musste Transporte über Land geben, in die Dominikanische Republik.

»Gras, mein Junge. Über eine Sache Gras wachsen lassen. Du weißt, was das Sprichwort bedeutet? Es bedeutet nicht, wir sollen die Hände in den Schoß legen. Es bedeutet schon

gar nicht, wir sollen fliehen und uns vor der Verantwortung drücken. Das Gras braucht jemanden, der es sät. Das Sprichwort fordert uns auf zum Handeln.«
Der Pastor sog an seiner Zigarette. Unten wimmerte das Mädchen.
»Aber warum sollen wir Gras wachsen lassen? Warum nicht Unkraut oder Blumen? Kühe fressen Gras und geben Milch. Kinder spielen auf der Wiese Ball und stärken ihre Körper. Das Sprichwort fordert nicht bloß auf zum Handeln. Es fordert auf zum guten und nützlichen Handeln.«
Mads hörte die Stimme des Pastors, warm und dunkel. Aber er verstand den Sinn nicht. Er verstand nicht, warum sie hier oben standen, statt das Fieber des Mädchens zu senken.
»Warum aber sollen wir Gras über genau diese Sache wachsen lassen? Weil die Sache selbst zu Gras wird! Das Verwesende blüht, der Tod wird zu Leben! Das Gras nährt die Kühe, die Milch nährt die Kinder!«
»Vater –«
»Das Gras wächst, die Sache löst sich auf. Es kommt der Tag, an dem sie vollkommen verschwindet. Nur noch Kühe, nur noch Kinder!«
»Vater, wir müssen –«
»Leben und Gottes Schöpfung!«
»Das Kind krepiert!«
Boisseau blickte ihn an, aus seinen großen, auseinanderliegenden Augen. Das Mondlicht glänzte auf dem kahlen, schwarzen Schädel wie ein silberner See. Die sichelförmige Narbe auf der Stirn schien gütig auf Mads herunterzulächeln.
»Siehst du, mein Junge? Wie viel Kraft noch in dir steckt? Wie viel Wut? Du liebst Haiti! Du liebst seine Menschen. Ein Unglück ist geschehen. Ich rede nicht von ein paar Dutzend Toten. Ich rede von Hunderttausenden, von Verstümmelten

ohne Arme, ohne Beine! Von Kindern ohne Eltern! Ich rede von einem kleinen Mädchen in einem zerrissenen Kleid, das ohne dich nur noch wenige Tage lebt! Diese Menschen leben! Sie brauchen dich!«

In dem Gewimmer des Mädchens verstand Mads die Worte: »*Dlo! Dlo!*« Wasser! Wasser!

»Eine Sache zwischen dir und mir«, sagte der Pastor. »Und einigen anständigen Männern, die nicht reden. Gras, mein Junge! Unter einer Bedingung: Du bleibst, wo dein Platz ist. In Haiti!«

Der Pastor warf den Rest seiner Zigarette in die Dunkelheit und hielt ihm seine Hand hin. Eine breite, kräftige Hand, mit Schwielen und einem eingerissenen Daumennagel. Eine Hand, die Steine geschleppt, Mörtel gerührt und Bretter genagelt hatte. Eine Hand, die diese Kirche gebaut hatte, eines der wenigen gemauerten Gebäude der Cité Soleil, das noch stand.

»Du glaubst nicht an Gott? Aber Gott glaubt an dich!«

Mads schlug ein. Schlug seine schmale, spröde Hand, die er regelmäßig eincremte, in die breite Hand des Pastors. Boisseau drückte ihn an seine Brust, er roch Schweiß und Zigarettenrauch. Boisseau lachte, hielt mit einem Arm Mads' Schultern, breitete den anderen Arm aus, über die Cité Soleil, die Lichter und Feuersäulen von Port-au-Prince. Ja, Mads wollte bleiben. Er wollte arbeiten, seine Schuld wiedergutmachen, Haiti brauchte Männer wie ihn! Er fühlte keine Erschöpfung mehr, nur noch Schwindel und Euphorie. Er wollte die Stiege hinunterklettern, sofort, er wollte alles geben, seine letzte Kraft, um das Leben von Marie-Lourdes zu retten.

Boisseau trat an den Rand des Daches. Er pfiff durch zwei Finger. Mads sah Schatten, die sich von den Wänden lösten. Über den Hof huschten. Als hätten sie dort unten gelauert, schon die ganze Zeit, und nur auf diesen Pfiff gewartet. Der Schuppen hinter der Kirche wurde geöffnet. Die Schatten eilten hinein, kamen Sekunden später wieder heraus, beladen mit großen, blauen Plastiksäcken. Mads glaubte hier die Umrisse eines Beines, dort eines Kopfes zu erkennen.

»Wohin –«

»Gras, mein Junge.«

Einen Moment fühlte er sich betrogen. War alles nur Spiel gewesen? Scharade? Die Plastiksäcke wurden auf die Gepäckträger von Motorrädern gebunden, zwei, manchmal drei pro Motorrad. Sie haben Seile, dachte Mads. Sie sind vorbereitet. Alles geschah schnell und nahezu lautlos. Unter den geflüsterten Kommandos eines hochgewachsenen, kräftigen Jungen mit Brille und kahl rasiertem Schädel, den Mads öfter an der Seite des Pastors gesehen hatte. Er mochte um die zwanzig sein und trug als Einziger ein Sakko über seinem weißen T-Shirt. Ein Motorrad wurde gestartet, dann noch eines. Scheinwerfer flammten auf, der Junge in dem Sakko zischte ein Kommando. Sofort wurden die Scheinwerfer wieder gelöscht.

»Anständige junge Männer«, sagte der Pastor. »Sie werden schweigen.«

Die Motorräder verließen den Hof, ohne Rufe, ohne Licht. Mads sah ihre Schatten, die sich zwischen den Hütten verloren. Er hörte die Motoren, die leiser wurden, er konnte nur vermuten, dass sie die Cité Soleil Richtung Norden verließen, auf der Route Soleil. Der Junge im Sakko blieb allein auf dem Hof. Er schloss die Tür des Schuppens. Er blickte hoch zum Pastor. Der Pastor nickte. Mads hörte das Knarren der Kirchentür. Nahm der Junge das Mädchen mit? War auch sie Teil der Inszenierung gewesen?

»Weinen wir, mein Junge«, sagte Boisseau und zündete sich

eine neue Zigarette an. »Weinen wir um die Toten. Aber um die Lebenden dürfen wir nicht weinen. Um die Lebenden müssen wir kämpfen!«

Einige Jahre später

Mittwoch

»Glück ist zuerst und vor allen Dingen das stille, frohe, sichere Gefühl der Schuldlosigkeit.«
Henrik Ibsen

1

Draußen fiel Regen aufs Pflaster. Die Sirene eines Krankenwagens kam näher und entfernte sich über die Prinzenbrücke. Kurz nach Mitternacht. Kaum Gäste in der Bar. Vor einer halben Stunde hatte Maria das letzte Glas gespült. Jetzt saß sie auf ihrem Hocker und hörte den Improvisationen Lennie Tristanos zu. Die Lieblingsmusik auflegen, solange sie noch konnte. Solange sie diesen Job noch hatte.
»Ich halte das nicht mehr aus«, sagte Annett.
Annett kam immer vor ihrer Schicht, nach ihrer Schicht oder wenn sie ihr Leben nicht mehr aushielt. Also eigentlich jede Nacht. Sie galt als fähigste Krankenschwester des Urban-Krankenhauses und trank nie etwas anderes als Grüne Wiese: Blauer Curaçao, Wodka, Sekt, Orangensaft. Den Orangensaft ließ Maria meistens weg. Schwester Annett litt, wenn sie ihr Leben nicht aushielt, unter Vitamin-Intoleranz. Sie konnte Stunden auf ihrem Hocker sitzen, dick, grauhaarig, mit verquollenem, rot geädertem Gesicht. Saugte an ihrem Strohhalm. Wartete, dass sich ein Mann in die Bar verirrte, ebenso einsam und betrunken wie sie. Hin und wieder passierte das sogar. Dann lehnte Annett ihren Kopf an seine Schulter, strich mit ihren Fingern über seinen Arm und flüsterte: »Hältst es mit mir aus?«
Heute nicht. Kein Mann an der Bar. Nur ein paar englische Jugendliche, die sich hinten auf den Sofas lümmelten und auf den Fernseher starrten. Philips Kugelfernseher von 1972. Alle Folgen *Raumpatrouille Orion*, nonstop. Manche Gäste kamen nur wegen des Fernsehers. Eine Ecstasy, zwei Joints, drei doppelte Wodka, *Raumpatrouille Orion* gucken – das war der Kreuzberger Geheimtipp. Hin und wieder zog der Fern-

seher die falschen Gäste an, aber meist blieb alles friedlich. Englische Touristen waren besser als ihr Ruf. Fast immer schafften sie es rechtzeitig zum Kotzen vor die Tür.
Annett schob Maria ihr Glas hin: »Mach mal ohne Sprudel.«
Maria nickte und stand auf. Also keinen Sekt. *Digression* endete, *Intuition* begann, während sie Curaçao und Wodka in den Mixer kippte. Sie stellte sich Lennie Tristano vor, der seit seiner Kindheit blind gewesen war. Und trotzdem einer der besten Cool-Jazz-Pianisten der Welt. Weil er einfach wusste, welche Tasten er drücken musste. Weil er wusste, was richtig war und was falsch.
Sie hörte das Aufstoßen der Tür. Sie zuckte zusammen, als sie, vor einer Wand aus Regen, einen hochgewachsenen Mann im Kamelhaarmantel sah. Der Anwalt? Blödsinn, ein Anwalt kam nicht nachts in die Bar. Sie schenkte den Cocktail ins Glas. Hinter dem Mann fuhr ein Taxi an, bevor die Tür wieder zufiel.
Maria stellte Annett das Glas hin. Der Mann mochte Mitte fünfzig sein und sah nach Geld aus. Er blickte sich um. Was er sah, gefiel ihm offenbar nicht: Schwarz gestrichene Wände. Glühbirnen, verhängt von grünen Glasperlen. Betrunkene Engländer auf Chintz-Sofas. Er knöpfte seinen Mantel auf. Maria deutete auf die Haken neben der Tür. Er entschied sich, seinen Mantel anzubehalten. Als habe er nicht vor, sich hier lange aufzuhalten. Er setzte sich auf einen Hocker und lockerte den Knoten seiner Krawatte.
»Was haben Sie?«, fragte er.
»Ziemlich alles«, sagte Maria.
»Was trinkt die Dame?«
»Grüne Wiese.«
»Ganz schön blau für Grüne Wiese.«
»Wie wär's mit einem Gimlet?«

Er nickte. Chandler, Hemingway, Bogart ... Kein mittelalter Mann mit Geld sagte Nein zu einem Gimlet.
Maria verrührte Gin, Limettensaft und Eiswürfel. Ab und zu erwiderte sie den Blick des Mannes. Volles, graues Haar. Glatte, gebräunte Haut. Kräftiges Kinn. Sehr weiße Zähne. Maria war nicht sicher, ob sie diesen Mann schon einmal gesehen hatte. Wenn, dann nicht in dieser Bar. Annett linste herüber. Hoffentlich beherrschte sie sich.
»Streit gehabt?« Er deutete auf das Pflaster an ihrem Unterkiefer.
»Gegen den Schrank gestoßen.«
»Großes Pflaster.«
»War eine scharfe Kante.«
Maria stellte ihm das Glas hin.
Er nippte.
Er sagte nichts.
Manche Gäste lobten, indem sie sich nicht beschwerten.
Progression endete. *Requiem* begann. Einer der Engländer stand auf, ein magerer Jüngling mit blasser Haut und einem Ring in der Augenbraue. Er rülpste, streckte die Brust heraus und taumelte zur Tür.
»Jeden Abend in der Bar?«, fragte der Mann.
»Fast«, sagte Maria, während sie die Armaturen der Spüle wischte.
»Kein Studium? Keine Ausbildung?«
»Die Bar ist mein Studium.«
»Lassen Sie mich raten«, sagte er. »An Ihren freien Tagen wissen Sie nichts mit sich anzufangen.«
Sie zuckte die Schultern. Was sollte sie sagen? Er hatte recht. Draußen kotzte der Jüngling.
»Keine Richtung, kein Ziel«, sagte er. »Das Leben grau und trübe. Eigentlich hätten wir viele Möglichkeiten. Wir sind jung. Wir sind gesund. Wir sind nicht einmal dumm. Wir

müssten uns nur aufraffen. Uns für eine Sache entscheiden. Aber irgendwie – wir kriegen's nicht hin. Wie alt sind Sie? Fünfundzwanzig, sechsundzwanzig?«

Auch mit der Schätzung ihres Alters lag er richtig. Er schüttelte den Kopf und trank. Etwas stimmte mit seinem Gesicht nicht. Wenn er redete, zog er den rechten Mundwinkel höher als den linken. Trotzdem blieb die Wange rechts glatt, links legte sie sich in Falten. Er war ein gut aussehender Mann. Aber reden sollte er lieber nicht.

»Plötzlich taucht eine alte Freundin auf«, sagte er. »Seit Jahren nicht gesehen. Genauso unglücklich und verwirrt wie wir selbst. Weiß nicht, wohin mit ihrem Leben. Aber dieser Freundin geben wir Ratschläge. Ihr setzen wir einen Floh ins Ohr. Abhauen soll sie! Mutig sein! In der Ferne neu anfangen! Genau das neue Leben, das wir uns selbst nicht trauen. Habe ich recht, Frau Brecht?«

Maria hielt inne. Der Mann wusste ihren Namen. Er fixierte sie und sah nicht freundlich aus. Etwa doch der Anwalt? Jetzt, dachte sie, sollte Annett kommen. Sich auf den Hocker nebenan setzen, an seinem Ohrläppchen lecken und Obszönitäten flüstern. Aber irgendetwas schien Annett einzuschüchtern. Sie blieb auf ihrem Hocker sitzen, kaute an ihrem Strohhalm und linste herüber.

»Oder wollten Sie gar nicht, dass Juliane ein neues Leben anfängt?«, fragte er.

»Ich habe keine Ahnung, wovon Sie reden.«

»War es von Anfang an Ihr Plan?«

»Sie –«

»Noch einen Gimlet!«

Marias hatte das Gefühl, den Mann zu erkennen. Aber das war unmöglich. Sie hatte ihn zuletzt vor acht Jahren gesehen. Schon damals hatte er weniger Haare auf dem Kopf gehabt als heute. Hatte älter ausgesehen. Zu viel Verantwortung. Zu wenig Schlaf. Sie schaute von ihrem Mixer hoch. Sie blickte auf eine faltenfreie Stirn und überweiße Zähne. Es gab nur eine Lösung: Er hatte es auch getan. Hatte sich unters Messer gelegt wie seine Patienten. Unter das Messer seiner eigenen Chirurgen wahrscheinlich. Sie hatten gute Arbeit geleistet. Wenn Doktor Ahrens sich im Spiegel anblickte, konnte er sich für einen gutaussehenden Mann halten. Solange er den Mund nicht bewegte.

»Wo ist Juliane?«, fragte er.

»Ich habe von ihr seit Monaten nichts gehört.«

»Wie viele Monate?«

»Drei oder vier.« Sie stellte ihm seinen zweiten Gimlet hin.

»Sie haben recht, Juliane war hier. Aber nicht, damit ich ihr Ratschläge gebe. Sondern um sich zu verabschieden.«

»Sind Sie sicher?«

»Sie hatte gerade ihr Cabrio verkauft.«

»Haben Sie versucht, sie daran zu hindern?«

»Warum sollte ich?«

»Sie war ihre Freundin.«

»Wir waren Schulfreundinnen. Wir hatten uns seit Jahren nicht gesehen.«

»Und in der letzten Nacht kommt sie zu Ihnen?«

»Ich glaube, es gab in ihrem Leben nicht mehr viele Menschen, zu denen sie gehen wollte.«

Der englische Jüngling kam zurück. Schwankend blieb er im Raum stehen und wischte sich mit dem Handrücken über das Gesicht.

»Danach haben Sie nichts mehr von ihr gehört?«, fragte Ahrens.

»Sie hat Newsletter geschrieben. Aus El Salvador, Costa Rica, Honduras ... Sie hat für Entwicklungshilfeprojekte gearbeitet, meistens etwas mit Umwelt oder Kindern. Die letzte Mail kam aus Nicaragua. Ich glaube, es ging ihr nicht gut.

Sie war enttäuscht von den Projekten. Sie hatte das Gefühl, dass sie keiner braucht. Vor allem hatte sie Geldprobleme.«
»Wollte sie zurückkommen?«
»Davon hat sie nichts geschrieben.«
»Haben Sie ihr abgeraten, zurückzukommen?«
»Ist das ein Verhör, Doktor Ahrens?«
»Juliane wollte zurück nach Deutschland kommen.«
»Kann sein.«
»Ich habe ihr Geld nach Nicaragua geschickt, für den Rückflug.«
»Davon weiß ich nichts.«
»Sie hat versprochen, sie kommt zurück!«
Er trank sein Glas leer und setzte es ab. »Haben Sie ihr geschrieben, sie solle weitermachen?«
»Warum sollte ich?«
»Weil Sie Ihr Leben nicht auf die Reihe kriegen!«
»Mein Leben geht Sie –«
»Sie lügen!«
Maria blickte auf Adern, die unter den glatten Schläfen schwollen. Auf Operationsnarben, die sich als weiße Streifen neben den Mundwinkeln abzeichneten. In fiebrig glänzende Augen.
»Sie wollten immer sein wie Juliane!«
»Lange her.«
»Juliane war alles, was Sie nicht waren!«
»Schwachsinn!«
»Ist das Ihre Rache?!«
Plötzlich stand der Engländer am Tresen. Ließ seine Faust auf Ahrens' Schulter fallen und sagte auf Deutsch:
»Ich schlage deine Fresse.«
»Verzieh dich!«, rief Ahrens.
»Du hörst auf, die Frau herumzuschreien, oder ich schlage deine Fresse.«

»Wisch dir den Mund ab«, sagte Maria.
Der Engländer begriff nicht. Annett schnippte mit dem Finger und fasste sich an die Lippe. Der Engländer fühlte den Rotz auf seinem Mund. Er ließ seine Faust sinken und ging langsam, sehr aufrecht zu den Toiletten.
»Ich weiß nicht, wo Jooly ist«, sagte Maria. »Ich habe seit drei Monaten nichts gehört. Ich hatte ganz bestimmt keinen Grund, mich für irgendetwas zu rächen!«
Ahrens schüttelte den Kopf, in ungläubigem Staunen über eine so plumpe Lüge. Er richtete seine Krawatte. Er fingerte einen Fünfzig-Euro-Schein aus seinem Portemonnaie und legte ihn auf den Tresen:
»Rest für Sie.«
»Sie sind großzügig.«
»Ihre Gimlets sind schwach.«
»Sie verletzen meine Gefühle.«
Er stand auf. Er schwankte und musste sich am Barhocker festhalten. So viel zu den schwachen Gimlets. Er knöpfte seinen Mantel zu. Der Engländer kam von den Toiletten, einige Sekunden standen sie sich gegenüber. *Crosscurrent* begann, eines von Marias Lieblingsstücken. Der Engländer zog sich zurück zu seinen Kameraden auf die Sofas. Ahrens ging zur Tür, zog sie auf und trat in den prasselnden Regen.
»Ich halte das nicht mehr aus«, sagte Annett.
Maria setzte sich wieder auf den Hocker. Warne Marsh spielte sein Solo. Dietmar Schönherr kämpfte mit Außerirdischen um die Zukunft der Galaxie. Maria spürte Erleichterung, fast Stolz. Diesen Konflikt hatte sie ohne Eskalation überstanden. Vielleicht war ihr Fall doch nicht hoffnungslos. Aber was war mit Jooly? Wo war sie? Maria hatte in den letzten Wochen ein paarmal an sie gedacht. Hatte ihren Namen gegoogelt. Leute gefragt, die sie kannten. Hatte ihr zwei Mails geschrieben. Keine Antwort, kein Lebenszeichen. Sie

hatte sich Sorgen gemacht, aber nur flüchtig. Jooly war nie zuverlässig gewesen. Und die meisten ihrer Hilfsprojekte waren in Dörfern. Solange sie dort lebte, kam sie nicht ins Internet.

»Machst noch einen?«, fragte Annett. »Ohne die blaue Sauce?«

»Du willst eine Grüne Wiese, aber ohne Orangensaft, ohne Sekt und ohne Blauen Curaçao?«

»Getroffen.«

»Du willst einen Wodka, Annett. In Wahrheit willst du ein Cocktailglas voll Wodka.«

»Sei nicht so direkt.«

Maria schenkte das Glas voll. Annett war Alkoholikerin. Man konnte mit ihr nicht darüber reden, weil sie es wusste. Vor niemandem stritt sie es ab. Auf ihrer Station arbeitete sie präzise. Alkoholiker, die sozial funktionierten, waren hoffnungslose Fälle. Maria funktionierte auch noch, mehr oder weniger. Wie lange noch?

Joolys Mail aus Nicaragua war an dem Tag gekommen, an dem Maria endgültig ihr Politikstudium abgebrochen hatte. Als sie vor den Trümmern ihrer Zukunft gestanden und sich gefühlt hatte wie der letzte Dreck. Deshalb war ihre Antwort auf die Mail heftiger ausgefallen als sonst. »Hör auf zu jammern!«, hatte sie geschrieben. »Wenn das Leben zu hart ist, bist du zu weich! Wenn du es in der Entwicklungshilfe nicht packst, entwickele dich erst mal selbst!« Noch einige andere Dinge hatte sie geschrieben, an die sie sich nicht genau erinnerte.

Auf diese Mail hatte Jooly nie geantwortet.

2

»Wie lange noch bis Port-au-Prince?«, fragte Michelle.
»Eine Stunde, Madame.«
»Wir kommen bei Dunkelheit an?«
»Jawohl, Madame.«
Seit zwanzig Minuten fuhren sie hinter einem Pick-up her. Menschen kauerten auf der Ladefläche, zwischen Reissäcken und Getränkekisten. Hühner und Ziegen hingen kopfüber von den Seiten, die Beine mit Schnüren an die Ladeklappen geknotet. Menschen und Tiere starrten aus ausdruckslosen Augen auf den Toyota Landcruiser, der hinter ihnen herfuhr. Courtois schaltete einen Gang herunter, setzte zu einem Überholmanöver an ... Keine Chance. Ein Konvoi von UN-Fahrzeugen kam ihnen entgegen.
»Ist es abends in Port-au-Prince gefährlich?«
»Fast nie, Madame.«
Rafael saß auf dem Rücksitz und überprüfte auf dem Display seiner Kamera die Bilder des Tages. Singende Kinder. Tanzende Frauen. Kranke, denen Michelle die Hand hielt. Mikrofone, in die sie Wörter wie *espoir, avenir, croissance durable* sprach. Wörter, die Rafael inzwischen verstand, weil sie sich überall, wo sie hinkamen, wiederholten: Hoffnung, Zukunft, nachhaltiges Wachstum. Die Besichtigung der Meerwasserentsalzungsanlage in Jacmel war ein Flop gewesen. Vor zwei Jahren hatten die Deutschen die Gelder bewilligt, heute hatten sie nicht mehr besichtigen können als eine Planierraupe und ein paar Säcke Zement. Michelle hatte in die Runde gestrahlt, als stehe die Entsalzungsanlage kurz vor der Eröffnung, und von *progrès* und *développement* geredet. Die Menschen hatten applaudiert. Rafael waren im-

merhin ein paar schöne Fotos gelungen: eine Plastiktüte, die sich in der Schaufel der Planierraupe verfing. Eine Krähe im Baum, die skeptisch auf den dicken Bürgermeister mit seiner goldenen Uhrkette herabblickte.

»Können Sie nicht überholen?«, fragte Michelle.

»Ich kann es versuchen, Madame.«

»Ja, bitte.«

Courtois beschleunigte, bremste ... Ein Pick-up kam ihnen entgegen, die Ladefläche voller Kinder in Schuluniformen.

»Es ist nicht möglich, Madame.«

»Schon gut.«

Michelle lehnte sich auf dem Vordersitz zurück. Sie war ungeduldig. Rafael kannte sie nicht anders. Sie schaute auf die Uhr ihres Blackberrys, den sie im Wagen fast immer in der Hand hielt. Wahrscheinlich überlegte sie, ob sie um diese Zeit in Deutschland anrufen und ihre Referentin aus dem Bett klingeln konnte. Es war halb sieben. In Deutschland war es sechs Stunden später. Selbst Michelle musste einsehen, dass das zu spät war. Sie begann, auf ihren Blackberry einzutippen.

»Haben Sie gesehen?«, rief Courtois. »Der Wagen vor uns fährt ohne Bremslicht! Fast wäre ich in die Ziegen gefahren!

Auf der Gegenspur kam ihnen ein Geländewagen von CARE INTERNATIONAL entgegen. Die weiße, blitzsaubere Lackierung glühte im violetten Abendlicht. Courtois fuhr an, nach einigen Metern standen sie erneut.

»So ist das in diesem Land«, schimpfte er. »Keine Verantwortung!«

Junge Frauen gingen an den wartenden Autos vorbei, Tabletts voller Bananen, Erdnüsse, gegrillter Hühnerspieße auf dem Kopf. Plastikbeutel mit Ananasstückchen wurden den Pick-up hoch-, einige Münzen heruntergereicht. Ein Huhn pickte in den Arm einer Verkäuferin.

»Wollen wir etwas kaufen?«, fragte Rafael.
»Sie werden krank«, sagte Courtois.
»Ich habe schon oft auf der Straße gegessen.«
»Courtois hat recht«, sagte Michelle. »Ich kann nicht riskieren, dass du die letzten Tage im Bett liegst. Ich brauche dich.«
»Für den Präsidenten?«
»Unter anderem für den Präsidenten.«
In ihrer Stimme hörte er einen Hauch Gereiztheit. Heikles Thema. Der Präsident. Sein Büro hatte zweimal den Termin verschoben. Michelle wollte den Termin, unbedingt. Politische Hoffnungsträgerin. Reise an den Ort ihrer Kindheit. Kontakt mit den Menschen, Aufbau und Hoffnung. Und als Höhepunkt: Treffen mit dem Präsidenten, Lächeln und Handschlag. Projekte für die Zukunft, Aufträge für die Bremer Industrie. Klar, damit konnte sie Eindruck machen.
Ein Mädchen kam zu ihrem Wagen, zeigte Plastiktüten mit Mangostückchen und geschälten Orangen. Michelle sah von ihrem Blackberry auf und schüttelte den Kopf.
Sie fuhren an einem umgekippten Biertransporter vorbei. Wahrscheinlich hatte der Fahrer den Riss im Asphalt zu spät gesehen. Oder die Bremsen hatten versagt. Zerbrochene Flaschen lagen in schaumigen Pfützen, Biergestank drang in den Wagen. Männer standen gestikulierend am Straßenrand.
»Eine neue Straße«, sagte Courtois. »Die Franzosen haben sie letztes Jahr gebaut. Aber haben sie auch den Kanal entsandet? Sie haben ihn nicht entsandet! Und schon ist der Asphalt unterspült! Was sage ich? Keine Verantwortung!«
Er beschleunigte und überholte den Pick-up. Ein halber Mond stand über den kahlen Bergen. Sie waren nun acht Tage im Land. Und noch immer faszinierte es Rafael, wie schnell es hier dunkel wurde. Haiti lag bloß zweitausend

Kilometer nördlich des Äquators. Tag oder Nacht, dazwischen gab es nicht viel.

»Habe ich dir erzählt, dass die *Süddeutsche Zeitung* einen Gastbeitrag von mir will?«, fragte Michelle.

»Nein.«

»Gewalt, Korruption, Naturkatastrophen, das Übliche. Ich will den Akzent mehr auf Hoffnung legen. Dass die Menschen anpacken, nach vorn schauen, ihr Schicksal selbst in die Hand nehmen.«

»Dann schreiben Sie lieber nichts von der Entsalzungsanlage.«

»Wir sind nicht hier, um uns als Zuchtmeister aufzuspielen. Angeblich liegt dringend benötigtes Baumaterial seit Monaten beim Zoll. Was sollen sie machen? Und dann diese Straßen! Ich werde schreiben, eine bessere Infrastruktur ist der Schlüssel.«

Sie tippte, als habe sie einen wichtigen Einfall, in ihren Blackberry. Sie fuhren durch ein Dorf. Kerosinlampen flackerten vor Lehmhütten. Nackte Kinder standen am Straßenrand und winkten.

Die letzten Tage in Haiti. Montag der Rückflug. Bis jetzt war die Reise ein Erfolg gewesen. Für Michelle de Sélestat war es die Rückkehr in das Land ihrer Vorfahren. Für Rafael sein erster größerer Auftrag als Fotograf. Blieb der Termin beim Präsidenten. Und morgen früh die Besichtigung ihres Geburtshauses. Rafael kannte sie inzwischen gut genug, um zu wissen, in welchen Momenten, aus welchen Perspektiven er am besten abdrückte. Sie war kein einfaches Motiv: Das Gesicht war rund und eher flach, der Ansatz ihrer kurzen, grauen Haare zu hoch. Die Vorderzähne standen ein wenig auseinander, was ihrer Mimik, vor allem, wenn man von schräg unten fotografierte, eine aggressive Note gab. Der Rest ihres Körpers machte nichts besser: der Rücken rund,

die Hüften breit, die Beine kurz. Sie war keine schöne Frau, schon gar nicht nach den Maßstäben Haitis. Sie wusste es und machte den Mangel an Attraktivität mit Schnelligkeit und Intelligenz wett. Je größer die Menschenmenge, zu der sie redete, umso mehr war sie in ihrem Element. Doch in den letzten Tagen hatte Rafael in ihrem Gesicht immer öfter Anspannung und Erschöpfung gesehen. Wie im Gesicht eines Schauspielers, dessen Hauptrolle in einem Stück nicht enden will. »Müssen wir da wirklich hin?«, hatte sie ihn heute Morgen gefragt, vor der Besichtigung der Entsalzungsanlage. Aber schon war sie aus dem Wagen gestiegen, hatte gewinkt, gelacht und Babys an ihre Brust gedrückt.
Was wollte sie beweisen?

3

Maria schloss die Wohnungstür auf.
Etwas roch verbrannt.
Sie tastete nach dem Lichtschalter.
Drückte ihn.
Nichts.
Sie tastete sich an der Wand entlang. Stolperte über etwas Hartes. Schuhe, die jemand ausgezogen und in der Diele hatte liegen lassen. Sie tastete sich weiter bis zum Türrahmen. Sie sah einen schwachen, rötlichen Lichtschein. Sie drückte, auf der anderen Seite des Türrahmens, den Lichtschalter ...
An der Decke leuchtete eine Glühlampe auf. Sie schien auf einen Eichentisch voller Wachs- und Rotweinflecken. Auf Holz- und Plastikstühle. In der Spüle stapelten sich verdreckte Teller, Gläser, Pizzakartons. Am Herd glühte ein rotes Licht, kaum sichtbar hinter einer Kruste von Sauce Bolognese.
»Hallo, Adorno«, sagte Maria.
Auf der Fensterbank, zwischen Töpfen mit längst vertrocknetem Schnittlauch und Basilikum, hockte eine Ratte. Sie hob leicht den Kopf, als sie Maria kommen sah, und ließ sich von ihr zwischen den Ohren kraulen.
»Schönen Tag gehabt?«
Wenn Maria auf die fünfundzwanzig Jahre ihres Lebens zurückblickte, fand sie nur eine Sache, die sie wirklich gut gemacht hatte: Sie hatte Adorno aus der Bio-Tonne gerettet. Als winziges, halbtotes rosa Baby hatte er zwischen verfaulten Salatblättern gelegen. Maria hatte ihn an den Fingerspitzen herausgehoben, nach oben getragen und in Taschen-

tücher gewickelt. Aus einer Pipette hatte sie ihm warme Milch gegeben, alle zwei Stunden. Niemand sonst in der WG hatte an sein Überleben geglaubt. Man war sich nicht einmal einig gewesen, um was für ein Tier es sich handelte: Hamster, Hase, Meerschweinchen, es konnte alles sein. Aber das Baby hatte überlebt und war zu einer Ratte gereift: einer hübschen Husky-Ratte mit weißem Fell und grauem Rücken. Fredrik, mit vierunddreißig Jahren die graue Eminenz der WG, hatte ihr den Namen gegeben: Adorno. Weil es zu Brecht passte. Adorno hielt mit seiner heiteren Intelligenz die Wohngemeinschaft zusammen. Er hatte inzwischen einen Käfig, aber meist lief er frei herum und erledigte sein Geschäft brav in den Blumentöpfen. Er ließ sich gern streicheln und schlief am liebsten in einem Schoß oder auf einer Schulter. Aber nur wenn Maria ihn rief, kam er angelaufen. Sie hatte ihm das Leben gerettet. Ratten merken sich so etwas.

Maria schaltete den Herd aus. Von ihrer Jacke und Hose tropfte Regenwasser. Sie zog sich aus, schob längst getrocknete Hemden und Socken auf dem Wäscheständer zusammen und hängte ihre Kleidung dazwischen. Sie zog eine Trainingsjacke an, die wahrscheinlich ihr gehörte. Sie setzte sich auf einen Stuhl, schenkte aus einem Karton Rotwein in ein benutztes Glas. Sie hörte Hagelkörner gegen das Fenster schlagen.

Sie musste hier ausziehen.

Sie hatte diese WG geliebt, vor drei Jahren, als sie frisch aus Rostock nach Berlin gekommen war. Der lange Flur. Die vielen Türen, von denen man nie genau wusste, wer dahinter gerade wohnte. Wer sich gerade von jemandem getrennt, aus dem Haus der Eltern geflogen war und dringend einen Schlafplatz brauchte. Sie hatte diesen Küchentisch geliebt, die endlosen nächtlichen Diskussionen über – ja, was? Besser als an die Themen erinnerte sie sich an Rotwein und

Marihuanaschwaden. An den dicken Knut mit seinem Bandoneon und den melancholischen Tangos. Aber ihre Situation war eine andere gewesen. Sie hatte Politik studiert, mit Disziplin und Enthusiasmus. Sie hatte glänzende Arbeiten geschrieben, Professoren hatten ihr eine Karriere im diplomatischen Dienst prophezeit. Ihr Leben hatte Richtung und Ziel gehabt. Dann Griechenland, im letzten Sommer. Sie hatte versucht, die Erlebnisse abzuhaken wie einen bösen Traum. Sie konnte sie nicht abhaken. Sie glaubte nicht mehr an Politik, sie glaubte schon gar nicht an eine Karriere im diplomatischen Dienst. Ihr Leben war aus dem Tritt geraten. Hatte seine Form verloren. Andere wurden lethargisch, depressiv oder genossen einfach den Tag. Maria wurde aggressiv. Letzte Woche, in der Bar, hatte sie die Kontrolle verloren. Sie wusste, es konnte wieder passieren. Sie hörte nackte Füße auf Dielen. Hörte das Knarren der Küchentür.

»Hallo, Maria.«

»Morgen, Fredrik.«

»Morgen?«

»Ist halb zwei.«

»Die Zeit, Maria. Die Zeit.«

Sie hatte den Eindruck, Fredrik wäre schon wieder gewachsen. Was schlecht sein konnte, er war zwei Meter vier groß und sechsunddreißig Jahre alt. Wahrscheinlich war der kirschrote Bademantel, den er seit drei Jahren jede Nacht trug, in der letzten Wäsche noch einmal eingelaufen. Sie erinnerte sich an den Tag, als sie in die WG gezogen war. Fredrik hatte die Wohnungstür geöffnet, einen Joint im Mund. Maria hatte ihm den Zettel vom Schwarzen Brett hingehalten. Er hatte den Joint aus dem Mund genommen und gesagt: »Zweite Tür rechts ist frei.« Der kirschrote Bademantel, sie erinnerte sich genau, hatte damals noch seine Knie bedeckt.

»Man hört erstaunliche Sachen über dich«, sagte er und schenkte sich den Rest Wein in einen Kaffeebecher.
»Was?«
»Björn hat die Szene in der Bar gesehen.«
»Manchmal hat man schwierige Gäste.«
»Aber wenn die Barkeeperin beide gleichzeitig verprügelt –«
»So war es nicht.«
»Björn sagt –«
»Ich habe sie gebeten, zu gehen. Zweimal. Die Frau hat den Typen fertiggemacht. Er hat geheult. So was geht nicht in einer Cocktail-Bar.«
»Und dann?«
»Weiß nicht mehr.«
»Björn sagt, du hast –«
»Die Frau hat angefangen.«
»Und der Typ?«
Das war das Rätsel. Maria erinnerte sich nicht mehr an den genauen Verlauf, es war eine Sache von Sekunden gewesen. Geblutet hatten sie alle drei. Aber der Brief war vom Anwalt des Jungen gekommen. Körperverletzung, teure Jacken und Hemden ruiniert, mehrere Zeugen, die bestätigen konnten ...
»Guter Wein«, sagte Fredrik.
»Der Karton steht hier höchstens zwei Tage«, sagte Maria.
Er zeigte auf ihren Unterkiefer. »Tut es noch weh?«
»Fast verheilt.«
»Hat die Sache ein Nachspiel?«
»Brief vom Anwalt. Er fordert zweieinhalbtausend Euro, damit sein Mandant die Strafanzeige zurückzieht.«
»Zahlst du?«
»Wovon?«
»Vorstrafe wegen Körperverletzung. Macht sich nicht gut im Lebenslauf.«
»Seit wann denkst du an sowas?«

»Ich werde alt. Ich werde konservativ.«
Er hielt ihr den Joint hin. Sie schüttelte den Kopf. In Wahrheit hatte sie Lust, sich das Hirn zu vernebeln. Den Brief vom Anwalt zu vergessen. Das schief operierte Gesicht von Joolys Vater.
»Ich hatte heute einen seltsamen Besuch in der Bar«, sagte sie. »Der Vater einer früheren Schulfreundin. Sie hat in Mittelamerika gearbeitet, Entwicklungshilfe. Seit drei Monaten gibt es kein Lebenszeichen.«
»Wieso kommt er zu dir?«, fragte Fredrik.
»In Rostock war sie meine beste Freundin. Ich bin vermutlich die Letzte, die sie in Deutschland gesehen hat. Sie kam in die Bar. Einige Frauen bemerkst du, weil sich alle Männerköpfe umdrehen. So eine war sie. Weiße Lederjacke mit Pelzkragen. Hat sich auf einen Hocker gesetzt und zwei Martinis getrunken. Hat gesagt, dass sie gekommen ist, um sich zu verabschieden. Ich habe gefragt, wo es hingehen soll? Neues Leben, hat sie gesagt. Ein Leben mit Sinn.«
Fredrik grinste kopfschüttelnd und blies eine Marihuanawolke Richtung Fensterbank.
»Sie hat ein Taxi bestellt, es zwanzig Minuten warten lassen und mir hundert Euro gegeben, damit ich es wegschicke.«
»Klingt nach Geld.«
»Sie hatte einen Haufen Geld. Reicher Vater, plastischer Chirurg, eigene Klinik in Warnemünde. Und sie hatte gerade ihr Cabrio verkauft. Sie hat auf dem Hocker gesessen und einen Martini nach dem anderen getrunken. Wir hatten viel Betrieb, ich konnte mich nicht um sie kümmern. Sie hat sich lustig gemacht, wieso ich mit meinem Einser-Abitur in einer Bar rumhänge. Ob das nicht eine Verschwendung von Steuergeld ist. Sie hat angefangen, mich zu kritisieren. Überall gibt es Krieg, sterben Kinder, aber ich betäube die Leute mit Alkohol. Irgendwann hat's mir gereicht. Ich habe gesagt:

Such dir eine Aufgabe, such dir ein Leben mit Sinn, aber lass mich meinen Job machen. Sie hat gesagt, dass ihr sinnvolles Leben morgen anfängt. Dann ist sie aufgestanden und gegangen.«
»Ohne zu zahlen?«
»Ich hatte dem Taxifahrer nur fünfzig gegeben.«
Adorno sprang auf den Tisch, lief zur Tischkante und hielt seine Nase in den Marihuana-Rauch.
»Nach zwei Wochen kam ein Newsletter, an mich, Freunde und Bekannte, der Verteiler war ziemlich groß. Sie arbeitete in Guatemala, in einem Hilfsprojekt für Maya-Kinder. ›Zum ersten Mal spüre ich das Leben!‹, hat sie geschrieben. Nach ein paar Wochen wieder eine Mail, aus einer katholischen Missionsstation. ›Zum ersten Mal spüre ich Gott!‹ Alle paar Wochen neue Newsletter, aus neuen Städten, neuen Ländern, Honduras, Belize, El Salvador. Immer steckte sie in neuen Projekten, immer hat sie irgendwas gespürt. Und dass sie sich überhaupt nicht vorstellen kann, zurück nach Deutschland zu gehen, wo alles leer und saturiert ist.«
Fredrik hob Adorno vom Tisch, legte ihn auf seinen Schoß und blies eine Wolke hinunter. Maria hatte das Gefühl, dass Adorno in letzter Zeit zu viel kiffte. Sie konnte ihn in den Käfig sperren. Aber sie hatte keine Lust auf das empörte Gequieke.
»Die letzte Mail kam aus Nicaragua. Kein Verteiler, nur an mich. Jooly war abgebrannt. Ihr Vater weigerte sich, sie zu unterstützen. Ob ich ihr Geld schicken könne. Ich habe ihr geschrieben, dass mein Konto über dem Dispo ist, dass ich ihr keinen Cent schicken kann und ob sie für ihre Arbeit nicht bezahlt wird? Sie hat zurückgeschrieben, was das für eine scheißmaterialistische Frage sei? Dass sie nicht für Geld arbeite, sondern um Menschen zu helfen ... Dass Deutschland mit seinen Exporten die Dritte Welt ruiniere ... Und ob

es nicht auch so etwas wie moralische Schuld gebe? Ich habe geschrieben ... Ich weiß nicht mehr, was ich geschrieben habe. Danach habe ich nichts mehr von ihr gehört.«

»Altruismus ist der schlimmste Egoismus«, sagte Fredrik. Die Ratte lag auf dem Rücken zwischen den Falten seines Bademantels. Mit seinem knorrigen Zeigefinger kraulte er ihr die Brust.

Maria hatte Hunger. Sie stand auf und ging zum Kühlschrank. Eine innere Stimme sagte ihr, dass das keine gute Idee war. Dass sie diesen Kühlschrank seit Wochen nicht geöffnet hatte, dass vielleicht niemand ihn geöffnet hatte. Dass sie keine Ahnung hatte, was sie hinter dieser Tür erwartete.

»Jooly war für mich der wichtigste Mensch«, sagte sie, den Kühlschrankgriff in der Hand. »In der Schule dachten alle, dass wir etwas miteinander hätten. Jeden Tag waren wir zusammen. Ich wollte dieses larmoyante Geschreibsel nicht lesen. Ich wollte sie nicht so schwach sehen. Sie wollte ein guter Mensch sein? Dann sollte sie nicht jammern und schnorren. Dann sollte sie kämpfen!«

Fredrik antwortete nicht. Er schwebte mit Adorno auf Marihuanawolke sieben und hatte Maria vergessen.

4

Résidence Étoile.

Eines der teuersten Hotels von Port-au-Prince. Der Pool geschwungen wie ein Palmenblatt. Bungalows, die sich zwischen Zitronenbäumen und Bougainvillea im weitläufigen Garten verteilten. Ein Pianist im weißen Anzug an einem weißen Flügel, der *Stranger in the night* spielte. Livrierte Kellner, die sich verbeugten, während sie *Tartare de saumon* servierten oder *Brochettes de gambas au basilic thaï*. Seit Rafael und Michelle durch Haiti fuhren, übernachteten sie immer in den besten Hotels. Überall war Michelle der Service zu langsam.

»Das Mädchen auf dem Autoreifen hast du wunderbar getroffen«, sagte sie, während sie durch die Fotos in Rafaels Kamera blätterte. »Ich sehe fast ratlos aus, findest du nicht?«

»Geht so.«

»Das Mädchen belehrt mich, ich höre zu. Menschlich. So soll es sein.«

Ein warmer, schwüler Abend. Die Tische waren fast alle besetzt. Viele weiße Gesichter, wenige Mulatten. Keine Schwarzen, bis auf die Kellner und den Pianisten. Hin und wieder wehte ein leichter Wind Gesprächsfetzen von der anderen Seite des Pools herüber. *Prioritätendefinition ... Evaluations-Timeline ... Sensibilisierungsdefizite ...* Fast alle Gäste waren Entwicklungsexperten großer Organisationen. Eine Frau in langem Rock und Römersandalen ging an der Stirnseite des Pools auf und ab. Sie sprach aufgeregt in ihr Telefon, als sei sie von irgendetwas schockiert. Von der Armut wahrscheinlich. Dann konnte sie noch nicht lange in Haiti sein. Rafael war die ersten Tage auch schockiert gewesen. Weniger von der Armut selbst als davon, dass sie gleich hinter den Mauern des Hotels begann. Dass dort Menschen in Zelten und Trümmern hausten, als sei das große Erdbeben gestern gewesen. Dass Experten, die nach Haiti gekommen waren, um diesen Menschen zu helfen, auf der anderen Seite der Mauer am Pool saßen, geschützt von Wachleuten mit Maschinenpistolen. Nach einer Woche war Rafael nicht länger schockiert. Aber es störte ihn noch immer.

»Kein Wein?«, fragte Michelle.

»Nein«, sagte Rafael.

»Nie Alkohol?«

»Nie.«

»Warum nicht?«

»Nicht mein Ding.«

»Wie seltsam.«

Er kannte das schon. Wenn sie abends zusammensaßen, über den Tag sprachen, seine Fotos und die Termine für den kommenden Tag, versuchte Michelle, persönlich zu werden. Über dies und das zu reden. Locker zu wirken. Sie wurde sogar locker, nach zwei Gläsern Weißwein. Sie verstand nicht, dass er ihr Fotograf war. Dass zwischen ihnen eine Grenze bleiben musste, sonst wurden die Fotos nicht gut. Außerdem hatte er keine Ahnung von Politik. Sie hatte ihn angesprochen, auf einer Gruppenausstellung junger Fotografen in der Weserburg. Und obwohl er ihr Gesicht ein paar Mal im Fernsehen und auf Wahlplakaten gesehen hatte, hätte er nicht sagen können, welche Position sie in der Bremer Politik hatte. Oder in welcher Partei sie war. Zwei Dinge hatten ihm an ihr gefallen: Erstens war ihr seine Ahnungslosigkeit egal gewesen. Zweitens hatte sie einen Blick für Fotos. Er hatte auf der Ausstellung Tiere in der Stadt gezeigt: Ratten im Rinnstein. Tauben auf einer Mülltonne. Einen Fuchs auf der Stephanibrücke, im Lichtkegel eines Autoscheinwerfers.

Obwohl mehrere seiner Kollegen Porträts präsentiert hatten, hatte Michelle deren Fotos kaum beachtet. Sie wollte Rafael als Fotografen, niemanden sonst. Über das Honorar waren sie sich schnell einig geworden. »Wofür wollen Sie die Fotos?«, hatte er gefragt. »Ich brauche sie persönlich, ich brauche sie menschlich«, hatte sie geantwortet. Keine Details. Sie hatte diese Grenze gezogen, er hatte sie akzeptiert. Und er zog seine Grenze. Obwohl Michelle nur ein paar Jahre älter war, siezte er sie, sie duzte ihn. Auf dieser Basis kamen sie miteinander klar.

Die Kellner gingen von Tisch zu Tisch, schenkten Wasser nach, zeigten die Etiketten von Weinflaschen. Der Pianist spielte *Bésame mucho*. Gerade blieb ein Kellner an ihrem Tisch stehen, als Michelle den Kopf hob und flüsterte:

»Ich brauche deine Hilfe.«

Zwei junge Männer kamen auf ihren Tisch zu. Kräftig und gedrungen der eine, hochgewachsen und athletisch der andere. Der Gedrungene trug schwarze Jeans und schwarzes T-Shirt. Unter seinem Arm klemmte eine Aktenmappe aus braunem Kunstleder. Der andere trug einen gut geschnittenen, dunkelblauen Anzug aus leichtem Stoff mit schmalem Revers. Dazu ein weißes Hemd mit offenem Kragen. Er hatte die Haut von Kaffee mit einem Schuss Milch – nicht mehr Schwarzer, noch nicht Mulatte. In Haiti waren solche Unterscheidungen wichtig.

Sie blieben vor ihrem Tisch stehen, der Hochgewachsene verbeugte sich leicht: »Madame de Sélestat?«

Er redete ein paar Worte Französisch, die Rafael nicht verstand; vermutlich entschuldigte er sich für die Störung. Michelle sprang auf und schüttelte den Männern die Hand, als freue sie sich aufrichtig über ihr Kommen. Nicht die erste Begegnung dieser Art. Wo immer sie hinkamen, traten früher oder später Vertreter von Parteien, Gewerkschaften oder

Menschenrechtsgruppen auf sie zu. Sie kämpften für Meinungsfreiheit, die Gleichberechtigung der Frau, für ein Bauprojekt, gegen ein Bauprojekt oder für Erlösung im Namen von Jesus Christus. Am Ende wollten sie Geld oder eine Einladung nach Europa.

»Rafael Velasco, mein Referent«, sagte Michelle.

Nun musste Rafael auch aufstehen und den Männern die Hand schütteln. Er sah schwarzblaue Tätowierungen auf den Unterarmen des Gedrungenen, eine schiefe Nase im breiten Gesicht und vorstehende blöde glotzende Augen. Auf den anderen kam es an. Rafael musste hochschauen, um den kahlen Kopf zu sehen, den kühlen Blick aus kleinen, grünblauen Augen, die durch die runden Gläser einer Messingbrille auf ihn hinuntersahen. Der Mund mit den schmalen Lippen bewegte sich kaum, während er auf Französisch einige förmliche Worte zu Rafael sagte und ihm fest, als wolle er ihn in Besitz nehmen, die Hand drückte. Einer dieser Männer, auf die Frauen abfuhren.

»Stört es Sie, wenn wir Englisch reden?«, fragte Michelle. »Mein Referent ist im Französischen nicht so sicher ...«

Das war ihr Trick, wenn sie Bittsteller höflich, aber schnell loswerden wollte. Sie sprach Englisch und Französisch gleich gut. Die meisten Haitianer sprachen nur Kreyòl, die Gebildeten auch Französisch. Ihr Englisch jedoch war meistens schlecht. Das versetzte Michelle in eine Position der Stärke. Sie konnte eine Frage missverstehen, eine unverständliche Antwort geben, sie konnte Versprechungen machen, die nichts bedeuteten. Wenn das nicht reichte, kam irgendwann der Moment, an dem Michelle sich mit der rechten Hand über die Stirn fuhr. Eine Minute später griff Rafael unauffällig in seine Hosentasche und wählte mit der Kurzwahltaste Michelles Blackberry an. Das war dann ein furchtbar wichtiger Anruf aus Deutschland, der Michelle

zwang, dieses faszinierende Gespräch leider, leider abzubrechen.
»Es stört uns überhaupt nicht«, sagte der Hochgewachsene. »Gestatten Sie, dass ich mich vorstelle.« Er zog ein silbernes Etui aus seiner Sakkotasche und reichte ihr eine Visitenkarte.
»Jeunes Lutteurs Haitiens pour la Liberté, la Solidarité et la Dignité Humaine«, las Michelle. »Sie haben sich eine Menge vorgenommen.«
»In Haiti ist das nötig.«
»Monsieur Levaillant –«
»Nennen Sie mich Belamour. Das ist Eisenhower.«
»Ein erstaunlicher Name.«
»Mein Gehilfe.«
»Wie reizend. Bitte setzen Sie sich.«
Alle setzten sich. Belamour lehnte sich zurück und schlug seine langen Beine übereinander. Er trug schwarze, sorgfältig geputzte Slipper, die teuer aussahen. Die Fingernägel seiner großen, aber schmalen Hände waren sorgfältig gefeilt. Rafael hatte nicht den Eindruck, dass dieser Mann von Michelle Geld wollte. Er hatte Geld.
»Möchten Sie etwas essen?«, fragte Michelle.
»Wir haben bereits gegessen.«
Andere Menschenrechtsvertreter, die Michelle aufsuchten, waren dankbar, wenn sie sich einmal richtig satt essen konnten.
»Bier oder Wein?«
»Wasser wäre zuvorkommend.«
Sein Englisch war gut. Als ob er viele Bücher las und Sendungen auf *BBC* sah. Rafael mochte diesen Mann nicht. Er mochte ihn überhaupt nicht. Michelle bedeutete dem Kellner, Wassergläser zu bringen.
»Viele Gäste kommen nach Haiti«, sagte Belamour. »Poli-

tiker im Wahlkampf, Schauspieler vor der Premiere eines neuen Films. Sie posieren vor der Kulisse unseres Elends. Natürlich gibt es andere, die es ehrlich meinen. Aber es sind Idealisten ohne Einfluss. Viel zu selten, Madame, begrüßen wir Persönlichkeiten wie Sie. Eine Frau, die den Menschen Hoffnung gibt. Ein Symbol, dass jeder es schaffen kann.«

»Sie übertreiben«, lachte Michelle.

»Keineswegs. Sie sind in Deutschland eine bedeutende Persönlichkeit. Aber Ihre Wurzeln sind hier. Sie sind eine von uns.«

»Ich weiß, wo meine Wurzeln sind. Ich weiß, ich habe viel Glück gehabt. Manchmal schaue ich auf mein Leben wie auf ein Wunder. Aber glauben Sie mir, mein Einfluss ist nicht groß. Ich sitze im Landesvorstand meiner Partei. Aber es ist der Vorstand in einer kleinen und armen Stadt. Meine Position nennt sich Staatsrätin für Finanzen. Ich soll Geld verwalten, aber in Wahrheit verwalte ich Schulden. Klingt das nach einer mächtigen Frau?«

Der Kellner stellte zwei Gläser auf den Tisch und schenkte Wasser ein. Michelle, ganz sicher, fand diesen Typen attraktiv. Sie hatte ein viel besseres Gespür für Gruppen als für Individuen.

»Der *Nouvelliste* hat einen Artikel über Sie gedruckt«, sagte Belamour. »›Die schwarze Preußin.‹«

»Der *Nouvelliste* hat unglücklich abgeschrieben.«

»Wir Haitianer fühlen uns den Preußen verbunden. Wir bewundern preußische Tugenden und eifern ihnen nach, wo wir können.«

»Das ist großartig.«

»Wir haben zwar nicht Polen erobert, aber beinahe die Dominikanische Republik.«

»Nun, Preußen hat –«

»Treffen Sie unseren Präsidenten?«

»Davon gehe ich aus.«
»Sie wissen es noch nicht?«
»Sein Büro hat den Termin verschoben.«
»Worüber werden Sie mit dem Präsidenten sprechen?«
»Sie sind aber neugierig!« Michelle lachte, eine Spur zu laut. »Natürlich geht es um ein Kennenlernen. Einen Austausch von Ideen. Der Präsident weiß, ich habe kein Geld zu verteilen. Dies ist eine private Reise.«
»Zu den Wurzeln Ihrer Kindheit?«
»Genau.«
»Trotzdem können Sie Brücken bauen.«
»Ich bemühe mich.«
Eisenhower hatte sein Glas schon geleert. Belamour hatte an seinem kaum genippt.
»Die Lage in Haiti ist nicht einfach«, sagte er. »Nach dem Erdbeben gab es überall große Hoffnung. Das Land besser aufbauen, als es vorher war. Nicht die Armut bekämpfen, sondern die Wurzeln der Armut. Menschen sind gekommen, aus allen Teilen der Welt, um zu helfen. Sie sind enttäuscht. Die Haitianer sind enttäuscht. Die Elite verschanzt sich hinter hohen Mauern und feiert wie früher ihre Partys. Die internationale Presse berichtet kaum noch über Haiti. Wenn, dann schreibt sie, dass der Wiederaufbau nicht vorankommt. Sie schreibt von Gewalt, Korruption, dem Elend in den Slums. Viele glauben inzwischen, Haiti wäre ein hoffnungsloser Fall.«
»Ich sehe natürlich die Herausforderungen. Aber ich sehe auch Zeichen der Hoffnung, des Aufbruchs. Heute habe ich in Jacmel eine neue Meerwasserentsalzungsanlage besichtigt. Die Menschen schauen voller Energie in die Zukunft. Ich bin sicher, der Präsident –«
»Es wäre besser, wenn Sie den Präsidenten nicht sehen.«
»Entschuldigung?«

»Der Präsident ist kein Diener des haitianischen Volkes. Er ist ein Vasall der Vereinigten Staaten und empfängt seine Anweisungen aus dem Weißen Haus. Wir bitten Sie, den Präsidenten nicht zu treffen. Wir bitten Sie, öffentlich zu erklären, dass Sie die Legitimität des Präsidenten nicht anerkennen.«
Belamours Stimme klang besonnen. Als verlange er eine Selbstverständlichkeit, die Michelle ihm unmöglich abschlagen könne. Eisenhower zupfte an einer Serviette und drehte Kügelchen zwischen seinen dicken Fingern.
»Es gibt hier einen reichen Amerikaner«, fuhr Belamour fort. »Er baut in Port-au-Prince etwas, das er als Museum ausgibt. Dieses Museum entspricht nicht den Interessen des haitianischen Volkes. Wir möchten, dass Sie sich als Unterzeichnerin einer Petition gegen das Museum wenden.«
Eisenhower griff in seine Aktenmappe. Er holte umständlich ein Blatt Papier heraus und legte es Michelle hin. Rafael wartete auf das Handstreichen über die Stirn. Es kam nicht. Offenbar wollte Michelle mit den Männern anders fertigwerden. Sie hatte ihm auf dem Hinflug von Menschen erzählt, denen sie im Wahlkampf begegnete. Zunächst wirkten sie vernünftig, dann steigerten sie sich in die abstrusesten Forderungen. Man konnte sie nicht ernst nehmen, aber man durfte sie auch nicht demütigen. Sonst wurden sie aggressiv, sogar gefährlich.
Michelle nahm das Papier und las. Mit einem Blick aufrichtigen Bedauerns ließ sie es sinken. »Ich bin Gast in einem souveränen Haiti. Ich respektiere den Willen des haitianischen Volkes. Eine Einmischung, wie Sie sie von mir verlangen, steht mir nicht zu.«
Belamour nickte, als habe er diese Antwort erwartet. Er gab Eisenhower, der die Antwort offenbar ebenfalls erwartet hatte, ein Zeichen. Der griff wieder in seine Mappe und holte

eine Plastikfolie heraus, mit einem weiteren Papier. Es schien ein Formular zu sein. Rafael sah Spalten, einen Stempel und eine Unterschrift.

»Sie dürfen das Dokument selbstverständlich behalten«, sagte Belamour. »Es ist eine Fotokopie.«

Rafael sah Michelle an, die das Papier hielt. Alle Energie schien aus ihr zu weichen. Ihr Kinn fiel herunter. Das Papier zitterte, als ob es lebte, in ihrer Hand.

Donnerstag

»Jede Zeit hat ihre massiven blinden Flecken.
Wir sehen sie vielleicht nicht. Unsere Kinder werden sie sehen.«
Bono

5

Maria stieg vom Fahrrad. Sie konnte nicht glauben, was sie da sah: Doktor Clemens Ahrens, plastischer Chirurg von internationalem Ruf, einer der wohlhabendsten Männer Mecklenburg-Vorpommerns, stand am schmiedeeisernen Geländer der kleinen Brücke und fütterte Enten. Maria schob ihr Rad die letzten Meter. Er hörte ihre Schritte im Schneematsch und drehte sich um. Er musterte sie, als sähe er sie zum ersten Mal seit langer Zeit.

»Guten Morgen, Frau Brecht«, sagte er.

»Guten Morgen, Herr Doktor Ahrens.«

»So förmlich?«

»Es war Ihnen immer wichtig.«

»Nicht mehr, Frau Brecht. Nicht mehr.«

Eine Weile standen sie am Geländer und schauten den Enten zu, die zwischen den dünnen Eisschollen schwammen und sich um die Brotkrumen stritten.

»Kraftnahrung«, sagte Ahrens und deutete auf die Tüte. »Hilft den Enten durch den Winter.«

»Wo haben Sie die her?«

»Von einem Stand am Russendenkmal.«

»Es sind Brotreste.«

»Man hat mir gesagt, es sei Kraftnahrung.«

»Dann hat man Sie betrogen.«

Ahrens schaute die Brotkrumen an. Er nickte, als sei er schon lange nichts anderes mehr gewohnt. Er warf mehrere Stücke ins Wasser, die Enten flatterten und quakten. Vor einer Stunde hatte sein Anruf sie geweckt. Er hatte gesagt, sie müssten sich dringend treffen. Wo? Im Tiergarten, auf der Brücke am Friedrich-Wilhelm-Denkmal. Warum? Er

hatte geschluchzt und kein Wort herausgebracht. Maria hatte sich auf ihr Rad gesetzt und war gekommen.
»Ich entschuldige mich für mein gestriges Benehmen«, sagte er. Er sah nicht verweint aus. Auch nicht verkatert.
»Schwierige Gäste bin ich gewohnt«, sagte Maria.
»Ich habe die Kontrolle verloren.«
»Meine Gimlets sind nicht schwach.«
»Gehen wir ein Stück?«
Sie verließen die Brücke Richtung Straße des 17. Juni. Graue Wolken hingen unter einem weißen Himmel. Schneereste lagen auf den Wiesen. Immer wieder rutschte Ahrens auf seinen Ledersohlen im Matsch aus.
»Ich habe Sie gestern belogen«, sagte er. »Ich wollte Sie testen. Ob Sie etwas wissen.«
»Wissen worüber?«
»Über Jooly.«
»Ich habe Ihnen alles gesagt, was ich weiß.«
»Den Eindruck hatte ich auch.«
»Also? Warum wollten Sie mich sehen?«
»Weil ich Ihnen nicht alles gesagt habe.
Juliane wird nicht vermisst. Sie ist tot. Ich habe einen Anruf bekommen. Von der Deutschen Botschaft in Haiti. Juliane –«
»Tot?«
»Sie hatte einen Autounfall. In den Bergen. An der Grenze zur Dominikanischen Republik.«
»Wann?«
»Vor sechzehn Tagen.«
»Wieso Haiti?«
»Auf diese Frage hatte ich mir von Ihnen eine Antwort erhofft.«
Ein Labrador kam angelaufen, schnüffelte an Marias Beinen. Maria fragte sich, was er an ihr roch. Keine Trauer. Keine Angst. Eher Fassungslosigkeit. Jooly tot? Es war unmöglich.

Jede andere, nicht sie. Immer war sie einen Tick schneller und schlauer gewesen als die anderen. Immer hatte sie sich in die höchsten Wellen gestürzt. Nie war sie untergegangen. Ein Ehepaar kam ihnen entgegen, sie im knöchellangen schwarzen Nerz, er im Anorak. »Komm, Stauffenberg!«, rief die Frau. »Stauffenberg, lass die Frau in Ruhe!« Was gaben die Leute ihren Hunden für beknackte Namen?!

»Der Botschafter in Port-au-Prince war bemüht«, sagte Ahrens, »aber er konnte kaum etwas sagen. Offenbar hat Juliane die Kontrolle über ihren Wagen verloren und ist in eine Schlucht gestürzt. Zeugen haben eine Ärztin geholt, aus einem Dorf in der Nähe. Sie konnte nur noch den Tod feststellen. In ihrer Kleidung oder im Handschuhfach hat sie Papiere gefunden, Reisepass und Führerschein. Sie hat einen Totenschein ausgestellt, an dem es medizinisch nichts zu beanstanden gibt. Schädelfraktur, wahrscheinlich Genickbruch, starker Blutverlust.«

Eine Joggerin lief auf sie zu, eine von diesen Verhärmten, Verkniffenen, die verzweifelt glauben, dass Joggen glücklich macht.

»Die Unfallstelle war schwer zugänglich«, sagte Ahrens. »Die Leiche war im Wagen verklemmt, sie konnten sie nicht bergen. Außerdem war es schon später Abend. Die Polizei sollte am nächsten Morgen aus der nächsten Stadt kommen, mit dem nötigen Gerät. Sie kam auch. Bloß hat sie nichts mehr gefunden.«

»Was heißt das?«

»Der Wagen war geplündert worden. Nachts sind Leute gekommen und haben den Wagen demontiert. Reifen, Klimaanlage, Radio, Nummernschilder, sie haben alles mitgenommen.« Ahrens atmete durch. »Auch Julianes Leiche.«

Die kalte Luft machte Marias Kopf nicht klar, nur taub. Sie sah keine Farben, bloß helle und dunkle Flecken. Sie hörte

Ahrens' Stimme, eine Fahrradklingel, das Keuchen der Joggerin ... Nichts passte zusammen. Jooly war tot. Es konnte nicht wahr sein!

»Der Botschafter hat vorsichtige Formulierungen gewählt. Diese Leute sind darauf trainiert, keine Gefühle zu verletzen. Die Menschen, die in den Bergen leben, hat er gesagt, sind die Ärmsten der Armen. Ein Geländewagen ist für sie ein Schatz. Reifen, Kabel, Polsterfüllungen, alles können sie gebrauchen. Aber auch der Körper eines toten Menschen, wenn er aus einem reichen Land kommt, kann wertvoll sein. Implantate, künstliche Gelenke. Die Menschen dort leben von einem halben Dollar pro Tag. Von einer Goldfüllung können sie sich ein Haus bauen.«

Sie kamen auf die große Wiese. Maria sah Hunde, die im Schneematsch tollten. Chinesische Touristen, die sich vor dem Komponistendenkmal fotografierten. Einen blonden Jungen, der in einer Pfütze saß und seine Mutter beschimpfte.

»Ich kenne natürlich die vier Phasen der Trauer«, sagte Ahrens. »Zuerst Unglaube, Schock, Erstarrung. Dann Wut, Verzweiflung, Hass auf die Welt. Dritte Phase Rückzug, Lethargie ... und so weiter. Mein Problem ist: Ich bin in keiner dieser Phasen. Ich bin in einem Zustand, den die Psychologie nicht vorsieht.«

»Wie meinen Sie das?«

»Ich weiß nichts über die letzten drei Monate meiner Tochter. Sie hatte am Telefon versprochen, zurückzukommen. Ich habe ihr Geld nach Nicaragua geschickt, zweitausend Euro. Für das Flugticket, eine Arztrechnung, den Bus nach San José.«

»San José ist die Hauptstadt von Costa Rica.«

»Sie war in El Pedernal, einem kleinen Ort nicht weit von der Grenze. Von Managua aus gibt es kaum Flugverbindungen, deshalb wollte sie nach San José. Ich hatte keinen Grund, an ihrer Rückkehr zu zweifeln. Aber Juliane kam nicht. Ich habe alle Botschaften der Region angerufen, die Fluglinien, die Ministerien, ich habe das Internet durchkämmt, jede Nacht ...«

»Der Botschafter in Haiti muss etwas wissen.«

»In ihrem Reisepass gibt es einen Einreisestempel. 4. November, Flughafen Port-au-Prince. Danach verliert sich ihre Spur. Niemand hat sie als vermisst gemeldet. Als ob niemand in Haiti sie kannte. Als ob sie nie im Land war!«

Er blieb stehen. Sein Gesicht glänzte, er atmete schwer. In der Hand hielt er immer noch die Tüte mit den Brotresten.

»Juliane war mein einziges Kind. Ich weiß nichts über ihr Ende. Nichts über ihre letzten drei Monate. Ich habe keinen Körper, den ich begraben kann. Keine Erinnerungsstücke, die ich festhalten kann. Nichts habe ich als ein schwarzes Loch, das ich mit Alpträumen fülle. Ich träume, man hat sie verschleppt. Ich träume, sie wird von einer Horde Männer vergewaltigt. Sie reißen ihr mit den Zähnen das Fleisch von den Knochen. Ich versuche, die Träume mit Tabletten zu betäuben. Ich weiß nicht mehr, ob ich esse. Ich weiß nicht mehr, ob ich wach bin oder schlafe. Ich kann nicht mehr arbeiten. Ich schreibe wirre Nachrichten an ihre Mail-Adresse, obwohl ich weiß, niemand wird sie lesen. Gestern haben Sie mich einigermaßen klar erlebt. Sie erleben mich heute klar. Aber ich weiß, ich muss etwas tun. Ich spüre, dass ich verrückt werde. Können wir uns setzen?«

Sie gingen zu einer Bank. Sie lehnte ihr Fahrrad ein paar Schritte entfernt an einen Laternenpfahl und kam zurück.

»Kein Ständer?«, fragte er.

»Es ist ein Fixie-Bike«, sagte sie.

»Ein was?«

»Ein Fixie. Es hat keinen Ständer, keine Gänge, nichts.«

Er nickte. Nicht wie jemand, der begreift, sondern wie jemand, der einsieht, dass er sich auf sein Gehirn nicht mehr verlassen kann.
»Sie haben mir gestern den Eindruck einer Frau gemacht, die Geld braucht«, sagte er.
»Wie das?«
»Würden Sie sonst in einer heruntergekommenen Bar arbeiten?«
»Sie hat in Kreuzberg einen guten Ruf.«
»Umso schlimmer.«
Er holte aus der Innentasche seines Mantels ein Bündel Geldscheine. Er riss die Banderole auf und legte die Scheine auf die Bank. Fünfundzwanzig Zweihundert-Euro-Scheine, fünf Stapel à eintausend Euro.
»Für Sie, wenn Sie nach Haiti fliegen. Wenn Sie alles über meine Tochter herausfinden, was Sie können. Warum ist sie dorthin geflogen? Was hat sie in Haiti getan? Wovon hat sie gelebt?«
Er legte weitere fünf Stapel auf die Bank. Langsam, manchmal innehaltend, das Zählen schien ihm nicht leichtzufallen.
»Weitere fünftausend, wenn Sie mir etwas von meiner Tochter bringen, um das ich trauern kann. Etwas, das von ihr geblieben ist. Das ich festhalten kann. Ist es zu wenig? Natürlich übernehme ich alle Kosten Ihrer Reise. Ich bin ein gutsituierter Mann. Mein Leben lang habe ich gearbeitet. Gekämpft, gegen Widerstände. Aber die Alpträume sind stärker als ich. Sie machen mich kaputt. Sie machen alles kaputt, was ich in meinem Leben geschaffen habe.«
Zehntausend Euro in druckfrischen Scheinen. Sie leuchteten frivol wie die Sünde. Maria erinnerte sich, mit welchen Klienten Ahrens' Klinik damals bevorzugt ihr Geld verdient hatte: Gattinnen mittelöstlicher Diktatoren. Sie waren im-

mer mit großem Gefolge angereist und hatten alle Rechnungen bar beglichen. Wahrscheinlich hatte Ahrens einfach in den Safe gegriffen.

»Sie sollten hier nicht so viel Geld ausbreiten«, sagte Maria.

»Warum nicht?«

»Es zieht die falschen Leute an. Außerdem kann ich Ihnen nicht helfen.«

»Niemand kannte Jooly so gut wie Sie.«

»Wir waren Schulfreundinnen.«

»Sie hatten bis zum Schluss Kontakt.«

»Nur über Mail. Und nicht bis zum Schluss. Ich weiß nicht, warum sie nach Haiti geflogen ist. Sie hat es mir genauso wenig gesagt wie Ihnen.«

»Sie können es herausfinden.«

»Ich war nie in Haiti. Ich kenne niemanden, der dort lebt. Warum fliegen Sie nicht selbst?«

»In meinem Zustand?« Er schüttelte den Kopf. »Ich habe Fieber und rasenden Kopfschmerz. Ich würde mich an jeden Strohhalm klammern. Man würde mich mit falschen Tipps betrügen und ausziehen bis aufs Hemd. Sie sind jung, wie Juliane. Sie sind eine Frau, wie Juliane. Sie sind so attraktiv wie Juliane. Sie können ihrer Spur folgen. Sie lernen dieselben Menschen kennen. Ihnen öffnen sich Türen, die mir verschlossen bleiben. Haiti ist ein kleines Land. Alles konzentriert sich in Port-au-Prince, der Hauptstadt. Es gibt nicht viele Ausländer, ich habe mit Kollegen gesprochen. Fast alle arbeiten in der Entwicklungshilfe. Ich brauche jemanden, der die Wahrheit herausfindet. Mir fällt niemand Besseres ein als Sie.«

Ein Windstoß bewegte die Scheine. Maria hielt sie fest. Sie hatte noch nie ihre Hände auf so viel Geld gelegt. Es fühlte sich gut an.

»Sie haben einen wunderschönen Ring am Finger«, sagte

Ahrens.
»Ein Erbstück meiner Großmutter.«
»Aquamarin?«
»Blautopas. Alter Pendeloque-Schliff. Solche Steine gibt es nicht viele.«
»Er hat genau die Form und Farbe ihrer Augen. Als Sie gestern den Gimlet gemixt haben, konnte ich den Blick nicht von Ihrer Hand lassen.«
»Geht vielen Leuten so. Sie starren den Ring an wie ein drittes Auge. Man kann sie ungestört beobachten.«
»Sie haben mich beobachtet?«
»Natürlich.«
»Was haben Sie gesehen?«
»Ich habe einen Mann gesehen, der Schlaf braucht. Und ich sehe jetzt einen Mann, der sich falsche Hoffnungen macht. Jooly hat niemandem von Haiti erzählt. Sie wollte, dass es ein Geheimnis bleibt. Warum? Sie hatte ihre Gründe. Besser, wenn wir ihren Wunsch respektieren.«
Ahrens zog ein Taschentuch aus seinem Mantel. Weiß, mit eingesticktem Monogramm. Man musste das Monogramm nicht sehen. Man wusste einfach, es war da. Weil Ahrens nicht der Mann war, der ein Taschentuch ohne Monogramm an seine Nase ließ. Ein Mann mit Macht und Geld. Der seine Klinik im Griff hatte und sein Leben. Der die Beleuchtung seiner Villa, die Rollläden, den Whirlpool auf der Terrasse mit einer Fernbedienung kontrollierte. Maria erinnerte sich noch, wie sie das erste Mal in der Villa zu Besuch gewesen war. Minutenlang hatte sie auf dem Wunderding herumgedrückt und nicht fassen können, wie sich um sie alles bewegte, blinkte und sprudelte.
»Was sind Ihre Erinnerungen an Juliane?«, fragte er.
»Ihr Mut«, sagte Maria. »Ihre Kraft. Gestern Abend haben Sie gesagt, ich wollte immer sein wie sie. Es stimmt, zum

Teil. Ich hatte an der Schule keine Freunde. Für alle war ich nur die Russin. Ich habe mich für meine Herkunft geschämt. Meine Kleidung von der Caritas. Meinen versoffenen Vater. Ich hatte, sagen wir, Aggressionsprobleme. Dann kam Jooly. Das Mädchen aus der Großstadt. Sie war in London gewesen, in Mailand, überall. Sie fühlte sich in Rostock genauso fremd wie ich. Wir waren zwei Outlaws, die sich gegenseitig gerettet haben.«

Es kostete Überwindung, die Hände von den Scheinen zu nehmen. Sie zusammenzulegen und Ahrens hinzuhalten:

»Sie haben Ihre Tochter verloren. Sie machen nichts besser, wenn Sie in ihren letzten Geheimnissen stochern. Versuchen wir, um die Jooly zu trauern, an die wir uns erinnern.«

»Ich sage Ihnen meine Erinnerungen«, sagte Ahrens. »Eine Frau, die alles hatte, was ein Mensch sich wünschen kann. Der in ihren letzten Jahren nichts mehr geglückt ist. Die das Abitur nicht geschafft und zwei Ausbildungen abgebrochen hat. Die es an keinem Ort, in keiner Beziehung ausgehalten hat. Die zweimal versucht hat, sich das Leben zu nehmen! Ist es meine Schuld? Habe ich als Vater versagt? Es ist nicht leicht, mit diesen Erinnerungen um sein einziges Kind zu trauern!« Wieder schwollen die Adern an den Schläfen, verzerrte sich der operierte Mund. »Sie kneifen? Ich kann Sie nicht zwingen! Legen Sie das Geld wieder hin! Und dann? Heute Abend stehen Sie wieder in Ihrer gammeligen Bar? Mixen Cocktails für Alkoholiker?«

6

Chester Rhodes stand am Fenster und blickte auf die Stadt. Von hier oben konnte man sie fast für schön halten. Der Morgennebel verwischte die Konturen. Grau und rosa, mit wenigen grünen Flecken, zog sich Port-au-Prince an der Bucht entlang. Dunstschleier hingen über dem Meer. Noch stand die Sonne hinter den Bergen. Bald würde sie die Schleier zerreißen, den rosa Schimmer, die Illusion einer schönen Stadt. Port-au-Prince würde aussehen wie das, was es war: Die schäbige, übervölkerte Metropole des ärmsten Landes der westlichen Hemisphäre. Sie musste nicht so aussehen, dachte Rhodes. Die Lage an der Bucht war ein Traum. Armut allein war kein Grund für Hässlichkeit. Port-au-Prince war eine Frau, der man zu oft ins Gesicht geschlagen hatte. Die sich nicht mehr wusch und nicht mehr schminkte. Weil sie glaubte, Hässlichkeit schützte vor Schlägen.
Rhodes trank einen Schluck *Haitian Bleu* aus einer Kooperative in Carcasse. Er schmeckte wie normaler Kaffee, aber die Kooperative tat angeblich eine Menge Gutes. Das Entscheidende, das Port-au-Prince, das ganze Land lernen musste: Hässlichkeit schützte nicht vor Schlägen. Mitleid noch weniger. Der einzige Schutz vor Schlägen war Selbstachtung. Vertrauen in die eigene Kraft. Rhodes war hier, um den Haitianern dieses Vertrauen zu geben.
Er versuchte, die Terrassentür aufzudrücken. Sie klemmte, schon seit Wochen. Wozu bezahlte er diese exorbitante Miete? Beschäftigte Personal? Die Rollen kreischten in den Schienen. Es gelang ihm, die Tür gerade weit genug zu öffnen, um sich ins Freie zu zwängen.
Kühle Morgenluft. Jeden Atemzug musste man genießen. In

einer Stunde würde die Hitze unerträglich sein. Morgentau tropfte von Palmenblättern in den kleinen Pool, in dem Blätter und tote Insekten trieben. Wozu bezahlte er einen Gärtner? Rhodes hatte hier gar nicht einziehen wollen. Er hatte in eine Wohnung ziehen wollen, unten in der Stadt. Es ging nicht, hatte man ihm erklärt. Es gab im Zentrum keine Wohnungen, »die den Ansprüchen westlicher Ausländer genügen«. Die Stromausfälle. Die Abgase. Die Fäulnis in den Abwasserkanälen. Und dann, natürlich, das Problem der Sicherheit. Also hatte er diese Villa bezogen. In Pétionville, dem Vorort hoch über Port-au-Prince. Alle Weißen, hatte man ihm erklärt, wohnten in Pétionville. Inzwischen wusste er, dass das stimmte. Trotzdem bereute Rhodes die Entscheidung. Er hatte in seinem Leben nie an Sicherheit geglaubt. Immer an Risiko.

Er hörte das Brechen von Ästen. Stimmen und Musik aus einem Radio. Er ging über zerbrochene Terrakottafliesen den Hang hinunter. Faustin stand bei den Bougainvillea, die Machete in der Hand. Es gab im Schuppen Gartengeräte, aber Faustin behauptete, eine Machete sei für alles gut. Er trug wie jeden Morgen knielange, abgeschnittene Jeans und ein weißes Unterhemd. Rhodes fragte sich, ob er mehr als diese Jeans und dieses Unterhemd besaß. Im Gras lag das Kofferradio.

»Hallo, Faustin.«

»Guten Morgen, Señor.«

Rhodes sprach kein Französisch und kein Kreyòl. Faustin verstand kein Englisch. Sie verständigten sich auf Spanisch, das Rhodes einigermaßen sprach und Faustin gebrochen.

»Ein schöner Morgen.«

»Sehr schön, Señor.«

»Im Bad laufen wieder Ameisen die Wand hoch.«

»Das ist schlecht, Señor.«

»Hast du kein Gift gespritzt?«
»Ameisen sind schlau. Sie finden neue Wege.«
»Ameisen sind nicht schlau. Bloß viele.«
»Das ist das Gleiche, Señor.«
»Kannst du neues Gift besorgen?«
»Vielleicht, Señor. Bloß –«
»Was?«
»Das neue Gift ist teurer als das alte.«
»Warum?«
»Weil das alte Gift gegen dumme Ameisen hilft, Señor. Aber nicht gegen schlaue.«
Rhodes hatte ihm schon letztes Mal mehr Geld gegeben als nötig. Er bezahlte ihn fürstlich. Trotzdem war dies eine der Gelegenheiten, bei der Faustin ihn belog. Beide wussten es. Angeblich hatte Faustin Schulden. Angeblich hatte er in Port-au-Prince mehrere Kinder von zwei Frauen, die nichts voneinander wussten. Aber vielleicht war das nur Getratsche des Hausmädchens.
Rhodes zeigte auf das Radio. »Wovon reden die?«
»Politik, Señor.«
»Müssen die alle durcheinanderschreien?«
»Demokratie, Señor.«
»Ich lege dir das Geld auf den Tisch.«
»Danke, Señor.«
Rhodes ging den Hang hoch. Faustin sollte den Pool reinigen, das hatte er vergessen zu sagen. Egal, er hatte keine Lust, noch einmal zurückzugehen. Er schwamm fast nie im Pool. Und die kommenden Tage waren randvoll mit Arbeit, er würde ohnehin keine Zeit finden.
Er zwängte sich durch den Spalt der Terrassentür. Was für eine Villa! Weiße Fliesen. Weiße Clubsessel. Eisbärfell vor dem elektrischen Kamin. Verspiegelte Bar mit violetten Lichtern. Die Villa gehörte einem früheren Minister, der nach

dem letzten Regierungswechsel nach Miami geflohen war. Wie immer alle Minister nach einem Regierungswechsel nach Miami flohen. Ein Haus, um Nutten zu beeindrucken. Rhodes glaubte nicht an Sex mit Nutten. Er hatte seine Frau in achtunddreißig Jahren Ehe nie betrogen. In seinen Armen war sie gestorben. Rhodes glaubte nicht an Gott, aber an ein Jenseits. Er glaubte, dass seine Frau ihm von oben zusah.

Er legte ein paar Geldscheine auf den Tisch. Er schaltete sein Telefon ein. Fünf neue Nachrichten. Wahrscheinlich fehlte wieder irgendwo ein Stempel. Hing ein Ersatzteil im Hafen fest. Nichts ging in diesem Land voran. Alle waren freundlich, alle waren engagiert, aber niemand fühlte sich zuständig. Seit Jahrhunderten zogen Missionare durch das Land, predigten Buße, Umkehr, Verantwortung vor Gott. Nicht dass Rhodes für diese Missionare viel übrighatte. Aber manchmal stand er vor dieser Anarchie, die Haiti war, und fragte sich: Warum hatten diese Missionare so wenig erreicht? Und wieso glaubte er, er könne es besser machen?

Er verscheuchte den Gedanken. An Niederlagen hatte er nie geglaubt. Er würde nicht jetzt, mit fünfundsechzig Jahren, damit anfangen. Außerdem saß oben seine Frau. Sie sollte stolz sein auf ihn.

7

Zehn Uhr morgens. Feuchte Hitze und grelles Licht. Staub, Dreck, eingestürzte Häuser, Zeltplanen mit dem blauen Logo der Vereinten Nationen. Abgaswolken aus einem alten Schulbus vor ihnen. Rafael saß auf dem Rücksitz, die Kamera auf dem Schoß.

»Ich möchte, dass es menschlich ist«, sagte Michelle. »Kein großer Auftritt. Ein paar Lokalreporter, dagegen konnte ich mich nicht wehren. Ich habe niemanden von der Presse informiert.«

Rafael fotografierte einen verkrüppelten Jungen ohne Beine, der sich auf einem Rollbrett zwischen Landcruiser und Schulbus über die Straße schob. Er fotografierte Frauen, die auf den Bordsteinen kauerten und auf Käufer für eingestaubte Zwiebeln, Maniokknollen und grüne Bananen warteten. Er fotografierte eine Gruppe Kinder, die zwischen den Trümmern eines Hauses bunte Papierdrachen steigen ließen.

»Ich war ja noch ein kleines Mädchen, ich erinnere mich kaum«, sagte Michelle. »Aber einige Nachbarn werden mich erkennen. Oder es sich wenigstens einbilden. Angeblich haben sie das Haus neu gestrichen. Courtois, mach das Fenster zu. Der Gestank ist nicht auszuhalten.«

Courtois schrie Männer an, die Gaskartuschen von einem Transporter luden und die Straße versperrten. Er manövrierte schimpfend und hupend an dem Transporter vorbei. »Keine Verantwortung!«

Die Straße führte, auf halber Höhe zwischen Pétionville und Meer, wie eine zerdellte Sichel um das Stadtzentrum. Sie war viel zu schmal für die vielen Pick-ups, Motorräder und grell bemalten Kleinbusse, die Männer mit Lastkarren, die Frauen mit Körben auf dem Kopf und Kindern auf dem Rücken.

»Vor allem möchte ich auf den Fotos nicht wirken wie eine Fremde. Hörst du, Rafael? Eine Frau kommt nach Hause, das ist das Thema. Intim und menschlich.«

»Kriege ich hin.«

»Wir können der *Süddeutschen Zeitung* eines von deinen Fotos anbieten. Ich weiß nicht, wie viel sie zahlen ...«

»Wenig.«

»Immerhin ein Foto von dir in der *Süddeutschen*.«

Und dann waren da diese jungen Männer, die einfach gar nichts taten. Die auf Stufen saßen und an Hauswänden lehnten, manchmal allein, meistens in Gruppen. Einige rauchten, andere hatten eine Bierflasche in der Hand. Rafael hatte noch nie eine Stadt gesehen mit so vielen jungen Männern, die nichts taten.

»Wann treffen Sie den Präsidenten?«, fragte er.

»Unsere Büros verabreden gerade den neuen Termin.«

Sie schaute auf die Uhr. Seit sie hier waren, sah er Michelle in zwei Zeitzonen gleichzeitig leben. Für ihn war das manchmal ein Problem, weil sie auf den Fotos oft angespannt wirkte, anwesend und auch wieder nicht. Außerdem trug sie das zitronengelbe Kostüm, das sie schon in Cap-Haïtien getragen hatte, während der Besichtigung des Industrieparks. Das Kostüm stand ihr nicht. Weniger wegen der Farbe, obwohl das stechende Gelb ihr Gesicht noch dunkler und flacher wirken ließ. Sondern wegen der zu eng und kurz geschnittenen Jacke, die ihre Hüften und den Rundrücken nicht kaschierte, sondern betonte. Und dem Rock, der zu viel von den dicken Knien sehen ließ, die auf Fotos oft geschwollen wirkten. Die Straßen waren immer staubig und uneben, manchmal verschlammt. Deshalb fand sie selten den Mut zu höheren Absätzen. Aber für eine gute Haltung hätte sie diesen Mut gebraucht. Dann die Schminke. Sie war darin nicht ungeschickt, aber heute hatte sie zu viel Make-up aufgelegt, vor allem unter den Augen. Rafael hatte das Gefühl, sie hatte schlecht geschlafen. Schon wieder schaute sie auf ihren Blackberry.

»Frau de Sélestat?«, fragte Rafael. »Die Männer, die gestern im Hotel waren ...«

»Was war mit ihnen?«

»Sie haben Ihnen ein Papier gegeben.«

»Du hast es gesehen. Eine wirre Petition.«

»Das zweite Papier. In der Folie.«

»Weiß ich nicht mehr. Irgendein obszönes ... Herrgott, Courtois! Lass das Fenster oben!«

Courtois rief einem Wasserverkäufer etwas zu, der zeigte nach links. Courtois fuhr das Fenster wieder hoch. Michelle war gestern Abend vom Tisch aufgesprungen. Sie war, das Papier an ihre Brust gedrückt, gegangen, fast geflohen. Ganz sicher nicht wegen einer Obszönität. Sinnlos, wenn Rafael jetzt weiter fragte.

Ein aschgrauer Geländewagen schob sich an ihnen vorbei. Am Steuer saß eine Nonne, im weißen Habit mit blauem Rand. Rafael drückte den Auslöser, schnell, die Autoscheibe reflektierte die Papierdrachen, als schwebe ein bunter Heiligenschein um ihren Kopf. Er war kein Typ für Schnappschüsse. Aber manchmal hatte man nur den Augenblick.

Courtois bog links in eine schmale Straße mit brüchigem Asphalt. Sie führte bergan.

»Hier?«, fragte Michelle.

Courtois nickte. Ein Motorrad überholte sie. Aus der Musikbox, die der Fahrer an den Lenker montiert hatte, wummerten die Bässe eines Gangsta-Rap. Michelle blickte sich um, winkte Kindern zu und schluckte. Vor anderen Auftritten

blieb sie bis zur letzten Sekunde gelassen; heute hatte sie Lampenfieber.
Das Haus lag am Ende der Straße. Es war pastellgelb und frisch gestrichen. Es hatte ein Vordach und eine Kiesauffahrt. Der Rasen war staubig, aber dicht und sorgfältig gemäht. Unter den Fenstern blühten rote und blaue Engelstrompeten. Eine Menschenmenge war vor dem Haus versammelt. Rafael fotografierte Transparente, die zwischen den Bäumen hingen:
»Michelle de Sélestat, notre espoir!«
»Herzlich Willkommen!«
»Ayiti & Allemagne = Amitié«
Menschen liefen auf den Wagen zu, jemand riss die Tür auf. Jubel brach aus, als Michelle aus dem Wagen stieg, lachte und winkte. Kameras wurden hochgehalten, Mikrofone gereckt. Michelle umarmte eine alte Frau, dann noch eine alte Frau, Zahnkronen blitzten, Tränen flossen. Rafael kauerte im Fußraum, er wollte die Begeisterung fotografieren, die winkenden Hände, das verängstigte kleine Mädchen mit einem Blumenstrauß, eingezwängt zwischen den Beinen der Erwachsenen.
Eine Musikkapelle setzte ein. Rafael hatte die Melodie irgendwo schon einmal gehört. Genau, die deutsche Nationalhymne. Es waren viel mehr Presseleute gekommen, als Michelle angekündigt hatte. Sogar ein Übertragungswagen mit Satellitenschüssel stand in der Auffahrt. Michelle schüttelte Hände und lachte. Sie beugte sich hinunter zu dem kleinen Mädchen, nahm den Blumenstrauß in Empfang, rote und gelbe Hibiskusblüten, eingeschlagen in schwarzes Papier. Sie küsste dem Mädchen die Stirn und roch an den Blumen. Michelle hatte immer Angst, dass sie nicht menschlich und warmherzig genug wirkte. Aber wenn sie diese Angst abschüttelte, wenn sie vergaß, dass jeder Termin Teil

ihrer politischen Karriereplanung war; dann war sie menschlich und warmherzig. Dann war alles echt, ihre Umarmungen, ihre gerührten Blicke, sogar ihre Küsse auf Kindergesichter.
Rafael stieg aus. Er sah nur einen weißen Reporter, einen großen, aufgeschwemmten Mann, an dem alles hing: Die verschwitzten Strähnen seiner heublonden Haare, die Tränensäcke unter den Augen, die Unterlippe, der Bauch über dem Gürtel. Er trug eine sandfarbene Weste mit vielen Taschen, die diese Reporter immer trugen, ohne dass sie aus diesen Taschen jemals etwas herausholten. Dazu eine Hose in der gleichen Farbe mit noch mehr Taschen und schwere, sandfarbene Stiefel, als berichte er von einer Expedition in die Wildnis. Auf Brust und Rücken war ein Logo gestickt, zwei dunkelblaue Kreise – ein Sender wahrscheinlich, den Rafael nicht kannte. Der Reporter hielt eine Kamera auf der Schulter und schaute immer wieder zu Rafael, als wittere er Konkurrenz.
Eine deutsche und eine haitianische Flagge, zu einer Bahn zusammengenäht, waren über das Vordach gespannt. Michelle, geleitet von einem alten Mann, dem ein viel zu weiter Anzug am dürren Körper hing, stieg einige Stufen hoch. Das Zitronengelb ihres Kostüms biss sich mit dem Pastellgelb der Hauswand. Rafael wusste, dass sie es registrierte und sich ärgerte. Er wusste auch, dass sich das Problem in der Nachbearbeitung leicht lösen ließ. Und dass sie ihm in diesen Fragen vertraute.
Der alte Mann sprach in ein Mikrofon – Pfeifen, Rückkopplung, Frauen hielten sich die Ohren zu. Der Alte lehnte sich über das Geländer und herrschte einen Jungen an, der nervös an den Reglern eines Mischpults drehte. Michelle lachte, schüttelte den Kopf, als wolle sie sagen: »Kein Problem. Passiert auch in Deutschland.«

Sie trat nun selbst ans Mikrofon. Pochte gegen den Mikrofonkopf: Keine Rückkopplung. Sie sang den Anfang eines haitianischen Kinderliedes, mit einer warmen, fast zärtlichen Stimme. Die Menschen lachten anerkennend und applaudierten. Michelle überblickte die Runde. Rafael sah die Bewegung ihres Kopfes stocken, nur einen winzigen Moment. Am Rande des Gartens stand einer der Männer von gestern, der Hochgewachsene. Er trug seinen schwarzen Anzug, aber ohne Krawatte. Das Sakko hing über der Schulter. Ein Finger seiner linken Hand hielt den Aufhänger, der Ärmel seines weißen, gut gebügelten Hemdes war leicht hochgerutscht. Eine schwere Uhr mit schwarzem Zifferblatt blitzte silbern in der Sonne. Mit der rechten Hand tippte er eine Nachricht in sein Smartphone.
Eine Sekunde schien es, als habe Michelle ihren Text vergessen. Dann breitete sie die Arme aus und rief: »*Merci, Ayiti!*«

8

»Herzlich willkommen im Amanda-Center«, sagte Jésula und schaute in die Runde. »Dies ist das erste Erdbeben-Museum im karibischen Raum. Und eines der modernsten der Welt. Wir möchten Ihnen hier zeigen, was Erdbeben sind. Wie sie entstehen. Was sich am 12. Januar 2010 in Haiti ereignet hat. Und wie sich unser Land, wie sich jeder Einzelne von uns vor künftigen Erdbeben schützen kann.«
Das Mädchen machte seine Sache gut. Alle diese jungen Leute machten ihre Sache gut. Sie waren von Führung zu Führung besser geworden. Rhodes wollte, dass sie frei sprachen, dass jede Führung ein bisschen anders war. Um Daten und Fakten herunterzuleiern, hatte er gesagt, konnte er das Geld für die Uniformen sparen und Papageien dressieren.
»Erdbeben«, sagte Jésula, »gibt es, seit es unseren Planeten gibt. Zu allen Zeiten, auf allen Kontinenten haben Erdbeben Städte zerstört und Menschen getötet. Sie haben aber auch Landschaften geformt und den menschlichen Erfindungsgeist beflügelt. Erdbeben sind keine Strafe des Himmels. Alles kommt darauf an, wie wir Menschen uns der Herausforderung stellen.«
Sie standen im ersten Raum. Bilder von zerstörten Palästen. Flammen, die aus Kirchen schlugen. Lokomotiven, die von kollabierten Brücken hingen. Es war Lians Idee gewesen. »Lass uns nicht mit der Geologie beginnen«, hatte sie gesagt. »Die Haitianer sollen sehen, sie sind nicht allein. Erdbeben können jeden treffen, auch die Reichen.« Lian Chang, geboren in Taipeh. Aufgewachsen in Chicago. Studierte Geologin und Museumspädagogin. Haare wie Onyx und Haut wie Alabaster. Sie war gerade dreiunddreißig Jahre alt und

hatte schon Erdbeben-Sektionen von Museen in Los Angeles, Kobe und Istanbul eingerichtet. Für viel Geld hatte Rhodes sie nach Port-au-Prince gelockt. Er wollte das beste Museum bauen; also brauchte er die beste Museumspädagogin.

Die Gruppe ging von Schautafel zu Schautafel, von Animation zu Animation. Lissabon 1755. Messina 1908. Mexiko 1985. Kobe 1995. Brände, Überflutung, Seuchen. Sie blieben vor einem Modell von San Francisco stehen, nach dem Erdbeben von 1906. Auch das war eine Idee von Lian gewesen. Weil die Stadt ebenfalls am Meer lag, in Hanglage an einer Bucht, sah das San Francisco von 1906 dem zerstörten Port-au-Prince von 2010 verblüffend ähnlich. Jeder Haitianer wusste, San Francisco war heute eine blühende Stadt. In die er sofort auswandern würde, wenn man ihn ließe. Auch Port-au-Prince konnte blühen. Ein Erdbeben war nicht das Ende der Geschichte.

»Trotz der schrecklichen Zerstörungen«, sagte Jésula, »hatte das Erdbeben in San Francisco auch sein Gutes. Die Einwohner konnten die Stadt moderner und sicherer wiederaufbauen, als sie vorher war. Sie konnten breitere Straßen anlegen, neue Wohnviertel und eine Untergrundbahn. Das Erdbeben war der Beginn eines lang anhaltenden Aufschwungs.«

Einer der Studenten meldete sich: »Was ist das schrecklichste Erdbeben, das es jemals in der Geschichte gegeben hat?«

Gut so. Sie sollten sich gegenseitig Fragen stellen, sich herausfordern. Zwölf Studenten der geologischen Fakultät. Lian hatte sie handverlesen und zur Spontaneität gedrillt, wie nur Chinesen es können. Rhodes zahlte ihnen dreißig Dollar pro Tag, das Fünffache des gesetzlichen Mindestlohns. Sie sollten stolz sein auf ihre Arbeit. Sie sollten mit dem Geld ihr Studium und ihre Familien finanzieren.

»Das tödlichste Erdbeben ereignete sich 1556 in der chinesischen Provinz Shannxi. Wissenschaftler gehen davon aus, dass es über achthunderttausend Tote gefordert hat. Das stärkste je gemessene Erdbeben gab es in Chile, mit einer Stärke von neun Komma fünf. Das Erdbeben in Haiti hatte eine Stärke von sieben Komma null und tötete ungefähr eine Viertelmillion Menschen.«
Eine gute Antwort. Das Erdbeben in Haiti war furchtbar gewesen. Doch andere Länder hatte es schlimmer getroffen. Die Bewohner hatten nicht kapituliert, sondern sich aufgerappelt und eine neue, bessere Zukunft gebaut. Auch Haiti konnte es schaffen.
»Wir machen jetzt eine Reise an einen Ort, an dem noch nie ein Mensch war. Hat jemand eine Ahnung, wohin?«
Eine Frage, die später an die Kinder gehen sollte. Die Studenten kannten natürlich die Antwort. Sie drucksten und grinsten.
»Zum Mars?«
»Nein.«
»Zum Nordpol?«
»Besser.«
»Fort Knox?«
Gelächter.
»Wir machen eine Reise zum Mittelpunkt der Erde!«
Jésula öffnete eine Tür. Sie betraten eine Art Kapsel, getaucht in glutrotes Licht. Mit einer elliptischen, fugenlosen Wand, die sich über ihnen und unter dem Glasboden, auf dem sie nun standen, zu Nord- und Südpol schloss. Die Wand war meerblau, mit großen und kleineren gelben Flecken – Kontinenten und Inseln. In der Mitte des Raumes schwebte, gehalten von einem kaum sichtbaren Kabel, eine eisengraue Kugel – der Erdkern. Rhodes liebte diesen Raum. Weil er so viel klarmachte. Nämlich dass die Erde kein fester

Körper war. Fest war nur der innere Erdkern, bis zu sechstausendsiebenhundert Grad heiß und zweitausendsechshundert Kilometer dick. Der äußere Erdkern war flüssiges Metall. Der Mantel darüber glühend heißes Gestein, ständig in Bewegung. Auf der Lithosphäre die tektonischen Platten – sie trieben wie Flöße auf einem Meer. Und auf den Platten, hauchdünn, die Erdkruste mit Ozeanen, Wäldern, Wüsten, Gebirgen, mit Häusern, Brücken und Autobahnen.

»Die Erde«, sagte Jésula, »hat einen Durchmesser von zwölftausendsiebenhundert Kilometern. Die feste Kruste ist aber nur zwischen zehn und fünfundsechzig Kilometern dick. Stellen wir uns vor, die Erde ist so groß wie ein Fußball. Dann hätte diese Schicht eine Dicke von nicht einmal einem Millimeter. Und nicht einmal diese Kruste ist fest. Sie besteht aus Platten, sieben großen und mehreren kleineren. Sie treiben auf dem Erdmantel in verschiedene Richtungen. Manchmal stoßen die Platten zusammen. Manchmal reiben sie sich. Meistens geht das so langsam, dass wir davon nichts mitbekommen. Aber jetzt spielen wir einmal Gott und beschleunigen die Zeit. So schnell, dass ein Jahr nur eine Tausendstelsekunde dauert. Dann sieht unsere Welt so aus.«

Jésula drückte einen Knopf unter dem Erdkern. Auf dem Mantel, in dem sie standen, begann es zu strömen, die tektonischen Platten drifteten auseinander, rieben sich, krachten zusammen. Ein packender Effekt. Rhodes hatte für diese Installation ein Vermögen bezahlt. Er bereute keinen Cent. Jedes Kind konnte den Kopf heben und sah die Eurasische Platte. Es konnte unter sich schauen und sah die Australische und die Antarktische Platte. Es konnte seine Heimat suchen, die Karibik, Haiti. Und das Kind würde sehen, warum es am 12. Januar 2010 Eltern, Verwandte, Geschwister verloren hatte. Nicht wegen Gottes Zorn, wie diese widerlichen Fernseh-Evangelisten predigten. Sondern weil Haiti

an der Grenze zweier Platten lag. Karibische Platte und Nordamerikanische Platte schrammten aneinander. Zwei Zentimeter pro Jahr bewegte sich die Karibische Platte nach Osten. Tektonische Spannungen bauten sich auf, über Jahrzehnte, Jahrhunderte, und entluden sich in Sekunden. Eine dieser Entladungen hatte Port-au-Prince verwüstet.
Die Gruppe verließ die Kapsel. Jésula führte sie in den Raum für die Kinder, ein heiteres Intermezzo. Die Kinder konnten an Kurbeln drehen und Erdplatten aufeinander krachen lassen. Sie konnten in einem Wassertank einen Tsunami auslösen. Sie konnten auf einem Globus Kontinente verschieben, vom Urkontinent Pangäa bis zur Gegenwart. Sie konnten ein bisschen Gott spielen. Und sie waren beschäftigt, bis ihre Eltern aus dem Herzstück des Museums zurückkamen – dem Simulator.
Rhodes hatte lange für diesen Simulator gekämpft, sogar gegen Lian. Zu hart, hatte sie gesagt. Zu real. Genau deshalb hatte er ihn haben wollen. Und nicht irgendein Gewackel. Sondern genau dieses Beben. Die Haitianer sollen es sehen! Und wieder sehen! Sie sollten begreifen! Damit es nicht noch einmal ihre Hauptstadt zerstörte!
Sie stiegen eine Treppe hinunter, in einen Raum ohne Fenster. Lautsprecher und Monitore waren in die Wände eingelassen. Leuchtstofflampen simulierten Tageslicht. In der Mitte stand ein Modell von Port-au-Prince. Der Präsidentenpalast stand. Der Justizpalast. Die Kathedrale. Das Hauptquartier der Vereinten Nationen. Alle sollen sehen, hatte Rhodes gesagt, was dieses Erdbeben zerstört hat. Was das nächste Erdbeben zerstören wird. Wenn sich in diesem Land nichts ändert!
Sie übten die Führungen seit Tagen. Auf Französisch, Englisch, Kreyòl. Zwei Studenten sprachen Spanisch, eine Portugiesisch, einer ein wenig Deutsch. Alle kannten den Raum,

alle wussten, was sie hier erwartete: Die modernste Erdbeben-Simulation der Welt. Trotzdem, die Studenten stiegen nicht gern hier herunter. Sie begriffen den Zweck der Simulation, die Notwendigkeit. Doch Rhodes sah ihren Gesichtern an: Sie mochten sie nicht. Er konnte es nicht ändern, da mussten sie durch. Auch dafür zahlte er ihnen pro Tag dreißig Dollar.

Jésula schloss die Tür. »Sie sehen hier ein Modell der Innenstadt von Port-au-Prince im Maßstab 1:2000. Vor dem Erdbeben vom 12. Januar 2010. Sie sehen eine Reihe von Gebäuden, die es heute nicht mehr gibt. Den Präsidentenpalast. Die Kathedrale. Das Hotel Montana. Und natürlich zahlreiche weitere Wohn- und Geschäftshäuser.«

Rhodes mochte das Mädchen. Sie war freundlich und entschieden. Ihr Englisch war fehlerfrei, fast ohne Akzent. Sie hielt Blickkontakt mit den Zuhörern. Gegen die vorstehenden Zähne konnte man etwas tun.

»Unter der Stadt sehen Sie die Nordamerikanische und die Karibische Platte. Im Norden die Septentrional-Verwerfung, im Süden die Enriquillo-Plantain-Garden-Verwerfung. Hier hat sich über ein Vierteljahrtausend, seit dem letzten großen Beben 1770, Spannung aufgebaut. Die Maßstäbe sind nicht exakt. Tatsächlich ist der genaue Aufbau der Platten, Mikroplatten und Verwerfungen umstritten. Die Wissenschaft kann nur vermuten, was am 12. Januar unter der Erde passiert ist. Wir wissen, das Epizentrum des Bebens, also der Ort seiner größten Kraft, lag etwa fünfundzwanzig Kilometer westlich von Port-au-Prince, nahe Léogâne. Aber wir können nicht in die Erde hineinschauen. Deshalb können wir Erdbeben bis heute weder vorhersagen noch rekonstruieren.«

Jésula drückte einen Schalter neben der Tür. Das Licht blieb hell. Aus den Boxen hörten sie Autolärm, Kindergeschrei, Rufe von Straßenhändlern. Die Monitore zeigten Auto-

busse, Marktfrauen, Wasserverkäufer. Dienstag, 12. Januar 2010. Über dem Modell blinkte eine Digitaluhr: 16:51 Uhr. Unter der Stadt schoben sich die Platten gegen- und übereinander. Langsam, hinterhältig, wie Krokodile in einem Tümpel. 16:52 Uhr. Niemand spürte oben, was unten passierte. Wie sich das Erdreich stauchte. Wie die Spannung stieg. Pick-ups hupten. Zeitungsverkäufer riefen die Schlagzeilen aus. Chorgesang tönte aus einer Kirche.
16:53:10 Uhr.
Die Krokodile schnappten zu.
Menschen schrien. Die Kuppel des Präsidentenpalastes knickte ein. Die Kathedrale brach zusammen. Nicht nur das Modell bebte, sondern der ganze Raum. Die Studenten hielten einander fest, sahen zu, wie das Beben, in nicht einmal dreißig Sekunden, die Stadt in Trümmer legte. Schreie aus den Boxen. Rauch- und Staubwolken auf den Monitoren. Rhodes hätte gern auch Staub auf dem Modell gehabt, er hatte für Staub gekämpft. Lian hatte ihn überzeugt, es war nicht möglich. Nicht wenn die Simulation mehrmals am Tag wiederholt werden sollte. Was Rhodes bekommen hatte, waren Modellhäuser, die zusammenklappten, Straßen, die aufrissen, Flammen, die aus Fenstern schossen. Zwölf Monitore zeigten Originalaufnahmen von Handys und Überwachungskameras, aus Hubschraubern und Panzerwagen der UN. Über Monate hatten sie das Bildmaterial zusammengetragen; am Ende gerade genug für zwei Minuten Entsetzen. Schreiende Mütter, die ihre verblutenden Kinder im Arm hielten. Leichen, die aus Trümmern geborgen wurden. Ein Bein, zu Brei gequetscht unter einem Stahlträger. Die tektonischen Platten unter der Stadt schoben sich in eine neue, stabile Position. Die Krokodile waren satt. Ein paarmal zuckten sie noch, Nachbeben hielten die Menschen in Angst.

Eine halbe Minute mehr Material, dachte Rhodes, wäre vielleicht besser gewesen. Doch dann sah er in die Gesichter der Studenten und wusste: Es war genug. Die ersten Male waren sie in Tränen ausgebrochen, hatten sich aneinandergeklammert oder waren aus dem Raum geflohen. Das passierte nicht mehr, sie beherrschten sich. Und Rhodes wollte niemanden quälen, jedenfalls nicht unnötig. Aber das Amanda-Center hatte eine Botschaft. Und diese Botschaft musste es in jeden haitianischen Kopf hämmern. Sonst waren die Millionen, die Rhodes aus seinem Vermögen investiert hatte, vergeudetes Geld. Die Botschaft lautete: Das Erdbeben ist passiert. Es wird wieder passieren. Viele Menschen werden sterben. Wenn ihr Port-au-Prince nicht stabiler wiederaufbaut! Wenn ihr nicht die Bauvorschriften beachtet! Wenn ihr gegen Korruption und Schlendrian nichts unternehmt! Wenn ihr euch nicht ändert!

Jésula öffnete die Tür, sie stiegen die Treppe hoch. In den letzten Raum, auf den alles ankam.

»Hier sehen Sie Modelle von Wolkenkratzern, Brücken, Bahnhöfen. Aber auch Einfamilienhäusern. Es sind erdbebensichere Konstruktionen. Probieren Sie es aus: Sie können gegen die Podeste stoßen, so stark Sie möchten: Den Gebäuden passiert nichts.«

Die Studenten drückten ihre Hände gegen die Podeste. Sahen die Gebäude schwanken, besonders eindrucksvoll das Taipei 101, einen der höchsten Wolkenkratzer der Welt. Anmutig wiegte er sich, wie ein Bambusstab. Egal wie stark die Stöße waren, ob horizontal oder vertikal – sie konnten diese Bauwerke nicht bedrohen.

»Haiti muss, damit sich die Katastrophe von 2010 nicht wiederholt, besser wiederaufgebaut werden«, sagte Jésula. »Es geht nicht bloß um Straßen oder Brücken. Wir alle tragen Verantwortung. Jeder, der ein Haus baut, muss die Qualität

des Zements kontrollieren. Die Dicke der Stahlstreben. Wenn die Familie wächst, kann er nicht einfach ein neues Stockwerk auf sein Haus bauen. Er muss die Stabilität von einem Fachmann prüfen lassen, sonst gefährdet er das Leben seiner Familie. Keine Behörde nimmt ihm die Verantwortung ab. Keine Hilfsorganisation. Kein Geist und kein Gott. Die Erde unter unseren Füßen bewegt sich seit Milliarden Jahren. Sie wird sich weiter bewegen. Wir können den Feind nicht töten. Aber wir können ihn besiegen, indem wir klüger sind und klüger handeln. Hat noch jemand Fragen?«
Niemand hatte Fragen. Applaus. Rhodes beschloss, dass Jésula die Führung für die Ehrengäste übernehmen sollte. Für den Präsidenten und seine Gattin, die Botschafter, die Direktoren der großen Hilfsorganisationen. Für all diese unfähigen Bürokraten, wegen denen das Land seit Jahren nicht auf die Beine kam. Vielleicht würde der Simulator sie wachrütteln.
»Ihr wart großartig!«, sagte Rhodes und trat vor die Studenten. »Ihr seid alle einzigartig. Ohne euch wäre das Amanda-Center ein toter Ort. Ihr seid die jungen Männer und Frauen mit einer Botschaft. Ihr seid die Keimzelle eines besseren Haiti. In zehn Tagen werden wir eröffnen. Es gibt noch ein paar technische Probleme, ein Notstromaggregat hängt im Hafen fest. Wie in diesem Land alles im Hafen festhängt. Weil leider nicht alle Menschen so fantastisch sind wie ihr. Ihr seid die Fackeln des Fortschritts. Seid stolz auf euch. Ich bin es.«
Die Studenten nickten. Sie applaudierten nicht, das war wohl ein Zeichen von Respekt. Doch jetzt sahen sie zu Boden. Einige scharrten mit den Füßen.
»Gibt es ein Problem?«
Sie sahen einander an. Einer der Jungen trat vor. Samuel oder Samson. Er war klein, hatte einen Klumpfuß und trug

auch bei größter Hitze immer Rollkragenpullover. Angeblich hatte er nach dem Erdbeben fünf Tage verschüttet unter einer Betonplatte gelegen.
»Sir«, sagte er und räusperte sich. »Wir wissen alles über Erdbeben. Über tektonische Platten. Wie sie sich bewegen.«
»Ihr seid Spezialisten.«
»Wir wissen alles über das Museum. Über die Modelle und wie man sie bedient. Wir können den Menschen alles erklären. Aber was, Sir –«
»Ja?«
»Was sagen wir, wenn sie uns fragen: Warum?«
»Warum?«
»Wenn Sie uns fragen, Sir: Warum bewegen sich die Platten? Warum stoßen sie gegeneinander? Warum töten sie so viele Menschen?«
Rhodes verstand die Frage nicht. Diese Studenten waren angehende Geologen. Seit Tagen übten sie die Führungen, niemand in Haiti wusste so viel über Erdbeben wie sie.
»Die tektonischen Platten sind doch keine Wesen«, sagte er. »Sie töten nicht mit Absicht.«
Ein anderer junger Mann, von dem Rhodes nur wusste, dass er Gedichte in Zeitungen veröffentlichte, sagte: »Wir reden über das Erdbeben, Sir. Mit unseren Familien. Wir reden auch über das Museum. Aber dann fragen sie uns: Warum? Und wir wissen keine Antwort.«
Eine junge Frau hob den rechten Arm, wie in der Schule: »Manche Leute behaupten, das Erdbeben war kein Zufall.«
»Natürlich war es kein Zufall«, sagte Rhodes. »Die Spannung, die sich unter der Enriquillo-Plantain-Garden-Verwerfung –«
»Sie sagen, Sir, die Enriquillo-Plantain-Garden-Verwerfung liegt nicht aus Zufall unter Haiti. Sondern mit Absicht.«
»Mit Absicht?«

»Sie könnte ja auch unter New York liegen oder Washington. Aber da liegt sie nicht.«
»Sie liegt unter Haiti, Sir.«
»Warum?«
»Die Leute, Sir, fragen: Wem nützt es?«
Rhodes sah von einem Studenten zum anderen. Er blickte in ernste, intelligente Gesichter. Er war fassungslos. Wie konnte man so denken?
»Wer behauptet«, fragte Lian, »dass die Enriquillo-Plantain-Garden-Verwerfung nicht aus Zufall unter Haiti liegt?«
»Meine Mutter, zum Beispiel«, sagte Samuel. »Sie sagt, wenn ein Mann stirbt, mit einem Messer im Rücken, und die Polizei kommt und verhaftet das Messer; dann ist der Mörder nicht gefasst. Es kann sogar sein, dass die Polizei das Messer verhaftet, weil sie vor dem Mörder Angst hat. Weil sie weiß, dass er wieder töten wird. Genau, wie Sie uns gesagt haben, Sir.«
»Wie ich was gesagt habe?«
»Dass das Erdbeben wieder töten wird.«
Rhodes schaute hilfesuchend zu Lian. In ihrem Alabastergesicht konnte er nichts lesen. Er ärgerte sich über ihr Schweigen. Woher kam, zehn Tage vor der Eröffnung, plötzlich dieser Unsinn?
»Wonach Sie fragen« – Rhodes bemühte sich, seiner Stimme einen verständnisvollen Ton zu geben –, »ist nicht der Grund. Sondern der Sinn. Warum das Leid? Warum der Tod? Ich habe auf diese Fragen keine Antwort. Das Amanda-Center hat keine Antwort. Was wir erfassen können, innerhalb der Grenzen unseres Verstandes, ist die Wirklichkeit. Dass die Erde innen heiß und flüssig ist. Dass wir auf einer dünnen, brüchigen Kruste leben. Dass sich Platten aneinander reiben und dass diese Reibung manchmal Tod und Zerstörung bringt. Und hier kommt die gute Nachricht: Weil

wir diese Wirklichkeit erfassen können, sind wir nicht ihre Opfer. Wir können die Wirklichkeit nicht verändern. Aber wir können sie beherrschen. Sie sind jung. Sie sind gebildet. Sie sind Herrscher der Wirklichkeit! Glauben Sie einem alten Mann, wenn er Ihnen sagt: Die Beherrschung dessen, was ist, die Beherrschung dessen, was wir sind, ist das Höchste, was ein Mensch in seinem Leben erreichen kann. Verstehen Sie mich?«

Er schaute in die Runde. Er schaute in höfliche Gesichter. Nach einigen Sekunden sah er hier und da ein Nicken.

9

»Hühnchenbrust oder Tortellini?«
»Bitte?«
»Möchten Sie Hühnchenbrust oder Tortellini?«
»Tortellini ...«

Die Stewardess hatte Maria aus dem Halbschlaf gerissen. Sie stellte das Abendessen auf den Klapptisch: Salat, Pudding, Brötchen. Schachtel mit Stanioldeckel. Maria reckte sich und schaute auf den Monitor: Noch drei Stunden bis Port-au-Prince. Sie waren in New York mit zweieinhalb Stunden Verspätung gestartet. Es bedeutete, sie würden erst gegen acht Uhr landen. Haiti war kein Land, in dem sie bei Dunkelheit ankommen wollte.

»Ich mach's wegen des Geldes«, hatte sie Ahrens gesagt. Aber das war nur die halbe Wahrheit. Sicher, sie konnte das Geld gebrauchen. Lieber zahlen als Vorstrafe, da hatte Fredrik recht. Was sie geschreckt hatte, war die Vorstellung, am Abend wieder in der Bar zu stehen. Schwester Annett. Kotzende Touristen. *Raumpatrouille Orion*. Seit dem Vorfall letzter Woche mochte sie ihren Job nicht mehr. Ständig die Angst, dass etwas passierte und sie die Kontrolle verlor. Noch wusste Robert von nichts. Er war auf La Gomera, auf einem dieser »Sei achtsam mit dir«-Workshops. Unwahrscheinlich, dass er sie rauswarf. Maria war seine beste Mixerin. Manche Gäste kamen nur wegen ihr. Trotzdem, ihre nächsten Schichten hatte sie getauscht. In mancher Hinsicht war dieser Flug ein Glücksfall. Sie brauchte Abstand.

Marias Sitznachbar, ein Mittfünfziger mit rotem Gesicht, rotem Basecap und einem Bauch, der gegen die Tischkante

drückte, riss den Deckel von seiner Schachtel, braune Sauce spritzte auf ihren Arm.
»Entschuldigung!«
»Kein Problem.«
»Ich rufe die Stewardess!«
»Nicht nötig.« Mit einer Serviette wischte sie die Tropfen von ihrem Arm.
»Ich fliege seit dreißig Jahren«, sagte ihr Nachbar. »Alles hat sich verändert. Nur nicht diese Staniolschachteln. Warum gibt es in manchen Bereichen zu viel Fortschritt? Und in anderen Bereichen gar keinen? Wer entscheidet das?«
»Müsste mal einer untersuchen.«
Er hielt ihr seine breite Hand hin: »Ich bin Jeff.«
»Maria.«
»Schön, dich kennenzulernen, Maria.«
Maria hatte die Geldscheine eingesteckt; danach war alles schnell gegangen. Noch auf der Parkbank hatte Ahrens das Flugticket gebucht. Im Taxi, Marias Fahrrad im Kofferraum, waren sie zu Marias WG gefahren.
Am Kottbusser Tor waren sie in einer Demonstration gegen Gentrifizierung stecken geblieben; am Ende hatte sie kaum zwanzig Minuten Zeit zum Packen gehabt.
»Diese Plastikmesser!«, schimpfte Jeff, während er sein Brötchen aufschnitt. »Seit dreißig Jahren schneiden sie nicht. Sind Sie von *Feed My Starving Children*?«
»Nein.«
»*Heart for the Helpless?*«
»Nein, ich –«
»*Solidarity in Christ?*«
»Ich arbeite für keine Organisation.«
»Sie helfen allein?«
»Ich fahre auf Besuch.«
»Nach Haiti?«

»Ich besuche eine Freundin.«
»Aber Ihre Freundin hilft?«
»Auf jeden Fall.«
»Das ist gut.« Jeff säbelte ein Stück von seiner Hühnchenbrust. »Wir müssen alle viel mehr tun. Wir sehen die Bilder des Elends. Wir sind ein paar Minuten schockiert. Und dann? Ich bin Vertriebsleiter bei Walmart. Fünfzehn Tage Urlaub sind nicht viel. Aber in diesen fünfzehn Tagen will ich nicht faul in der Sonne liegen. Ich will etwas bewegen!«
Er suchte mit den Händen unter seinem Sitz. Er zog einen Rucksack hoch, stieß mit den Ellenbogen gegen den Tisch, Maria hielt sein Tablett fest. Er wühlte in den Taschen und fand eine Tüte Bonbons.
»Probieren Sie!«
Maria wickelte einen Bonbon aus dem Plastik und steckte ihn in den Mund. Er schmeckte nach Zucker und Zitrone.
»Können Sie sich vorstellen«, fragte Jeff, »dass dieser Bonbon die Tagesdosis Vitamine und Mineralstoffe für ein Kind enthält? Dass dieser Bonbon Leben rettet?«
»Das ist toll.«
»Die großen Hilfsorganisationen bleiben lieber in den Städten. Wo sie es bequem haben. Wir fahren in die Dörfer. Wo sonst keine Hilfe hinkommt. Sehen Sie?« Er hob seinen Sweater. Ein T-Shirt spannte sich über seinen Bauch, *Vitamin Warriors* stand, in großen, roten Großbuchstaben, auf der Brust. »So heißt unsere Organisation. Hilfe für die Ärmsten der Armen. Wo kommen Sie her, Maria?«
»Deutschland.«
»Ihr Englisch ist sehr gut.«
»Danke.«
»Walmart hatte in Deutschland Schwierigkeiten?«
»Ich glaube, sie haben alle Märkte dichtgemacht.«

»Europa. Doch eine andere Kultur.« Er drückte eine Ketchup-Tube über seinem Salat aus.
»Waren Sie schon oft in Haiti?«, fragte Maria.
»Es ist das erste Mal. Meine Kollegen halten mich für verrückt. Aber was ist das Leben ohne Verrücktheit? Und wissen Sie: Ich habe in meinem Leben so viel Glück gehabt. Ich habe eine tolle Frau. Drei wunderbare Söhne. Ich bin Gott unendlich dankbar. Ich möchte etwas zurückgeben. Ich möchte, dass mein Leben einen Sinn hat.«
Eine Turbulenz erschütterte das Flugzeug. Sie hielten ihre Plastikschalen fest, bis das Flugzeug wieder ruhig flog.
Maria schaute aus dem Fenster. Erste Sterne am Abendhimmel, ein blinkendes Licht auf der Tragfläche. Sie versuchte, sich Jooly vorzustellen. Auf dem Weg nach Haiti, wahrscheinlich im Flugzeug aus San José. In der Tasche den Rest Geld ihres Vaters. Warum ausgerechnet Haiti? Warum hatte sie mit niemandem darüber gesprochen? Warum hatte sie keine Newsletter verschickt, auf keine Mails reagiert? Von den Selbstmordversuchen hatte Maria nichts gewusst. Wohl aber, dass Joolys Leben in den letzten Jahren aus dem Gleichgewicht geraten war. Eigentlich schon, seit sie von der Schule geflogen und aufs Internat gewechselt war. Letzte Chance Haiti? Letzte Hoffnung auf ein Leben mit Sinn?
»Sie haben eine Wunde?«, fragte Jeff und zeigte auf das Pflaster an Marias Kiefer.
»Bloß eine Schramme.«
»Achten Sie auf Desinfektion. Das Land ist voller Keime. Und essen Sie Ihre Tortellini.
Es heißt, in Haiti nehmen die Spannungen zu. Sie wissen nicht, wann
es wieder etwas gibt.«

10

»Gib mir einen Dollar.«
»Nein.«
»Gib mir zwei Dollar.«
Rafael schüttelte den Kopf.
»*Blan!* Gib mir zwei Dollar!«
Rafael saß im Schneidersitz in der Ruine der *Cathédrale Notre-Dame de L'Assomption*. Durch das Objektiv seiner Kamera beobachtete er ein Schwein, das im Altarraum zwischen Plastiktüten und zerweichten Kartons wühlte. Die Sonne stand hinter dem Rosettenfenster und warf ein Muster auf die Trümmer des Chorraumes. Es musste einmal eine schöne Kathedrale gewesen sein. Prachtvoll, in weiß und rosa. Nur noch wenige Säulen standen. Was früher das Mittelschiff gewesen war, lag voller Müll. Rafael sah nirgends Zeichen eines Wiederaufbaus.
»Gib mir zwanzig Dollar. *Blan!*«
Der Junge stand neben Rafael. Sein zerschlissenes, braungraues T-Shirt wurde an den Schultern von Sicherheitsnadeln zusammengehalten. Eine Wäscheleine hielt eine viel zu große, löchrige Jeans auf den knochigen Hüften. Der Junge war vielleicht vierzehn Jahre alt, man konnte das in Haiti schlecht schätzen. Er hatte kahle Stellen am Kopf und eine heisere Stimme, als ob er stark rauchte. Blan. Weißer. Es war das erste Wort auf Kreyòl, das Rafael gelernt hatte.
»Ich gebe dir einen Dollar«, sagte er. »Wenn du das Schwein in die Mitte treibst.«
»Zehn Dollar.«
»Einen Dollar. Ins Sonnenlicht.«
Der Junge sah ihn verständnislos an. Offenbar reichte sein

Englisch nur zum Betteln. Das Schwein legte sich grunzend in den Schatten der Apsis. Rafael zeigte auf den Lichtfleck im Chorraum. Seine Kamera. Der Junge begriff. Er näherte sich dem Schwein, einem kräftigen Tier mit Hauern und schwarzen Borsten. Der Junge fand im Müll einen Fahrradmantel, den er auf den Boden schlug wie eine Peitsche. Das Schwein hob nur müde den Kopf. Er warf ihm eine leere Konservendose an den Bauch, dann eine Plastikflasche. Das Schwein erhob sich langsam. Es schnupperte am verfaulten Rest eines Weidenkorbs. Jetzt näherte es sich dem Chor, dem Lichtfleck, den das Rosettenfenster warf. Gut so. Noch ein Stück ... Das Schwein lief zu weit, der Junge trieb es mit dem Knallen seines Fahrradschlauches zurück, nicht zu weit, nicht zu schnell ... Das Schwein stand im Abendlicht. Drehte sogar den Kopf in die Sonne. Rafael machte Fotos, in schneller Folge. Das Schwein ließ sich nieder, gerade außerhalb des Lichtflecks. Egal, Rafael hatte, was er brauchte.

Er hob den Daumen. Holte eine Fünfzig-Gourdes-Note aus der Tasche, etwas mehr als einen US-Dollar. Er hielt sie dem Jungen hin. Der Junge starrte den Schein an, stützte die Hände auf die Hüftknochen und rief empört:

»*Blan!* Gib mir tausend Dollar!«

Rafael steckte dem Jungen den Schein in die Hosentasche. Er zeigte mit dem Finger auf seinen Mund, seinen Magen. Hunger?

Seit sechs Tagen war Rafael mit Michelle in Haiti unterwegs. Meist aßen sie in den Restaurants der Hotels. Das Essen war aufwendig zubereitet und teuer. Lieber setzte er sich auf einen Plastikhocker am Straßenrand, so wie jetzt neben der Kathedrale. Schaute den Frauen zu, die aus großen Töpfen Reis, Bohnen und eine Sauce aus Zwiebeln, Tomaten und Koriander in Blechschüsseln füllten. Der Junge wollte unbedingt noch einen Hähnchenschenkel; Rafael nickte. Sie hatten nicht viel, die haitianischen Frauen. Aber was sie damit kochten, schmeckte gut. Und die großen Töpfe erinnerten Rafael an seine Zeit im Heim. Die Küche war immer sein Lieblingsplatz gewesen, zwischen den Köchinnen, für die er ihr kleiner Liebling war.

»Ich Mussolini«, sagte der Junge.

»Ich Rafael.«

»Mussolini.«

»Rafael.«

Sie saßen zwischen Angestellten in Hemd und Krawatte, Schülern in Uniform, Hausfrauen, die sich das Essen zum Mitnehmen in Plastikbeutel füllen ließen. Die Sonne hing im Dunst der Abgase. Die Ruine der Kathedrale warf lange Schatten. Die Köchin reichte ihnen ihre Schüsseln. Mussolini presste seine an die Brust und aß hastig. Er lutschte mehr an dem Schenkel, als dass er hineinbiss. Anscheinend hatte er ein Problem mit seinen Zähnen.

Rafael aß und dachte über das nach, was vorhin im Garten von Michelles Geburtshaus passiert war. Er wurde daraus nicht schlau. Sie hatte ihre Rede gehalten. Nur mit einem Stichwortzettel, wie meistens. Sie hatte Französisch gesprochen, mit Einsprengseln auf Kreyòl. Obwohl sie ihm vor ein paar Tagen gesagt hatte, dass sie sich an kaum etwas aus ihrer Kindheit erinnerte. Das meiste hatte sie in den letzten Tagen aufgeschnappt. Den Anfang des Kinderliedes hatten ihr leukämiekranke Kinder in einem Heim in Mirebalais beigebracht. Michelle lernte schnell. Und sie wusste, was ihr Publikum rührte. Rafael hatte vor allem in die Menge fotografiert. Alte Frauen und Männer, die breit lächelten und in die Hände klatschten, wenn Michelle ein haitianisches Sprichwort zitierte. Die Sprichwörter hatte sie schon auf dem Hinflug gelernt, vier oder fünf, mit denen sie alle Gelegenheiten abdeckte.

Nach ungefähr zwei Dritteln ihrer Rede war Michelle ernst geworden. Auch das kannte Rafael. Ihr Lächeln erstarb, ihre Stimme wurde tief, manchmal umfasste sie sogar das Mikrofon. Dann kamen wieder Wörter, die er kannte: *violence, pauvreté, tremblement de terre* fehlten nie. Meist sagte sie noch *corruption* und *résponsabilité de l'état*. Heute hatte sie sogar *corruption excessive* gesagt, *droit de l'homme* und etwas Vorwurfsvolles über die *classe politique*. Einen Moment hatte sie in ihrer Rede geschwankt, sogar einen Blick auf ihren Stichwortzettel geworfen, den sie sonst selten brauchte.

Und dann hatte sie einen Satz gesagt.

Einen kurzen Satz, den Rafael nicht verstand. Aber er war sicher, sie hatte ihn noch nie verwendet. Er sah es an den Reaktionen im Publikum. Unglaube und Verwirrung. Einige warfen sich Blicke zu, andere nickten. Sie schob schnell eine Bemerkung nach, als habe sie den Satz nicht so ernst gemeint. Sie versuchte einen Scherz auf Kreyòl, der nicht zündete. Schneller als sonst schwenkte sie auf die Zielgerade. Breitete ihre Arme aus. Redete von Kraft und Hoffnung, vom Überlebenswillen des haitianischen Volkes. Sie riss den Kopf nach hinten, als rufe sie den Himmel an:

»Merci, Ayiti! Vive, Ayiti!«

Die Menschen applaudierten und riefen Bravo. Michelle lachte und winkte. Der alte Mann in seinem großen Anzug drängte sich so dicht neben sie, dass die Fotografen ihn unmöglich ignorieren konnten. Die Kapelle spielte »*Muss i denn, muss i denn zum Städele hinaus*«. Rafael schoss ein paar Fotos, von Michelle, der Kapelle, winkenden Kindern. Und von dem Mann im Anzug, der abseits stand, im Schatten des Baumes, und lächelte, als ob ihn die Veranstaltung amüsierte.

Mussolini pickte mit schwarzen, verhornten Fingerkuppen die letzten Reiskörner aus der Schüssel. Er hatte pralle Wangen, in denen er wahrscheinlich das Hühnerfleisch ein-

weichte. Ein weißer Geländewagen mit getönten Scheiben fuhr an ihnen vorbei. Die Reifen fielen in ein Schlagloch, Wasser spritzte, alle mussten die Beine einziehen.
»*Blans!*«, schimpfte Mussolini. »Millionmillion Dollar!«
In seiner Hosentasche fühlte Rafael die Visitenkarte Belamours. Michelle hatte sie gestern Abend auf dem Tisch liegen lassen. Er holte sie heraus. Leinenpapier. Reliefdruck. Nicht billig, schon gar nicht für haitianische Verhältnisse. Ein Name, eine Organisation. Telefonnummer und Mail-Adressen. Keine Postanschrift. Er blickte sich um. Fast alle Hocker waren besetzt. Rafael wandte sich an einen Mann in Hemd und Krawatte, der neben ihm saß.
»Entschuldigen Sie, Monsieur«, fragte er auf Englisch. »Wissen Sie, wo ich diese Organisation finde?«
Der Mann, dem Rafael die Karte zeigte, blickte kurz auf und schüttelte den Kopf. Rafael wandte sich an zwei junge Frauen.
»Entschuldigen Sie –«
Sie warfen einen Blick auf die Karte und taten, als verstünden sie ihn nicht. Rafael wandte sich an eine Gruppe junger Haitianer.
»Wissen Sie –«
Alle sahen kurz auf die Karte. Wechselten Blicke. Schüttelten die Köpfe. Sagten »*Non*« oder »*Sorry*«. Zwei Frauen senkten den Blick auf ihre Schüsseln, bevor er sie ansprechen konnte. Die meisten verstanden genug Englisch für seine Frage, Rafael war sicher. Keiner sah aus, als könne er nicht lesen. In Cap-Haïtien hatte er zweimal nach dem Weg gefragt. Alle Haitianer waren freundlich gewesen und hatten geholfen. Nicht hier. Er spürte Spannung, sogar Widerstand. Sie kannten die Organisation. Er sah es an dem Blick, den zwei Männer einander zuwarfen und den er, der *Blan*, nicht sehen sollte.

Rafael hielt der Köchin einen großen Schein hin. Sie holte Münzen aus ihrer Schürze und zählte Wechselgeld in seine Hand. Er hatte nie das Gefühl, dass die Haitianer ihn betrogen. Oft war er erstaunt, wie viel Geld sie ihm zurückzahlten. Er überlegte, bei der Köchin einen letzten Versuch zu machen. Lieber nicht. Sie konnte vielleicht nicht lesen. Und falls doch? Die anderen würden sie stoppen. Rechtzeitig. Mit einem Blick.

Hinter sich hörte er die heisere Stimme Mussolinis. Er geriet mit zwei Männern in Streit. Andere Erwachsene mischten sich ein, wiesen ihn zurecht, er sollte nicht reden. Nicht mit dem *Blan*. Aber Mussolinis dreckige Finger griffen Rafaels Hand. Er zeigte auf einen Abwassergraben voller Müll:

»Lütör!«

Sie gingen am Rand des Wassergrabens bergauf. Eine Sau wühlte mit ihren Ferkeln im Plastikmüll. Kinder hockten daneben, winkten und machten ihr Geschäft. Wo früher eine Brücke gewesen war, balancierten sie über Bretter. *Lütör*? Michelle hatte das Wort gestern von der Visitenkarte abgelesen. Rafael hatte keine Ahnung, was es bedeutete. Mussolinis Englisch war zu schlecht, um es zu erklären. Aber er war seiner Sache sicher. Sie gingen bergan, im letzten Licht der Abendsonne. Nackte Kleinkinder hockten vor weißblauen Zeltplanen. In einem Zelt stritt sich ein Paar. Sie kletterten über Steinhaufen. Hier, abseits der großen Straßen, sah Port-au-Prince immer noch aus, als sei das Erdbeben gestern gewesen. Ein Trampelpfad führte an Ruinen entlang, durch ein großes Gebäude, das einmal eine Bank oder ein Supermarkt gewesen sein mochte. Rafael hörte das Läuten von Kirchenglocken.

Sie zwängten sich durch ein Loch in einer eingestürzten Mauer und gelangten auf einen freien Platz. Alles war frisch angelegt und bunt bemalt. Es gab Blumenkübel ohne Blumen. Kinderrutschen ohne Blech. Laternen, die nicht brannten. Sogar Müllkörbe gab es, immer drei nebeneinander. Wahrscheinlich für eine Mülltrennung, die es nirgends in Haiti gab. Überall brannten kleine Feuer. Frauen hatten die Müllkörbe mit Holzkohle gefüllt, grillten Kochbananen und Würstchen. Am Rande des Platzes gab es einen Stein mit einer Kupferplatte, in den ein Text graviert war und die Umrisse zweier Flaggen. Ein Hilfsprojekt. Rafael mochte solche Projekte, mit Michelle hatte er in den letzten Tagen Dutzende besichtigt. Man sah die gute Absicht und die Wirklichkeit, wie auf einem doppelt belichteten Foto. Hier sah Rafael junge, engagierte Architekten in Schweden, Frankreich oder Neuseeland, die um einen großen Tisch herumsaßen. Die Kaffee tranken, Ideen diskutierten und verwarfen. Keinesfalls wollten sie den Haitianern ihre schwedische, französische oder neuseeländische Lebensweise aufzwingen. Sie wollten bloß, dass die Haitianer den Biomüll vom Plastik und das Plastik vom Papier trennten. Dass die Frauen auf Bänken saßen und ihre Kinder auf den Rutschen beaufsichtigten. So hatten sie diesen Platz entworfen. Und weil alles viel teurer geworden war als geplant, weil die Hälfte der Architekten noch während der Bauzeit in andere Projekte wechselte, gab es kein Blech auf den Rutschen und keine Lampen in den Laternen.

»*Lütör!*«, rief Mussolini.

Noch ein Problem gab es mit dem Platz: Er lag am Schnittpunkt dreier Straßen. Das Fundament war ungefähr fünfzig Zentimeter erhöht, bestimmt war das Absicht der Architekten gewesen. Um eine verkehrsberuhigte Zone zu schaffen und den Kindern ein angstfreies Aufwachsen in der Großstadt zu ermöglichen. Bloß hatte das Geld nicht mehr für Stufen oder Rampen gereicht, vielleicht hatten die Architekten sie auch vergessen. Also hatten die Haitianer Bohlen und

Kanister gelegt. Gerade hob eine Gruppe Männer eine Frau im Rollstuhl auf den Platz. Niemand klagte, niemand schimpfte. Die Haitianer waren Hilfsprojekte gewohnt.
»*Legliz!*«, rief Mussolini.
Menschen strömten über den Platz auf ein Gebäude zu, das aussah wie ein Hangar. Aber es hatte Fenster an den Seiten und ein Kreuz auf dem Dach. Glockenschläge schepperten aus einem Lautsprecher. Alte und Junge kamen, Mütter mit Babys, Jugendliche in Baggy Pants und Basketball-Schuhen. Einige liefen auf Krücken, ein paar saßen im Rollstuhl. Viele hatten Bibeln in der Hand. Mussolini blieb stehen. Er wollte nicht weitergehen. Er deutete auf die Wäscheleine um seine Hüfte. Er sah zu abgerissen aus für die Kirche.
»Gib mir einhundert Dollar«, sagte er.
Rafael gab ihm einhundert Gourdes.
»*Blan!*«
Rafael schüttelte den Kopf. Er hatte ihm einhundertfünfzig Gourdes gegeben, mehr als drei Dollar. Dazu das Essen. Es war fast der Tageslohn einer Näherin in der Fabrik. Und genug für ein neues Hemd vom Altkleidermarkt. Außerdem kannte Rafael das Spiel: Er war hier der Weiße. Egal, wie viel er gab, es war nicht genug. Rafael winkte, Mussolini hob die Hand an die Stirn, wie ein Soldat. Rafael ging auf die Kirche zu. Am Eingang schaute er sich noch einmal um: Mussolini stand bei einem Straßenhändler und kaufte Zigaretten.
Die Kirche war noch ein Rohbau. Kabel hingen von den weiß getünchten Wänden. Neonröhren leuchteten an der Decke, zwischen Ventilatoren, von denen sich nur einer drehte. Es war eine dieser nackten evangelikalen Kirchen, in denen nichts von Jesus ablenken sollte. Rafael glaubte an Gott, Jesus war okay. Aber vor allem war er Katholik. Er konnte sich Jesus nicht vorstellen ohne Marienbilder und Weihrauch. Er spürte den Heiligen Geist nicht ohne Licht, das

durch bunte Fenster fiel. In dieser Kirche gab es keine bunten Fenster. Nur ein hohes Kreuz in der Wand hinter dem Altar, gemauert aus blauen Glasziegeln.
Schwer zu sagen, wie viele Menschen die Kirche fasste. Sechshundert, wahrscheinlich mehr. Die Besucher saßen dicht zusammen, viele Frauen hielten ihre Kinder auf dem Schoß. Fast alle Reihen waren besetzt. Rafael blieb neben der Tür stehen. Links und rechts von ihm standen junge Männer in weiten Hosen und T-Shirts. Einige hatten Sonnenbrillen in die Stirn geschoben, andere spielten auf billigen Handys. Auf den Bänken saß das besser gekleidete Bürgertum, Männer mit Krawatte, Frauen mit Hüten und Fächern. Rafael wusste nicht, in welchem Stadtteil von Port-au-Prince er sich befand. Keines der besseren Viertel. Aber auch kein Slum. Wer konnte, hatte sich fein gemacht. Heute war kein Feiertag, trotzdem war die Kirche voll.
Rechts vom Altarraum stand ein Chor, vorn die Frauen in weißen Blusen und blauen Röcken, hinten die Männer in weißen Hemden und blauen Hosen. Ein Halbwüchsiger saß über Bongos. Die Chorleiterin trat vor ihre Sänger. Sie erinnerte Rafael an Michelle: Breite Hüften, kräftige Glieder, entschlossene Bewegungen. Sie gab den Einsatz, der Gesang setzte ein. Ein guter Chor, das war nach den ersten Takten klar. Und ein guter Bongospieler. Obwohl er nicht viel tat, hier einen Akzent setzte, dort einen Wirbel. Der Chor sang einen getragenen Choral. Der Wirbel schwoll an, die Chorleiterin riss den Arm hoch, ein harter Schlag auf die kleine Trommel – Stille.
Hinter dem Chor öffnete sich eine Tür. Die Gemeinde erhob sich. Der Pastor schritt zu einem Stehpult und grüßte mit einem Nicken. Er trug einen nachtblauen Talar und eine rote Stola. Auf seiner Brust schimmerte ein silbernes Kreuz mit bunten Steinen.

Er sprach einen Segen auf Kreyòl. Kein Kyrie, kein Gloria. Er sprach in ein Mikrofon, so schlank, dass es Rafael erst jetzt auffiel. Warm und voll klang seine Stimme aus langen, schmalen Boxen, die kaum sichtbar an den Wänden hingen. Die Kirche war schlicht, aber an der Tonanlage hatten sie nicht gespart.
Die Gemeinde setzte sich. Ein Baby schrie. Der Pastor machte einen Scherz, die Gemeinde lachte. Er war ein großer, fülliger Mann mit breiten Schultern und einem kahlen Schädel auf dem kurzen Hals. Auf der Stirn hatte er eine große, sichelförmige Narbe. Wegen dieser Narbe hatte sein Kopf einen ständig heiteren Ausdruck. Er erinnerte Rafael an eine Kinderlaterne, einen gütigen Vollmond, der von innen leuchtete.
Der Pastor sprach ruhig, die Hände auf dem Pult, dann vor dem Bauch gefaltet. Er schaute in die erste Reihe, dann zu den Männern an der Tür. Immer schien er das Wort an eine bestimmte Person zu richten. Er war offenbar schon mitten in der Predigt. Aber er sprach beiläufig, als erzähle er eine Geschichte, die sich gestern ereignet hatte. Nichts Heiliges, nichts Schweres. Nichts, wofür man auf eine Kanzel klettert. Er predigte auf Kreyòl, Rafael verstand nur hin und wieder ein Wort: *Adam, Eve, paradis*. Der Pastor griff in die Luft, als pflücke er Trauben. Er biss zu, wie in ein saftiges Stück Fleisch. Alles leicht und alltäglich. Rafael begriff etwas über das Paradies, was ihm bis jetzt nie richtig klar gewesen war: Nämlich dass Adam und Eva im Paradies weder besonders glücklich noch Gott dankbar gewesen waren. Weil sie etwas anderes nicht kannten. Das Paradies war ihr Alltag.
»Koulèv!«
Schweigen.
Kein Lächeln mehr auf dem Gesicht des Pastors. Kinder kuschelten sich in die Arme ihrer Mütter. Er schlängelte den

linken Arm, er schlängelte den rechten Arm. Er ruckte mit dem Kopf vor und zurück. *Koulèv* musste die Schlange sein. Im Kindergottesdienst hatten sie Szenen aus der Bibel malen sollen, für die Weihnachtsfeier im Heim. Rafael hatte das Paradies gemalt, mit Adam und zwei Evas. Falls eine krank wird. Die Pastorin, protestantisch und blöd, hatte verlangt, dass er eine Eva übermalte. Der Streit war bis zum Zerreißen von Bildern und Zerschmettern von Tuschekästen eskaliert. Hier, wo er den Pastor zucken sah, verstand Rafael zum ersten Mal das Wesen der Schlange. Sie hatte keine Haltung, keinen Ort. Sie konnte kalt und warm sein, gerade und gerollt. Die Schlange war überall und alles. Sie war die Beliebigkeit, die Menschen Freiheit nannten.

Die Schlange bot Eva den Apfel an. Der Pastor hielt der Gemeinde seine Hand hin, forderte sie auf zu kosten. Ein Apfel, das Selbstverständlichste der Welt. Warum sollte man nicht hineinbeißen? Was hat Gott gesagt? Baum der Erkenntnis? Haha! Einfältiges Geschwätz!

Rafael verstand die Worte nicht. Aber die Botschaft. Nämlich dass es keinen vernünftigen Grund gab, den Apfel nicht zu essen. Die Schlange war kein Dämon, kein Verführer. Sie war die Stimme der Vernunft. Der Pastor war Eva, im nächsten Moment die Schlange. Ihm reichte ein Drehen des Kopfes, ein Heben der Stimme, ein Blick auf den Apfel in der Hand. Noch etwas begriff Rafael, die Pastorin hatte immer darum herumgeredet: Die Geschichte war offen. Eva musste nicht in den Apfel beißen. Gott hatte die Vertreibung aus dem Paradies nicht bestimmt.

In der Kirche hielt alles den Atem an. Eva prüfte den Apfel. Roch, wog ihn in der Hand. Nicht Eva, die Sünderin. Sondern Eva, die Vernünftige. Die die Qualität einer Ware sorgfältig prüft. Immer noch kann sie Nein sagen. Sie kann im Apfel einen Makel finden. Sie kann ihn der Schlange zurückgeben oder auf den Boden werfen. Doch Eva findet keinen Makel. Der Apfel ist perfekt. Sie führt ihn zum Mund. In der Bank schreit ein Mann:

»Non!«

Eva hält inne. Blickt in die Richtung, aus der der Schrei gekommen ist. Blick der Verachtung. Blick eines Menschen, der glaubt, er könne auf Gottes Gebote pfeifen. Sie beißt in den Apfel. Die Zeit steht still. Alle erwarten ein Beben, eine Explosion, die Vertreibung. Doch nichts passiert. An der Decke dreht sich der Ventilator, eine Neonröhre flackert. Draußen hupen Autos. Die Menschen in den Bänken sehen sich an. Sie sehen, dass sie arm sind. Und krank. Und sterblich. *Und sie erkannten, dass sie nackt waren.* Eva, die Vernünftige! Sie hätte nie in den Apfel beißen dürfen!

Der Blick des Pastors schweifte über die Reihen. Hier und da wurde geschluchzt. Er stellte eine Frage. Und noch eine. Schaute in überraschte und ratlose Gesichter. Er wiederholte die Fragen, Fragen, auf die alles ankam. Fragen auf Leben und Tod.

»Was sagt er?«, flüsterte Rafael.

Links und rechts verstand ihn niemand. Aber hinter ihm stand eine Mulattin. Je heller die Haut, desto größer die Wahrscheinlichkeit von Englischkenntnissen.

»Was hat der Pastor gesagt?«, fragte Rafael.

»Vater Boisseau fragt, was ist aus der Schlange geworden?«, antwortete die Mulattin in fließendem Englisch. »Wem bietet sie den Apfel an?«

11

Maria saß vorn im Kleinbus. Neben Doreen, dem *vitamin officer in charge*. Auf den Bänken hinter ihr saßen die Vitamin Warriors, fünf Männer und drei Frauen. Alle zwischen fünfzig und fünfundsechzig, alle übergewichtig, alle aus Tennessee. Doreen war auch aus Tennessee, aber schlank und trainiert, Anfang dreißig, mit rotgefärbter Kurzhaar-Frisur, Jeans und schwarzen Stiefeln. Sie steckte ihr Telefon in die Gürteltasche, während sie den Bus steuerte.

»Im Hotel, wo wir wohnen, sind Zimmer frei«, sagte sie. »siebzig Dollar Halbpension, für Port-au-Prince ein Schnäppchen. Gibt günstigere Optionen in der Rue Dessalines. Aber wenn Sie nicht in einem Puff ohne Wasser und Strom wohnen wollen –«

»Ich nehme es«, sagte Maria.

Sie fuhren vorbei an Wellblech-Slums und Industrieruinen in eine dunkle Stadt. Immer wieder fielen die Reifen in Schlaglöcher. Kerosinlampen brannten vor zerstörten Häusern. Wäscheleinen waren von Mauer zu Mauer gespannt. In den Löchern, wo früher Fenster und Türen gewesen waren, hingen Zeltbahnen mit den Logos von Hilfsorganisationen: *USAid, CARE, Rotes Kreuz ...*

»Warum ist hier immer noch so viel kaputt?«, fragte Maria.

»Sie wissen nicht, wie es vor einem Jahr aussah. Noch schlimmer vor zwei Jahren. Manches wird besser, manches wird schlechter. Die Stromversorgung zum Beispiel. Angeblich klauen Banditen die Kabel und Transformatoren.«

Hier und da ratterten Generatoren. Neonröhren brannten in der *Pharmacie Grandeur de Dieu*. Tanzmusik drang aus der *Bar Préstige*. Junge Männer standen auf den Bordsteinen, saßen in den Resten der Hauseingänge. Einige tanzten, schwenkten Bierflaschen und Zigaretten. Ein Mädchen, vielleicht dreizehn oder vierzehn Jahre alt, schleppte Wassereimer über die Straße. In einem Tuch auf ihrem Rücken hing ein Baby.

»Oh, mein Gott«, sagte Jeff auf der Rückbank.

»Es ist entsetzlich«, sagte eine Frau.

»Können wir dem Mädchen helfen?«

»Ab morgen werden wir vielen Menschen helfen«, sagte Doreen.

Maria sah Frauen hinter Holzkohlegrills, Kerosinlampen und hier und da Zelte der Vereinten Nationen. Junge Männer standen vor den Resten eines ausgebrannten Lastwagens, ohne Räder, ohne Türen, ohne Motor. Sie sahen den Kleinbus und rieben ihre Finger gegeneinander, als wollten sie Geld. Zwei reckten ihre Mittelfinger.

»Warum tun sie das?«, fragte eine Frau.

»Sie sind betrunken«, sagte Doreen.

»Sind sie gefährlich?«

»Sie machen nur Spaß.«

Sie fuhren über einen weiten Platz. Ein Hund humpelte auf drei Beinen zwischen Müllhaufen. Die Vitamin Warriors saßen auf den Rücksitzen und schwiegen. Maria hörte Schniefen in ein Taschentuch.

»Hier stand früher der Präsidentenpalast«, sagte Doreen. »Er war zu stark zerstört, sie mussten ihn abreißen.«

»Bauen sie einen neuen?«, fragte Maria.

»Es gibt Pläne. In Haiti gibt es Pläne für alles.«

Sie fuhren auf einer dunklen Straße bergan. Maria sah keine Häuser, nur Mauern und Stahltore. Hier und da ein Licht, darunter Wachleute auf Klappstühlen. Kinder, die auf dem Bordstein schliefen. Sie war nicht sicher, was sie erwartet hatte. Armut, natürlich. Auch Zerstörung. Aber nicht diese

Dunkelheit. Nicht die vielen Kinder und Jugendlichen auf den Bordsteinen.
Der Bus hielt vor einem Tor. Doreen hupte. Ein Wachmann mit einer Kalaschnikow über der Schulter hob grüßend die Hand und schob das Tor auf. Sie fuhren auf einen kleinen Parkplatz, vor einer Villa, die an ein verwunschenes Hexenhaus erinnerte: hohe Giebel, Säulen, verzierte Balustraden, von denen weißer und brauner Lack blätterte. Hinter einigen Fenstern im Erdgeschoss und ersten Stockwerk glimmte schwaches Licht. Unter dem Dach hingen die Fenster schief und scheibenlos in den Angeln. Eidechsen flohen vor dem Licht der Scheinwerfer in staubgraue Büsche. Nachtfalter umschwirrten eine schmiedeeiserne Lampe, die über der Tür hing und ein verwittertes Schild beschien: *Villa Jardin*. Doreen schaltete den Motor aus.
»Jeder nimmt sein Gepäck mit ins Hotel«, rief sie nach hinten. »Wir treffen uns an der Rezeption.«
Maria öffnete die Tür. Schwüle Wärme schlug ihr entgegen, der Geruch von Fäulnis und Abgasen. Sie holte ihre Reisetasche und ihren Rucksack aus dem Fußraum; mehr hatte sie nicht gepackt. Die Vitamin Warriors standen an der Heckklappe. Sie hatten viel Gepäck dabei: Rollkoffer, Handkoffer, Säcke mit Kleiderspenden ... und natürlich ihre Umhängetaschen voller Bonbons. Sie redeten durcheinander, lachten und fotografierten sich mit ihren Telefonen. Der Gepäckboy des Hotels trug den Koffer einer Frau in Birkenstocks und Shorts, die offenbar Probleme mit ihrer Hüfte hatte.
Doreen stand etwas abseits, tippte eine SMS und steckte ihr Telefon wieder ein.
»Darf ich Sie etwas fragen?«, sagte Maria. »Die Vitamin Warriors – sind das Entwicklungshelfer?«
»Es kommt drauf an, wie Sie den Begriff definieren«, sagte Doreen.

»Zwei der Frauen sind so dick, sie können kaum laufen.«
»Gehen Sie davon aus, dass alle Menschen mit weißer Haut in Haiti sind, um zu helfen.«
Jemand rief sie, es gab ein Problem mit einem Koffer. Der Griff war abgebrochen. Der Gepäckboy, ein hübscher, kräftiger Mann in roter Hose und weißem Hemd, lud sich den Koffer auf den Kopf. Die Vitamin Warriors applaudierten und fotografierten.
»Sie besuchen eine Freundin in Haiti?«, fragte Doreen, während sie Richtung Eingang gingen.
»Nicht wirklich«, sagte Maria.

Der Punkt war gekommen, an dem sie sich auf Joolys Spur setzen musste. An dem sie den Weg gehen musste, den Jooly gegangen war.
»Ich bin auch gekommen, um zu helfen«, sagte Maria.
»Haben Sie einen Vertrag? Mit einer Organisation?«
»Noch nicht. Aber ich habe die Bilder gesehen. In den Nachrichten. Die Kranken, die nicht versorgt werden. Die Kinder, die auf der Straße schlafen ...«
»Wie viel Geld haben Sie mitgebracht?«
Joolys Vater hatte seiner Tochter zweitausend Euro nach Nicaragua geschickt. Davon hatte sie eine Arztrechnung bezahlt und den Flug nach Haiti.
»Meine gesamten Ersparnisse«, sagte Maria. »Ungefähr eineinhalbtausend Euro.«
»Sie werden sich wundern, wie schnell die weg sind«, sagte Doreen. »Haiti ist teuer. Wasser, Nahrungsmittel, das meiste ist teurer als bei Ihnen zu Hause.«
»Aber es gibt hier so viel Arbeit! Überall Zerstörung, die Kinder ohne Eltern!«
»Und wer bezahlt Ihre Arbeit? Sie hätten nach dem Beben kommen sollen, Sie hätten sofort einen Job bekommen.

Aber jetzt? Haiti macht keine Schlagzeilen mehr. Die Spenden tröpfeln nur noch. Die Hilfsorganisationen bauen Personal ab. Ich möchte Sie nicht entmutigen, aber die Party ist vorbei.«

»Die Party?«

Ein Kleidersack platzte, Sportschuhe, Jeans, Sweater fielen in den Staub. Die Vitamin Warriors hatten Probleme, sich zu bücken. Doreen und Maria sammelten die Kleider auf.

»Wenn Sie in Haiti überleben wollen«, sagte Doreen, »haben Sie drei Möglichkeiten. Entweder gute Beziehungen –«

»Habe ich nicht.«

»Geld, mit dem Sie Ihr eigenes Projekt aufziehen –«

»Habe ich auch nicht.«

»Dann«, Doreen hob sich den Kleidersack auf den Rücken, »brauchen Sie einen wirklich guten Plan.«

12

»Wer, mein Junge«, fragte Vater Boisseau, »hat unseren Herrn Jesus Christus verraten?«

Der Junge saß auf der Kirchenbank. Er hatte den Kopf gesenkt, hielt eine blau-weiße Baseball-Kappe in seinen Händen und sagte: »Judas hat ihn verraten.«

»Richtig. Und was hat Judas für seinen Verrat bekommen?«

»Silberlinge.«

»Das ist auch richtig. Judas hat für seinen Verrat dreißig Silberlinge bekommen. Und was wollte Judas mit den Silberlingen tun?«

Der Junge zuckte die Schultern und kaute auf seiner Lippe.

»Du kannst es nicht wissen. Weil die Bibel uns darüber nichts sagt. Dreißig Silberlinge waren eine Menge Geld. Damit konnte man viele schöne Dinge kaufen. Ist es nicht seltsam, dass die Bibel nicht weiß, warum Judas das Geld wichtig war? So wichtig, dass er dafür unseren Heiland verraten hat?« Vater Boisseaus Arm ruhte auf der Banklehne, über den Schultern des Jungen. »Die Bibel weiß es nicht, weil Judas selbst es nicht wusste. Er hatte keine Ahnung, was er mit dem Geld wollte.«

»Vielleicht wollte er etwas zu essen kaufen.«

»Das kann sein.«

»Oder er brauchte Medizin für seine Mutter.«

»Das wäre ein guter Grund.«

»Oder seine Schwester war schwanger. Und damit sie das Kind nicht kriegt, musste er –«

»Die Sünde, mein Junge, ist nicht die Tat. Sondern die sinnlose Tat. Wir müssen uns fragen: Wozu tun wir dies? Oder das? Ist unsere Absicht gut oder sündig? Gott fordert Rechenschaft. Wie heißt du?«

»Michelin.«
»Und das ist die Kappe? Du hast sie deinem Freund gestohlen?«
»Ich habe sie gefunden.«
»Aber als du sie gefunden hast, wusstest du, sie gehört deinem Freund?«
Michelin nickte und fuhr sich mit dem Handrücken über die Augen.
»Zeig her ... Eine schöne Kappe.«
»Mit dem Autogramm von Floyd Mayweather.«
»Ein guter Boxer.«
»Der beste Boxer der Welt! Er geht in den Ring – so! Und dann schlägt er seinen Gegner kaputt – so!«
Michelin sprang auf, schlug seine kleine Faust in die Luft und brach, das Gesicht von Schmerzen verzerrt, neben der Bank zusammen.
Boisseau lächelte. »Möchtest du auch Boxer werden?«
»Wie Floyd Mayweather!«, sagte Michelin und rappelte sich wieder hoch.
»Deshalb wolltest du die Kappe tragen?«
Michelins Gesicht verdüsterte sich. »Kann ich doch nicht ... Sieht doch jeder, dass ich sie geklaut habe ...«
»Und das hast du vorher nicht überlegt?«
Michelin schüttelte den Kopf und wimmerte.
»Die Sünde, mein Junge, ist nicht, dass du die Kappe gestohlen hast. Es könnte zum Beispiel sein, du wolltest ein Baby vor der Sonne schützen. Die Sünde ist, dass du nicht nachgedacht hast. Gott fragt nach dem Sinn unserer Tat. Der Sinn bestimmt, ob eine Tat gut oder böse ist.«
»Was soll ich denn jetzt machen?«
»Morgen gibst du deinem Freund die Kappe zurück. Mache sie vorher dreckig. Sage ihm, du hast sie im Matsch gefunden. Er wird sich freuen und noch lieber dein Freund sein.«

Michelin stand auf. Boisseau hielt seinen Arm. »Was hast du gelernt?«
»Gott bestimmt, ob eine Tat gut oder böse ist. Und dass Judas den Heiland nicht verraten durfte, weil er von dem Geld nichts kaufen wollte.«
Boisseau gab ihm einen Klaps. Michelin lief den Gang hinunter zur Tür. Seine Schritte hallten von den Wänden wider.
Boisseau blieb in der Bank sitzen. Kinder! Wie wenig sie von der Welt wussten. Wie viele Fehler sie machten. Und doch, wie viel Hoffnung gaben sie! Da konnten die ausländischen Wissenschaftler von Bevölkerungsexplosion und sozialen Unruhen reden, wie sie wollten. Ein Blick in Kinderaugen war ein Blick ins Paradies.
Er stand auf und zuckte zusammen. Belamour stand vor ihm. In einem seiner gut geschnittenen Anzüge, die er in letzter Zeit trug. Im Arm hielt er eine Aktenmappe.
»Guten Abend, Vater«, sagte Belamour.
»Ich habe dich nicht kommen hören«, sagte Boisseau.
»Ich wollte nicht stören.«
»Warum hört man deine Schuhe nicht?«
»Es sind italienische Schuhe, Vater.«
»Wo hast du sie her?«
»Man bekommt sie, Vater.«
Boisseau setzte sich wieder. Italienische Schuhe. Wenn ihm eines zuwider war, dann Schleicherei. Aber er konnte Belamour die Schuhe in der Kirche schlecht verbieten.
»Wer war der Junge?«, fragte Belamour.
»Er lebt in einem Waisenhaus in Bois Verna. Er betet, geht in die Kirche und will Boxer werden. Aus dem könnte etwas werden.« Mit leisem Vorwurf fügte er hinzu: »Dich habe ich im Gottesdienst nicht gesehen.«
»Ich war verhindert, Vater.«

»Du kommst immer seltener.«
»Die deutsche Deputierte. Sie hat den Satz gesagt.«
»Davon habe ich gehört.«
»Er erregt überall Aufsehen. Morgen berichten die Zeitungen.«
»Trifft sie den Präsidenten?«
»Das ist jetzt weniger wahrscheinlich, Vater.«
»Wenn sie ihn nicht trifft, reist sie vielleicht ab.«
»Das wird sie nicht wagen, Vater.«
Warum nicht? Boisseau wollte es gar nicht so genau wissen. Er predigte das Ziel. Nicht den Weg dorthin. Schon gar nicht, wenn der Weg durch sumpfiges Gelände führte. Dafür hatte er Belamour mit seinen Schuhen.
»Wie wichtig ist diese Frau?«, fragte er. »In Deutschland?«
»Sie hat Einfluss. Sie gilt als Hoffnungsträgerin. Sie sitzt im Vorstand ihrer Partei. Allerdings in Bremen, einer kleinen Stadt am Meer, die früher reich war, aber heute arm ist.«
»Warum?«
»Es gibt keine Arbeit. Die Fabriken stehen still. Die Werften bauen keine Schiffe mehr. Die Stadt hat hohe Schulden.«
Boisseau kratzte seine Narbe auf der Stirn. Er fühlte seine heitere Stimmung verfliegen, wie immer, wenn die Dinge trüb und verworren wurden.
»Vielleicht ist die Sache mit der deutschen Deputierten keine gute Idee.«
»Sie ist ein Rädchen, Vater. Je mehr Rädchen, umso besser.«
»Na schön. Aber lass deine Schuhe besohlen. Du schleichst herum wie ein Geist.«
»Ich werde mich bemühen, Vater.«
»Was noch?«
»Der Däne.«
»Lass ihn.«
»Wir müssen –«

»Ich weiß, du magst ihn nicht.«
»Er –«
»Kein Wort von dem Dänen! Wir brauchen ihn!«
Belamour öffnete seine Aktenmappe. Mit einem Anflug von Widerwillen sah Boisseau die teure Uhr am Handgelenk. Er hatte in Belamours Alter nichts besessen als eine Bibel und die Kraft seines Glaubens. Belamour reichte ihm einen Umschlag.
»Vielleicht, Vater, wollen Sie das hier sehen.«
Boisseau öffnete den Umschlag und zog Fotografien heraus. Sie waren dunkel, in der Nacht aufgenommen, ohne Blitz. Eine zeigte einen Geländewagen, nachts, in der Einfahrt eines verlassenen Hauses. Die nächste einen Schatten, der sich dem Wagen näherte, außer Atem. Das dritte Foto zeigte den Schatten an der geöffneten Beifahrertür, das Innenlicht beschien das Gesicht eines jungen Mulattenmädchens. Auf dem Fahrersitz sah Boisseau einen rötlich blonden Kopf auf einem langen Hals; der dänische Arzt, kein Zweifel. Auf dem letzten Foto, der Wagen wieder dunkel, sah man die Köpfe dicht an dicht.
»Das Mädchen ist fünfzehn«, sagte Belamour. »Sie heißt Claire.«
»Vielleicht lieben sie sich.«
»Umso schlimmer.«
»Seit wann geht das?«
»Ungefähr zwei Monate.«
»Hm. Fünfzehn ist vielleicht etwas jung. Andererseits –«
»Um das Alter geht es nicht, Vater. Diese Claire ist die Tochter des Präsidenten.«

Freitag

»Handeln! Handeln! Das ist es, wozu wir da sind.«
Johann Gottlieb Fichte

13

Maria saß auf dem Bett. Sie kratzte ihre Arme und ihren Hals. Das Moskitonetz vor dem Fenster war vielfach geflickt und gestopft, mit Pflastern und Kügelchen aus Toilettenpapier. Drei oder vier Moskitos hatten den Weg in ihr Zimmer gefunden. Schlimmer als die Stiche war das Gesumme gewesen, die ganze Nacht. Sie schaute auf die Uhr: halb sieben. Vor zwanzig Minuten war es noch dunkel gewesen. Jetzt schien die Sonne schon hell ins Zimmer.
Außer dem Bett gab es im Zimmer noch einen Klappstuhl aus Holz. Ein Nachtschränkchen, darauf eine Lampe mit Resten zerquetschter Moskitos auf dem Bastschirm. Neben dem Bett einen Ventilator, der wenig Wind machte und quietschend nach links und rechts schwenkte. Gegenüber einen Schrank mit Resten von gelblichem Lack, dessen Tür nur schloss, wenn man sie gegen die Scharniere drückte. Hinter einem Plastikvorhang war das Bad. Eher eine Nische, mit Toilette, Waschbecken und einem Spiegel mit Sprung.
Maria stellte sich unter die Dusche. Nicht wirklich eine Dusche, bloß ein Duschkopf, der an der Wand hing und lauwarmes Wasser in alle Richtungen spritzte. Die Seife roch nach Chlor und Kaugummi. Prudhomme, der Portier, hatte Maria gestern Nacht erlaubt, das Gästebuch durchzublättern. Den ganzen November hatte sie durchsucht, aber Joolys Namen nicht gefunden.
Sie drehte den Wasserhahn, bis die Dusche nur noch tropfte, und trocknete sich ab. Sie überprüfte im Spiegel das Pflaster. Die Wunde war im Urban-Krankenhaus genäht worden. Maria hatte den Druckverband durch ein Pflaster ersetzt, damit sie harmloser aussah, als sie war. Aber es saß nicht

mehr fest. Maria hatte vergessen, neue einzupacken. Sie musste welche kaufen. Und Moskitospray.
Nächster Punkt: Was anziehen? Sie schaute in ihre Reisetasche. Sie hatte ein paar leichte Hosen eingepackt, T-Shirts, Sandalen und Tennisschuhe. Grün, blau, weiß – klare Farben standen ihr am besten. Bloß war sie nie in den Tropen gewesen. Vor allem wusste sie nicht, was eine junge Frau anzog, die nach Haiti kam, um einen Job in der Entwicklungshilfe zu suchen. Fair gehandelte Bio-Baumwolle? Jooly und sie hatten damals einen Stil kreiert, den sie »Desaster-Look« nannten. Angefangen hatte es, indem sie die Inhalte ihrer Kleiderschränke zusammenwarfen. Marias Germina-Schuhe und Shanty-Jeans, DDR-Relikte aus der Caritas-Kleiderkammer, für die sie sich bis dahin so geschämt hatte; wie cool die Sachen aussahen, wenn man sie mit Joolys Lacoste-Hemden und Barbour-Jacken kombinierte! Richtig aufregend wurde es, als sie begannen, mit dem Nachlass von Joolys Mutter zu experimentieren. Leder, Seide, Pelze aus feinsten Frankfurter Boutiquen, die sie kochten, schleuderten, mit Batteriesäure verätzten. Burgundrote Wildlederstiefel füllten sie mit Steinen, um sie in der Ostsee zu versenken. Nach zwei Wochen sahen sie aus, »als hätte Patti Smith in den Tretern Stalingrad erobert«. Viele Mädchen an der Schule hatten versucht, ihren Stil zu kopieren. Alle waren gescheitert. Aber war Jooly im Desaster-Look nach Haiti gekommen?
Maria entschied sich für eine weiße Kniebundhose, Sandalen und einen verblichenen grauen Sweater mit der Aufschrift »*Breaking through to the other side*«. Naiv, sicher. Aber vielleicht war naiv für ihren ersten Tag in Haiti nicht schlecht.
»Lernen Sie dieselben Menschen kennen«, hatte Ahrens gesagt. »Folgen Sie der Spur meiner Tochter!«
Holzdielen knarrten unter Marias Füßen. Die Villa Jardin war eine Herrenvilla, gebaut im karibischen Kolonialstil um

die Wende zum letzten Jahrhundert. Sie stieg die Holztreppe hinunter, an den getäfelten Wänden hingen historische Fotos: Männer in Zylindern. Frauen in Spitzenhandschuhen. Dampfschiffe im Hafen. Haiti, hatte Doreen erklärt, war einmal die reichste Kolonie Frankreichs gewesen. Heute war es eines der ärmsten Länder der Welt. Was war schiefgelaufen?

Flügeltüren öffneten sich auf eine Veranda mit weißen Holzpfeilern und verziertem Geländer. Die Mauern umfassten einen Hof, in dessen Mitte, an jeder Ecke eingefasst von einer Topfpflanze, ein kleiner, wasserloser Pool lag. Auf der Veranda war für das Frühstück gedeckt: Ein Buffet mit Toastbrot, Marmelade, Frischkäse-Ecken, hartgekochten Eiern, Bananen- und Melonenstücken. Alles unter Fliegengittern. Dazu Thermoskannen mit Kaffee und Tee. Siebzig Dollar die Nacht. Kein Luxus, das hatte Jeff schon im Flugzeug angekündigt. Kein Hotel für die Funktionäre von staatlichen Hilfsorganisationen, mit fetten Gehältern und Spesenpauschalen. Sondern für Menschen, die wirklich helfen wollten.

Maria füllte einen Teller mit Brot, Frischkäse-Ecken und Bananenstücken. Aus der Thermoskanne pumpte sie Kaffee in einen Becher und rührte Milchpulver hinein. Die meisten Tische waren schon besetzt. An dem großen, runden in der Mitte saßen die Vitamin Warriors, über eine Landkarte gebeugt, auf der mehrere Orte mit Kreuzen markiert waren.

»Guten Morgen, Maria!«

»Guten Morgen, Jeff.«

»Gut geschlafen?«

»Wunderbar.«

»Gott segne Sie!«

An einem anderen Tisch saßen drei ernste, gutaussehende Männer, die schon zum Frühstück Krawatte trugen und ihre

Sakkos mit den schwarzen Namensschildern sorgfältig über die Stuhllehnen gehängt hatten: Mormonen. Sie aßen Brot mit hartgekochten Eier und tranken Wasser. Maria setzte sich an einen der wenigen freien Tische. Alle Gäste waren Weiße, bis auf zwei Asiaten. Schwarz war das Personal: Die Serviererin, die neues Obst auf einen Teller häufte. Der Gärtner, der seinen Schlauch über die Büsche hielt. Die Wachleute am Tor, kräftige junge Männer mit Stiefeln und Kalaschnikows. Und Prudhomme, der alte Portier, der in Weste, gestärktem Hemd und schwarzer Fliege hinter der Rezeption stand wie ein Relikt aus der guten alten Zeit.

»Ist hier frei?«

Vor ihr stand ein kleiner magerer Mann mit schütterem, grauen Haar, das er über die Stirn gekämmt hatte. Er trug eine Nickelbrille auf seiner spitzen Nase, eine schwarze Bundfaltenhose und ein schwarzes Hemd mit chinesischem Kragen. Er mochte um die fünfzig sein und hatte Herpes an der Oberlippe.

»Klar«, sagte Maria.

Er setzte sich und legte ein Moleskine-Buch auf den Tisch.

»Ich bin Howard«, sagte er.

»Ich bin Maria.«

»In welchem Projekt arbeiten Sie?«

»Ehrlich gesagt –«

»Sagen Sie nichts. Es regt mich doch nur auf. Alle diese Leute regen mich auf. Sie glauben, sie können Haiti heilen. Aber Haiti kann sich nur selbst heilen.« Er führte seinen Toast zum Mund. Zögerte. Legte ihn wieder auf den Teller. »Wir sehen in Haiti unsere eigene Krankheit. Wir müssen lernen, das Land neu zu sehen. Wenn wir es neu sehen, heilt Haiti uns.«

»Das ist faszinierend.«

»Ich lebe hier seit einem Jahr. Ich spüre, wie das Land etwas

mit mir macht. Wie es mich verändert. Es wird auch Sie verändern. Geben Sie Haiti eine Chance!«
Er öffnete sein Buch, zog einen Füllfederhalter mit Goldverzierung aus seiner Tasche und begann zu schreiben. Er sah auf, als fühle er sich beobachtet. Oder als wolle er, dass man ihn beobachtete. Warf einen geringschätzigen Blick in die Runde und schrieb weiter.
Maria ging erneut zum Buffet und füllte ihren Teller mit Melonenstücken. Auf vielen Tischen standen aufgeklappte Laptops. Noch ein Grund, warum dieses Hotel ein Schnäppchen war: Es gab, außer einem Generator und Wachleuten rund um die Uhr, auch Wireless LAN. Die Vitamin Warriors hielten sich an den Händen und beteten. Die Asiaten brüteten über einem Bauplan. Am Tisch neben dem Buffet diskutierte eine Gruppe Österreicher. Maria verstand den Dialekt und begriff trotzdem nicht, wovon sie redeten. *Resilience Building* sagte der eine. *Gender Participation* sagte die andere. *Micro-Sustainability* die Dritte. Sie schossen sich Begriffe zu wie Bälle. Bis einer mit *humanitär kohärent* hineingrätschte und alle aufgeregt durcheinander redeten. Ein sandgelber Lockenkopf blickte hoch. Sein Blick glitt von Marias Gesicht auf den Schriftzug ihres Sweaters. Er verdrehte, gerade genug, damit sie es bemerkte, die Augen. Okay, sie hatte die Botschaft begriffen. *Breaking through to the other side* war nicht naiv, sondern dämlich.
Maria aß ihre Melonenstücke im Stehen. Es gab drei, vier Hotels in der Nähe, hatte Prudhomme gesagt. Dazu ein paar Kindergärten und Schulen. Die Büros der Hilfsorganisationen waren fast alle in Pétionville, oberhalb von Port-au-Prince. Maria hatte ein Foto von Jooly in ihrer Tasche, das sie herumzeigen konnte. Aber vorher musste sie den Sweater wechseln. Jooly war nicht als Neuling nach Haiti gekommen. Sie hatte vorher schon Monate in Mittelamerika ver-

bracht, in verschiedenen Projekten. Sie kannte sich aus in der Entwicklungshelfer-Szene, kannte die Dresscodes, den Jargon. Sie hatte für so etwas immer ein Gespür gehabt. »Folgen Sie der Spur meiner Tochter!« Nicht so einfach. Seine Tochter war mit einem Vorsprung gestartet.

Maria stieg die Treppe hoch. Acht Uhr, schon jetzt machte ihr die Hitze zu schaffen. Und der Jetlag. Von oben hörte sie eine Männerstimme: »Sei mein Retter ... *Human Rights Watch*? Die hängen ein paar Tage länger am Pool rum, das mögen die, dafür sind sie hier ... Ich kann nicht am Pool rumhängen, Schätzchen, weil dieses Hotel keinen Pool hat! Jedenfalls keinen mit Wasser!«

Maria stieg weiter die Treppe hoch. Auf der obersten Stufe saß ein Mann in Shorts, Sandalen und rot kariertem Oberhemd, das er bis zur Brust aufgeknöpft hatte. Seine blonden Haare hatte er zu einem Zopf gebunden. Er kaute an einer Lakritzstange und hielt ein altes, mit Klebeband umwickeltes Handy an sein Ohr.

»Ich jammere nicht«, sagte er. »Aber ohne den Verteilerkopf bin ich erledigt. Eine Laus, eine Kakerlake, die treten mich platt, die –«

Er mochte Mitte dreißig sein. Alles in seinem Gesicht war eine Nummer zu groß: Die gebogene Nase, der breite Mund mit den leicht gelblichen Zähnen, die wasserblauen Augen. Er saß auf den Stufen wie die leicht übertriebene Skulptur eines Sunnyboys. Sein Englisch gefiel Maria, sie hatte den Dialekt noch nie gehört: rollende R, abgehackte Vokale und lässig zerkaute Konsonanten.

»Ich danke dir. Bist meine Retterin. Wir sind Helden. Wir sind alle ganz wunderbare Menschen.«

Er gab dem Handy einen schmatzenden Kuss und steckte es in seine Brusttasche. Er blickte hinunter auf Maria.

»Morgen«, sagte er. »Neu hier?«

»Gestern angekommen.«
»Welches Projekt?«
»Kein Projekt.«
»Okay, geht mich nichts an.« Er musterte Maria wie ein niedliches, aber dusseliges Tier, das sich ins falsche Biotop verirrt hatte. »Glaubst du an Darwin? Der Stärkere überlebt? Fick dich, Darwin! Der Underdog überlebt! Der am niedlichsten winselt, der allen leidtut! In der ganzen Stadt gibt es genau einen Verteilerkopf für meinen Dodge. Und wer kriegt ihn? Die Alphatiere von *USAid*? *Human Rights Watch*? Der kleine Craig kriegt ihn! In einer Stunde ist mein Wagen fertig.«
»Und dann?«, fragte Maria.
»Fahre ich Kinder retten!«

14

»Ich danke Ihnen, dass Sie sich für mich Zeit nehmen«, sagte Michelle.
»Das ist selbstverständlich«, sagte der Botschafter.
»Bestimmt ruiniere ich Ihren Terminplan.«
»Überhaupt nicht.«
Das Arbeitszimmer seiner Exzellenz Klaus-Günther Bachmair war freundlich und aufgeräumt. Aus zwei großen Fenstern ging der Blick auf einen Garten, in dem Kakteen und Bougainvillea blühten. Auf dem Schreibtisch stand, neben dem Telefon, ein Bilderrahmen, der unmöglich etwas anderes enthalten konnte als Fotos seiner Frau und seiner Kinder. Von seinen Kindern stammte vermutlich auch das bunte Gekrakel, das hinter dem Schreibtisch an der Wand hing.
»Ich höre, die politischen Verhältnisse sind zurzeit unruhig?«, fragte Michelle.
»Sie sind immer ein wenig unruhig«, sagte Bachmair und deutete auf eine cremefarbene Sitzgarnitur. »Nichts Alarmierendes. Bitte setzen Sie sich.«
Michelle hatte sich, wie sie es vor Treffen mit wichtigen Gesprächspartnern immer tat, über den Botschafter informiert: Ausbildung, berufliche Laufbahn, Persönliches. Auf allen Fotos, die sie im Netz gefunden hatte, sah Bachmair gleich aus. Sandfarbenes Haar, sorgfältig gescheitelt. Vollbart etwas dunkler, sorgfältig geschnitten. Pigmentfleck am Kinn. Auf allen Fotos trug er Anzüge, die preiswert aussahen und es zweifellos auch waren. Auf allen Fotos trug er Krawatten der Sorte, wie sie Schwiegermütter zu Weihnachten verschenkten. Und auf allen Fotos lächelte er, als ob er sich über diese Krawatten herzlich freue.

»Probieren Sie«, sagte Bachmair und deutete auf ein Schälchen mit Mandelplätzchen. »Selbstgebacken von meiner Schwiegermutter.«
Er war einer dieser Männer, die in jungen Jahren akzeptiert hatten, dass sie Klaus-Günther heißen, einen Pigmentfleck am Kinn haben, aus Böblingen stammen und ihr Leben entsprechend einrichten. Die sagten »Das Wichtigste in meinem Leben ist die Familie« und es tatsächlich so meinten.
Eine Sekretärin stellte ein Tablett mit einem geblümten Kaffeeservice auf den Glastisch.
»Milch? Zucker?«, fragte Bachmair.
»Ein wenig Milch«, sagte Michelle. »Danke.«
Allerdings gab es einen anderen Aspekt im Leben von Klaus-Günther Bachmair: Der Mann hatte Botschaften im Yemen, in Afghanistan und Libyen geleitet. In Nordmali und Somalia hatte er mit Geiselnehmern verhandelt, beide Male mit Erfolg. Er sprach sechs Sprachen. Erst vor kurzem war er nach Haiti zurückgekehrt, die Amerikaner hatten ihn um Hilfe gebeten, weil sie in Verhandlungen mit Piraten im Golf von Guinea nicht weiterkamen. Angeblich war diese freundliche kleine Botschaft in Port-au-Prince ein Rückzugsort; mehrere islamische Gruppen hatten ein Kopfgeld auf ihn ausgesetzt. Es schien ihn nicht zu stören. Er rührte Milch und Zucker in seinen Kaffee und fragte: »Hatten Sie bislang eine gute Reise?«
»Ich bin übervoll mit Eindrücken. Sie können sich vorstellen, Herr Botschafter –«
»Sagen Sie einfach Bachmair.«
»Die Reise ist für mich sehr bewegend. Die Armut schockiert, das Ausmaß der Zerstörung ... Man möchte anpacken, Steine aus dem Weg räumen. Gleichzeitig haben die Menschen Erwartungen, die ich unmöglich erfüllen kann.

Sie denken, weil ich in der Bremer Politik einen kleinen Posten habe –«

»Es gab ein Porträt über Sie im *Nouvelliste*.«

»Diese Leute schreiben zusammen, was sie im Internet finden.« Sie biss in ein Mandelplätzchen. »Bitte richten Sie Ihrer Schwiegermutter aus, die Plätzchen sind hervorragend.«

Er strahlte, als könne er es kaum erwarten, zum Telefon zu stürzen und die frohe Botschaft in Böblingen zu verkünden. Gut so, den Mann würde Michelle einwickeln. Sie musste ihm bloß das Gefühl geben, dass sie ihn unterschätzte. Solche Männer liebten es, sich unterschätzt zu fühlen.

»Was benötigt die Bevölkerung am dringendsten?«, fragte Michelle. »Transport, das höre ich in allen meinen Gesprächen. Die Infrastruktur liegt in Trümmern. Bauern können ihre Ware nicht zum Markt bringen. Auch die Ansiedlung von Industrie, der Abbau von Rohstoffen ...«

»Sie haben vollkommen recht.«

»Die Haitianer wollen keine Bettler sein. Sie wollen ihr Land selbst aufbauen. Dieser Glaube an die Zukunft eröffnet Möglichkeiten, gerade für Deutschland. Das Verhältnis zu Frankreich ist historisch belastet. Das Misstrauen gegenüber den USA ist groß. Die Haitianer bewundern deutsche Produkte. Ich rede mit jungen Haitianern, sie schwärmen von preußischen Tugenden.«

»Tatsächlich?«

»Die Alten, Herr Botschafter, erinnern sich noch an Gleise. An einen Personenzug zwischen Port-au-Prince und Saint-Marc. Und Haiti hatte einmal viel mehr. Es hatte ein richtiges Streckennetz, bis in die Mitte des zwanzigsten Jahrhunderts. Es spielte für die Wirtschaft eine zentrale Rolle. Diese wundervollen Menschen haben ein besseres Leben verdient. Sie haben eine bessere Infrastruktur verdient. Ich spreche von einer Bahnlinie, die alle großen Städte von Nord nach Süd miteinander verbindet. Cap-Haïtien. Gonaïves. Saint-Marc. Port-au-Prince. Vielleicht weiter bis Jacmel. Ich spreche, je nach Streckenführung, von einer Bahnlinie zwischen zweihundertfünfzig und dreihundert Kilometer.«

»Ich habe von der Idee gehört«, sagte Bachmair.

»Wir reden nicht nur über Haiti. Wir reden auch über Deutschland. Wir reden über ein Bundesland in der schwierigen Phase des wirtschaftlichen Umbruchs. Wie viele Milliarden erhält Bremen jedes Jahr aus dem Länderfinanzausgleich? Und wer zahlt die höchsten Beiträge? Jeder Bremer weiß, was er den Schwaben verdankt. Jeder Bremer fühlt Hochachtung, aber auch, ich sage es offen, Beschämung. Bremen muss und will es alleine schaffen. Wir haben Maschinen- und Werkzeugfabriken. Wir haben hervorragend ausgebildete Ingenieure. Der Bau der Züge, der Waggons, der Stellwerke, der Gleise ... Wir sprechen über Hunderte von Arbeitsplätzen. Über Jahre!«

Sie atmete durch. Sie trank endlich einen Schluck Kaffee. Sie musste Bachmair Zeit geben, das alles zu verdauen.

»Natürlich«, fuhr sie fort, »ist die Finanzierung eine internationale Aufgabe. Haiti ist bergig. Eine Bahnlinie braucht Brücken, wahrscheinlich geht es nicht ohne Tunnel. Alles Material muss von außen herangeschafft werden. Anschluss der Bahnhöfe ans Straßennetz. Zubringergleise zum Flughafen und den Hafenkais ... Ich unterschätze nicht die Kosten.«

»Über welche Zahlen reden wir?«

»Alle Kalkulationen sind vorläufig. Aber keine liegt unter sechshundert Millionen.«

»Dollar?«

»Euro. Es klingt viel. Es ist nicht viel. Bedenken Sie, wie viel kostet der Bau eines einzelnen Bahnhofs in, nur als Beispiel, Stuttgart? Und wie viele Milliarden Hilfe sind schon nach

Haiti geflossen? Milliarden von der Weltbank. Milliarden aus dem Entwicklungsprogramm der Vereinten Nationen. Milliarden aus den USA. Milliarden von der Europäischen Union. Milliarden von Kirchen, privaten Spendern und so weiter. Niemand hat einen Überblick. Alle zucken die Schultern und sagen: Dies ist Haiti.«

Bachmair blickte sie an über den Rand seiner Kaffeetasse. Freundlich und interessiert, wie ein gelehriger Schüler. »Ist es nicht erstaunlich, wie sich so eine Idee plötzlich in allen Köpfen festsetzt? Angeblich drängen ihn sogar seine Minister, die Planung voranzutreiben. Man fragt sich, welches Interesse sie haben.«

»Das Wohl des Landes, Herr Botschafter. Sicher, es gibt ein Korruptionsproblem. Wir dürfen nicht alles den Politikern überlassen. Entscheidend ist die Beteiligung des privaten Sektors. In Entwicklungskreisen wird der Plan seit Monaten diskutiert. Alle sind sich einig, dass das Klein-Klein unzähliger Projekte das Land nicht aus der Krise führt. Haiti braucht den Sprung nach vorn.«

Bachmair rührte nachdenklich in seiner Kaffeetasse.

»Der Präsident«, sagte sie, »steckt politisch in der Klemme. Er braucht einen Erfolg. Ein Projekt, das den Menschen Hoffnung gibt. Das sie begeistert. Allein der Bau der Bahnstrecke sichert Tausenden Familien das Überleben. Je offensiver Deutschland sich einbringt, desto stärker ist unsere Position. Natürlich ist meine Reise privat. Dennoch glaube ich, ein Gespräch, Perspektiven für die Zukunft ...«

»Sie wollen ein Gespräch mit dem Präsidenten?«

»Ich möchte für Haiti und Bremen etwas erreichen. Das Büro des Präsidenten musste den Termin verschieben, es gibt Probleme mit der Kommunikation. Sie sind näher am Apparat. Ihr Wort hat Gewicht. Wenn die Botschaft ihre Kontakte spielen lässt ...«

Statt Bremen hätte sie besser allgemein Deutschland gesagt. Andererseits: Böblingen hatte keine Werftenkrise. Nicht die höchste Arbeitslosigkeit Westdeutschlands. Keine Pro-Kopf-Verschuldung jenseits von Maß und Anstand.

Bachmair pustete auf seinen Kaffee. Er biss in ein Plätzchen. Er fragte: »Sie haben gestern Ihr Geburtshaus besucht?«

»Es war ein bewegendes Wiedersehen.«

»Sie haben eine Rede gehalten?«

»Eine kleine Ansprache.«

»Sie hat Wogen geschlagen, Ihre Ansprache. Die Zeitungen zitieren Sie. Im Radio wurde Ihre Rede wiederholt. Zumindest ein Teil.«

Ein forschender Ton lag in seiner sanften Stimme. Ein Ton, der Michelle missfiel.

»Ich bin sicher«, sagte sie, »man misst meiner Rede mehr Bedeutung bei, als sie verdient.«

»Sie haben offene Worte gefunden. Gewalt, Korruption, die Untätigkeit der Regierung ...«

»Ich habe versucht, die Stimmung in der Bevölkerung ...«

»Und dann haben Sie einen Satz gesagt, Frau de Sélestat. Einen bemerkenswerten Satz.«

»Ich weiß nicht, wovon Sie sprechen.«

»Tatsächlich?«

Er stand auf. Er ging zu einer ockerfarben lackierten Schrankwand, die man in Böblingen wahrscheinlich als Designmöbel verkaufte. Er schaltete einen Fernseher ein und schob eine Videokassette in den Recorder. Was sagte es über den Zustand einer Botschaft, dass sie immer noch Videokassetten verwendete?

»Entschuldigen Sie die schlechte Bildqualität«, sagte Bachmair und ließ das Band vorlaufen. »Die Kassetten liegen seit Jahren im Archiv.«

»Man kann sie digitalisieren.«

»Normalerweise ist das nicht nötig. Jeder Haitianer kennt die Bilder, die ich Ihnen gleich zeige.« Plötzlich war da ein Ton in seiner Stimme, der Michelle überhaupt nicht gefiel.
Das Video zeigte eine jubelnde Menschenmenge. Im Hintergrund erkannte Michelle den Präsidentenpalast. Straßen und Gebäude waren mit Fahnen geschmückt. Eine Wagenkolonne wurde von Motorrädern geleitet. Ein Staatsbesuch. Bachmair stellte den Ton lauter. Michelle hörte Trommeln und Gesang. Sie sah eine Bühne. Einen Chor. Priester im Ornat. Auf der Bühne stand ein attraktiver Mann unter einer weißen Mitra.
»Papst Johannes Paul II.«, sagte Bachmair. »Am 9. März 1983 in Port-au-Prince. Der Diktator auf Lebenszeit hieß damals Jean-Claude Duvalier, genannt Baby Doc. Genauso korrupt und brutal wie sein Vater, aber ohne dessen Intelligenz. Das Regime hatte nicht mehr viele Freunde. Einer der letzten war die katholische Kirche. Doch an diesem Tag passierte etwas Erstaunliches.«
Großaufnahme des Papstes. Er sprach in mehrere Mikrofone. Es war nicht klar, ob er noch auf der Bühne stand oder eine Pressekonferenz hielt. März 1983. Vor Michelles Geburt. Sie erinnerte sich nur an den späten Papst, zitternd und gekrümmt. Davon war hier nichts zu merken. Er sprach gutes Französisch mit polnischem Akzent. Er kritisierte die Armut. Die Ungleichheit. Die Gewalt.
»Und jetzt passen Sie auf«, sagte Bachmair.
Der Papst richtete seinen Blick in die Kamera. Er sagte: »*Il faut que les choses changent. Il faut que les choses changent ici.*«
»Die Dinge müssen sich ändern. Die Dinge müssen sich hier ändern«, sagte Bachmair und stoppte das Band. »Zwei einfache Sätze. Aber mit Sprengkraft. Sie bedeuteten, die Kirche stand nicht mehr zum Regime. Kurze Zeit darauf brach im Norden die Rebellion aus. Sie verbreitete sich über das ganze Land. Zum Schluss kontrollierte Duvalier nicht einmal

mehr Port-au-Prince. Am 7. Februar 1986 floh er ins Exil. ›Die Dinge müssen sich ändern.‹ Dieser Satz hat in der Geschichte Haitis einen zentralen Platz.«

»Er hatte keinen zentralen Platz in meiner Rede«, sagte Michelle. »Die Dinge müssen sich ändern. Haben Sie diesen Satz noch nie gesagt? Zu Ihrer Frau? Ihren Kindern? Bildung, Partizipation der Bürger. Aufbau einer Infrastruktur. Wir müssen –«

»Warum, Frau de Sélestat, haben Sie diesen Satz gesagt?« Er blickte sie an, durch sein Brillengestell, ganz bestimmt ohne Zuzahlung. Aus rehbraunen, wachsamen Augen. Nicht mit mir, dachte Michelle. Solche Machtspiele hatte sie zu oft gewonnen. Einfach dem Blick standhalten. Hart bleiben, bis der andere blinzelte und die Augen niederschlug. Die rehbraunen Augen blickten freundlich und fest. Sie wichen nicht aus. Michelle blinzelte und senkte den Kopf.

»Zwei junge Männer«, sagte sie wie ein ertapptes Kind. »Die für die Zukunft ihres Landes kämpfen. Die enttäuscht sind von der politischen Klasse. Sie sehen mich als eine der ihren. Sie wollten, dass ich viel mehr sage. Dass der Präsident durch Betrug an die Macht gekommen ist. Dass er kein Recht hat, das Land zu regieren.«

»Was waren das für Männer?«

»Irgendeine Organisation mit einem langen Namen.«

»Sie erinnern sich nicht?«

»Lutteurs pour la liberté, fraternité …«

»Jeunes lutteurs haitiens pour la liberté, solidarité et la dignité humaine?«

»Könnte sein.«

»Es waren die Lutteurs?«

»Herrgott! Es waren Studenten!«

»Ich würde sie nicht Studenten nennen.«

»Eine Menschenrechtsgruppe.«

»Ich würde sie keinesfalls Menschenrechtsgruppe nennen.« In seinem Blick sah sie Missbilligung, sogar Vorwurf. »Was haben diese Männer noch von Ihnen verlangt?«
»Nichts.«
»Frau de Sélestat?«
Sie hatte plötzlich Lust, diesen impertinenten schwäbischen Botschafter zu ohrfeigen. So konnte er mit seiner Schwiegermutter reden! Falls er sich traute! Sie war nicht gekommen, um sich zu erniedrigen. Sie war hier, um für die notleidenden Menschen Haitis und Bremens etwas zu erreichen!
»Ich achte Ihre Erfahrung«, sagte sie und zwang sich zu einem Lächeln. »Ich war naiv. Ich hätte den Satz nicht sagen sollen. Aber sehen Sie, Herr Botschafter: Vermutlich kommen Sie mit der einfachen Bevölkerung selten in Kontakt. Für diese Menschen bedeute ich Hoffnung. Selbstredend bin ich bereit, einen eventuellen Missklang im Gespräch mit dem Präsidenten –«
Bachmair stand auf. Er ging zu seinem Schreibtisch und öffnete eine Schublade.
»Wie lange bleiben Sie hier?«, fragte er.
»Die Flüge sind für Montag Abend gebucht. Zwei, drei Tage kann ich verlängern.«
»Das wird nicht nötig sein.«
Er legte eine Visitenkarte auf den Tisch. *Kabuki Plage*, las Michelle. *Plage, Piscine, Massage relaxants …*
»Ein zauberhafter Ort«, sagte Bachmair. »Private Bungalows in einer traumhaften Bucht. Hängematten unter Palmen. Meeresfrüchte und gegrillter Fisch. Genau das Richtige für ein paar Tage Entspannung.«
»Aber –«
»Sie haben dem Land wichtige Impulse gegeben. Sie haben Ideale. Andere Menschen haben andere Ideale. Das kann zu Missverständnissen führen.«

»Was wollen Sie damit sagen?«
»Haben Sie von der jungen Deutschen gehört? Die vor knapp drei Wochen in den Bergen einen tödlichen Autounfall hatte?«
»Nein, wieso?«
»Wir wissen nichts über sie. Keine Organisation hat sie als vermisst gemeldet. Niemand scheint zu wissen, was sie in Haiti getan hat.«
»Und?«
»Seltsame Dinge passieren in Haiti. Wir möchten nicht, dass sie Ihnen passieren. Zum Beispiel, dass Sie in Ihrem Geländewagen in eine Schlucht stürzen.«

Michelle trat ins Freie. Sie blieb unter dem Vordach stehen und atmete tief durch. Hängematten unter Palmen! Meeresfrüchte und gegrillter Fisch! Wollte er sie beleidigen? Seit acht Tagen war Michelle im Land unterwegs. Die Haitianer liebten sie! Sie verkörperte Hoffnung!
Sie zerriss die Karte und warf die Schnipsel in die Büsche. Einige junge Männer saßen, Pässe und Papiere in der Hand, im Schatten der Büsche und warteten auf die Öffnung für den Publikumsverkehr. Michelle überquerte die Straße. Impasse Claudinette, eine Sackgasse, so unbedeutend wie die Botschaft selbst. Courtois saß auf dem Vordersitz des Wagens und las Zeitung. Rafael lehnte an der Tür, in einem kurzärmeligen Hemd, das sich nicht entscheiden konnte, ob es grau oder blau sein wollte, und spielte auf seinem Handy.
»Hast du meinen Artikel für die *Süddeutsche* gelesen?«, fragte sie.
»Noch nicht.«
»Du hattest eine Stunde Zeit.«
»Mache ich später.«

»Bezahle ich dich fürs Spielen?«
Er schaute auf. Eine Locke hing über seine umschatteten Augen. Er sah aus wie einer dieser Dressmen, die romantisch von Plakatwänden herunterglotzten und alles Mögliche verkauften, Hauptsache überflüssig und teuer.
»Was ist mit dem Präsidenten?«, fragte er.
»Später.«
»Sehen Sie heute noch –«
»Später! Ich muss im Hotel arbeiten. Du hast den Rest des Tages frei.«

15

Sie standen im Stau, in der Rue des Miracles. Kinder in abgerissenen Hosen und Hemden suchten ihren Weg zwischen den Stoßstangen. Einige hatten Tücher um ihren Mund gewickelt, zum Schutz vor den Abgasen. Sie balancierten Plastikkörbe auf ihren Köpfen, verkauften Trinkwasser in Plastiksäckchen.

»Die ersten Tage bist du nur entsetzt«, sagte Craig. »Du willst überall helfen, überall anpacken. Warum geht hier nichts voran? Warum schafft keiner den Müll weg? Irgendwann begreifst du: Du bist hier nicht zu Hause.«

Craig hupte. Sie fuhren einige Meter und standen. »Ich wollte mein eigenes Ding machen. Für eine große Organisation arbeiten? Den ganzen Tag in Konferenzen rumhängen oder am Pool? Vergiss es! Ich will, dass meine Hilfe ankommt! Ich will, dass sie was bewegt!«

Der Lastwagen vor ihnen hatte Elektrogeräte geladen: alte Waschmaschinen, Kühlschränke, Fernseher, Klimaanlagen.

»Die reichen Länder laden ihren Schrott hier ab und nennen es Spende«, sagte Craig. »Gibt Tage, da fragst du dich: Was mache ich hier? Die Arschlöcher sind sowieso stärker. Aber dann passiert etwas, irgendetwas. Ein Kind, das letzte Woche noch krank war, ist wieder gesund. Eine Mutter weint, küsst deine Hand wie ein Heiligenbild und sagt, ohne dich würde sie es nicht schaffen. Und du denkst: Das ist es wert. Die Arbeit, der Frust, die korrupten Wichser beim Zoll: Diese eine Mutter wiegt alles auf.«

Er hupte vor einer Mauer, auf die in bunten Farben fröhliche Kinder gemalt waren. Die an Pulten saßen, an Tafeln

schrieben oder mit einem Ball spielten. Ein Tor wurde aufgeschoben, Craig steuerte auf einen Hof.
»Eine Schule für die Armen«, sagte er und schaltete den Motor ab. »Erkennst du an den Uniformen. Die Eltern sparen sich jeden Gourde ab. Weil sie denken, Bildung ist Zukunft für ihre Kinder. Aber was machen die Kinder mit ihrer Bildung? In einem Land, in dem es keine Arbeit gibt? Weil Haiti nicht ins kapitalistische System passt? Die Kinder sind gebildet und am Arsch.«
Sie öffneten die Türen. Maria wollte aussteigen und zuckte zurück. Die Sonne hatte den Asphalt aufgeheizt, glühende Hitze stieg auf. Craig lachte: *»If you can't stand the heat, stay out of Haiti!«*
Auf der Ladefläche des Dodge waren Kartons gestapelt. Jeder Karton enthielt fünfundzwanzig Stück antibakterielle Seife. Schon kamen Kinder auf sie zugelaufen. Sie kannten Craig, riefen seinen Namen, wollten an ihm hochklettern. Er lachte und nahm einen Jungen auf die Schulter.
»Die Haitianer sind nicht schmutzig«, sagte er, während er Kartons in Marias Arme stapelte. »Aber Port-au-Prince hat zu wenig Wasser. Gibt kein Leitungsnetz, keine Kanalisation, nichts. Viele arme Haushalte teilen sich Latrinen, da breiten sich Krankheiten blitzschnell aus. Jeden Tag sterben Kinder an Durchfall. Was tut der kleine Craig? Er verteilt Seife. *Scott's antibacterial soap*, mein Sponsor aus Glasgow.«
Maria trug die Kartons ins Schulhaus. Mädchen standen an der Tür, sie tuschelten, zeigten scheu auf Marias blonde Haare. Sie beugte sich hinunter. Die kleinen braunen Finger glitten durch ihre Haare wie durch kostbaren Stoff. Sie griffen nach Marias Hand, befühlten den Topas, ließen ihn in der Sonne glitzern.
»Weißt du, was ein *Blan* ist?«, fragte Craig. »Ein *Blanc,* ein

Weißer. Aber in Haiti ist ein Blan viel mehr als ein Weißer. Er ist ein besserer Mensch!«
Sie fuhren zur nächsten Schule. Luden Kartons ab. Umarmten Kinder. Einmal unterbrach die Lehrerin den Unterricht, die Kinder standen auf und sangen für Craig und Maria ein Lied. Alle hatten schöne Stimmen und trugen adrette, saubere Uniformen.
»Jeden Tag ein anderer Stadtteil«, sagte er. »Bis Léogâne und Croix Des Bouquets. Nicht nur Seife. Auch Chlortabletten, Desinfektionstücher, Tabletten gegen Würmer ... Habe in Glasgow ein paar Leute, die für mich trommeln. Das Problem ist: Haiti ist nicht mehr in den Schlagzeilen. Kein Erdbeben, kein Wirbelsturm, kein Cholera-Ausbruch. Ich halte mich gerade so über Wasser. Aber diese Karre ist acht Jahre alt. Wenn sie zusammenkracht, habe ich ein Problem.«
Nach jedem Besuch einer Schule, eines Kindergartens oder eines Waisenhauses machte Craig einen Strich auf seiner Liste. Die Hitze war mörderisch, Staub und Smog verklebten Marias Haare. Trotzdem: Die Arbeit machte Spaß. Die Haitianer waren freundlich. Die Sachen, die sie lieferten, wurden dringend gebraucht. Craig spielte mit den Kindern Fußball oder trug sie auf seinen Schultern, als seien es seine eigenen. In solchen Momenten zeigte Maria Joolys Foto: Hatte sie jemand gesehen? Ihren Namen gehört? Die Nonnen, Lehrer, Kindergärtnerinnen schüttelten die Köpfe.

Sie hielten am Ende eines unbefestigten Weges. Craig schaltete den Motor aus. Am Ende eines Abhangs stand eine Reihe von Hütten, notdürftig aus Brettern, Wellblech, Lehmziegeln und Plastikplanen errichtet. Abgezehrte Hühner pickten im sandigen Boden.
»Der nächste Regenguss reißt alles runter«, sagte Craig und wischte sich mit einem Tuch über die Stirn.

»Warum wohnen die Leute dann hier?«, fragte Maria.
»Wo sollen sie hin? Bis vor ein paar Monaten haben sie in Zeltlagern gewohnt. Aber die Polizei hat die Lager aufgelöst, mit Knüppeln und Macheten.«
»Warum?«
»Weil die Regierung Erfolge braucht! ›Schaut, wie es in Haiti vorangeht! Keine Zeltlager mehr! Alle sind gesund und glücklich!‹ Einen Dreck geht's voran! Die Leute hatten nicht einmal Zeit, ihre Sachen zu packen. Einige sind bei Verwandten untergekommen. Andere suchen was in den Dörfern. Der Rest baut, wo sie keiner vertreibt.«
Er holte eine Packung Kaugummi aus der Tasche. Bot Maria einen an. Sie kauten schweigend.
»Da drin«, sagte Craig und zeigte auf eine Hütte, »haust eine Mutter mit vier Kindern. Der Vater ist im Schlauchboot nach Florida abgehauen. Die jungen Männer wollen alle weg. Tage oder Wochen später spült das Meer ihre Leichen an. Die Mutter sagt, sie braucht Seife. In Wahrheit verkauft sie die Seife auf dem Markt.«
»Du kannst ihr Geld geben.«
»Will sie nicht erniedrigen. Wir erniedrigen die Leute mit unserer Hilfe. Aber was bleibt uns übrig? Was bleibt den Leuten übrig, als sich von unserer Hilfe erniedrigen zu lassen? Wir sind die Guten, Maria. Aber wir sind die Guten in einem Scheiß-System.«
Sie stiegen aus. Sie griffen zwei Kartons von der Ladefläche und gingen auf die Hütte zu. Die Hühner flatterten in verdorrte Büsche. Craig klopfte an die Holztür. Ein kleines Mädchen öffnete. Es hatte Rotz an der Nase, den Daumen im Mund und war splitternackt. Craig beugte sich hinunter und sagte etwas auf Kreyòl. Das Mädchen nickte, ohne den Daumen aus dem Mund zu nehmen. Craig winkte Maria zu, sie folgten dem Kind in die Hütte.

Sie bestand aus zwei Räumen, abgeteilt durch ein Tuch, das an einer Schnur hing. Es roch nach ranzigem Fett. Fast trat Maria auf einen Teller mit Essensresten, der auf dem Boden lag. Sie sah keine Küche. Gekocht wurde vermutlich draußen. Unter einer Fensteröffnung, verhängt mit einer Plastikplane, stand eine Wiege mit Moskitonetz. Daneben lag eine Matratze mit fleckigem Laken. An der Wand stand ein Bett. Von der Frau, die in dem Bett lag, sah Maria nur zerzaustes schwarzes Haar. Neben dem Bett stand ein Plastikeimer. Craig setzte sich an den Bettrand und sprach leise auf die Frau ein. Das Kind sah an Maria hoch, ernst, und nuckelte an seinem Daumen.

Sollte Maria sich hinunterbeugen? Das Kind auf den Arm nehmen? Es in ihre Haare greifen lassen? Wo waren die Geschwister, von denen Craig gesprochen hatte? Plötzlich fühlte sie sich hilflos. Nicht dass ihr Armut fremd war. Maria hatte, bis zu ihrer Aussiedlung nach Deutschland, in einem kasachischen Dorf gelebt. Das Wasser war aus dem Brunnen gekommen, im Winter hatten sie vor dem Ofen gekauert und bitter gefroren. Aber dies war eine andere Armut, schwül und feucht. In jeder Ritze lauerte Krankheit und Tod.

Von draußen hörte Maria Kinderlachen. Das Mädchen zog an ihrem Arm. Craig saß am Bettrand und legte ein paar Scheine auf das Laken. Das Mädchen sagte etwas auf Kreyòl, das Maria nicht verstand, und deutete nach draußen.

Drei Jungen, älter als das Mädchen und vielleicht die Brüder, hockten hinter der Hütte auf dem Boden. Sie hatten Gummibänder um ihre Finger gewickelt und zielten mit Glasscherben auf einen Hahn, dem fast alle Federn fehlten und der, ungefähr drei Meter entfernt, an einen Stock gebunden war. Das Spiel war einfach: Es galt, den Hahn zu treffen. Und die Jungen hatten schon einige Male getroffen. Irrsinnig vor Angst und Schmerz, flatterte der Hahn um den Stock herum. Blut lief von seinem Schenkel und seinem Hals, in dem eine Scherbe steckte. Das Mädchen blickte zu Maria hoch und grinste. Es hatte sogar den Daumen aus dem Mund genommen. Einer der Jungen lag mit den Armen im Sand, hatte einen Stein ins Gummi gelegt.

»Was soll das?«, fragte Maria.

Er zielte mit zusammengekniffenen Augen. Der Hahn flatterte nach hier, nach dort, verdrehte den Kopf – Treffer gegen die Brust.

»Hört mit dem Quatsch auf.«

Der nächste Junge legte eine Scherbe in sein Gummi und zog es straff.

»Hört auf!«

Maria griff nach dem Gummi, der Junge protestierte, Maria zerrte an seinen Fingern ...

»Maria!«

Sie richtete sich keuchend auf. Craig stand vor der Hütte.

»Sie quälen den Hahn«, sagte sie.

»Lass sie«, sagte Craig.

»Sie beschießen ihn mit Glasscherben!«

»Klar, ist nicht in Ordnung«, sagte Craig.

»Allerdings ist das nicht in Ordnung!«

»Du kannst die Kinder nicht mit unserer Moral messen. Du bist in Haiti.«

16

Vater Boisseau saß in der Sakristei, einem stickigen, fensterlosen Raum, vor einem Spiegeltisch. In der Hand hielt er die Fotos. Mads Lerby mit der Tochter des Präsidenten. Sie war fünfzehn. Und Lerby war Boisseaus Mann. Jedenfalls hatte Boisseau darauf immer vertraut. Gab es in Haiti nicht genug hübsche Mädchen? Nach denen ein dänischer Arzt greifen konnte, wann immer es ihn verlangte? Musste es ausgerechnet die Tochter des Präsidenten sein? Belamour hatte recht. Der Däne war nicht mehr zuverlässig.

Boisseau trocknete seine Stirn mit einem Taschentuch. Ein Fehler, in die Sakristei keine Lüftung einzubauen. Er war naiv gewesen und zahlte nun den Preis. Sicher, er hatte Lerby in der Hand. Konnte ihn, nach Jahren, immer noch vernichten. Bloß schien es Lerby nicht zu kümmern. Er fühlte sich sicher. Und in gewisser Weise hatte er sogar recht. Auch er hatte gegen Boisseau ein paar Waffen im Köcher. Ein Schwachpunkt in der Konstruktion, auf den Belamour seit Monaten seinen langen Finger legte.

In der Kirche hämmerten die Handwerker. Morgen Abend zur Vesper sollten sich endlich alle Ventilatoren drehen, das hatten sie versprochen. Kühle Luft. Kraft des Glaubens. Für politische Ränke war Boisseau nicht geschaffen. Manchmal machte seine Macht ihm Angst. Angst, dass sie ihn fortriss, in wildes, unbekanntes Land. Gestern, zum Beispiel, war ein Weißer in seinem Gottesdienst gewesen. Hatte an der Tür gestanden, ein klein gewachsener junger Mann mit schwarzen Locken. Boisseau hätte rufen können: »Der *Blan* ist schuld! Tötet ihn!« Die Frauen und Alten hätten gezögert. Aber die zornigen jungen Männer hätten sich auf ihn gestürzt.

Oder das Erdbeben-Museum. Amanda-Center, welch kurioser Name. Als Mensch musste Boisseau zugestehen: Das Museum war eine gute Sache. Es konnte die Menschen zur Vernunft bringen und Leben retten. Boisseau war aber nicht in erster Linie Mensch, sondern Pastor. Und als Pastor hetzte er gegen das Amanda-Center, verbreitete Angst und Gerüchte. Warum? Weil die Menschen in ihm ihren Messias sahen. Weil sie geradezu verlangten, dass er nach der Macht griff. Aber um dem Präsidenten die Macht zu entreißen, gegen den Willen der Elite und ausländischen Geldgeber, musste er gegen die politische Klasse hetzen, wo er nur konnte. Musste Senatoren bestechen, die Wahl eines neuen Premiers verhindern, musste jeden Fortschritt im Land blockieren. Alle haitianischen Präsidenten waren durch Betrug, Gewalt und Bestechung an die Macht gekommen. Es gab keinen Grund, warum Boisseau eine Ausnahme sein sollte. So weit, so einleuchtend. Und doch, spürte er, gab es in dieser Logik einen Riss. War es möglich, dass –

Boisseau zuckte zusammen. Belamour stand vor ihm.

»Wie bist du hereingekommen?«

»Durch die Tür, Vater.«

»Ich habe dich nicht gehört.«

»Es liegt an den geölten Scharnieren, Vater.«

»Es liegt an deinen Schuhen. Und das weißt du.«

Belamour holte einige Papiere aus seiner Tasche. Seit einiger Zeit entwickelte er geschäftsmännischen Ernst. Er trug eine Brille, obwohl seine jungen Augen keine Brille brauchten. Er trug Schuhe, die glänzten, als ob Belamour sich nie beschmutzte. Er war nicht mehr der hungrige Junge ohne Mutter und Vater, den Boisseau zu sich genommen hatte wie einen Sohn. Er faltete seine Flügel auseinander. Die Flügel missfielen Boisseau. Sie waren ihm unheimlich.

»Ich halte es für eine gute Idee«, sagte Belamour, »wenn die deutsche Deputierte in die Kirche kommt.«
»Will sie kommen?«
»Wir können sie zwingen. Ein Fototermin mit Händedruck. Besorgnis über die politische Entwicklung. Öffentliche Wiederholung der Einschätzung, dass sich die Dinge ändern müssen.«
Er hielt Boisseau Papiere hin. Die Hände, auch so eine Sache. Boisseau wusste, was diese Hände früher Menschen angetan hatten. Jetzt sahen sie aus wie die Hände eines Aristokraten, die Fingernägel sauber und rund. Boisseau verdächtigte ihn der Maniküre.
»Les musiciens de Brême?«
»Ein Märchen, Vater. In der Stadt der Deputierten nehmen sie es wichtig. Vier Tiere, die geschlachtet werden sollen. Sie wollen Musiker werden.«
»Was für eine dumme Idee.«
»Sie machen sich gemeinsam auf in die Stadt.«
»Und? Werden sie Musiker?«
»Nein, Vater. Sie kommen nicht einmal in der Stadt an.«
»Wovon handelt dann das Märchen?«
»Es ist ein Phänomen, Vater.«
Boisseau las. Ein Esel. Ein Hund. Eine Katze. Ein Hahn. Alle waren der Meinung, dass sie etwas Besseres als den Tod überall finden.
»Was tun wir mit dem Dänen, Vater?«
»Wir können keine Unruhe brauchen.«
»Aber –«
»Nicht jetzt! Dies ist ein Machtwort!«
Belamour verbeugte sich leicht, als ob er die Entscheidung akzeptierte. Boisseau wusste, er akzeptierte sie nicht. Es war nicht einmal eine Entscheidung, bloß ein Aufschub. Ein Wald ... Ein Haus ... Vertreibung der Räuber ...

»Sorge dafür, dass die Deputierte morgen Abend zur Vesper kommt«, sagte Boisseau. »Sie soll in der ersten Reihe sitzen.«
Belamour verflüchtigte sich. Ließ Boisseau in der Stickigkeit seiner Sakristei allein mit dem Märchen. Er fuhr mit den Händen durch die Blätter. Belamour hatte recht, die Tiere waren nicht in der Stadt angekommen. Sie waren keine Musiker geworden. Sie hatten Räuber vertrieben und sich in dem Haus niedergelassen. Aber was hatten sie danach getan? Wovon hatten sie gelebt? Kurios. Aber das Märchen ließ nur eine Antwort zu: Die Tiere waren selbst zu Räubern geworden.

17

Craig hatte seinen Wagen am Straßenrand geparkt und den Motor ausgeschaltet. Sie schauten aus dem Fenster. Kinder hielten Plastikbeutel mit Wasser und Orangenscheiben an die Seitenscheiben. Vor den Trümmern eines Gebäudes, das einmal die *Discothèque Privilège* gewesen war, standen zwei weiße Frauen in Schleifenblusen, Faltenröcken und Kniestrümpfen und hielten Hefte hoch: Zeuginnen Jehovas.

»So viel Armut, so viel Elend«, sagte Maria.

»Schockiert jeden«, sagte Craig.

War Jooly schockiert gewesen? Sie hatte in Mittelamerika Armut gesehen. Aber von Betroffenheit hatte sie in ihren Newslettern nie berichtet. Immer nur, wie sehr sie in ihren Projekten den Armen half.

»Ich will nicht bloß schockiert sein. Ich will helfen«, sagte Maria.

»Nicht so einfach.«

»Ich kann anpacken.«

»Das habe ich gesehen.«

»Ich kann mit Kindern umgehen.«

»Stimmt, das kannst du.«

»Wo muss ich hingehen? Wenn ich einen Job will?« Jooly war ohne viel Geld nach Haiti gekommen. Sie hatte Arbeit gebraucht, und zwar schnell.

»Kommen viele junge Frauen hierher«, sagte Craig. »Weil sie glauben, Haiti hätte auf sie gewartet. Dann sehen sie, wie's wirklich läuft. Dreißigjährige mit irgendeinem Diplom und Beziehungen von Papi kommen hier an. Ziehen in Villen mit Hausmädchen und Chauffeur. Schreiben Konzepte über

nachhaltige Trallala und ökologisches Hopsasa, die keine Sau liest. Abends sitzen sie in den Bars in Pétionville, wo ein Gin Tonic fünfzehn Dollar kostet.«
»Fünfzehn Dollar?!«
»Und die Pizza dreißig. Weil sie nicht wissen, wohin mit ihren Spesen.«
»Ich will nicht besser leben als die Menschen, denen ich helfe.«
Craig lachte. Dabei hatte Maria nur einen Satz wiederholt, den Jooly in einem ihrer ersten Newsletter geschrieben hatte. Jooly hatte drei Monate in Haiti überlebt. Sie war in einem teuren Wagen verunglückt. Irgendwie musste sie es hier geschafft haben. Maria zog Joolys Foto aus der Tasche.
»Eine Freundin von mir lebt in Haiti«, sagte sie. »Sie hat geschrieben, dass ich an ihrem Projekt mitarbeiten kann. Aber sie reagiert nicht mehr auf Mails. Ich habe keine Adresse. Hast du sie zufällig gesehen?«
Sie reichte ihm das Foto aus einem der letzten Newsletter. Es zeigte Jooly, wie sie einem Säugling das Fläschchen gab. Eine Lichtquelle außerhalb des Bildes warf warmes Licht auf ihre braunen Haare, ihre hohe Stirn, ihren halb offenen Mund. Craig betrachtete es lange.
»Wie lange soll sie hier sein?«, fragte er.
»Ein paar Monate.«
»In Port-au-Prince?«
»Ich glaube.«
»Was ist sie? Krankenschwester?«
»Sie hat keine Ausbildung. Sie wollte einfach helfen. Sie hat gesagt, hier gibt es unglaublich viel zu tun.«
»Babys das Fläschchen an den Mund halten? Glaubt sie, dazu sind die einheimischen Frauen zu blöd?«
Er schaute das Foto noch einmal an. Es war Joolys Blick gewesen, der alle fasziniert hatte, schon damals. Ein Blick, der

sagte: Dich meine ich! Niemanden sonst! Die Welt hat auf uns gewartet!
»Ich habe sie nie gesehen«, sagte er.
»Sicher?«
»Ich würde mich erinnern.«
Er gab Maria das Foto zurück. Sie steckte es wieder in die Hosentasche.
»Ich sag's dir, wie es ist, Maria. Du bist ein intelligentes Mädchen. Du hast Ideale. Aber dein Platz ist nicht hier. Geh zurück nach Deutschland. Sammle Spenden. Wecke Bewusstsein. Mache den Leuten klar, was hier los ist. Aber in Port-au-Prince hast du keine Zukunft.«
»Warum nicht?«
»Die Helferszene ist ein Haifischbecken! Kommen viele Leute her. Wollen gute Menschen sein, auf der richtigen Seite stehen. Aber Haiti verändert dich. Es macht dich nicht besser. Sondern schlechter.«

Maria schaute sich um, winkte dem Dodge nach, der gerade wendete. Craig hatte ihr ein paar Gourdes geliehen und Tipps gegeben: »Wir stehen hier auf der Route de Delmas ... Die überdachten Pick-ups da vorn heißen Taptaps und fahren ins Zentrum ... Steige hinten ein und zahle beim Fahrer ... Die Schwarzen verarschen dich weniger als die Weißen ...« Maria ging die Straße hoch, vorbei an den Zeuginnen Jehovas. Sie konnte es nicht benennen, aber etwas gärte in Craig. Er hupte zu oft. Kaute zu viel Kaugummi. Er war nicht so locker, wie er wirken wollte.
Auf einer Zeltplane der *Médécins Sans Frontières* lagen gebrauchte Computerhefte (»So gelingt der Umstieg auf Windows XP«) und Romane von Barbara Cartland. Eine junge Frau hockte neben der Plane und gab einem Baby das Fläschchen.

»Möchten Sie ein Buch kaufen, Madame?«, fragte sie.
»Nein, danke«, sagte Maria.
»Möchten Sie eine Zeitschrift kaufen?«
»Vielen Dank.«
»Haben Sie Arbeit für mich?«
»Tut mir leid.«
»Einen schönen Tag, Madame.«
»Ihnen auch.«
Maria ging bergan, auf Pétionville zu, den Vorort für die Besserverdiener. Wo die teuren Hotels, Restaurants und Cafés lagen, die meisten Botschaften und Büros der Hilfsorganisationen. Es war halb vier Uhr. Um sechs Uhr ging die Sonne unter, bis dahin, hatte Craig gesagt, war sie besser wieder im Hotel. Blieben zwei Stunden, um Pflaster und Moskitospray zu kaufen. Und nach Spuren von Jooly zu suchen.
Sie ging auf einen Platz zu, von dem schwarzer Rauch aufstieg. Das hatte sie vorhin schon gesehen. Die Leute verbrannten ihren Müll auf der Straße, in riesigen Haufen, weil es keine Müllabfuhr gab. Aber etwas war hier anders. Frauen und Männer standen um das Feuer herum. Einige riefen etwas in die Flammen, anderen stand der Mund offen. Kinder schrien. Eine Frau, die Hände voller Einkaufstaschen, rief Maria zu: »Madame, Sie müssen den Mann da rausholen!«
»Ich?«
»Auf uns hört er nicht!«
»Aber warum –«
»Er ist ein *Blan*!«
Tatsächlich – in den Flammen stand ein weißer Mann. Er hielt etwas Schwarzes in die Höhe, eine Kamera. Ein Windstoß fuhr ins Feuer, die Passanten schrien. Er kniete sich auf den Boden, die Hose spannte sich über seinen Oberschenkeln.

»Madame! Der *Blan* verbrennt!«
Die Luft flimmerte. Der Mann schien weder die Hitze zu spüren, noch die Rufe zu hören. Er warf den Kopf zurück und fotografierte in den Himmel.

18

Rhodes saß am Schreibtisch, in seinem kleinen Büro über den Ausstellungsräumen. Er wartete auf einen Anruf. Seit sechs Wochen lag das Notstromaggregat im Hafen. Angeblich ein fehlender Stempel. Angeblich eine Unklarheit, ob das Aggregat die haitianischen Sicherheitsstandards erfüllte. Es hatte einen Schalter rechts, es brauchte aber einen Schalter links. Am Ende wollten diese Leute Geld. Niemand sprach von Bestechung, Gott bewahre! Aber das Ausstellen einer Sondergenehmigung, die Überprüfung des rechten Schalters ... Und welche Wahl hatte Rhodes? Er konnte das Museum nicht ohne Aggregat eröffnen. Er musste es pünktlich eröffnen! Darüber waren diese Blutsauger im Hafen verblüffend gut informiert.
Er öffnete ein Tablettenröhrchen und schluckte eine Magaldrat-Tablette. Reizmagen. Immer anfällig gewesen, schon als junger Mann. Und seit einigen Tagen war er ständig nervös, wie ein Tier vor einem Erdbeben. Eine Frage, die ihn schon lange beschäftigte. Konnten Tiere ein Erdbeben spüren, bevor es ausbrach? Manches sprach dafür. 1975, wenige Tage vor dem verheerenden Beben in Haicheng, waren Schlangen aus dem Winterschlaf erwacht. 1979, fünf Tage vor dem Erdbeben in L'Aquila, waren Kröten aus ihrem Laichgebiet nahe dem Epizentrum geflohen. Anderes sprach dagegen. Viele Berichte waren Zeugenaussagen nach dem Beben, wenn Menschen sich an alles Mögliche zu erinnern glaubten. Manche Zusammenhänge konnten Zufall sein. So oder so, in Haiti gab es kaum noch Tiere. Und wenn es welche gäbe, was könnten sie fühlen? Keine Erschütterungen, dafür gab es feinste Seismografen. Austretende Gase? Strah-

len? Studien behaupteten, neunzig Prozent aller Erdbebenopfer könnten vermieden werden, wenn man Erdbeben nur fünf Minuten voraussagen könnte. Gerade so, dass die Menschen Zeit hatten, sich ins Freie zu retten. Die nächste Aufgabe, der sich Rhodes widmen wollte: Erdbebenvorhersage. Wenn er dann noch Kraft hatte. Wenn dieses Land nicht seinen Magen ruiniert und ihn ausgezogen hatte bis aufs Hemd.

Er lehnte sich zurück. Er schaute hinunter auf die Schreibtischschublade. Sie war abgeschlossen. Den Schlüssel hatte er in der Hosentasche. Nicht hinschauen, dachte er. Nach vorn schauen, immer nach vorn. Andererseits, solange das Telefon nicht klingelte ... Er holte den Schlüssel aus der Hosentasche. Er schloss die Schublade auf. Er holte ihr Bild heraus und betrachtete es.

Sie hatten lange diskutiert, über den Namen des Museums.

»Musée éducatif de l'histoire et des causes des tremblements de ...«

»Nein.«

»Projet social, communautaire et caritatif pour l'entraide et l'amitié entre les jeunes et ...«

»Nein.«

»Lieu de commémoration, espérance et solidarité pour les morts et les survivants de ...«

»Amanda-Center.«

»Wieso?«

»Meine Frau hieß Amanda. Ich will, dass sie unsterblich ist.«

Achtunddreißig Jahre Ehe. Nie hatte eine Frau einen Mann so glücklich gemacht. Götter leben ewig, Menschen sterben. Deshalb müssen wir Menschen anbeten und nicht Götter. Wir wissen heute nicht, ob sie morgen noch bei uns sind.

Es klopfte. Rhodes warf das Bild seiner Frau in die Schublade, drückte sie zu und rief: »Ja?«

Lian trat ein. In einem ihrer sündhaft gut geschneiderten,

pastellfarbenen Hosenanzüge. Unter dem Arm trug sie einen Laptop, so dünn, zu Hause benutzte Rhodes so etwas zum Rasieren. Ihr Blick fiel auf das Tablettenröhrchen.
»Reizmagen«, sagte er. »Liegt seit Generationen in der Familie.«
»Unruhig?«
»Ich warte auf den Anruf vom Hafen.«
»Diese Parasiten gehören vor Gericht gestellt.«
»Wir sind hier in Haiti.«
»Der Hafen spielt in einer eigenen Liga.«
»Wir kriegen's hin.«
»Darf ich mich setzen?«
Sie fragte sonst nie. Er deutete auf den einzigen Stuhl vor dem Schreibtisch. »Lief gut gestern, hm?«
»Sicher«, sagte sie. »Es lief gut.«
»Sie haben die Studenten hervorragend trainiert.«
»Vorhin war eine Abordnung von ihnen bei mir. Jésula, Samuel, Marie-Vierge. Es gibt ein Problem.«
»Sie wollen mehr Geld.«
»Nein.«
»Sie wollen Jobs für ihre Verwandten.«
»Auch nicht.«
»Ich zahle den sechsfachen Mindestlohn.«
»Alle mögen Sie, Chester. Alle sind dankbar und stolz auf ihre Arbeit. Das Problem, sagen sie, ist die Ausstellung. Es fehlt das Wichtigste.«
»Das Wichtigste?«
Lian legte die Rasierklinge auf den Tisch und klappte sie auf.
»Ich wusste nicht, dass Sie Kinderfernsehen schauen«, sagte Rhodes.
»YouTube ist nicht nur für Kinder«, sagte Lian. »Dieses Video ist eines von vielen ähnlichen, die im Netz kursieren.«

Rhodes sah dunkelgraue Flecken, hörte ein Grollen und Schreie. Dann eine Stimme, unheilvoll aus dem Off: »12. Januar 2010. Haiti wird heimgesucht von einer der schlimmsten Naturkatastrophen in der Geschichte der Menschheit. Zweihunderttausend Menschen sterben in wenigen Minuten. Weitere Zigtausende sterben in den nächsten Stunden und Tagen. An Verletzungen. An Infektionen. Begraben unter den Trümmern, qualvoll an Hunger und Durst.« Auf dem Bildschirm Politiker aus aller Welt, die ihr Beileid aussprechen. US-Marines, die den Flughafen von Port-au-Prince besetzen. Kriegsschiffe, die vor dem Hafen kreuzen. Panzerwagen der Vereinten Nationen, die über aufgerissene Straßen rollen. »Doch was«, fragte die Stimme, »ist wirklich passiert am 12. Januar 2010?« Bilder von Antennenmasten, bedrohlich im Sonnenuntergang. Animierte Grafiken von Strahlen, die diese Masten in den Himmel und unter die Erde schicken. »HAARP«, sagte die Stimme, »*High Frequency Active Auroral Research Program*.« Und dann redete die Stimme von hochgeheimen militärischen Anlagen in Alaska. Hektometerwellen in der Ionosphäre, Dekameterwellen im Unteren Erdmantel. Manipulation von Luftdruck und tektonischen Platten. Wirbelstürme, Erdbeben. Gesteuert von einer Kommandozentrale, dreißig Meter unter dem Weißen Haus.

»Was soll dieser Unfug?«, fragte Rhodes.

»Warum Haiti?«, fragte die Stimme. »Wer hatte an dem Erdbeben ein Interesse?« Ein Professor aus Wisconsin, im braun karierten Sakko, dozierte über Haitis Bodenschätze. Über vermutete Vorkommen von Coltan und Platin, über Nanobomben, Kampf um die globale Vorherrschaft. Lobbyisten des militärisch-industriellen Komplexes, Verfeinerung der HAARP-Waffe, um Staaten wie Pakistan, Iran, Venezuela unter die Kapital-Hegemonie der USA zu zwingen. Beweis?

Aufzeichnung eines Induktionsmagnetometers. Das Erdbeben in Pakistan, fast genau ein Jahr später. Die Aufzeichnungen des Induktionsmagnetometers verblüffend ähnlich. Geheimes Tagebuch eines globalisierungskritischen Wissenschaftlers in Islamabad, Mordabsichten des Pentagon. Beweis? Ein rätselhafter Autounfall genau dieses Wissenschaftlers vier Wochen später.

»Es gibt Dutzende solcher Videos«, sagte Lian und stellte den Computer stumm. »Hunderte von Foren und Blogs. Es gibt sogar einen Eintrag auf Wikipedia.«

»Das ist Aberwitz!«

»Ich habe die Studenten gefragt, ob sie an die HAARP-Verschwörung glauben. Sie versichern, sie glauben nicht dran. Bei einigen habe ich Zweifel. Aber das eigentliche Problem dieser Theorie ist, dass sie so viel erklärt.«

»Sie erklärt gar nichts!«

»Warum trifft es immer Haiti? Erdbeben, Wirbelstürme, Aids, Cholera ... Immer sind Haitianer die Opfer. Diese Theorien, so absurd sie klingen, geben den Menschen einen Feind. Etwas, woran sie glauben können.«

»Goudougoudou?«

Es war das Wort, das die Haitianer dem Erdbeben gegeben hatten. Rhodes mochte das Wort nicht und hatte den Studenten verboten, es während der Führungen zu benutzen. Weil es nach Kindersprache klang, nach Aberglauben und Ohnmacht.

Lian seufzte. »Wie beweisen wir, dass die karibische Platte sich durch Zufall an der nordamerikanischen reibt? Wie beweisen wir, dass die Enriquillo-Plantain-Garden-Verwerfung aus Zufall unter Haiti liegt? Wie beweisen wir, dass das Amanda-Center nicht Teil einer großen Verschwörung ist?«

»Meinen Sie das ernst, Lian?«

»Es sind nicht meine Fragen. Es sind die Fragen der Studenten.«

Rhodes schaute Lian fassungslos an. Er hatte sie noch nie so reden hören. Fast konnte man es emotional nennen.

»Wir können es nicht beweisen«, sagte er, so ruhig er konnte.

»Die Israelis können nicht beweisen, dass der 11. September kein Werk des Mossad war. Die Nasa kann nicht beweisen, dass sie die Mondlandung nicht im Studio nachgestellt hat.«

»Das stimmt, aber –«

»Elvis Presley kann nicht beweisen, dass er tot ist!«

»Wir können transparent sein. Wir präsentieren die Theorie im Amanda-Center. HAARP, die Erdbebenwaffe, die Kommandozentrale unter dem Weißen Haus –«

»Nein.«

»Wir zeigen, dass wir nichts verbergen. Warum an diesen Verschwörungen nichts dran ist.«

»Angenommen, Sie gestalten ein Museum über die Gleichberechtigung der Frau. Zeigen Sie Videos von Blondinen, die nicht einparken können?«

»Warum nicht? Wenn's hilft?«

»Wir können die Nicht-Existenz von Schwachsinn nicht beweisen!«

Lian seufzte. »Es gibt wenige Völker, die in ihrer Geschichte so gelitten haben. Über Jahrhunderte. Sie sind arm. Sie sind unterentwickelt. Viele sind Analphabeten. Ich habe das sogar an den Studenten gespürt. Wie unterlegen sie sich fühlen. Sie suchen etwas, woran sie sich festhalten können.«

»Richtig. Und deshalb geben wir ihnen das Stärkste, woran sich ein Mensch festhalten kann: Wissen! Warum die Erde gebebt hat! Warum sie wieder beben wird! Wissen, wie jeder Haitianer sich, sein Haus und seine Familie schützen kann! Was ist stärker? Unser Wissen oder der Mumpitz auf YouTube?«

19

Sie saßen im *Café Journal*, einem Café mit unverputzten Wänden, einer Bar und ein paar Tischen und Stühlen. An der Wand hing ein Poster von Hugo Chavez. Aus einer Box auf dem Zementboden tönte kreolischer Reggae. Junge Leute, wahrscheinlich Studenten, saßen über Büchern und Schreibheften.

»Kann ich die Fotos sehen?«, fragte Maria.

»Klar«, sagte Rafael und reichte ihr die Kamera.

Die meisten Fotos zeigte eine dunkelhäutige Frau. Maria kam nicht auf den Namen, aber sie hatte sie in Deutschland ein paarmal in Talkshows gesehen.

»Du bist ihr Fotograf?«

»Nur für die Reise.«

Michelle de Sélestat, so hieß sie. Auf den meisten Aufnahmen war sie umringt von Menschen. Fast immer lachte oder redete sie. Es gab Ausnahmen: Ein Foto zeigte sie erschöpft, die Augen geschlossen, auf einem Beifahrersitz. In der Hand blinkte ihr Blackberry. Auf einem anderen stand sie auf einer Tribüne, schaute auf Köpfe, die sich aus irgendeinem Grund von ihr weggedreht hatten. Sie hörte einem Mädchen zu, das auf einem Autoreifen stand und ihr mit ausgestrecktem Arm etwas erklärte.

»Solche Fotos will sie?«, fragte Maria.

»Sie will ihre menschliche Seite.«

»Wofür?«

»Sagt sie nicht. Nervt. Aber sie zahlt okay.«

Seit zwanzig Minuten warteten sie auf ihren Kaffee. Die Kellnerin, ein großes, schönes Mädchen im weißen Top und neongrünen Minirock, mit Perlenschmuck und kunstvoll geflochtenem Haar, lehnte am Tresen und lackierte ihre Fingernägel.

»Was machst du in Haiti?«, fragte Rafael.

»Besuche eine Freundin«, sagte Maria. Sie sah ein Schwein, das in den Ruinen einer Kirche stand. In einem Kegel goldenen Lichts. Das Schwein hob huldvoll eine Pfote. Wie ein Star, der den Beifall des Publikums genießt.

»Wo hast du das gemacht?«

»Unten, in der Kathedrale.«

Das Foto war ein Schnappschuss. Aber es wirkte nicht wie ein Schnappschuss. Das Licht, die Perspektive, die Pose des Schweins, sogar der Müll unter den Pfoten; alles wirkte sorgfältig komponiert, wie auf einem Ölbild.

»Die haben hier ein anderes Verhältnis zu Tieren«, sagte Rafael.

»Das habe ich schon gemerkt.«

Maria blätterte weiter durch die Fotos. Eine Nonne am Steuerrad ihres Wagens, umrahmt von einem Kranz bunter Lichtreflexe. Wieder die Politikerin, hinter einem Mikrofon, die Arme ausgebreitet. Ein junger, gutaussehender Schwarzer im Anzug. Das Sakko hing lässig über seiner Schulter, mit einer Hand tippte er eine Nachricht in sein Smartphone. Schließlich die Feuerbilder. Entsetzte Gesichter durch den Rauch. Kinder, die sich an ihre Mutter drücken. Flammen züngeln, Wind wirbelt Asche hoch ... Eine Krähe fliegt auf, als entkomme sie mit dem letzten Flügelschlag einem Inferno.

»Die Leute hatten Angst um dich«, sagte Maria.

»Ich wollte aufnehmen, was jemand in den letzten Sekunden sieht, bevor er verbrennt.«

»Würde sagen, du bist nahe rangekommen.«

»Zwei Fotos sind gut genug für meine Mappe. Für neue Aufträge.«

»Meinst du, unser Kaffee kommt noch?«

Rafael holte aus seiner Hosentasche zwei zerknickte Blätter, faltete sie auseinander und strich sie glatt. »Machen wir einen Deal? Du liest dir das durch, und ich kümmere mich um den Kaffee?«
Er stand auf und ging zum Tresen. Maria sah selten Männern nach. Es kamen zu viele gutaussehende in die Bar. Maria sah sie im Geist immer schon betrunken, bevor sie tatsächlich betrunken waren – Berufskrankheit. Aus irgendeinem Grund konnte sie sich Rafael nicht betrunken vorstellen. Er beugte sich vor und redete mit der Kellnerin. Eben waren ihr seine umschatteten Augen aufgefallen, die kleinen, sehr gleichmäßigen weißen Zähne in dem verrußten Gesicht. Jetzt beobachtete sie, wie Lederbänder, ein Silberreifen und eine alte, grüne Swatch-Uhr vom Handgelenk auf seinen muskulösen Unterarm glitten. Er war klein, kaum größer als sie. Aber gut gebaut und ... Er drehte sich um, sie senkte den Blick auf die Blätter.

Haiti. Wir hören den Namen und wenden uns ab. Wir wollen die Geschichten nicht hören, von Armut und Gewalt, Unterdrückung und Korruption, von Erdbeben und Wirbelstürmen. Wir hören Haiti und denken: ein hoffnungsloser Fall. Ich schreibe diese Zeilen aus dem Land meiner Kindheit. Ich schreibe diese Zeilen aus einem Land voller Hoffnung.

Rafael kam zurück.
»Sie haben keinen Kaffee«, sagte er.
»Auf der Karte stehen fünf Sorten.«
»Das ist, was die Maschine kochen kann. Aber sie haben die Maschine noch nicht. Sie liegt im Hafen beim Zoll.«
»Haben sie Tee?«
Er ging wieder zur Bar. Die Bedienung pustete auf ihre Nägel.

Seit einer Woche reise ich durch das ärmste Land der westlichen Hemisphäre. Natürlich schockieren mich die Bilder von Not und Krankheit. Gleichzeitig spüre ich überall den Optimismus, den Aufbruch. Die Menschen wollen ihr Schicksal selbst in die Hand nehmen! Sie wollen ihr Land gestalten!

»Welchen Tee willst du?«, rief Rafael vom Tresen.
»Welchen haben sie?«
»Sie sagt, sie muss nachschauen.«
»Dann soll sie nachschauen.«
»Sie sagt, es ist besser, wenn wir erst sagen, welchen Tee wir wollen. Dann kann sie nachschauen, ob sie ihn hat.«
»Grünen Tee. Oder schwarzen. Ist egal.«
Maria sah die Bedienung mit gespreizten Fingern in einem Nebenraum verschwinden.

Siebzig Prozent der Menschen sind jünger als dreißig Jahre. Sie schauen nach vorn! Sie sind voller Kraft und Ideen! Voll Neugier und Hoffnung blicken sie nach Europa! Vor allem nach Deutschland! Wann immer ich mit Haitianern gesprochen habe, war ich überrascht und beeindruckt von der Bewunderung für deutsche Technik und deutsche Werte!

Rafael setzte sich wieder an den Tisch.
»Und?«, fragte Maria.
»Sie sucht noch.«
»Der Text ist von de Sélestat?«
»Für die *Süddeutsche Zeitung*. Sie will, dass ich ihr meine Meinung sage.«
»Hast du sie ihr schon gesagt?«
»Ich kenne sie zu gut. Besser, jemand schaut von außen drauf.«
Die Bedienung kam aus dem Nebenraum. Sie umrundete

den Tresen und kam auf ihren Tisch zu. Sie schien erbost und schwenkte ihre frisch lackierten Fingernägel.
»Madame, sprechen Sie Französisch?«, fragte sie.
»Ja.«
»Gott sei Dank. Der Monsieur versteht überhaupt nichts.«
»Was ist das Problem?«
»Wir haben eine Kaffeemaschine bestellt. Die Maschine macht alles. Kaffee, Kakao, sogar Hühnerbrühe. Aber der Monsieur versteht es nicht!«
»Wir wollen bloß Tee.«
»Die Maschine macht auch das heiße Wasser für den Tee. Aber wir haben sie noch nicht! Sie liegt im Hafen!«
»Sie haben gefragt, welchen Tee wir trinken wollen.«
»Ist das nicht höflich? Fragt man in Europa nicht, was die Gäste trinken möchten?«
»Schon, aber –«
»Der Monsieur versteht gar nichts!«
»Wie habt ihr miteinander gesprochen?«, fragte Maria.
»Englisch«, sagte Rafael.
»Englisch!« Die Frau verdrehte die Augen. »Auf Englisch ist alles einfacher als in Wirklichkeit! Habe ich recht?«
Darüber hätte Maria länger nachdenken müssen. Aber Rafael war schon länger im Land. Offenbar war er solche Probleme gewohnt. Er stand auf und zeigte auf die Kühltruhe neben dem Tresen. Die Frau seufzte.

In intensiven Gesprächen mit dem Präsidenten habe ich mich überzeugen können, dass die Regierung sich ernsthaft um die Modernisierung des Landes bemüht. Als eines der größten Probleme beschrieb mir der Präsident das Fehlen einer Infrastruktur. Eine leistungsfähige Verbindung zwischen den Städten, in enger wirtschaftlicher Kooperation mit deutschen ...

Maria erinnerte sich an eine dieser politischen Talkshows, die vor Mitternacht auf den Nischensendern liefen. Michelle de Sélestat hatte die Runde dominiert. Hatte Zahlen und Fakten gegen ihre Gegner geschleudert wie Ninja-Sterne. Subventionen? Gift. Soziale Wohltaten? Kein fiskalischer Spielraum. Benachteiligte Immigranten? Sollten sich mehr anstrengen. Schließlich hatte der Geschäftsführer der Linkspartei gebrüllt: »Von einer schwarzen Immigrantin erwarte ich mehr soziale Wärme!« Stille im Studio. Hilfloser Tadel des Moderators. Vor allem die Reaktion de Sélestats hatte Maria überrascht. Sie war verletzt gewesen, den Tränen nahe. Den Rest der Sendung hatte sie kaum noch etwas gesagt.

Rafael kam zurück und stellte zwei geöffnete, von der Kälte beschlagene Flaschen auf den Tisch: »Malzbier.«

Sie tranken. Maria hatte in der Grundschule zuletzt Malzbier getrunken. Es schmeckte gut.

»Dein Ring ist schön«, sagte Rafael.

»Erbstück«, sagte Maria. »Von meiner Großmutter aus Kasachstan.«

»Du bist Kasachin?«

»Offiziell bin ich Volksdeutsche. Sonst hätten meine Eltern niemals die Papiere für die Aussiedlung bekommen. Und du?«

»Ostfriese. Mit argentinischen Wurzeln. Oder brasilianischen. Konnte meine Mutter sich bei meiner Geburt nicht mehr genau erinnern.«

Beide hätten einander nun viele Fragen stellen können. Beide fühlten sie, der andere hatte wenig Lust, über seinen verworrenen Familienhintergrund zu reden. Also tranken sie, fast gleichzeitig, in stillem Einverständnis.

»Und?«, fragte Rafael und zeigte auf die Blätter.

»Sie versucht, emotional zu sein«, sagte Maria. »Kraft, Hoffnung, Zuversicht ... Aber das wirkt phrasenhaft, gezwungen.«

»Okay.«
»Sie schreibt von Armut, Gewalt, Unterdrückung ... Dass die Leute es nicht mehr hören können ... Aber dann soll sie es besser nicht schreiben. Schon gar nicht am Anfang.«
Rafael nickte.
»Die Ausrufungszeichen sind zu viel.«
»Wo meinst du?«
»Hier ... Hier ...« Sie zeigte auf die Mitte des Blattes. »Eigentlich überall. Interessant wird's auf der zweiten Seite. Wo sie über die Bahnstrecke schreibt. Die Kostenprojektion, den Zeitplan ... Da merkt man, sie ist in ihrem Element. Sie hat den Präsidenten getroffen?«
»Noch nicht.«
»Sie schreibt: *In intensiven Gesprächen ...*«
»Ihre Gespräche sind immer intensiv.«
Sie blickte in sein schönes, ausdrucksloses Gesicht. Schwer zu sagen, ob er das ironisch meinte.
»Der letzte Absatz«, sagte sie. »*Wenn wir die Ärmsten der Armen vergessen, vergessen wir unsere Zukunft.* Wieder Phrase. Besser, sie schreibt konkret, vielleicht über eine Begegnung.«
Sie gab ihm die Blätter zurück. Er faltete sie zusammen und steckte sie ein. »Danke.«
Maria hatte plötzlich keine Lust mehr, länger zu lügen. Rafael war Deutscher. Er war nur ein paar Tage hier. Er wohnte in einem anderen Hotel und war nicht Teil der Helfer-Szene. Es gab keinen Grund, ihm etwas vorzuspielen.
»In Wahrheit besuche ich meine Freundin nicht«, sagte sie. »Sie hatte einen Autounfall in den Bergen. Sie ist tot.«
»Tut mir leid«, sagte er.
»Wir hatten nur noch wenig Kontakt.«
»Und warum bist du dann hier?«
»Es gibt keine Leiche.«

20

Claire ließ das Buch sinken. Was für ein Schund! Eine Empfehlung von Soomi, der Tochter des koreanischen Botschafters, die in der Schule neben ihr saß. Wegen der heißen Stellen. Welche heißen Stellen? Die Figuren waren flach. Die Dialoge abgeschmackt. Claire war für solche Bücher in ihrer Entwicklung zu weit. Und nicht nur, dachte sie mit stolzem Schauer, in ihrer geistigen Entwicklung.
Sie streckte sich aus und blinzelte in den Himmel. Die Sonne stand zwischen zwei Palmenblättern. Sie schwangen wie zwei Tennisschläger, die einen Ball sachte hin- und herschlugen. Claire lag an ihrem Lieblingsplatz, neben dem verspiegelten Teehaus. Ein Gewitter, dachte sie, wäre jetzt schön. Sie liebte die karibischen Gewitter. Florida lag kaum siebenhundert Meilen nordwestlich, aber die Gewitter waren kein Vergleich.
Sie konnte ein neues Buch beginnen. Oben in ihrem Zimmer hatte sie den neuen Roman von Easton Ellis. Sie hatte gehört, der Roman sei eine Enttäuschung. Außerdem war sie nicht in der Stimmung. Unter der Liege lag ihr iPhone. Die letzte Nachricht war vor einer halben Stunde eingetroffen, von Jorge. Einladung zum Tennis. Sie hatte nicht einmal Lust gehabt, eine Absage zu tippen. Sie war unruhig. Sie wartete auf einen Anruf. Sie wartete auf einen Klingelton, der nur für diesen Anrufer reserviert war. Sie wartete nicht seit Stunden. Sondern seit Tagen.
Und wenn sie selbst anrief? Einfach so? Allerdings hatte sie schon gestern angerufen. Und vorgestern. Nicht einmal die Mailbox hatte sich eingeschaltet. Außerdem: Ein »Einfach so« gab es in ihrem Verhältnis nicht. Nur Geheimnis und

Gefahr. Vielleicht wollte er sie nicht mehr sehen? Hatte von ihr nach zwei Monaten genug? Claire spürte Angst und Ungewissheit. Möglich, sie hatte ihm nicht genug gegeben. Er hatte mehr erwartet. Aber was? Was hätte er noch verlangen können? Sie musste ihre Angst betäuben. Sie nahm das Buch wieder in die Hand. *Erhitztes Blut sammelt sich in meinem Unterleib ... umkreist seine Zunge meine Klitoris ... Streicheln, tätscheln, kräftiger Schlag* ... Hausfrauenporno!

Von der anderen Seite des Hauses hörte sie den Warnton. Das Aufrollen des Stahltors. Ein Schwarm gelber Vögel flatterte aus einer Palmenkrone. Sie hörte den Wagen die Auffahrt hochfahren, hörte Stimmen, hinter dem Haus, dann auf der Terrasse. Ihre Mutter gab Kommandos. Die Hausangestellten ließen sich von ihr herumscheuchen und liebten sie. Das Volk liebte sie. Es war die wichtigste Aufgabe einer First Lady, hatte ihre Mutter einmal erklärt: beliebter sein als ihr Mann.

»Claire!«

Sie stand auf. Sie griff nach ihrem iPhone und legte *Shades of Grey* unter die Liege. Ihre Mutter musste nicht wissen, dass sie dieses Zeug las. Sie ging barfuß durch das Gras, ihre Espandrilles in der Hand. Sie liebte das Gefühl von frisch geschnittenem Gras unter ihren Füßen. Sie ging vorbei am Springbrunnen und dem schwarz gekachelten Pool, auf das Haus zu, dessen riesige blau, grün und rot verspiegelte Fensterscheiben in der Sonne funkelten.

Die getönten Scheiben waren damals eine Sensation gewesen, aber nicht die einzige. *Architectural Digest* hatte der Villa eine Fotostrecke gewidmet: *A singular sensation*. Duvalier hatte sie in den siebziger Jahren bauen lassen, für eine Geliebte, die vom Serviermädchen zur Ministerin aufgestiegen war. Er hatte einen kalifornischen Star-Architekten eingeflogen, der auch Villen für Barbra Streisand und Liz Taylor errichtet hatte. Er hatte dem Architekten freie Hand gelassen und die Mittel des Gesundheits- und Bildungsetats für das gesamte Jahr. Von diesem Geld hatte der Architekt Würfel errichtet, große und kleine, neben- und übereinander, aus bunt verspiegeltem Glas, in dem sich Himmel und Palmen, Swimmingpool und der kubistische Springbrunnen spiegelten. Ein unmögliches Haus, eigentlich, für einen Präsidenten. Und natürlich viel zu groß, für drei Personen und ein paar Angestellte. Aber sie hatten bei ihrer Ankunft in Haiti schnell etwas finden müssen. Der Wahlkampf sollte bald beginnen, und andere Villen waren zerstört, zu heruntergekommen oder boten keine ausreichende Sicherheit.

»Nicht barfuß über den Rasen!«

Ihre Mutter stand auf der Terrasse. In ihrem purpurn schimmernden Seidenkleid sah sie aus wie eine Statue, die der Architekt an genau dieser Stelle zwischen den Würfeln errichtet hatte. Das Sonnenlicht brach sich im Silber ihrer Ohrringe und Armreifen. Ihre Mutter war schön. Politisch war Claire mit ihr immer seltener einer Meinung; optisch fand sie an ihr nichts auszusetzen.

»Du weißt nicht, was alles im Rasen kriecht!«

»Nichts, Mama. Die Gärtner machen alles tot.«

Ihre Mutter musste den Kopf nach unten neigen, um ihrer Tochter einen Kuss auf die Stirn geben zu können. Möglich, sie war die beliebteste First Lady der Karibik; bestimmt war sie die größte.

»Wie war die Schule?«

»Mister Isaacson ist krank.«

»Schon wieder? Ich beschwere mich beim Direktor!«

Claire grinste bei der Vorstellung, dass die First Lady in der Union School anrief und den Direktor zusammenstauchte. So wie sie es früher gemacht hatte, als Claire noch auf die Highschool in Port Orange ging.

Immacula brachte eine Karaffe Melonensaft mit Minze und Eiswürfeln. Sie schenkte zwei Gläser voll. Claires Mutter ließ sich in einen Rattanstuhl fallen, zog ihre Schuhe aus und massierte ihre Füße.
»Seit heute bin ich Schirmherrin einer Kampagne für Zahngesundheit.«
»Glückwunsch, Mama.«
»Eine Spende der *American Association of Women Dentists*. Achtzigtausend Zahnbürsten. Natürlich ein Tropfen auf den heißen Stein. Sechzig Prozent aller Zwölf- bis Fünfzehnjährigen in diesem Land hat Karies. Und nun rate, wo der Container mit den Zahnbürsten geblieben ist? Weg! Der Container ist weg! Und da stehen die Volontäre vom Peace Corps mit ihren Plakaten und Prospekten und wollen den Kindern das Zähneputzen beibringen! Immacula hat meine Seidenblusen mit fünfzig Grad gewaschen. Fünfzig Grad! Ist das zu fassen?« Sie trank einen großen Schluck Melonensaft und zerbiss einen Eiswürfel. »Manchmal möchte man an diesem Land verzweifeln. Aber man darf nicht verzweifeln. Man muss die Veränderung sehen. Überall geht es voran, jeden Tag ein Stück. Wahrscheinlich hängen die Zahnbürsten im Hafen fest. Morgen oder übermorgen tauchen sie wieder auf.«
»Deine wievielte Schirmherrschaft ist das, Mama?«
»Frag mein Büro.«
Sie lachten. Gemeinsam lachen konnten sie immer noch gut. Auch wenn Claire immer öfter das Gefühl hatte, sie sähe die Dinge realistischer als ihre Mutter. Natürlich, wo eine First Lady hinkam, streute man ihr Blumen. Nach einer Weile begann sie, die Blumen für die Wirklichkeit zu halten. Seit zwei Monaten hatte Claire einen anderen Blick – kälter und klarer. Seit zwei Monaten hörte sie Dinge, die eine First Lady nicht hört. Manchmal wollte sie ihre Mutter schütteln: »Wach auf, Mama! Schau, was in Haiti passiert!«

Ihr iPhone klingelte.
»Was für ein seltsamer Klingelton«, sagte ihre Mutter.
»Ein französisches Chanson.«
»Oh. Ein Chanson.«
Ihre Mutter zwinkerte. Ein Zwinkern, das sagen wollte: Du musst mir nicht alles verraten. Du kommst in das Alter, in dem eine Tochter Geheimnisse vor ihrer Mutter hat. Allerdings hatte Claire Geheimnisse. Größer und dunkler, als ihre Mutter sich träumen ließ.
»Nur ein Balken«, sagte Claire und stand auf. Machte ein paar Schritte in den Garten, als wollte sie ihrer Mutter weismachen, der Empfang wäre dort besser. Sie spürte das Lächeln ihrer Mutter im Rücken. Sollte sie sich ruhig einbilden, dass sie ihre Tochter durchschaute.
Claire nahm den Anruf an. Sie hörte die kühle, kontrollierte Stimme, die sie liebte, auf die sie seit Tagen wartete: »Ich muss dich sehen. Heute Nacht.«

21

Rafael lag nackt auf dem Bett. Wasser tropfte aus seinen Haaren aufs Laken. War nicht einfach gewesen, den Ruß von seinen Armen und seinem Gesicht zu waschen. Auf der Ablage neben dem Fernseher stand der offene Koffer. Er konnte die verwaschenen Chinos anziehen. Die grauen Leinenschuhe. Das Yamamoto-Shirt vom Flohmarkt. War allerdings auch grau, passte wahrscheinlich nicht zu den Schuhen. Er fühlte an seinem Körper, wenn Farben nicht zueinander passten.
Er dachte an die Berlinerin. Maria. Sie hatte ihn aus den Flammen geholt, ziemlich autoritär. Sie hatte gesagt, er solle aufhören mit diesem Quatsch, er verschrecke die Leute. Er hatte ihre Stimme gemocht, von Anfang an. Erstaunlich tief für den kleinen Körper. Er war ihr nachgelaufen – das machte er bei Frauen sonst nie – und hatte gefragt, ob sie etwas trinken gehen wolle. Sie hatte Ja gesagt. Sie sah gut aus, allerdings nicht auf die klassische Art. Lange, blonde Haare. Stirn und Wangenknochen hoch. Die Nase vielleicht etwas klein und flach. Dafür die Lippen voll, das Kinn gerade und kräftig. Bis dahin konnte man sagen: nordische Schönheit, klassisch. Bloß waren da die Augen. Meerblau, mit einem Hauch Grün. Mandelförmig, nach außen ansteigend. Man musste sich entscheiden: Entweder man war der Meinung, ihr Gesicht sehe aus, als ob ein mongolisches Reiterheer Schweden überfallen hätte. Oder man fand, diese Augen machten ihr Gesicht zu etwas wirklich Besonderem. Rafael tendierte zur zweiten Ansicht.
Er stand auf und ging ins Bad, in dem noch der Dampf aus der Dusche hing. Er wischte mit dem Handtuch den Spiegel

blank. In seinen Haaren verteilte er Gel, das er immer aus Spanien bestellte. Es war das einzige Gel, das seine Haare in Position hielt, ohne zu verkleben. Er zog eine Locke ein wenig in die Stirn, wie er es machte, seit er zwölf war. Sie hatten die Namen ihrer Hotels ausgetauscht, Maria wohnte unten am Champ de Mars. In einem Hotel für siebzig Dollar die Nacht. Musste ein ziemliches Loch sein. Sein Zimmer kostete zweihundertzwanzig. Sie hatte in Haiti kein Telefon. Draußen wurde es dunkel, vermutlich war sie inzwischen zurück. Die Abende allein im Hotel waren immer öde. Wenn er hinfuhr? Er konnte Michelle bitten, ihr Courtois und den Wagen zu leihen. Falls sie Courtois nicht schon nach Hause geschickt hatte. Und morgen? Den ganzen Tag im Hotel herumhängen? Warten auf den Termin beim Präsidenten?

Er hatte eine Idee. Vielleicht war sie nicht realistisch. Aber sein Gefühl sagte ihm, die Idee war gut.

Michelle saß in einem Korbsessel am Pool. Sie hielt ein Glas Eistee in die Sonne, sah der Hibiskusblüte zu, die wie ein havariertes Schifflein zwischen den Eiswürfeln trieb, und versuchte, klare Gedanken zu fassen.

Verstehen hieß nicht verzeihen.

Natürlich konnte sie die Methoden dieser jungen Leute nicht billigen. »*Il faut que les choses changent*« – sie hatten Michelle in eine Falle gelockt. Den Schaden konnten sie wahrscheinlich gar nicht ermessen. Schaden weniger für Michelle, sondern für Haiti. Andererseits: Hatten diese Lutteurs nicht ein Recht auf Wut? Kämpften sie nicht einen gerechten Kampf? Hatte nicht auch Michelle in ihrer Jugend über die Stränge geschlagen? Als Abiturientin hatte sie an Demonstrationen für das Bleiberecht von Flüchtlingen nicht nur teilgenommen; sie hatte sie organisiert! Das Recht auf ein

Leben in Frieden und Würde. Gewaltfreies Miteinander. Das Ideal eines solidarischen –
Sie wurde erpresst.
Michelles Hand krampfte sich um das Glas.
Diese Leute waren Gangster, es gab kein anderes Wort. Sie drohten mit Michelles Vernichtung. Und sie hatten sie in der Hand. Wenn sie das Papier veröffentlichten, war ihre politische Laufbahn am Ende. Welche Mittel hatte sie, sich zu schützen? Der Termin beim Präsidenten. Auf ihn kam jetzt alles an. Händedruck, Fotos, der Artikel in der *Süddeutschen* ... Notfalls musste sie ihren Rückflug verschieben. Ihr Thesenpapier, Zukunftsstandort Bremen? An der Landesvorstandssitzung konnte sie über Videoschaltung teilnehmen. Geschickt an die Presse lanciert, versprach das sogar einen Effekt. Aber dafür brauchte ihre Anwesenheit in Haiti einen Grund. Dafür brauchte sie das Gespräch mit dem Präsidenten.
Michelle bemerkte zuerst die Köpfe, die sich umdrehten. Dann drehte auch sie ihren Kopf und sah ihren Fotografen kommen. Eine schwarze Locke hing ihm romantisch in die Stirn. Er trug ein T-Shirt, das zwischen schwarz und grün changierte und seine braunen Schultern betonte. Sie fand sein Aussehen den Problemen des Landes nicht angemessen. Jetzt hielt ihn auch noch diese grässliche Französin auf, die ihn im Pool immer vollschnatterte! Ihre Pobacken quollen aus dem gelb geblümten Badeanzug. Warum war Hässlichkeit immer so schamlos? Er nickte höflich und sagte etwas. Rafael Malte Velasco. Was für ein seltsamer Name. Michelle hatte nie den richtigen Augenblick gefunden, ihn nach seiner Herkunft zu fragen. Jetzt tätschelte sie ihm auch noch die Wange! Selbst das ließ er sich gefallen!
Er kam zu Michelle, setzte sich in einen Korbsessel neben sie und sagte: »Abend.«

Er duftete nach einem Haargel, von dem Michelle vermutete, dass es unverschämt teuer war.
»Hast du meinen Artikel gelesen?«, fragte sie.
Insgeheim hoffte sie auf ein Nein, um ihn tadeln zu können. Aber er nickte. Zog die beiden Blätter aus der Tasche, durchgesessen und zerknickt. Er wiegte den Kopf. Als suche er nach Wegen, es ihr schonend beizubringen.
»Sie schreiben von Armut, Gewalt, Unterdrückung«, sagte er. »Dass die Leute es nicht mehr hören können. Aber dann sollten Sie lieber nicht davon schreiben. Jedenfalls nicht am Anfang.«
»Verstehe«, sagte Michelle.
»Die Ausrufungszeichen finde ich zu viel.«
»Welche meinst du?«
»Hier ... Hier ...« Er zeigte auf die Mitte des Blattes. »Eigentlich überall. Interessant wird's auf der zweiten Seite. Die Bahnstrecke, die Kosten, der Zeitplan. Da sind Sie in Ihrem Element.«
»Es geht mir um Menschlichkeit.«
»Schon, aber ...« Wieder schien er um Worte zu ringen. »Der letzte Absatz, *Wenn wir die Ärmsten der Armen vergessen* ... und so weiter. Es wirkt ein bisschen wie eine Phrase. Besser, Sie schreiben konkret, vielleicht über eine Begegnung.«
Er reichte ihr die Blätter. Sie musste zugeben, er hatte recht. Es waren gute Anregungen. Ihr Fotograf hatte nicht nur ein Gespür für Bilder, sondern auch für Sprache.
»Wissen Sie«, fragte er, »dass eine Deutsche hier vor kurzem einen tödlichen Autounfall hatte?«
»Der Botschafter hat heute Morgen davon erzählt.«
»Könnte sein, dass man Sie in Deutschland danach fragt.«
»Ich wüsste nicht warum.«
»Eine Entwicklungshelferin, ganz jung ... Kommt nach Haiti, um Gutes zu tun ... Bezahlt mit dem Leben ...«

»Ich werde die Botschaft bitten, mich auf dem Laufenden zu halten.«
»Das reicht nicht.« Er schüttelte den Kopf. »Stellen Sie sich vor, der Fall macht Schlagzeilen. Irgendeine Enthüllung. Die Frau hatte den Unfall im Plateau Central, an der Grenze zur Dominikanischen Republik. Da wohnen die Ärmsten der Armen. Wie wirkt es, wenn Sie aus Haiti zurückkommen und waren nicht bei den Ärmsten der Armen?«
Michelle hatte, seit sie hier war, genug Armut gesehen. In mehreren Dörfern hatte sie Station gemacht, zugegeben, immer nur kurz. Um sich mit Marktfrauen fotografieren zu lassen oder über ein Hilfsprojekt zu informieren. Sie hatte sogar einen Abstecher ins Plateau Central erwogen. Courtois hatte davor gewarnt. In den Bergen, hatte er gesagt, gebe es kaum befestigte Straßen, dafür umso mehr Unfälle und Banditen.
»Ich kann nicht überall sein«, sagte sie.
»Ich kann fahren. Geben Sie mir Courtois und den Wagen. Ich mache Fotos und rede mit den Leuten.«
»Ausgeschlossen. Ich rechne mit einem kurzfristigen Termin beim Präsidenten.«
»Der Präsident hat seine Fotografen. Lächeln, Händedruck, das macht Ihnen jeder Knipser. Ich fotografiere die Unfallstelle. Ich hole ein paar Leute ans Telefon. Wenn die Presse Sie in Deutschland fragt, können Sie sagen, Sie haben direkt mit den Menschen geredet.«
Michelle erinnerte sich nicht, wann Rafael zuletzt so viele Sätze hintereinander gesagt hatte. Als ob ihm die Sache wichtig wäre. Sein Vorschlag, musste sie zugeben, war nicht einmal abwegig. Wenn auch aus anderen Gründen, als er glaubte: Sie musste damit rechnen, dass der Termin beim Präsidenten nicht zustande kam. Dass dieser eine, dumme Satz für Missstimmung gesorgt hatte, die bis morgen nicht

verflogen war. Dann brauchte sie für ihren Artikel einen anderen Aufhänger und andere Fotos. Tragischer Tod einer jungen Deutschen ... Tiefer Respekt für den Einsatz, den Idealismus ...

»Stellen Sie sich vor«, sagte Rafael, »eine deutsche Zeitung ruft an. Will aus dem Unfall eine große Sache machen. Emotion, Menschlichkeit, das volle Programm. Und Sie können nichts sagen als Zahlen und Fakten?«

22

Ein Ring bunter Lichter glühte zwischen den Kacheln des wasserlosen Pools. Energiesparlampen glimmten über den Tischen. Auf dem Buffet-Tisch standen zwei Terrinen Eintopf, einer mit Würstchen, einer für Vegetarier. Daneben standen Besteckkästen und ein Brotkorb. Hinter dem Haus lief der Generator.

Maria hatte ihren Teller leer gegessen und wischte ihn mit einem Brotstück sauber. Sie konnte sich das nicht abgewöhnen. Wenigstens leckte sie den Teller nicht ab, wie es ihre Mutter heute noch tat. Nach bald zwanzig Jahren in Deutschland.

Die Österreicher saßen am Tisch, genauso wie heute Morgen. Schon wieder oder immer noch? Sie hörte *implementation benchmark* und *convergence patterns*. Moskitos und Nachtfalter flogen gegen die Displays ihrer Laptops. Howard saß allein an einem Tisch. Er hatte drei Moleskine-Bücher vor sich, schrieb in eines, schlug aber immer wieder in den anderen beiden nach. Er sah auf und blickte um sich. Ein wissendes, etwas spöttisches Lächeln huschte über seine Lippen, auf denen die Herpesbläschen blühten. Er schnippte mit den Fingern, als hätte er eine Eingebung, und schrieb weiter. Die Mormonen standen an der Mauer und spielten Dart. Die Österreicher gerieten sich über Verantwort*lich*keit gegen Verantwort*bar*keit in die Haare. Niemand saß am großen Tisch in der Mitte; die Vitamin Warriors waren am Morgen aufgebrochen, mit Gebeten und großem Hallo.

Craig saß auf der anderen Seite des Pools, im Schneidersitz. Sein Gesicht leuchtete bläulich im Licht eines Laptops. Er redete. Er gestikulierte. Vielleicht lag es am Licht, dass er fast

ängstlich aussah. Dass seine Mimik wirkte, als ob er bettelte. Jetzt lächelte er gequält. Er hörte zu und redete wieder, spreizte die Hände und ballte sie zur Faust.
Maria ging zum Kühlschrank, der neben dem Buffet stand. Ihr Geld hatte weder für Pflaster noch für Moskitospray gereicht. Prudhomme, der Rezeptionist, hatte ihr ein Pflaster gegeben. Es fühlte sich nicht an, als ob es lange halten würde. Sie nahm eine Flasche Bier aus dem Kühlschrank: *Prestige*. Alle tranken hier *Prestige*, es war das haitianische Nationalbier. Sie machte einen Strich neben ihrem Namen auf einer Liste und öffnete die Flasche mit dem Öffner, der an der Kühlschanktür hing. Das Bier schmeckte okay. Sie kannte sich mit Whisky und Wodka aus. Bier hatte ihr nie viel gesagt.
Wo hätte Jooly hier gesessen? Am Tisch mit den Österreichern, ganz klar. Verantwortlich gegen verantwortbar, sie hätte leidenschaftlich Position bezogen. Nicht weil sie tatsächlich eine Position hatte. Sondern weil es Spaß machte. Als sie sich kennenlernten, hatte Maria immer noch geglaubt, man müsse, bevor man über eine Sache redete, ungefähr Bescheid wissen. Jooly hatte ihr beigebracht, dass es auf Wissen nicht ankam: »Du musst einfach an das glauben, was die Leute hören wollen.« Es hatte lange gedauert, bis die Lehrer begonnen hatten, Jooly zu durchschauen.
Craig klappte das Display seines Laptops herunter. Einige Augenblicke saß er reglos und starrte ins Leere. Er schlug die Faust gegen sein Bein. Sein Blick glitt über den Pool, die Tische und das Buffet. Er sah Maria. Er lächelte verlegen, als habe sie ihn bei etwas ertappt. Er stand auf und kam auf sie zu, seinen Laptop unter dem Arm.
»Abend, Maria.«
»Abend Craig.«
»Gut zurück ins Hotel gekommen?«

»War einfach.«
Es war wirklich einfach gewesen. Sie hatte sich ins Taptap gesetzt und war die Route de Delmas hinuntergefahren bis zur großen Kreuzung. Von dort war sie über die Rue Dessalines und den Champ de Mars zum Hotel gelaufen. Immer wieder hatte sie Wagen von Hilfsorganisationen gesehen, aber auf der Straße war sie die einzige Weiße gewesen. Niemand hatte sie bedroht oder belästigt.
»Probleme?«, fragte sie.
»Wieso?«
»Sah eben so aus.«
»Ach was. Der übliche Kleinkrieg mit den Sponsoren.«
Kein guter Lügner, dachte Maria. Aber sein Ärger ging sie nichts an. Er holte sich eine Flasche Bier aus dem Kühlschrank und trank sie in wenigen Schlucken halbleer. Sofort hatte er Schweißperlen auf der Stirn.
»Was für Penner«, sagte er.
»Wer?«
»Der Typ mit seinen Moleskine-Büchern. Hält sich für einen Philosophen. Die Kids mit ihren Computern sind auch nicht besser. Glauben, sie retten die Welt, weil sie den ganzen Tag am Tisch sitzen und Gülle reden. Jeder hält sich für einen Heiligen. Weil er in Haiti ist.« Er trank noch einen Schluck und wischte sich mit dem Handrücken über die Stirn. »Lust auf Dart spielen?«
»Vielleicht später.«
»Ist das ein Versprechen?«
»Eine Option.«
Er lachte. Er ging zur Mauer, zu den Mormonen. Sie grüßten einander mit Handschlag. Sie ließen ihn bereitwillig mitspielen, ließen ihm sogar den Vortritt. Er stellte den Laptop ab, nahm die Pfeile, kniff die Augen zusammen und zielte lange, bevor er warf. Sein erster Wurf verfehlte die Scheibe;

wütend schlug er seine Faust in die Hand. Dann lachte er. Wollte locker wirken, es war ja nur ein Spiel. Aber er war nicht locker. Etwas war am Pool während des Telefonats, mit ihm passiert.

»Abend.«

Maria blickte sich um: Vor ihr stand Rafael. Er trug ein einfaches dunkelgrünes Polo, graue Jeans und seine Lederbänder. Trotzdem sah er aus wie ein Model aus einem dieser Mode-Kataloge, die, aufwendig produziert und in geringer Stückzahl gedruckt, nur an ausgewählte Kunden verschickt werden.

»Wieso gibt's hier kein Licht?«, fragte er.

»Ich vermute, mehr gibt der Generator nicht her.«

»Seltsames Hotel.«

»Siebzig Dollar die Nacht. Willst du was trinken?«

»Malzbier.«

Maria öffnete die Kühlschranktür. »Gibt nur richtiges Bier.«

»Dann Cola.«

Sie holte eine Dose Cola aus dem Kühlschrank. Sie versuchte, sich über ihre Gefühle klar zu werden. Ihre Gefühle waren einfach: Sie freute sich, ihn zu sehen. Irgendwie hatte sie damit gerechnet. »Man begegnet sich immer zweimal«, eine der Weisheiten ihrer kasachischen Großmutter. Aber sie hatte nicht damit gerechnet, dass es so schnell gehen würde.

»Wie bist du hergekommen?«, fragte sie.

»Wagen und Fahrer.« Rafael öffnete die Dose und trank. »Ich habe meiner Chefin deine Anmerkungen zu dem Artikel gegeben. Sind gut, hat sie gesagt.«

»Du hast gesagt, sie sind von mir?«

»Konnte ich nicht. Der Artikel ist noch vertraulich.«

Drüben gab es Streit zwischen Craig und den Mormonen. Craig drückte immer wieder seinen Finger ins Dartboard.

»Bist du weitergekommen?«, fragte Rafael. »Mit deiner Freundin?«
»Ich war in zwei Hotels, einer Behindertenschule und drei Hilfsorganisationen. Eine für Mutter-Kind-Gesundheit, eine für Aufforstung, eine irgendwas mit lokaler Entwicklung. Auf dem Foto hat sie keiner erkannt.«
»Hast du mal überlegt, ob du in die Berge fährst? Wo sie den Unfall hatte?«
»Bin nicht sicher, ob das viel bringt. Jooly ist in eine Schlucht gestürzt. Die Leute haben alles geplündert. Es gibt nicht einmal eine Leiche. Was soll ich da rausfinden?«
»Sie hatte den Unfall in einem Toyota Landcruiser?«
»Ja.«
»Die sind teuer. Sechzigtausend Dollar, mindestens. Wer so einen Wagen fährt, der hat nicht irgendeinen Job in einer kleinen NGO. *Non-governmental organization.* Haiti hat weltweit die höchste Konzentration von Hilfsorganisationen. Aber das Geld wird knapp. Kriege ich mit, wenn meine Chefin die Projekte besucht. Überall klagen sie, dass Haiti nicht mehr in den Medien ist. Dass immer weniger Spenden kommen. Wenn deine Freundin nach Haiti kommt und ein paar Wochen später crasht sie einen Sechzigtausend-Dollar-Wagen, dann hatte sie entweder Geld oder einen guten Job. Von Anfang an.«
Maria erinnerte sich, was Doreen ihr gestern gesagt hatte: Wer in Haiti in der Entwicklungshilfe etwas werden wollte, brauchte Geld, gute Kontakte oder einen guten Plan. Sie konnte sich nicht vorstellen, dass Jooly irgendwas davon gehabt hatte. Gut möglich, dass Rafael recht hatte. Drüben eskalierte der Streit zwischen Craig und den Mormonen. Einer krempelte sogar seine Hemdsärmel hoch.
»Die Haitianer werfen nichts weg«, sagte Rafael. »Erst recht nicht in den Dörfern. Weiße Frau im Landcruiser; das ist für

die ein Jackpot. Wenn irgendwas von deiner Freundin übrig ist, ein Rucksack, Tagebuch, irgendwas ... Dann findest du es da oben.«
Ein Stuhl wurde umgeworfen, ein Glas mit Dartpfeilen zersplitterte auf den Fliesen. Craig kam zu ihnen, die Halsadern geschwollen, die Fäuste geballt.
»Scheiß-Mormonen! Keine Ahnung von Dart, aber glauben, sie können mich verarschen! Ringe zählen außen doppelt! Innen dreifach! Das entscheidet nicht irgendein pissiger Mormonenprophet! Das sind die Regeln!«
»Ist doch nicht so wichtig.«
»Die Verarsche können sie in Utah abziehen! Hier ist Haiti!«
Er griff sich ein Bier aus dem Kühlschrank. Seine Hände zitterten, der Flaschenöffner rutschte vom Kronkorken. Sein Blick fiel auf Rafael: »Wer ist das?«
»Craig, das ist Rafael. Rafael, das ist Craig«, sagte Maria.
»Hi«, sagte Craig.
»Hi«, sagte Rafael.
»Neu angekommen?«
»Bin im anderen Hotel.«
»In welchem?«
»Résidence Étoile.«
»Oh! Wo die schicken Menschen wohnen!«
»Rafael ist Fotograf.«
»Schön das Elend knipsen? Mit Fünfhundert-Millimeter-Teleobjektiv durch die Autoscheibe?«
»Ich habe ihn aus einem brennenden Müllhaufen geholt.«
Maria fiel nichts Besseres ein, um die Situation zu entspannen. Warum war Craig plötzlich so geladen? Drüben an der Mauer warfen die Mormonen friedlich ihre Dartpfeile, jetzt mit den Asiaten.
»Ich fahre morgen ins Plateau Central«, sagte Rafael.
»Warum?«, fragte Maria.

»Muss Fotos machen. Wenn du willst, können wir zusammen fahren.«
»Ich muss auch ins Plateau Central«, sagte Craig.
»Du?«, fragte Maria.
»Seife und Tabletten verteilen. Bald kommt die Regenzeit. Dann brechen da oben alle möglichen Krankheiten aus.«
»Ich habe einen Toyota Landcruiser. Mit Fahrer.«
»Oh! Der Fotograf hat einen Toyota mit Fahrer!«, sagte Craig. »Warst du überhaupt schon mal in Haiti? Sprichst du Kreyòl?«
»Unser Fahrer ...«
»Vergiss deinen Fahrer, Süßerle. Da oben spricht keiner etwas außer Kreyòl. Und dein Fahrer übersetzt nicht, was die Leute sagen. Sondern was du hören willst.«
»Du hast schlechte Laune, Craig«, sagte Maria.
»Ich habe keine schlechte Laune. Ich weiß bloß, wie's läuft.« Craig stellte seine leere Flasche auf den Tisch. »Und jetzt mache ich diesen Jesus-war-ein-Amerikaner-Schwuchteln klar, wie man Dart spielt.«
Er ließ sie allein. Rafael trank seine Dose leer, rülpste und fragte: »Wer ist das?«
»Ich war heute mit ihm unterwegs. Eigentlich ist er nett.«
»Mit dem fahren wir aber nicht, oder?«
»Ich glaube nicht, dass er ins Plateau Central muss. Wollte zeigen, wie erfahren er ist. Weiß nicht, was mit ihm los ist. Noch eine Cola?«
Maria öffnete den Kühlschrank, holte die letzte Coladose heraus. Rafael hatte recht, ihre Prämisse war falsch. Nach Mittelamerika war Jooly ohne Plan aufgebrochen. Hatte Newsletter geschrieben, Fotos verschickt und ihr Geld verbraucht. Doch dann war sie nach Haiti geflogen. Kein Lebenszeichen mehr. Aber anscheinend auch keine Geldnot. Tod in einem Sechzigtausend-Dollar-Landcruiser. Jooly

musste einen Plan gehabt haben, einen Kontakt, irgendetwas. Von Anfang an.
»Sie hatte den Unfall an der Grenze«, sagte Maria. »Ist vielleicht für dich ein Umweg.«
»Bin dir was schuldig, wegen dem Artikel.«
»Das hättest du auch ohne mich hinbekommen.«
»Vielleicht, vielleicht nicht.«
Craig stand gestikulierend am Pool. Die Mormonen wollten ihn nicht mehr mitspielen lassen. Die Asiaten auch nicht.
»Fahren wir?«, fragte Rafael. »Morgen früh um sieben?«

23

Eine Eidechse kauerte auf der Kühlerhaube. Sie hob den Kopf, schnellte vor und schnappte nach einem Moskito. Claire rieb ihren Kopf an seiner Wange. Drückte ihr Bein gegen seine Hüfte. Sie fühlte seine Hand, die ihr Haar kraulte. Sie rutschte hinunter, öffnete einen Hemdknopf und küsste seine Brust. Sie spürte seinen Atem in ihrem Nacken. Sie hörte seine kühle, beherrschte Stimme:
»Und? Was macht die Schule?«
Sie verkrampfte sich. Die Schule! Wieso fing er ausgerechnet davon an? Sie hob den Kopf. Sie sah in seine stahlblauen Augen, die sie so liebte. Auf seine Stirn, die sie noch mehr liebte, weil sie wusste, dahinter arbeitete ein entschlossener Geist. Vielleicht arbeitete er zu viel, die letzte Zeit. Mads hatte Erschöpfungsfältchen um die Augen.
»Schule ist wie immer«, sagte sie.
»Gute Noten?«
»Die besten.«
Mads lachte. »Weil die Lehrer Angst vor deinem Vater haben.«
Claire setzte sich auf. Sie ärgerte sich. Was sollte das jetzt? Sie bekam gute Noten, weil sie gute Noten verdiente. Wenn, hatten die Lehrer Angst vor ihrer Mutter. Die Eidechse hockte immer noch auf der Windschutzscheibe, die Vorderbeine auf dem Wischer.
»Siehst du deinen Vater oft?«, fragte Mads.
»Kaum. Er verlässt morgens das Haus und kommt gegen Mitternacht zurück.«
»Stimmt es, die Senatoren haben seinen neuen Premierminister abgelehnt?«

»Ich weiß es auch nur aus den Nachrichten.«
»Die Senatoren machen deinen Vater zum Hampelmann.«
»Er muss sich an die Verfassung halten.«
Claire mochte nicht, wenn Mads abfällig über ihren Vater redete. Er war der Präsident. Er konnte ohne Zustimmung des Senats keinen Premierminister ernennen. Und weil die Senatoren seit zwei Monaten jeden seiner Kandidaten ablehnten, war das Land seit zwei Monaten ohne Regierung. In Florida hatten sie alle um ihren Vater beneidet. Weil er so locker war. So cool. Und weil das Wohnzimmer voller Pokale stand. Seit ihr Vater Präsident war, beneidete sie niemand mehr.
»Wie geht's deiner Mutter?«, fragte Mads.
»Jeden Tag weiht sie irgendetwas ein. Jeden Tag übernimmt sie eine Schirmherrschaft. Sie sagt, das Land kommt jeden Tag ein Stück voran.«
»Glaubt sie das im Ernst?«
»Sie muss es glauben. Sie ist die First Lady.«
Mads hatte sie sehen wollen, unbedingt, diese Nacht. Und jedes Verlassen des Anwesens bedeutete Gefahr. Es gab nur die Möglichkeit über die Notwassertanks, am Ende des Gartens. Weil ein Bewegungsmelder dort schief im Gewinde hing. Claire musste auf allen Vieren durch den toten Winkel kriechen, auf die Tanks klettern und über den Zaun springen. Jedes Mal hatte sie Angst, dass sie ihre Kleidung aufriss oder sich den Fuß verknackste. Wenn sie sich dann auf den Ledersitz von Mads' rotem Mitsubishi Pajero warf, außer Atem, Dreck an Knien und Händen, dann wollte sie ganz bestimmt nicht über die Schule und ihre Eltern reden!
Mads starrte aus dem Fenster. Er schaltete den Scheibenwischer ein und verscheuchte die Eidechse. Autoscheinwerfer näherten sich, er drückte ihren Kopf nach unten. Der Wagen fuhr vorbei. Unwahrscheinlich, dass jemand den Mitsubishi

in der Einfahrt des verlassenen Hauses bemerkte. Aber er hatte recht, sie mussten vorsichtig sein. Als Claire den Kopf wieder hob, hielt Mads einen Tablet-Computer in der Hand. Eines dieser Android-Geräte, von denen Claire wenig hielt.
»Ich möchte, dass du dir das hier ansiehst«, sagte er und reichte ihr das Tablet.
»Was ist das?«
»Schau hin!«
Zuerst sah Claire nur graubraune Flecken, die stumm auf dem Display flackerten. Dann erkannte sie eine Dampflokomotive, die auf die Kamera zufuhr. Die Lokomotive zog Waggons hinter sich her, aus denen Menschen winkten. Schnitt. Die Lokomotive hielt an einem Bahnsteig. Männer mit hohen Hüten und steifen Kragen stiegen ein und aus. Auf dem Bahnsteig standen Frauen mit Fächern, Hauben und großen Koffern. Ein Schaffner blies in eine Pfeife. Der Bahnhof erinnerte Claire an einen Wildwest-Film. Die Kamera schwenkte langsam auf das Schild über der Bahnhofsuhr: Port-au-Prince.
»Ist das aus einem Film?«, fragte sie.
»Aufnahmen aus der Zeit der amerikanischen Besatzung«, sagte Mads. »Zwischen 1915 und 1920.«
Eine Lokomotive fuhr über Land. Im Vordergrund standen Ziegen und Esel auf Berghängen. Im Hintergrund konnte man den Ozean ahnen. Schnitt. Gleise, die an einem Hafenkai endeten. Schiffe und schwitzende Arbeiter mit nackten Oberkörpern, die Säcke aus den Waggons luden. Ein neues Schild: Saint-Marc.
Wieder ein neuer Ausschnitt. Der Film wirkte, als sei er aus Resten zusammenmontiert worden. Eine Dampflokomotive, die etwas moderner aussah, zog eine lange Reihe Güterwaggons an der Kamera vorbei. Alle Waggons hatten die gleiche Aufschrift: *Compagnie Nationale des Chemins de Fer*.

»Diese Leute«, sagte Mads, und seine Stimme bebte, »sind wieder da. Sie wollen deinen Vater vernichten. Sie wollen uns vernichten. Sie vernichten Haiti.«

Samstag

»Man kann einen Abgrund nicht in zwei Sprüngen überqueren.
Man muss den mutigen Sprung mit einem Mal tun.«
Vaclav Havel

24

Craig drehte den Zündschlüssel.
Der Dodge sprang nicht an.
»Fuck«, sagte er.
»Der neue Verteilerkopf?«, fragte Maria.
»Hat mit dem Verteiler nichts zu tun.«
Sie standen auf dem Hof vor der Villa Jardin. Maria saß auf dem Vordersitz neben Craig, Rafael auf dem Rücksitz. Craig zog und drückte den Choke, pumpte mit dem Gaspedal ... Beim vierten Versuch sprang der Motor an. Der Wachmann – verschlafen, seine Kalaschnikow gegen den Hocker gelehnt – schob das Tor auf. Sie rollten auf die Straße.
»Haitianische Kinder sind ein Wunder der Natur«, sagte Craig. »Sie werden immer genau dann krank, wenn ihre Eltern keine Lust zur Arbeit haben.«
Es hatte so nicht kommen sollen. Maria wäre lieber allein mit Rafael ins Plateau Central gefahren. Und Rafael bestimmt lieber nur mit Maria. Sie hätten einen besseren Wagen gehabt, und einen Fahrer. Bloß hatte dieser Fahrer abends um zehn in Rafaels Hotel angerufen; sein kleiner Sohn sei krank, vierzig Grad Fieber. Er könne Michelle de Sélestat innerhalb der Stadt fahren. Aber er könne unmöglich die weite Strecke ins Plateau Central ...
»Jede Wette, dein Fahrer hat kein krankes Kind«, rief Craig auf die Rückbank. »Ich liebe die Haitianer! Aber ihr Verhältnis zur Wahrheit ist, sagen wir, entspannt.«
Also hatte Maria Craig überreden, ihn geradezu anbetteln müssen, mit ihnen ins Plateau Central zu fahren. Zu den Ärmsten der Armen. Machte sich auch gut für die Sponsoren. Jetzt war die Ladefläche des Dodge vollgestapelt mit

Kartons – Seife, Desinfektionsmittel, Schwämme. Im Fußraum stand Marias Rucksack, mit mehreren Fotos von Jooly und einer Kopie des Totenscheins.
»Wenn du an den Haitianern verzweifelst, höre dir ihre Musik an«, sagte Craig und schob eine Kassette in den Radiorecorder. »Webert Sicot. Compas-Star aus den Sechzigern. Diese Lebensfreude. Macht mich fertig.«
Sie fuhren über den Boulevard Dessalines. Zwischen den zerstörten Häusern hängten Frauen Wäsche auf Leinen. Ein kleines Mädchen trug ein Zicklein zum Markt, den Kopf nach unten, die Beine gefesselt, das Seil über der Schulter. Trommeln und Gitarren drangen aus den Lautsprechern, Frauen, die im Chor sangen. Die Musik war schwebend, rhythmisch und schön.
»Unten am Wasser«, sagte Craig, »stehen die Baracken mit den Mädchen. Mit zwölf kommen sie aus den Dörfern. Mit dreizehn haben sie HIV. Mit fünfzehn haben sie Aids. Mit sechzehn schleppen sie sich zurück in ihre Dörfer. Aber da kennt sie keiner mehr.«
Craig schob sich eine verspiegelte Sonnenbrille von der Stirn auf die Augen. Er hatte sich ein Schweißband in den schottischen Nationalfarben umgebunden. Vielleicht um die Haare aus seinem Gesicht zu halten. Maria hatte allerdings das Gefühl, er wollte jugendlicher wirken, als er war.
Sie fuhren an einem sandigen Platz vorbei, er war voller Menschen und alter amerikanischer Schulbusse.
»Hier kommen die Busse aus dem Norden an«, sagte Craig. »Cap-Haïtien, Port-de-Paix, Fort Liberté. Jede Nacht Hunderte Leute. Suchen nach einem besseren Leben. Die paar Taschen sind alles, was sie haben. Siehst du einen der schicken Helfer von den großen Organisationen? Der ihnen Wasser gibt? Der sie untersucht?«
Männer kletterten auf den Dächern herum, entknoteten

Taue, reichten Koffer, Säcke und schreiende Ziegen herunter. Kinder schliefen, in Decken gewickelt, auf dem nackten Boden. Die Bilder erinnerten an alte Fotos europäischer Einwanderer bei ihrer Ankunft auf Ellis Island.
»Was servieren sie euch in der Résidence Étoile zum Frühstück?«, rief Craig nach hinten. »Lachs? Champagner?«
Maria drehte sich um. Rafael lag mit geschlossenen Augen, die Arme über der Brust gekreuzt, auf der Rückbank.
»Er schläft«, sagte sie.
»Rafael? Deutscher Name?«
»Spanisch oder portugiesisch.«
»Du siehst auch nicht ganz arisch aus.«
»Ich stamme aus Kasachstan.«
»Verstehe einer die Deutschen! Früher wart ihr alle Nazis! Heute seid ihr alle Mischlinge!«
Maria schaute aus dem Fenster. Es war keine gute Idee gewesen, zu dritt loszufahren. Zwei Männer, eine Frau – das gab immer Spannungen. Andererseits: Craig kannte das Land. Er sprach Kreyòl. Vor allem hatte er die Seife. Er wusste, wo die Waisenhäuser waren, die Kindergärten, die Missionsstationen. Sie waren nicht bloß Touristen mit Chauffeur; sie hatten einen Grund, in die Dörfer zu kommen. Und Maria konnte nach Jooly fragen.
»Cité Soleil«, sagte Craig und deutete nach links. »Unter Duvalier sollte hier eine Mustersiedlung für Arbeiter entstehen. Heute gilt es als härtester Slum der Welt.«
»Zu Recht?«
»Schwer zu sagen. Polizei traut sich nicht rein. Hilfsorganisationen nur mit bewaffnetem Schutz. Weil das Erdbeben auch die Gefängnisse zerstört hat. Mörder, Vergewaltiger, Gang-Leader, alle sind ausgebrochen. Viele haben sich in der Cité Soleil versteckt und die Macht übernommen.«
Maria sah eine lange Mauer, Stacheldraht, einen Panzer-

wagen der UNO und ein Tor. Dahinter Wellblechhütten bis zum Meer, ausgetrocknete Wassergräben, Kinder und Schweine, die im Müll ihr Geschäft machten.
»Warst du mal drin?«, fragte Maria.
»Einmal. Die Helfer und Pressetypen jubeln die Gefahr hoch, damit sie sich als Helden aufspielen können. In Wahrheit sind die Leute einfach scheißarm. Die Kinder haben sich am Po gekratzt. Klares Symptom für Würmer. Aber sie wollten meine Tabletten nicht. Nicht mal meine Seife. Ich habe meine Sachen ausgepackt, die wurden richtig aggressiv.«
»Warum?«
»Gab da eine Geschichte. Kurz nach dem Beben. Ein weißer Arzt ist gekommen und hat die Leute geimpft. Nach drei Tagen waren Dutzende tot. Vielleicht Hunderte. Du weißt hier nie, was du glauben kannst.«
»Und der Arzt?«
»Ist abgehauen. Hat die Kinder mitgenommen, von den toten Eltern. Die einen sagen, er hat sie in die USA verkauft. Die anderen sagen, er hat sie gekocht und gegessen. Einige schwören, die Kinder sind Zombies und arbeiten in der Textilfabrik.«
Sie verließen die Stadt. Links glitzerte das Sonnenlicht im platingrauen Meer. Rechts hoben sich die kahlen Berge.
»Die Wahrheit ist«, sagte Craig, »dass immer mehr Haitianer durchschauen, was hier gespielt wird. Die Weißen kommen her und sagen, sie wollen helfen. In Europa und Amerika sitzen andere Weiße vor den Fernsehern und sagen: Wie schrecklich, die armen Schwarzen. Sie sind zu dumm, sie können nicht für sich selbst sorgen, wir müssen ihnen helfen. Also kommen immer mehr Spenden ins Land. Und je mehr Spenden kommen, desto mehr schlagen sich die Weißen die Bäuche voll. Und was bleibt für die Schwarzen? Sie verrecken an der Hilfe.«

25

Michelle stand genau dort, wo sie nie hatte stehen wollen: im Garten eines Kindergartens. Als Teil eines Damenprogramms. Wie sie es hasste! Sie hatte beim Frühstück gesessen, als die Nachricht vom Büro des Präsidenten gekommen war. Nun wird alles gut, hatte sie gedacht. Sie hatte sich verflucht, weil sie Rafael freigegeben hatte. Andererseits: Offizielle Fotos reichten. Alles, was sie brauchte, war der Händedruck.
Schon im Wagen, auf der Fahrt Richtung Kenscoff, hatte sie Verdacht geschöpft. Michelle würde nicht allein sein, hieß es plötzlich am Telefon. Geladen waren außer ihr die Gattin des isländischen Botschafters. Die Gattin eines arabischen Ölministers. Die Gattin des neuseeländischen Irgendwas ... Wieso alles Gattinnen? Weil, hatte man ihr erklärt, die Begegnung nicht im Amtssitz des Präsidenten stattfinden würde, sondern in einem Kindergarten. Und sie würde nicht dem Präsidenten die Hand drücken. Sondern dem Kindergärtner.
»Hilf mir, es selbst zu tun«, sagte der Kindergärtner. »Dieser Leitsatz Maria Montessoris prägt unsere gesamte Arbeit.«
Im Halbrund standen neun Frauen um den Leiter des Kindergartens herum, einen hochgewachsenen Dänen mit rötlich blondem Haar. Frauen in lindgrün- und karamellfarbenen Kostümen fächelten sich mit Informationsbroschüren Luft zu. Sogar die entsetzliche Französin aus dem Hotel war da. Sie trug eine geblümte Tunika. Ihre verhornten Zehen und Fersen ragten über das Fußbett der zu kleinen Sandalen.
»Wir entmündigen die Kinder nicht. Wir achten jedes in seiner Persönlichkeit. Sie sollen ihren eigenen Weg durchs Leben finden.«

Die Kinder saßen in einer Sandkiste, auf Wippen und Schaukelpferden und schauten gelangweilt herüber. Offenbar empfingen sie öfter komische alte Frauen.
»Die Kinder dürfen Fehler machen. Sie sollen Fehler machen. Sie entdecken ihre Möglichkeiten und Grenzen. Vor allem erfahren sie ihre Einzigartigkeit.«
Ein Affront! Man versuchte, Michelle fernzuhalten vom Zentrum der Macht! Rache? Für diesen einen, aus dem Zusammenhang gerissenen Satz? Der Präsident schnitt sich ins eigene Fleisch, so viel war klar. Ärmstes Land der westlichen Hemisphäre, ha! So groß war die westliche Hemisphäre nicht. Es gab viele arme Länder, in denen Michelle ... Nein! Haiti war ihr Land. Sie musste hier einen Impuls setzen. Überall hatte sie Versprechungen gemacht. Sie hatte Feinde in der Partei, die auf eine Niederlage lauerten. Ohne Händedruck, ohne ein intensives Gespräch mit dem Präsidenten kam sie aus dieser Sache nicht heraus.
»Die Geschichte Haitis ist eine Geschichte der Unterdrückung und Entmutigung. Wir glauben, ein freies Haiti kann nur von freien Menschen geschaffen werden. Wir glauben an freie Kinder für ein besseres Land.«
Applaus. Was solche Frauen Applaus nannten. Eher ein Betupfen von Handballen mit Fingerspitzen. Der Kindergärtner war nicht unattraktiv. Er hatte die scharfen Gesichtszüge eines Mannes, der viel wollte und viel arbeitete. Weißes Leinenhemd, die Ärmel hochgekrempelt. Am Kragen fehlte ein Knopf. Die olivgrüne Leinenhose etwas zu lang. Sportsandalen. Gerade so, dass er als nachlässig gekleidet durchging. Aber auch so, dass man sich ihn in einem Maßanzug vorstellen konnte. Auf einer Spendengala oder dem Empfang einer Botschaft. Jetzt hörte er der Frage einer Gattin im lilafarbenen Etuikleid zu. Der Blick seiner grauen Augen war konzentriert, als beschäftige ihn genau diese Frage schon

lange. Ein Mann, dem es ernst war. Dem die Arbeit, seine Vision alles bedeutete. Solche Männer waren meistens attraktiv.

»Ich bin Arzt«, sagte er. »Doch nach dem Erdbeben war die Stadt voller Kinder, die in den Ruinen nach ihren Eltern suchten. Ich habe mich gefragt: Was wird aus ihnen? Wer legt den Grundstein für die Zukunft des Landes? Wenn wir ein besseres Haiti schaffen wollen, müssen wir mit den Kindern beginnen. Ich habe mit viertausend Dollar angefangen, meinen gesamten Ersparnissen. Doch mein größter Schatz waren achtundzwanzig Waisen aus der Cité Soleil, einem der furchtbarsten Slums der Welt. Heute gibt es ein Netz von Montessori-Kindergärten in Port-au-Prince, Saint-Marc, Port-de-Paix, Terrier Rouge. Wir wollen noch mehr tun. Wir wollen Schulen bauen, Kindergärtner und Lehrer ausbilden. Oft reichen die Mittel nicht. Wir leben von Spenden. Jeder Dollar ist ein Dollar für die Zukunft Haitis!«

Er winkte. Wie auf Befehl winkten die Kinder von den Wippen, Schaukelpferden, Sandkästen zurück. Die Frauen durften sich umsehen. Durften sich zu den Kindern hinunterbeugen, ihnen über den Kopf streicheln und sich die Montessori-Bauklötze erklären lassen. Vor zwei besonders niedlichen Mulattenbrüdern standen die Frauen mit ihren Smartphones und Handkameras Schlange.

Wie im Streichelzoo, dachte Michelle. Sie hatte nicht vor, sich an diesem Kitsch zu beteiligen. Auf einem Tisch standen Erfrischungen. Aufgeschnittene Früchte, Kaffee und Tee aus Thermoskannen ... Gerade so, dass die Frauen zu Hause sagen konnten: »Sie haben für uns keinen Aufwand betrieben. Alle Spenden kommen den Kindern zugute!« Diese Gattinnen saßen in Spendenkommitees. Hatten ja sonst nichts zu tun. Und dort würden sie die Fotos herumzeigen. Sich über die Niedlichkeit der Kinder auslassen, das Elend

Haitis und die Montessori-Kindergärten, die der Schlüssel waren für eine bessere Zukunft. Michelle warf es dem Dänen nicht vor. Bloß spürte sie die Demütigung wie einen Brechreiz.

»Michelle de Sélestat!«

Eine Frau kam strahlend, mit ausgebreiteten Armen auf sie zugelaufen. Michelle erinnerte sich nur an ihren Spitznamen: Pippi Langstrumpf. Und dass diese Frau für die dänischen Sozialdemokraten im Europa-Parlament saß. Sie musste auch schon über dreißig sein. Trotzdem hatte sie immer noch ihre Sommersprossen, trug die Zöpfe, die Strumpfhosen, die Stiefel wie damals. *Never change a winning look.* Sie hatte sogar noch die Zahnlücke.

»Du erinnerst dich nicht mehr?«, fragte Pippi. »Lykka Poulsen!«

»Lykka! Natürlich!«

Sie umarmten einander fest und herzlich.

»Ich habe gehört, dass du in Haiti bist«, sagte Pippi. »Ich wusste nicht, wie ich dich erreichen kann. Ich habe in den Jahren immer wieder an dich gedacht. Damals bei den Europäischen Jungsozialisten, unsere hitzigen Diskussionen!«

»Das waren Zeiten!«

Michelle erinnerte sich mit Schaudern. Auflösung der Nato. Spitzensteuersatz von neunzig Prozent. Frauenquote in der katholischen Kirche. Sie waren Halbstarke gewesen, die sich für Revolutionäre hielten.

»Ist es nicht furchtbar?«, fragte Pippi. »Das Elend? Man möchte aufspringen, man möchte etwas tun!«

»Ja, das möchte man.«

»Auf der Fahrt hierher habe ich Kinder ohne Beine gesehen! Auf Rollbrettern! Und bei uns kriegt ein Achtzigjähriger ein neues Hüftgelenk!«

»Die Gesundheitsausgaben sind überall außer Kontrolle.«

»Es geht mir nicht darum, die Alten zu diskriminieren. Sondern dass wir wieder Politik für die Menschen machen. Für alle Menschen!«
Drüben fiel ein Junge vom Schaukelpferd. Eine pastellfarbene Meute stürzte sich auf ihn, pustete, streichelte, schrie um Hilfe.
»Das Schlimmste ist«, sagte Pippi, »dass Haiti schon wieder aus den Medien verschwindet. Das ist der Zynismus unseres Systems. Es geht nie um Nachhaltigkeit. Immer nur um die Schlagzeile, die sich gut verkauft.«
»Ja, es ist furchtbar.«
»Jedenfalls bewundere ich Mads Lerby. Niemand hat sich nach dem Erdbeben in die Cité Soleil getraut. Aber die Menschen mussten geimpft werden, wegen der Seuchen. Lerby hat sich durchgeschlagen, allein, durch die zerstörte Stadt. Der Engel der Cité Soleil, so haben ihn die Zeitungen genannt. Er hätte zurückkommen können. Sich in Dänemark als Held feiern lassen. Aber er ist hier geblieben. Angeblich hat er Haiti seit dem Beben nicht verlassen. Diese Konsequenz bewundere ich am meisten.«
Lerby stand, ein Glas Wasser in der Hand, neben einem Kräutergarten, in dem die Kinder ökologische Verantwortung lernen sollten. Er redete mit der Gattin des isländischen Botschafters. Sie notierte etwas in einem winzigen, silbernen Notizbuch. Wahrscheinlich seine Kontonummer.
»Hast du den Präsidenten getroffen?«, fragte Pippi.
»Unsere Büros vereinbaren gerade einen Termin.«
»Dann kannst du mir keine Tipps geben.«
»Tipps?«
»Ich sehe ihn Montag. Infrastrukturprojekte, ehrlich gesagt, ich bin gespalten. Ich würde lieber über Menschenrechte sprechen. Mikrokredite für die Kleinbauern. Diese Großprojekte nützen doch meistens nur einer schmalen Elite.«

»Du siehst den Präsidenten?«
»Schau nicht so! Wie soll ich mich wehren? Clusterbuilding, der neue Trend. Man startet eine große Sache und hofft, dass viele kleine Sachen daran hochwachsen. Eine Bahnlinie von Cap-Haïtien nach Port-au-Prince. Der Präsident wünscht sich ein Konsortium unter dänischer Führung.«
»Unter dänischer –«
»Im Land gärt es, die Armut wächst, die Unzufriedenheit. Er muss der Bevölkerung eine Perspektive bieten. Natürlich geht es auch um dänische Interessen. In Odense, meinem Wahlkreis, liegt die Arbeitslosigkeit bei fast vier Prozent! Das ist sozialer Sprengstoff. Die Lokomotiven, die Gleise, die Waggons, wenn alles aus Dänemark kommt ...«
Michelle fühlte Felsbrocken vom Himmel regnen und auf ihrem Kopf zerschellen. Sie starrte Pippi Langstrumpf an, durch ein Netz blutroter, anschwellender Äderchen.
»Fühlst du dich als Frau nicht manchmal missbraucht?«, fragte Pippi und schenkte sich Kaffee ein. »Was erwartet die Welt von uns? Mitgefühl, Idealismus. Wir als Frauen sollen unser Lächeln hinhalten. Damit wirtschaftliche Interessen humanitär aussehen.«
»Genau so fühle ich.« Michelle hörte ihre eigene Stimme scheppernd, als spreche sie aus einer Blechtonne.
»Aber was bleibt übrig von meinem Gespräch mit dem Präsidenten? Ein Händedruck, ein paar Fotos. Ein Artikel im *Jyllands-Posten*, diesem Drecksblatt! Und da frage ich mich: Bin ich dafür als Frau auf die Welt gekommen?«

26

Craig schaltete den Motor aus. Sie standen auf einer Anhöhe. Unter ihnen lag ein Dorf mit Lehmhütten, Bäumen und einem Bach, in dem Frauen Wäsche wuschen.
»So also«, sagte Craig.
»Ja, so«, sagte Maria.
»Ihr habt mich verarscht.«
»Wir haben dich nicht verarscht.«
»Du hast mir nicht gesagt –«
»Ich kenne dich seit gestern, Craig. Ich wusste nicht, mit wem du redest. Meine Freundin war drei Monate in Haiti. Dann hatte sie den Unfall. Niemand vermisst sie. Niemand vermisst den Wagen. Wie klingt es, wenn ich sage, ich suche die Spuren einer Toten?«
»Schräg.«
»Eben. Deshalb wollte ich nicht, dass es sich herumspricht.«
»Aber jetzt vertraust du mir?«
»Jetzt vertraue ich dir.«
»Nachdem ich euch über drei Stunden hier hochgefahren habe? Weil euer Chauffeur sich gedrückt hat?«
»Weil ich dich besser kenne.«
Die Wahrheit war, sie vertraute ihm nicht. Weil sie nicht wusste, welche Verletzung er verbarg, welchen schwarzen Fleck. Craig schüttelte den Kopf und steckte sich einen Kaugummi in den Mund. Er startete den Motor, sie fuhren die Piste hinunter. Ein Reifen fiel in ein Schlagloch, Schlamm spritzte auf. Sie passierten ein Ortsschild: Haut Bois.
»Du bist sicher, hier ist es passiert?«, fragte Craig.
»Hinter dem Dorf. Richtung Grenze.«
Rechts floss ein Bach zwischen Bäumen. Links sahen sie

Lehmhütten, bald Häuser aus Betonziegeln. Einige hatten sogar Satellitenschüsseln auf dem Dach. Das Dorf war größer, als es von der Anhöhe den Anschein gehabt hatte. Und nicht so arm wie die Dörfer, durch die sie auf dem Weg gekommen waren. In einer langen Reihe zogen sich die Häuser die Piste entlang. Hühner pickten im Sand, Hunde und Katzen schliefen im Schatten. Zwei Männer mit Werkzeug lagen unter einem aufgebockten Transporter. Vor einem Haus waren Reifen und Felgen geschichtet, vor einem anderen standen Autobatterien. Jedes dritte Haus schien eine Autowerkstatt zu sein. Eine versprach alle Reparaturen in drei Stunden. Eine andere war »spezialisiert auf Mercedes, Volvo, Nissan etc.«

»Warum gibt es so viele Werkstätten?«, fragte Rafael.

»Weil hier eine illegale Grenze ist«, sagte Craig. »Eine Schmuggelroute. Vermutlich ist hier nachts mehr los.«

»Was schmuggeln sie?«, fragte Maria.

»Treibstoff, Nahrungsmittel, Medikamente ... Die meisten Hilfsgüter, die in Haiti verloren gehen, tauchen in der Dominikanischen Republik wieder auf. Letzte Woche hatten sie in Santiago eine Zahnbürsten-Schwemme. Preissturz von fünfzig Peso auf zehn Peso. Ruiniert natürlich die lokale Wirtschaft.«

»Wir suchen die Ärztin, die den Totenschein ausgestellt hat«, sagte Maria und schaute auf ein Papier in ihrer Hand. »Sévieuse Angelaure Jacinthe.«

Ein Junge saß neben Treibstoffkanistern in einem ausgebauten Autositz und spielte auf einem Gameboy. Craig rief aus dem offenen Fenster: *»Kote doktè ye?«*

Der Junge blickte auf.

»Doktè? Kote ye?«

Der Junge deutete die Straße hinunter.

»Du hast nicht nach ihrem Namen gefragt«, sagte Maria.

»Jede Wette, mehr als eine Ärztin haben sie hier nicht.«

Sie fuhren weiter. Seltsame Stille lag über dem Dorf. Keine Kinder, die auf ihren Wagen zu liefen und »*Blan! Blan!*« riefen, wie in den anderen Dörfern. Keine Frauen mit Körben und Tabletts, die etwas verkaufen wollten. Zwei Katzen flohen vor dem Wagen ins Dickicht der Uferböschung.
PHARMACIE MERCIDIEU. Das Schild hing über der Tür eines weißgestrichenen Holzhauses. Die pastellblau gestrichenen Fensterläden waren angelehnt. Craig hielt und schaltete den Motor aus.
»Wir suchen einen Arzt, keine Apotheke«, sagte Maria.
»Ist hier das Gleiche.«
Sie stiegen aus und reckten sich. Die Luft war windstill und trocken. Obwohl die Sonne senkrecht vom Himmel brannte, war es nicht heiß. Ein Hund kam herangelaufen. Setzte sich und kratzte eine kahle Stelle hinter dem Ohr.
»Ich gehe allein«, sagte Maria.
Sie stieß die Tür zur Apotheke auf. Ihre Augen brauchten einige Augenblicke, um sich an das Dämmerlicht zu gewöhnen. Sie roch Desinfektionsmittel. Sie sah eine Theke, dahinter eine Türöffnung mit einem grauen Vorhang aus Holzperlen. Die Regale links und rechts standen voller Medikamentenpackungen. An den Wänden hingen Schautafeln: Der menschliche Körper. Die Phasen der Schwangerschaft. Anleitung zum richtigen Zähneputzen. Gefahren von Tabak und Alkohol.
Sie hörte Schritte, eine Frau trat durch den Vorhang. Sie war groß, füllig und hatte ihre Haare mit viel Festiger nach hinten gekämmt. Unter einem Arztkittel trug sie einen flaschengrünen Rollkragenpullover. Sie sah Maria an, weder freundlich noch unfreundlich, und fragte: »Kann ich Ihnen helfen?«

Craig cremte sich Gesicht, Nacken und Arme ein. Rafael hockte neben dem Wagen und fotografierte den Hund.

»Scheiß UV-Strahlen«, sagte Craig. »Musst aufpassen. Wir sind hier in eineinhalbtausend Meter Höhe.«
Rafael schaute aufs Display seiner Kamera. Er schien nicht zufrieden mit den Fotos und öffnete seine Tasche mit den Objektiven.
»Wie lange kennst du sie schon? Maria?«, fragte Craig.
»Seit gestern«, sagte Rafael.
»Ich auch. Gleichstand.«
Rafael schraubte ein Teleobjektiv auf die Kamera.
»Interessante Frau, hm?«, fragte Craig. »Erst denkt man: Mädchen, du müsstest mal lockerlassen. Aber wie sie redet, wie sie lächelt, manchmal ... Die weiß schon, was sie vom Leben will. Das Pflaster? Sie sagt, sie ist gegen einen Schrank gelaufen. Weiß nicht, ob ich das glauben soll. Als ob da ein Vulkan brodelt. Sagt man ja auch nicht: Hey, Vulkan! Lass mal locker!«
Rafael ging ein paar Schritte von dem Hund weg. Er hockte sich auf den Boden.
»Du fotografierst den Köter mit Tele?«, fragte Craig. »Der hat mehr Angst vor dir als du vor ihm.«
Rafael kniete sich hin. Er stützte seine Ellenbogen in den Staub und richtete das Teleobjektiv auf den Hund.
»Ich will dich nicht belehren oder so«, sagte Craig. »Aber du kennst den Spruch von Capra? Wenn deine Fotos nicht gut sind, warst du nicht nah genug dran?«
»Kenne ich.«
»Okay, waren andere Zeiten. Die Fotografen haben was riskiert. Sieht man den Bildern an. Heute riskiert keiner mehr was. Alles Teleobjektiv und Photoshop.«
Rafael stand auf und klopfte sich den Staub von der Hose. Der Hund verzog sich mit eingezogenem Schwanz.
»Was hältst du davon, wenn ich ein Foto von dir mache?«, fragte Rafael.

»Von mir?«
»Für deine Sponsoren. Sehen sie, dass ihre Seife überall hinkommt.«
Craig überlegte. Vielleicht keine schlechte Idee. Hin und wieder schrieb er Mails für die Spender. Aber er war faul gewesen in letzter Zeit. Und wenn sie sich schon hier hochgekämpft hatten, auf verschlammten Pisten ...
»Wie die Kalender mit den UPS-Leuten«, sagte Rafael. »Vor dem Wagen, Paket über der Schulter.«
Craig spuckte seinen Kaugummi aus und stellte sich in Position. Er hatte keine Ahnung von Kalendern mit UPS-Leuten. Er hatte ein bisschen Ahnung von Fotografie. Genug, um zu wissen, dass man für ein Foto aus drei Metern Entfernung kein Teleobjektiv brauchte.
»Bisschen weiter nach rechts«, sagte Rafael. »Kannst du die Plane von der Ladefläche ziehen?«
»Wozu?«
»Damit man die Kartons sieht.«
Craig zog die Plane ab. *Scott's antibacterial soap*, blauer Schriftzug auf allen Kartons. Craig stützte eine Hand auf die Ladeklappe, hielt mit der anderen den Karton auf seiner Schulter.
»Soll ich lächeln?«
»Wenn du willst.«
Rafael drückte den Auslöser, immer wieder. Ging näher heran, kniete sich nach unten, fotografierte gegen das Licht, am Karton vorbei ... Craig musste sich zusammenreißen, um nicht laut zu lachen. Der Junge hatte von Fotografie keine Ahnung!

»In Haut Bois haben wir zweimal die Woche Markt«, sagte Madame Jacinthe. »Die Bauern kommen aus den Bergen. Ich bin die einzige Ärztin im Umkreis von dreißig Kilometern. Außer natürlich den *Bokor*.«

»*Bokor*?«
»Voudou-Priester. Manche sind Ärzte und nicht einmal schlecht. Den Blinddarm würde ich mir von ihnen allerdings nicht operieren lassen.«
»Das machen Sie? Hier?«
»Besser als die Poliklinik in Saint Thomas.«
Alles an dieser Ärztin strahlte Selbstbewusstsein und Kompetenz aus. Sie sprach exzellentes Französisch. Sie hatte Joolys Totenschein ausgestellt. Medizinisch nichts zu beanstanden, hatte Ahrens gesagt.
»Wo genau ist der Unfall passiert?«, fragte Maria.
»Verlassen Sie das Dorf Richtung Osten. Fahren Sie etwa zwei Kilometer die Piste hoch. Sie kommen an eine scharfe Linkskurve. Steigen Sie aus und schauen Sie den Hang hinunter. Sie sehen noch den Rest des Wagens.«
Eine präzise Antwort. Alles an dieser Frau war präzise. Und nichts war zuvorkommend. Maria hatte das Gefühl, die Ärztin war nicht begeistert, dass nach mehreren Wochen eine Ausländerin in ihr Dorf kam und Fragen stellte.
»Wie haben Sie von dem Unfall erfahren?«, fragte Maria.
»Von der Polizei in Saint Thomas.«
»Aber Saint Thomas liegt –«
»Ungefähr fünfzehn Kilometer Richtung Südwesten, ich weiß.«
»Wie konnte die Polizei von dem Unfall wissen?«
»Ein Zeuge hat sie telefonisch informiert.«
»Das verstehe ich nicht. Wenn ein Zeuge den Unfall beobachtet hat, vielleicht von seinem Wagen aus; warum ist er nicht zu Ihnen gekommen?«
»Wir haben hier kein Mobilnetz. Natürlich auch keine Landleitung. Sie müssen über die Grenze fahren, bis Sie das Netz aus der Dominikanischen Republik kriegen. Ich vermute, der Zeuge hat von dort die Polizei angerufen. Ich habe hier

ein Funkgerät, für Notfälle. Der Funkspruch der Polizei kam gegen acht Uhr abends.«

»Ist es nicht trotzdem seltsam? Dass der Zeuge nicht zurück ins Dorf fährt?«

»Man kann vieles seltsam finden. Ich habe mit dem Zeugen nicht gesprochen.«

»Sie sind zur Unfallstelle gefahren?«

»Sofort als der Funkspruch aus Saint Thomas kam. Ich bin hinuntergestiegen und habe die Tote im Wagen untersucht. Es war unmöglich, sie zu bergen. Und was hätten wir auch mit der Leiche tun sollen?«

»Sie war schon eine Weile tot?«

»Ich schätze, zwei Stunden. Es steht alles im Totenschein.«

Maria fiel nichts ein, was sie noch fragen konnte. Die Ärztin hatte recht, es stand alles auf dem Totenschein. Was nicht darauf stand, wusste sie nicht. Oder behauptete, es nicht zu wissen. Maria schaute in kühl und forschend blickende schwarze Augen. Die Ärztin wusste mehr, Maria war sicher. Sie beschloss, es mit Gefühl zu versuchen. Von Frau zu Frau.

»Warum ich gekommen bin ...« Sie tat, als koste sie das Sprechen Überwindung. »Die Tote war meine beste Freundin. Sie hieß Juliane. Alle nannten sie Jooly. Ich wusste, dass es ihr nicht gut ging. Ich werfe mir vor, dass ich mich nicht genug um sie gekümmert habe.«

»Nun ist es wohl zu spät.«

»Da haben Sie recht, es ist zu spät. Trotzdem, der Abschied würde mir leichter fallen, wenn ich etwas finden könnte. Was sie hinterlassen hat. Ein Andenken, das ich ehren kann.«

»Sie können ein Stück Blech aus dem Autowrack schneiden.«

»Meinen Sie, es geht noch persönlicher? Sie muss Gepäck bei sich gehabt haben. Das meiste hat sicher nur ideellen Wert ...«

»Dieses Dorf ist arm, Madame. Aber die Menschen, die außerhalb leben, auf winzigen Höfen in den Bergen, sind noch ärmer. Alles hat einen Wert. Und nicht bloß einen ideellen. Wenn sich das Gerücht verbreitet, ein Wagen liegt in einer Schlucht, keiner bewacht ihn, mit Radio, Scheinwerfer, Koffer, Kleidung ...«
»Das verstehe ich.«
»Sie werden an der Unfallstelle nichts mehr finden.«
»Gab es auf den Autotüren ein Logo? Von einer Firma oder Hilfsorganisation?«
»Das wäre mir aufgefallen. Aber Sie werden auch keine Türen mehr finden.«
»Und die Leiche?«
»Wie? Die Leiche?«
»Die Menschen, die den Wagen geplündert haben, haben auch die Leiche mitgenommen. Deshalb –«
»Wer erzählt solche Geschichten?«
»Die deutsche Botschaft.«
»Das ist Unsinn.«
»Sie sagt, die Polizei hat am nächsten Morgen keine Leiche gefunden.«
»Die Menschen fürchten Gott. Aber noch mehr fürchten sie die Geister der Toten.«
»Und wo ist die Tote?«
»Woher soll ich das wissen?«
»Wenn Sie –«
»Ich verbürge mich, Madame. Niemand, der hier lebt, hat die Leiche Ihrer Freundin angerührt!«

27

Sie verließen das Dorf Richtung Osten. Maria sah in den Rückspiegel. Rafael stand auf der Piste und reinigte seine Objektive.

»Die Unfallstelle ist zwei Kilometer die Piste hoch«, sagte sie.

Was hatte die Ärztin erzählt? Die Leute hatten den Wagen geplündert, aber die Leiche nicht angerührt? Das ergab keinen Sinn! Vielleicht hatte sie sich schützend vor die Bergbewohner gestellt. Immerhin waren es ihre Patienten. Oder die Polizisten in Saint Thomas waren schlecht bezahlt und weniger gottesfürchtig gewesen. Hatte Jooly noch das Piercing im Bauchnabel gehabt, um das Maria sie damals so beneidet hatte? Goldkronen? Eine Leiche löste sich nicht in einer Nacht auf. Irgendjemand log!

»Der kleine Mann hat von Fotografie keine Ahnung«, sagte Craig und schaltete einen Gang herunter.

»Er macht gute Fotos.«

»Kunst vielleicht. Ich durchschaue solche Typen. Spielen mit ihrer Technik rum, damit keiner was merkt. Denken, sie sind die Größten, weil sie ihr Handwerk nicht beherrschen.«

Was erwartete Craig? Sollte sie Rafael verteidigen? Craig recht geben? Vielleicht nur Konkurrenzgehabe unter Männern. Aber nein, es war mehr. Seit gestern Abend, seit er mit seinem Laptop am Pool gesessen und mit jemandem geredet hatte, war Craig verändert.

Die Piste war steinig und führte zunehmend steil bergan. Die Sonne schien auf nackte Felsen und verbranntes Gras. Sie näherten sich einem Bergkamm und einer Linkskurve.

»Hier ist es«, sagte sie.

Craig hielt am Rand. Sie stiegen aus. Ein kühler Wind wehte. Rechts fiel der Berg ab. Weniger steil, als sie gedacht hatte. Keine Schlucht, eher ein Abhang. Sie trat an den Rand: Da lag das Wrack. Etwa dreißig Meter unter ihnen, in einem ausgetrockneten Flussbett. Sie trat ein paar Schritte zurück. Von der Piste aus war das Wrack nicht zu sehen. Der Unfallzeuge musste ausgestiegen sein. Seltsam. Warum ausgerechnet hier? Man kann vieles seltsam finden, hatte die Ärztin gesagt.

»Steigen wir runter?«, fragte sie.

»Besser, ich zuerst«, sagte Craig

Craig kletterte voraus. Zeigte hier und da auf einen Stein, auf den Maria ihren Fuß setzen sollte. Ohne seine Ratschläge wäre sie schneller gewesen.

»Früher war hier alles voller Bäume«, keuchte er. »Sechsundneunzig Prozent von Haiti waren bewaldet. Heute sind es drei Prozent.«

»Was ist mit dem Rest passiert?«

»Abgeschlagen. Verfeuert. In Port-au-Prince als Holzkohle verkauft. Fahre über die Grenze, in die Dominikanische Republik, da bist du sofort im Dschungel. Und die schicken Entwicklungshelfer in den teuren Hotels? Sitzen am Pool und schreiben schicke Konzepte, wie man Haiti wieder aufforsten kann. Wie viele Bäume haben sie gepflanzt, mit ihren Konzepten?«

Sie näherten sich dem Wrack des Landcruisers. Es lag auf dem Dach. Möglich, dass der Wagen sich überschlagen hatte. Wahrscheinlicher war, dass ihn die Plünderer aufs Dach gedreht hatten, um besser die Reifen und Achsen demontieren zu können. Zu diesem Zeitpunkt hatten sie vermutlich schon die Nummernschilder abgeschraubt und den Motor ausgebaut, die Türen, Heck- und Frontklappen, die Sitze, die Armaturen, das Radio, das Lenkrad, den Schaltknüppel –

einfach alles. Übrig gelassen hatten sie ein weiß lackiertes Blechgerippe.
»Hier ist nichts mehr«, sagte Craig.
Maria hatte wenig erwartet. Das hier war noch weniger. Und die Ärztin hatte gelogen. »Niemand, der hier lebt, hat die Leiche angerührt.« Welch ein Schwachsinn! Natürlich hatten sie sie aus dem Wagen geholt! Wie wären sie sonst an die Sitze gekommen? Und wenn sie schon einmal dabei waren – warum sollten sie nicht gleich ihre Kleidung herunterreißen? Das Piercing aus dem Bauchnabel? Jooly hatte es sich damals stechen lassen. Sie war noch minderjährig gewesen, ihr Vater hatte es verboten. Trotzdem hatte sie es getan. Weil sie immer alles getan hatte, was ihr Spaß machte. Verbote waren nie ein Hindernis, sie erhöhten bloß den Spaß. Jooly hatte dieses Ende nicht verdient!
Maria wandte sich ab. Sie wollte nicht, dass Craig ihre Tränen sah. Sie wollte keine Schwäche zeigen, schon gar nicht jetzt. Die Vorstellung, dass er sie in den Arm nahm, durch ihr Haar streichelte, irgendwas von Verarschung des Schicksals redete, war Horror. Sie hockte sich hinter den Wagen, als wolle sie sich nur im Schatten ausruhen, und wischte sich die Tränen aus den Augen. Sie sah etwas. Im Blech des Wagens. Ihre Finger glitten über den Lack, an der Stelle, wo früher das Nummernschild gewesen war.
»Alles in Ordnung?«, fragte Craig.
»Schau dir das an. Hier ... Und hier ... Weiter oben sogar zwei.«
Sie ging langsam um den Wagen herum, befühlte hier und da den Lack. Maria zählte acht Dellen und drei Löcher.
»Es können Steinchen von der Piste sein«, sagte Craig.
»So weit oben?« Maria schüttelte den Kopf. Sie trat ein paar Schritte zurück. Jemand hatte auf den Wagen geschossen. Er hatte auf die Reifen gezielt. Und die Heckscheibe.

Rafael stand vor dem einzigen Krämerladen des Ortes. Dem einzigen jedenfalls, der um die Mittagszeit geöffnet hatte. Er trat in den Schatten einer ausgebleichten, früher roten Markise. Ein hübsches, etwa dreizehnjähriges Mädchen saß neben der Kühltruhe auf einem Hocker und blätterte in einem Comic. Sie trug ein buntes T-Shirt mit Strass und einen Jeansrock. Ihre nackten Füße steckten in Badelatschen. Im Halbdunkel sah er Regale voller Zucker, Mehl, Tomatenmark, Spaghetti. Hinter dem Mädchen, auf einer Matte, lag ein Junge, der ihr älterer Bruder sein mochte und von dem Rafael außer nackten Füßen, Shorts, Dreadlocks und einer Goldkette auf dem nackten Oberkörper nichts sah.
»Habt ihr Malta?«, fragte Rafael.
Das Mädchen sah kurz auf und schüttelte den Kopf.
»Seven-up?«
Das Mädchen schüttelte den Kopf.
»Cola? Was habt ihr?«
Rafael zeigte auf die Kühltruhe. Sie legte ihr Comic zur Seite und öffnete die Kühltruhe. Malta-, Seven-up- und Colaflaschen lagen auf Eiswürfeln. Rafael holte eine Flasche Malzbier heraus und hielt ihr einen Hundert-Gourdes-Schein hin. Sie nahm den Schein und berührte, auf dem Weg zur Theke, den Jungen mit dem Fuß. Er setzte sich auf. Er taxierte Rafael mit Augen, die verschlafen waren und trotzdem nicht blinzelten. Seltsam, dachte Rafael, dass der Blick überall gleich war. Ob in Bremen am Sielwall oder in einem haitianischen Bergdorf.
»Alles in Ordnung?«, fragte der Junge.
Rafael nickte.
Der Junge stand auf, zog sich ein schwarzes T-Shirt mit dem Bild von Wiclef Jean an und trat näher.
»Salz?«, fragte er.
Rafael zuckte die Schultern.

»Du Salz kaufen? Gutes Salz?«
»Kommt drauf an.«
Salz, den Ausdruck kannte Rafael nicht. Vielleicht täuschte er sich? Aber da waren vorhin die Blicke gewesen. Das Nicken des Benzinverkäufers auf dem Autositz, die Bewegung seines Kinns Richtung Laden. Der Junge hob einen Karton aus dem Regal, stellte ihn auf die Kühltruhe und klappte ihn auf. Der Karton enthielt Plastikbeutel, grün und blau bedruckt. Sie zeigten das Meer, davor einen Mann auf einem Feld, mit einer Harke. Das Feld war weiß, wie ein gefrorener See.
Der Junge öffnete eine Tüte. Sie enthielt weißes, fein gemahlenes Pulver. »Wie viel du kaufst?«

28

Sie war die Gefangene von Alcatraz.
Zugegeben, das Essen war besser. Sie hatte keine feuchte, dunkle Zelle, sondern zwei Zimmer mit Glasfront und eigenem Bad. Sie musste keine Zwangsarbeit verrichten, sondern besuchte die beste Schule Haitis. Sie konnte aus ihrem Gefängnis hin und wieder fliehen. Andererseits: Die Häftlinge in Alcatraz büßten für eine Schuld. Sie wussten, warum sie in den Zellen saßen. Für welche Schuld büßte Claire?
Man hatte sie verschleppt. Hatte sie in dieses Gefängnis gelockt, mit falschen Versprechungen. Dass große Aufgaben warteten, nicht bloß auf ihren Vater, sondern auch auf sie. Dass sie vor der Wahl stünden, zwischen einem Leben in Florida, das zwar angenehm war, aber auch egoistisch und hohl. Oder einem Neuanfang dort, wo ihr Leben einen Inhalt hatte, wo sie für Menschen, die das Schicksal mit einem härteren Los geschlagen hatte, etwas erreichen konnten. Haiti! Ärmstes Land der westlichen Hemisphäre! Wie hätte Claire Nein sagen sollen? Wie hätte sie nicht, voller Stolz und Pläne für die Armen, ihrem neuen Leben entgegenfiebern sollen?
Nun lag sie auf ihrem Bett. Tränen in den Augen, Hass im Herzen. Hass auf die feigen, anonymen Kommentatoren im Netz, die ihren Vater als Marionette, Sadisten, Schwachkopf und alternde Surfertunte beschimpften. Hass auf die Senatoren, die ihn vorführten und lächerlich machten, die nur ihren Vorteil im Kopf hatten und sich einen Dreck scherten um das Wohl des Landes. Hass auf *Fifty Shades of Grey*, als seien Fesseln und Peitschen bloß Spielzeug für verklemmte Hausfrauen. Kommt nach Haiti, ihr Hausfrauen! Hier werden die Gefangenen an den Füßen aufgehängt! Mit Strom-

kabeln gepeitscht! Mit Rasierklingen kastriert! Und mein Vater, der ein Gott war auf seinem Surfbrett, ein Idol der Jugend, der aller Welt gezeigt hat, wie viel ein Junge aus Haiti erreichen kann – er ist hier Präsident und kann nichts, absolut nichts machen!

Pling.

Ihr iPhone steckte in der Hosentasche. Die Hose hing über dem Stuhl. Claire hatte keine Kraft. Vielleicht könnte sie ihr Leben leichter ertragen, wenn sie ein Hobby hätte. Saxofon lernen. Einen Hund halten. Pulver in ein Wasserglas gießen und nach ein paar Tagen zusehen, wie winzige Fische schlüpfen. Als Kind hatte ihr das Freude gemacht.

Aber sie war kein Kind mehr!

Ihr Vater versuchte immer noch manchmal, sie auf den Schoß zu nehmen. Vor ein paar Tagen hatte sie es zugelassen. Weil sie gespürt hatte, wie einsam er war. Sie hatten in seinem Arbeitszimmer gesessen, in dem alten Ledersessel, den er aus Florida mitgebracht hatte. Er hatte von Fortschritten gesprochen, bei der Bekämpfung der Korruption, dem Schutz der Meinungsfreiheit. Von einem neuen Gesetz, das jedem Kind das Recht auf Bildung garantieren sollte. Ihr Kopf hatte an seiner Schulter gelehnt. Sie hatte seine Wärme und seine Muskeln gespürt und gesagt: »Papa, das ist schön.«

Am nächsten Tag hatte der Menschenrechtsrat der Vereinten Nationen seinen Sonderbericht über Haiti veröffentlicht: Gewaltsame Vertreibung von Flüchtlingen aus den Zeltlagern. Sexuelle Gewalt gegen Frauen und Mädchen auf Polizeistationen. Stagnation des Wiederaufbaus. Korruption auf allen Ebenen. Unfähigkeit der politischen Führung.

Pling.

Sie hob ihren Oberkörper. Sie sackte zurück. Wie schwach sie war. Wenn sie sich ausfliegen ließ? In einer Sondermaschine? Jorge behauptete, die Töchter des US-Präsidenten hätten einen Therapeuten. Jede einen eigenen. Die ältere habe ihren Therapeuten gerade gewechselt, das wisse er aus sicherer Quelle im Weißen Haus. Claires Mutter brauchte einen Therapeuten. In letzter Zeit war sie verändert. Sie lachte immer noch bei jeder Gelegenheit, umarmte jeden, übernahm Schirmherrschaften. Aber dann saß sie wieder angespannt am Tisch. Rieb mit dem Daumen ihre Fingernägel. Heute Morgen, beim Frühstück ... Das Telefon hatte geklingelt, ihre Mutter war ins Nebenzimmer gestürzt. Claire hatte sie telefonieren hören, leise und erregt, auf Spanisch. Sie war zurückgekommen, nervös lächelnd. »Was war das, Mama?« – »Niemand, Schatz. Bloß ein Anruf.« Und wieder hatte sie ihre Finger gerieben.

Pling.

Claire setzte sich auf. Griff nach ihrer Hose und holte das iPhone aus der Tasche. Nachricht von Jorge, schon wieder. Ob sie mit ihm Tennis spielen wolle. Er war der Sohn des UNO-Kommandeurs und in Claire verliebt. Er war sechzehn. Er musste doch merken, dass sie in ihrer Entwicklung viel weiter war.

Ich habe die neue Staffel von Mad Men auf DVD. Können wir zusammen schauen.

Wieder von Jorge. Aber das klang schon besser. Sie hatte ihm gesagt, dass sie die Serie schätzte, wegen ihrer gesellschaftskritischen Reflexion und geschliffenen Dialoge. Die neue Staffel kannte sie noch nicht.

Heute Nacht. 23 Uhr. Wichtig.

Claires Herz klopfte. Ihre Hände wurden feucht. Diese SMS war nicht von Jorge. Sie war von *ihm*. Er wollte sie sehen. Er fragte nicht. Er lockte nicht mit Tennis oder DVDs. Das war der Unterschied zwischen einem Jungen und einem Mann.

Sie hörte die Sirene. Das Auffahren des Tors. Sie trat ans Fenster und sah den schwarzen Chevrolet die Einfahrt hochkommen. Ihr Vater stieg aus, das Handy am Ohr. Sie musste nicht hören, was er sagte. Es reichte, sein Gesicht zu sehen. Das Land hatte immer noch keinen Premier. Die Senatoren hatten ihn wieder auflaufen lassen. Welches dreckige Spiel spielten sie mit ihm?!

Claire warf sich aufs Bett. Sie wollte weinen. Sie wollte ihren Vater von früher zurück. Den Mann, den sie geliebt und bewundert hatte. Was musste sie tun, um ihn zu retten?

29

Seit zwanzig Minuten versuchte Craig, das Taptap zu überholen. Hoffnungslos, die Piste war zu eng, zu kurvig. Maria zählte sechzehn Personen auf der Ladefläche. Dazu Säcke, Plastiktüten, Babys, einen Hund und zwei Ferkel. Eine Kolonne Lastwagen kam ihnen entgegen.

»Alles Hilfsgüter für Haiti«, sagte Craig. »Alles auf dem Weg in die Dominikanische Republik.«

Vor einer halben Stunde hatten sie Haut Bois verlassen. Sie hatten am Haus der Ärztin gehalten. Die Tür war verschlossen. Niemand hatte geöffnet. Niemand im Dorf hatte mit ihnen sprechen wollen, nicht der Junge mit den Treibstoffkanistern, nicht die Frauen mit den Wäschekörben. Aus Angst? Weil einer aus dem Dorf in Joolys Kopf geschossen hatte? Es konnte die Schädelfraktur erklären. Warum sie die Leiche beseitigen mussten. Und warum die Ärztin nicht gewagt hatte, die Kugeln in ihrem Totenschein zu erwähnen. Es erklärte allerdings nicht, warum Jooly in einem teuren SUV auf einer Schmuggelroute unterwegs gewesen war.

Die Reifen des Taptap wirbelten rötlichen Staub auf. Er wehte durch Marias Fenster, das sich nicht schließen ließ. Sie nieste.

»Kannst dich nach hinten setzen«, sagte Rafael.

»Geht schon«, sagte Maria.

»Wir sprechen Englisch, oder?«, fragte Craig.

Das war ihre Vereinbarung. Nur Englisch, damit jeder alles verstand. Vernünftig, fand Maria. Sie wollte nicht, dass Craig sich ausgeschlossen fühlte. Seit Stunden saß er hinter dem Steuer, sie hatte ihm etwas zu verdanken. Besser, sie zeigte es ihm einmal zu viel als zu wenig.

»Die Polizei ist keine Option«, sagte Craig.
»Ist mir klar«, sagte Maria.
»Was willst du denen sagen? Da liegt seit zwei Wochen ein ausgeweideter Toyota im Flussbett? Mit Einschusslöchern?«
»Natürlich nicht.«
»Die lachen dich aus, Maria. Die lachen dich aus.«
Sie fuhren an einer verlassenen Baustelle vorbei. Eine Brücke führte halbfertig ins Nirgendwo.
»Wie sind die Fotos geworden?«, fragte Craig.
»Gut«, sagte Rafael.
»Arbeitest viel mit Unschärfe? So als künstlerisches Mittel?«
Da war wieder Craigs anderer Zug: sein Wille zum Konflikt. Welche Reaktion erwartete er von Rafael: Gekränktheit? Wut? Rafael antwortete einfach gar nicht. Aber das konnte genau falsch sein. Manchmal kamen solche Gäste in die Bar: angetrunken, entschlossen zum Krach. Man stand hinter der Bar und sah den Krach kommen wie eine Gewitterfront. Eine Staubwolke wehte in Marias Augen.
»Halt bitte an«, sagte sie. »Ich setze mich nach hinten.«
»Wozu?«
»Der Staub.«
»Bald sind wir auf der Straße.«
»Dann setze ich mich wieder nach vorn.«
Er fuhr an den Rand und hielt. Anscheinend glaubte er ihr. Sie durfte nicht vergessen, ihr Versprechen zu halten, sobald der Asphalt kam. Sonst drohte Ärger.
Sie stieg aus. Sie fühlte Flauheit im Magen. Seit dem frühen Morgen hatten sie nur einmal in einem Dorf gehalten und ein paar Mangos gekauft. Zu viel Hitze, zu viele Kurven. Und immer wieder zuckten Bilder durch ihren Kopf: Gewehrkugeln, die in Joolys Hinterkopf schlagen ... Blut, das aufs Lenkrad spritzt ... War es so gewesen?

Sie setzte sich nach hinten. Craig fuhr an und schaute in den Rückspiegel. Als wolle er kontrollieren, dass sich Maria nicht zu dicht neben Rafael setzte. Er lag mehr auf der Rückbank, als er saß, zwischen Tür und Lehne. Sein T-Shirt war hochgerutscht und gab den Blick auf seinen muskulösen Bauch frei. Angeblich schauten siebzig Prozent aller Frauen Männern bei erster Gelegenheit auf den Po. Maria war eher der Bauch-Typ.

»Die Fotos«, sagte Rafael und reichte ihr die Kamera. Maria klickte sich durch die Bilder. Ein Hund, der sich am Ohr kratzte ... Das Schild über der Apotheke, überbelichtet und verwischt ... Craig vor dem Dodge, einen Karton auf den Schultern ... Sein Gesicht war verschwommen, der Schriftzug auf dem Karton bloß ein Streifen. Craig hatte recht, die Fotos waren unscharf.

»Sind okay«, sagte Maria und hielt ihm die Kamera hin.

Rafael schüttelte den Kopf. Er zeigte ihr, wie man das Foto vergrößerte, den Ausschnitt verschob. Ihr fiel der helle Fleck an seinem Handgelenk auf.

»Was ist mit deiner Uhr?«

»Habe ich verloren.«

»Und der Armreifen?«

»Auch verloren.«

»Englisch, meine Schäfchen!«, rief Craig. Es sollte scherzhaft und locker klingen.

Maria vergrößerte den Bildausschnitt und verschob ihn. Nun sah sie nicht mehr Craig, sondern die Piste hinter ihm. Sah den Jungen auf dem Autositz, neben den Treibstoffkanistern. Eine Frau mit einem Kind in der Hand, das sich zu Rafael umschaute. In der Distanz waren die Fotos gestochen scharf, Craig und der Hund waren nur Vorwand gewesen. Rafael hatte versteckte Blicke fotografiert, durch den Vorhang eines Fensters, von der Ladefläche eines Last-

wagens. Alle Blicke waren auf den Dodge gerichtet. Als ob die Menschen etwas erwarteten. Das letzte Foto zeigte ein Mädchen im lila T-Shirt mit Strass. Es stand unter einer verblichenen Markise, neben einer Kühltruhe, und schaute neugierig, geradezu fordernd in die Kamera.
»Warum sind die Infos tschechisch?«, fragte Maria.
»Tschechisch?«, fragte Rafael.
»Im Display. Alles tschechisch.«
»Ich guck da nie hin.«
Endlich schaffte es Craig, das Taptap zu überholen. Er schlug mit der Faust aufs Steuerrad, als habe er gerade einen Feind zu Boden gestreckt. Rafael zog ein Plastiktütchen aus der Tasche. Es war grün und blau bedruckt und zeigte einen Mann mit einem Rechen, der auf einem Feld oder gefrorenen See stand. Auf die Rückseite waren die Nationalflaggen Haitis und Kanadas gedruckt.
Fleur de Sel. Meersalz aus Haiti. Traditionelle Gewinnung von Kleinbauern in eigenen Salzgärten. Dörfliche Kooperativen. Natürliche Ressourcen. Ärmstes Land der westlichen Hemisphäre. Beitrag zu einer nachhaltigen Entwicklung. Text auf Englisch, Französisch, Kreyòl.
»Probiere«, sagte Rafael.
Die Tüte enthielt nur ein paar Gramm Pulver, weißer als gewöhnliches Meersalz. Und feiner gemahlen. Maria tauchte ihren Finger hinein und leckte ihn ab. Das Pulver schmeckte bitter. In Sekunden wurde ihre Zunge taub, dann ihr Zahnfleisch und ihr Gaumen.
»Halt an!«, rief sie.
»Schon wieder?«
»Ich muss kotzen!«
Craig bremste. Maria taumelte aus dem Wagen, atmete schnell und sank auf einen Stein.
»Brauchst du Magentabletten?«, rief Craig durchs Fenster.

»Geht schon.«
»Kaugummi?«
»Nur einen Moment Pause.«
»Im nächsten Dorf kaufen wir Wasser.«
»Rafael, bringe mir meinen Rucksack!«
Ihr war nicht übel. Aber sie musste mit Rafael allein reden. Er stellte ihr den Rucksack vor die Füße. Sie tat, als suche sie in den Seitentaschen.
»Wo hast du das Zeug her?«, flüsterte sie.
»Aus dem Laden mit der Markise.«
»Sie haben's dir verkauft?«
»Für meine Uhr und den Armreifen. Ich habe gesagt, wenn die Qualität stimmt, kaufe ich noch mehr.«
»Mein halber Mund ist taub.«
»Dann stimmt die Qualität wohl.«
Rafael hatte eine befremdliche Art, Dinge einfach so zu sagen. Ohne Ironie, ohne Ausdruck. Ihr wurde warm. Sie sah Craig, überscharf und etwas entfernt. Er öffnete die Motorhaube.
»Sie haben ein paar Kartons«, sagte Rafael. »Alles aus dem Kofferraum deiner Freundin.«
»Was?!«
»Deine Freundin wollte Koks über die Grenze schmuggeln. Der Kofferraum war voll.«
»Glaube ich nicht.«
»War aber so.«
Maria spürte Wärme und leichten Schwindel. Craig beugte sich mit Zange und Schraubenzieher über den Motorraum.
»Über Haiti werden Drogen geschmuggelt«, sagte Rafael. »Das kriegt man hier schnell mit. Das meiste kommt aus Kolumbien, in Booten und Flugzeugen. Hier warten sie auf eine Gelegenheit, das Zeug in die USA zu bringen. Manchmal kommt es vor, dass ein Flugzeug abgefangen wird. Dann

schmeißen sie das Zeug von Bord, und es landet in den Dörfern. Aber hier oben haben sie niemanden, der es ihnen abkauft. Sie kommen nicht in die Dominikanische Republik. Sie sprechen kein Spanisch, kennen niemanden. Sie haben nicht mal Reisepässe. Also behalten sie es hier. Warten auf eine Gelegenheit. Hin und wieder kommt ein Lastwagenfahrer, aber die haben höchstens Geld für kleine Mengen.«
»Wie viel hast du gekauft?«
»Schätze, das sind zehn Gramm. Sie haben ein paar Kilo. Andere aus dem Dorf haben noch mehr, sie haben geteilt. Alles in den gleichen Tüten.«
Craig rutschte mit dem Schraubenzieher ab und fluchte. Maria stand auf. Ihre Stirn war feucht. Ihr Blick glitt über die Berge, nach Westen, zum Meer. Sie sah alles kalt und klar. Sie hatte Lust, das Land zu erobern. Sie hatte Lust auf die Weltherrschaft. Kokain, grauenvolle Droge. Eine halbe Stunde Euphorie, dann Selbsthass bis zum nächsten Tag.
»Wirf's weg«, sagte sie.
»Hat mich meine Uhr und meinen Armreifen gekostet.«
»Kaufe ich dir neu.«
»Deine Pupillen sind groß.«
»Findest du das lustig?!«
Aggression, auch ein Problem. Ruhig atmen ... Kein Grund, die Fäuste zu ballen ... Eine Zungenspitze ungestrecktes Kokain, im Mundraum verteilt. Wie lange wirkte das? In ihrem dehydrierten Körper? Sie hatte keine Lust, Rafael zu fragen. Sie hatte, völlig absurd, Lust auf Sex. Ihr war heiß, ihr war kalt. Sie musste sich zu klarem Denken zwingen. Hatte Jooly wirklich versucht, kiloweise Kokain in die Dominikanische Republik zu bringen? Es passte nicht zu ihr. Oder doch? Hatte sie von der Ladung im Kofferraum vielleicht gar nichts gewusst? Maria sah, als stehe sie nur ein paar Meter entfernt, den Penner, der barfuß seinen Einkaufswagen

durch die Wallanlagen schob. Ein kalter Herbstmorgen, Maria und Jooly hatten eine Klausur geschwänzt. Der Penner hatte nach Schnaps und Pisse gerochen. »Da müssen wir was machen«, hatte Jooly gesagt und ihm eine Flasche *Joop Nightflight* geklaut, aus einem Parfum-Discounter in der Kröpeliner Straße. Er hatte sich eingesprüht. Er hatte gelacht. Maria hatte geflüstert: »Jetzt klauen wir ihm Schuhe.« Aber das war für einen guten Zweck gewesen. Sie hatten ihn nicht mit Kokain versorgt.

»Was ist?«, fragte Rafael.

»Nichts«, sagte Maria.

»Du mahlst mit den Zähnen.«

»Wo ist die Tüte?«

»Willst du noch mehr?«

»Nein, verdammt!«

Jetzt sah er auch noch fröhlich aus! Sie riss ihm die Tüte aus der Hand. Sie sah die Buchstaben vergrößert: *Fleur de Sel*, fünfhundert Gramm. *Grain of Life*, kanadische Fair-Trade-Initiative. Anse Rouge, Artibonite, Haiti.

»Hast du eine Ahnung, wo Anse Rouge liegt?«

Rafael schüttelte den Kopf. Craig wischte seine ölverschmierten Hände an einem Lappen sauber. Er hatte seine Sonnenbrille in die Haare geschoben und sein Hemd noch einen Knopf weiter geöffnet. Vielleicht wollte er Maria mit seinen Brusthaaren beeindrucken; Rafaels Brust, soweit sie das gesehen hatte, war unbehaart.

»Können wir weiterfahren?«, rief er.

»Craig, wir haben ein Problem.«

Sie legte die grünblaue Tüte auf die Motorhaube. Craig öffnete sie und sah hinein: »Ist es das, was ich glaube, das es ist?«

»Wenn du glaubst, was ich glaube, das du glaubst – ja.«

Craig sah von Maria zu Rafael und wieder zurück.

»Wo habt ihr das her?«
»Rafael hat es gekauft. Während wir beim Autowrack waren.«
»Der kleine Mann soll alleine nach Hause fahren.«
»Aber –«
»Ich transportiere keine Kokser.«
»Es kommt aus Joolys Wagen«, sagte Maria. »Angeblich war der Kofferraum voll mit diesen Tüten. Wenn der Aufdruck stimmt, kommen sie alle von einer Kooperative in Anse Rouge.«
Craig betrachtete die Tüte. Maria hatte den Eindruck, dass sich sein Gesichtsausdruck veränderte, als er den Schriftzug auf der Rückseite las. Aber vielleicht war ihre Wahrnehmung gestört. Er stutzte, als er hochsah: Wahrscheinlich waren ihre Pupillen unnatürlich groß.
»Hast du von *Grain of Life* schon mal gehört?«, fragte sie.
»Solche NGOs gibt es hier Tausende.«
»Wo ist Anse Rouge?«
Er ging zur Fahrertür, suchte im Seitenfach. Kam zurück mit einer eingerissenen Karte, die er über die Motorhaube breitete.
»Wir sind hier«, sagte er und zeigte auf einen Punkt nahe der Grenze. »Anse Rouge liegt im Norden, an der Küste. Hier.«
»Gar nicht so weit.«
»Nicht so weit?! Wie weit ist es von hier nach Port-au-Prince? Luftlinie neunzig Kilometer! Wie lange haben wir gebraucht? Dreieinhalb Stunden!«
Maria betrachtete die Karte. Sie hatte sich bis jetzt nicht klargemacht, wie klein Haiti war. Keine zweihundert Kilometer von Nord nach Süd. In der Mitte etwa einhundert Kilometer von Ost nach West. Im Norden und Süden zwei Landzungen. Die südliche dicht, die nördliche wenig besiedelt. Auf der nördlichen Zunge, fast am Kap, lag Anse Rouge.

»Du glaubst, deine Freundin hat für diese NGO gearbeitet?«, fragte Craig.
»Sieht so aus.«
»Sie haben von dem Koks noch mehr?«
»Kann sein.«
»Würde passen. Da oben gibt es kaum Polizei. Keine UNO-Truppen. Keinen Grenzschutz.«
Rafael saß auf dem Stein. Aus geflochtenen Gräsern flocht er sich ein neues Armband. Der Anblick machte Maria wütend. Wieso hatte er sich eingemischt? Wieso hatte er das Zeug gekauft? Sie könnten längst auf dem Weg zurück nach Port-au-Prince sein! Ruhig atmen ... Hände locker lassen ... Manchmal war es besser, über einen Menschen nicht die letzte Wahrheit zu wissen. Aber jetzt war es zu spät. »Folgen Sie der Spur meiner Tochter!« Sie hatte eine Spur; das grünblaue Tütchen auf der Motorhaube.
»Damit das klar ist«, sagte Craig und faltete die Karte zusammen: »Ich tue das nicht für den kleinen Mann. Ich tu's für dich.«

30

Rhodes stand an der Bar des Clubhauses, nippte an seiner Margarita und beobachtete die schönste First Lady der westlichen Hemisphäre. Umwerfend sah sie aus, in ihrem Magenta-Kleid und den weißen Spikes. Vielleicht gab es in irgendeinem karibischen Zwergstaat noch eine schönere First Lady. Aber bestimmt keine mit Rachels Klasse.

Pétionville Golfclub. Bis vor einem Monat hatte hier das größte Flüchtlingslager Haitis gestanden. Fünfzigtausend Menschen in Zelten. Krankheiten, Drogen, Männer, die nachts an den Latrinen den Mädchen auflauerten. Popstars und Soap-Sternchen, die tagsüber vor dem Elend posierten, in Mikrofone schluchzten, dass sie so etwas Entsetzliches noch nie gesehen hätten. Hilfsorganisationen hatten den Flüchtlingen Geld geboten, damit sie das Lager freiwillig verließen. Sie hatten Siedlungen errichtet und zerstörte Häuser renoviert. Sie hatten Arbeitsplätze am anderen Ende der Stadt versprochen, von denen sich allerdings schnell herumgesprochen hatte, dass es sie nicht gab. Schließlich hatte die Regierung das Lager mit Gewalt geräumt. Es passte nicht zu einem neuen Haiti, das selbstbewusst in die Zukunft blickte. Haiti brauchte ein neues Image. Haiti brauchte Investitionen. Und Investoren brauchten, dringender als ein öffentliches Strom- oder Wassernetz, einen Golfplatz.

»Chester!«

Rachel kam auf ihn zugelaufen, mit ausgebreiteten Armen: Küsschen links, Küsschen rechts. »Gib mir noch zwei Minuten. Der Präsident des Kassationsgerichts –«

»Natürlich, Liebes.«

»Man muss diese Leute behandeln wie rohe Eier.«

Die Räumung des Lagers war glimpflich verlaufen. Vierzig Verletzte, nur wenige schwer. Meldungen über einen Toten blieben unbestätigt. Dies war Haiti. Die Polizisten waren schlecht ausgebildet. Einige Flüchtlinge hatten ihre Zelte mit Gewalt verteidigt. Sie hatten nicht hoffen können, auf Ewigkeit von den Hilfsorganisationen versorgt zu werden. So weit war Chester, wenn auch unter Schmerzen, einverstanden. Womit er nicht einverstanden war: Ganze Familien, mit Kranken, Greisen und kleinen Kindern, waren vor Schlagstöcken und Macheten geflohen. Wohin? Wo lebten sie jetzt? Wer kümmerte sich um sie? Chester hatte mehrfach versucht, das herauszufinden. Ohne Erfolg.

»Noch eine Margarita, Sir?«

»Haben Sie Cocktails ohne Alkohol?«

Wir haben Virgin Mojito, Virgin Piña Colada, Virgin Bloody Mary –«

»Virgin Bloody Mary.«

Jemand grüßte ihn im Vorbeigehen, er grüßte zurück. Er kannte hier nur wenige. Den Nuntius des Vatikans, natürlich. Seit Wochen kam er täglich in den Golfclub und verhandelte, in entspannter Atmosphäre, mit einem Bauunternehmer aus Texas über den Wiederaufbau der Kathedrale. Angeblich hatte der Vatikan bereits Millionen in den Wiederaufbau investiert. Angeblich wünschte der Vatikan, von diesem Geld endlich einmal etwas zu sehen. Aber das waren bloß Gerüchte.

Die zwei Frauen auf der Terrasse, die gerade mit quietschbunten Cocktails anstießen, passend bestellt zu ihren quietschbunten Tops, waren Frau und Geliebte des Vorsitzenden der Hafenarbeiter-Gewerkschaft. Sie verstanden sich blendend. Der Mann, der allein bei einem Gin Tonic am Fenster saß, war ein Botschafter aus der Golfregion. Von Zeit zu Zeit blickte er zu der jungen Mulattin mit den lan-

gen, karamellbraunen Beinen, die an der Bar saß und noch so tat, als nähme sie den Diplomaten nicht wahr. Nicht mehr lange. Jeden Nachmittag tauchten junge, dunkelhäutige Schönheiten ohne Begleitung im Clubhaus auf. Selten verließen sie es ohne Begleitung. Nie spielten sie Golf.
»Ihre Virgin Bloody Mary, Sir.«
Von all diesen Menschen hatte Rhodes vermutlich das größte Vermögen. Den größten politischen Einfluss. Vielleicht war er sogar der beste Golfspieler. Trotzdem fühlte er sich in dieser Gesellschaft nicht wohl. Wer war er? Ein Reisfarmer aus Arkansas. Der den Himmel liebte, den Wind und den freien Blick über die Felder. Der Golfclub von Pétionville war kein Ort für Männer wie ihn. Hier traf sich, was sich Elite nannte. Nicht die Elite eines neuen, besseren Haiti. Sondern die alte Elite, selbstsüchtig und korrupt. Man konnte an der Bar stehen und zuschauen, wie sich die alten Steine neu verfugten.
»Entschuldige, Liebster.« Rachel legte ihm eine Hand auf die Schulter. »Man muss diesen Leuten immer zeigen, wie wichtig sie sind. Spielen wir?«
Sie verließen das Clubhaus, auf dem Weg zur ersten Abschlagmarkierung. Rachel kannte jeden und grüßte in alle Richtungen. Natürlich, sie war die First Lady. Kaum jemand beachtete Rhodes.
»Kommt Nicolas heute?«, fragte er.
»Er konferiert mit Washington.«
»Am Samstag?«
»Die Senatoren haben seinen vierten Kandidaten für den Premier abgelehnt.«
»Sie wollen ihn fertigmachen.«
»Natürlich wollen sie das.«
Zwei Caddies folgten ihnen mit den Trolleys. Marc und Matthieu, Rhodes konnte sie nicht auseinanderhalten. Es

waren Albino-Zwillinge. Mehrere Direktoren großer NGOs hatten versucht, sie Rachel auszuspannen. Weil Albinos von der haitianischen Gesellschaft diskriminiert wurden und Zwillinge als Boten böser Geister galten. Jeder gutmeinende Mensch wollte gegen diese Diskriminierung ein Zeichen setzen. Rachel hatte die Zwillinge exklusiv an sich gebunden, indem sie ihren Verwandten gut bezahlte Jobs in verschiedenen Ministerien verschafft hatte. Rhodes hatte Zweifel, dass es diese Diskriminierungen wirklich gab. Manchmal hatte er das Gefühl, die Haitianer erfanden sie bloß, damit die Weißen etwas hatten, wogegen sie ein Zeichen setzen konnten. Aber wer konnte das nach so vielen Jahren und so vielen Zeichen noch sagen?

»Das Land ist seit zwei Monaten ohne Regierung«, sagte Rachel. »Die Geldgeber werden nervös. Nächste Woche kommt der australische Premier. Was kann Nicolas ihm zeigen?«

»Das Amanda-Center kann er ihm zeigen.«

»Das Amanda-Center ist eine großartige Initiative, Chester. Nur leider keine der Regierung. Die Geldgeber erwarten, dass Nicolas etwas Großes präsentiert, einen Impuls für die Zukunft. Sie wollen Hilfsgelder auszahlen und wissen nicht wofür.«

Sie blieben bei der Abschlagmarkierung stehen. Rhodes ließ sich das Holz reichen und schlug den Ball. Linksdrall. Keine hundertzwanzig Meter. Er war nicht mehr in Form. Die Margarita war ein Fehler gewesen. Die Caddies applaudierten.

»Nicht dass in diesem Land nichts vorangeht«, sagte Rachel, während sie zum Damen-Abschlag gingen. »Kleine Schritte, Nicolas arbeitet hart. Aber diese Großprojekte? Ich glaube nicht daran. Alles wegen der Lobbys in den Geberstaaten.«

Es gab auch eine Lobby, die ständig mehr Geld von der Regierung für den Golfplatz forderte. Man redete von einer

Vergrößerung auf neunzig Hektar. Man redete von PGA-Turnieren, von Tiger Woods und Cristie Kerr. Die Aussaat des neuen Rasens sollte in einigen Wochen beginnen. Bermuda-Gras, nur das feinste. Rhodes bezweifelte, dass das eine gute Idee war. Die Regenzeit kündigte sich dieses Jahr früher an. Der Platz war hügelig, die tropischen Güsse würden die jungen Sprossen einfach von den Hängen spülen. Mit der Planung war der Bauunternehmer aus Texas beauftragt. Er hatte von Golfplätzen so viel Ahnung wie von Kathedralen. Niemand störte sich. Er schmierte einfach jeden, der nicht rechtzeitig die Taschen zuhielt. Alle fanden den Mann amüsant und clever.

»Manchmal frage ich mich, warum wir uns das antun«, sagte Rachel und legte ihren Ball aufs Tee. »War unser Leben in Florida nicht wunderbar? Hat Nicolas sich an die Macht gedrängt? Angefleht haben sie ihn! Bill Clinton hat bei uns zu Hause angerufen, abends um elf! Und jetzt? Bewerfen sie Nicolas mit Dreck!«

Sie verschlug ihren Ball hoffnungslos nach rechts. Sie fluchte. Die Caddies applaudierten.

Sie gingen über Erde, Sand und, hin und wieder, ein paar Grasbüschel. Rachels Telefon klingelte. Eines dieser neumodischen ohne Tasten. Rhodes glaubte nicht an Telefone ohne Tasten. In Arkansas hatte er eines besessen. Nach zehn Tagen hatte er es seiner Haushälterin geschenkt.

»Sie haben an mich gedacht!«, rief Rachel. Wie wunderbar!« Rachel gab jedem Anrufer das Gefühl, sie habe auf genau seinen Anruf sehnlichst gewartet. Dieses Talent besaß sie wie kaum jemand sonst. Ganz bestimmt mehr als ihr Mann. Sie hätte Präsidentin werden sollen; dann sähe das Land heute anders aus. Sie wandte sich ab, ging ein paar Schritte, er hörte sie lachen.

»Ein Glas Champagner, Sir?«

Die Albinos zogen immer eine Kühltasche mit Getränken hinter sich her. Und wie jeden Samstag fragten sie ihn, ob er Champagner trinken wolle, obwohl sie wussten, dass ihm Champagner nicht schmeckte.

»Habt ihr Eistee?«

»Jawohl, Sir.«

Sie holten eine Dose Eistee, ein Glas und einen Behälter mit Eiswürfeln aus der Kühltasche. Wie jeden Samstag beugten sie sich über die Dose, flüsternd und gestikulierend, als sähen sie so ein Ding das erste Mal.

»Habt ihr keinen Durst, Jungs?«

»Nein, Sir.«

»Es ist heiß.«

»Es macht uns nichts aus, Sir.«

»Trinkt eine Cola.«

»Danke, Sir.«

Wie jeden Samstag holten sie zwei Dosen Pepsi aus der Kühltasche. Sie verzichteten für sich auf Gläser. Die Cola spritzte aus den Dosen. Wie immer erschraken sie und drückten ihre Finger in die Öffnungen. »Nochmals vielen Dank, Sir.«

Sie stießen an, mit Dosen und Glas, und tranken. Rhodes redete mit den Zwillingen immer ein Weilchen, immer das gleiche, belanglose Zeug.

»Seid ihr gern Caddies?«

»Sehr gern, Sir.«

»Wie oft?«

»Jedes Wochenende, Sir.«

»Nur für die First Lady?«

»Nur für die First Lady, Sir.«

Rachel ging auf und ab. Telefonierte, gestikulierte, er hörte ein paar Brocken Spanisch.

»Wie ist euer Eindruck? Vom Land?«

»Es geht voran, Sir.«

»Kleine Schritte.«
»Der Präsident arbeitet hart, Sir.«
Natürlich plapperten sie der First Lady nach. So lernten sie es in der Schule. So machte man in Haiti Karriere.
»Was sind eure Pläne? Für die Zukunft?«
»Alles liegt in Gottes Hand, Sir.«
»Ihr wollt nicht euer Leben lang Caddie sein.«
»Wir wollen studieren, Sir.«
»Im Ausland.«
»Und dann wollen wir zurückkommen und Haiti beim Aufbau helfen.«
»Geht nicht nach Frankreich, Jungs.«
»Nein, Sir.«
»Ein Volk, das acht Buchstaben braucht, um einmal durch die Nase zu atmen, hat keine Zukunft.«
»Auf keinen Fall, Sir.«
Sie tranken. Wussten die Zwillinge, wer Rhodes war? Er hatte mit Rachel auf dem Platz über das Amanda-Center gesprochen, aber immer nur kurz. Er machte einen Versuch.
»Ihr habt zur Zeit des Erdbebens in Port-au-Prince gewohnt?«
»Jawohl, Sir.«
»In Turgeau.«
»Wie alt wart ihr?«
»Vierzehn, Sir.«
»Habt ihr Verwandte verloren?«
»Unsere Mutter, Sir. Und unsere Tante.«
»Und die Kinder unserer Tante.«
»Wisst ihr, was das Erdbeben ausgelöst hat?«
»Strahlen, Sir.«
»Strahlen?«
»Eine geheime Anlage, Sir. In Alaska. Sie schicken Strahlen durch die Erde.«

»HAARP-Strahlen, Sir. Sie können jedes Land treffen.«
»Wer tut so etwas?«
»Die CIA, Sir.«
»Warum?«
»Weil sie uns nicht mögen.«
Die Jungen hielten inne. Sie wechselten betroffene Blicke. Sie erinnerten sich, wer Rhodes war und aus welchem Land er kam.
»Die CIA meint es nicht böse, Sir.«
»Sie tut es, damit wir uns entwickeln.«
Rachel kam zurück. Sie blieb stehen, ihr Telefon in der Hand. Einen Moment wirkte sie vollkommen abwesend.
»Ein Glas Champagner, Madame?«
»Wie?«
»Ein kühles Getränk, Madame?«
»Ah! Eistee!«
Wieder führten die Jungen ihre Choreografie mit der Dose, dem Glas und den Eiswürfeln auf. Rhodes nahm sie zur Seite.
»Die Jungs glauben auch an den Schwachsinn«, sagte er. »Dass das Erdbeben ein Werk der CIA ist.«
»Wenn es ihnen Spaß macht.«
»Dieses Verschwörungsgerede frisst sich durch das Volk wie ein Krebs!«
»Wir verdoppeln den Bildungsetat.«
»Dein Mann muss etwas unternehmen.«
»Ich verspreche dir, im nächsten Haushalt –«
»Er muss das Amanda-Center in seiner Rede –«
»Es ist scheißegal!«
Sie atmete heftig. Ihre Hand schwenkte das Telefon wie einen Stein, den sie gegen einen unsichtbaren Feind schleudern wollte. Schweißperlen standen auf ihrer Stirn.
»Ich muss dich etwas fragen, Chester«, sagte sie. »Du wurdest vor einiger Zeit gesehen, in mehreren Bars und Restau-

rants. Mit einem Mädchen. Einer jungen Deutschen. Braunes, schulterlanges Haar, attraktiv ...«

»Ich weiß, wen du meinst.«

»Es geht mich nichts an, Chester. Du kannst deine Abende verbringen, mit wem du willst.«

»Das sehe ich ebenso.«

»Aber du weißt, wie es ist. Alles spricht sich herum. Ich möchte nicht, dass du wegen dieser Frau Probleme bekommst.«

»An welche Probleme denkst du?«

»Als First Lady kann man nicht vermeiden, jeden Tag mit Menschen zu sprechen. Und wenn das Gespräch mehrmals, hinter vorgehaltener Hand, auf eine junge Deutsche kommt ... Die sich um Geld bemüht, für ein obskures Geschäft ... und plötzlich vom Erdboden verschwindet ...« Sie blickte sich um. Sie trat näher. »Warum war diese Frau in Haiti?«

»Warum kommt eine junge Frau aus Europa nach Haiti? Um zu helfen, natürlich.«

»Wo?«

»Eine kleine NGO, irgendwo im Norden, wenn ich mich richtig erinnere. Sie kam frisch aus Mittelamerika. Sie saß allein an der Bar. Wir haben Whisky getrunken. Sie wusste, sie hatte von einem alten Mann nichts zu befürchten.«

»Und weiter?«

»Wir haben uns am nächsten Abend wiedergesehen. Ich habe sie zum Essen eingeladen, ins Karibe. Vielleicht war das ein Fehler.«

»Warum?«

»Weil sie das Geld gesehen hat. Das feine Leben. Sean Penn war da und dieser irische Schlagersänger.«

»Bono.«

»Was für ein alberner Name. Aber sie war fasziniert. Hat immer wieder an den Tisch gestarrt. ›Wie viel Macht diese Leute haben‹, hat sie gesagt. ›Wie viel Gutes sie tun.‹«

»Weiter?«

»Herrgott! Rachel! Sieh es einem alten Mann nach, wenn er gern auf den Mund einer jungen Frau schaut, wenn sie irgendeinen Unsinn von gerechter Weltordnung zusammenfantasiert! Sogar der Sänger hat rübergeschaut. Obwohl genug schöne Frauen an seinem Tisch saßen. Weiß Gott, das Mädchen fiel auf. Und sie hat eine Menge Whisky vertragen. Ich war beeindruckt.«

Einer der Zwillinge näherte sich, mit dem Glas auf einem Tablett. »Ihr Eistee, Madame.«

»Mein Engel!«

Rachel zauberte ein Lächeln in ihr Gesicht, als habe sie einen so verführerischen Eistee noch nie gesehen. Sie nahm das Glas und trank.

»Wann hast du die Deutsche zuletzt gesehen?«, fragte sie, sobald der Caddie außer Hörweite war.

»Vor ungefähr vier Wochen. An der Bar des Karibe. Sie war verändert. Trug teure Kleidung. Schien inzwischen Stammgast zu sein. Sie wollte mich auf einen Speyside Single Malt einladen, vierzig Dollar das Glas. Ich fand das unangemessen. Sie sagte, sie arbeitet an einer Studie über die Folgen von Salzmangel bei Kleinkindern. Ich glaube, wir sind uns einig, welche Halunken hier in den Bars herumlungern und für schamlose Honorare Studien verfassen.«

»Hat sie gesagt, wer ihr Auftraggeber war?«

»Eine dänische Montessori-Stiftung. Schau mich nicht so an! Ich hab's auch nicht geglaubt! Sie war immer noch schön. Hat immer noch von einer gerechten Weltordnung gefaselt. Aber die Naivität war weg. Sie wollte mit mir ins Geschäft kommen. Sie sagte, sie kenne Leute, die Geld bräuchten für eine große Sache.«

»Welche Sache?«
»Ich wollte keine Details hören. Es tat mir weh, sie so zu sehen. Ich habe mein Glas leer getrunken und bin gegangen.«
Rachel hielt das Glas mit beiden Händen umfasst. Schaute zum Horizont. Nickte, als ob Rhodes ihr auf eine wichtige Frage eine Antwort gegeben hätte.
»Alles in Ordnung?«, fragte Rhodes.
»Alles in Ordnung, Chester. Ich danke dir für deine Informationen. Was meint ihr, Jungs?«, rief sie den Caddies zu. »Finden wir meinen Ball wieder?«
»Er liegt in dieser Richtung, Madame!«
»Ein Glück, Madame! Sie haben ihn nicht weit geschlagen!«

31

Sie stiegen aus.
Sie reckten sich.
»Wasser?«, fragte Craig.
Die Flasche ging von Mund zu Mund. Das Wasser war lauwarm. Die Sonne hing wie ein gelber Fleck über einem bleigrauen, reglosen Meer. Warf fahles Licht auf Häuser, Fischerboote, einen Antennenmast auf einem Hügel. Die Luft roch nach Salz und Seetang. Anse Rouge. Sie waren angekommen.
Für hundertdreißig Kilometer Luftlinie hatten sie fünf Stunden gebraucht. Zwischen Hinche und Saint-Michel-de l'Atalaye hatte ein umgekippter Lastwagen die Straße versperrt. Eine Nebenstraße hatte an einer eingestürzten Brücke geendet. Sie waren über verkarstete Felder gerumpelt, bis sie den Fluss an einer flachen Stelle hatten überqueren können. »Jetzt wäre eine Nase aus deinem Tütchen gut!«, hatte Craig auf die Rückbank gerufen. »Nur Spaß, kleiner Mann!« Kurz hinter Gonaïves war der rechte Vorderreifen geplatzt. Sie hatten es geschafft, den Reifen zu wechseln. Aber umdrehen nach Gonaïves? Ein neues Reserverad besorgen? Sie hatten schon zu viel Zeit verloren. Also hatten sie entschieden, das Risiko einzugehen. Bald darauf hatten sie die ersten Salzfelder gesehen.
»Steht auf der Tüte eine Adresse?«, fragte Craig, während sie wieder einstiegen.
Maria schüttelte den Kopf. »Wir müssen fragen.«
Sie fuhren in den Ort. Kinder saßen auf Türschwellen und starrten aus leeren Augen ihren Wagen an. Sie passierten eine *Las-Vegas-Bar* mit zugenagelten Fenstern. Einen Krämer-

laden, verlassene Marktstände und eine Kirche. Ein grasloses Feld mit zwei Toren, auf denen Jugendliche mit einer Plastikflasche kickten.
»Viele Häuser vernagelt«, sagte Craig. »Die Leute hauen alle ab. Siehst du morgens in Port-au-Prince wieder, am Busbahnhof.«
Neben ihrem Wagen fuhr ein Junge auf einem viel zu großen Fahrrad. Craig kurbelte die Scheibe herunter.
»*Kote Grain of Life ye?*«, rief er. »*Ajans devlopman? Grain of Life?*«
Der Junge zeigte die Straße hoch, Richtung Antennenmast. Er trat in die Pedale und fuhr voraus. Sie fuhren eine Reihe niedriger Häuser entlang. Vor manchen saßen Frauen, siebten Getreide, putzten Maniok. Der Junge keuchte. Das Rad hatte keine Bremsen. Der Junge stoppte es mit den Füßen, am Ende eines Weges, der sich zwischen Gestrüpp und Geröll verlor. Er zeigte auf ein gelbes Holzhaus mit einem Dach aus Wellblech. *Grain of Life* stand auf einem handgemalten Schild. Es steckte an einer Eisenstange in der Erde. Türen und Fenster waren mit Eisengittern gesichert. Neben dem Haus gab es eine leere Garage ohne Tor.
»*Ajans devlopman*«, rief der Junge.
Craig parkte den Wagen vor der Garage. Sie stiegen aus. Kinder kamen den Weg hochgelaufen, barfuß, in zerrissenen Hosen. Der Junge wollte ein *kado*, ein Geschenk. Craig öffnete einen Karton und gab ihm drei Stücke Seife. Der Junge war glücklich, sie schlugen sich in die Hände.
Maria ging zur Eingangstür. Eine Spinne, die im Türgitter ihr Netz gebaut hatte, floh in die Ritzen. Offenbar war das Gitter schon lange nicht mehr geöffnet worden. Sie griff durch die Stäbe und drückte die Klinke der Holztür. Die Tür war abgeschlossen. Sie versuchte, ins Fenster zu schauen. Es war mit einer Gardine verhängt. Auf den Wegen, hinter den

Gittern – überall lag Staub und Sand. Das Haus wirkte, als sei es seit Monaten verlassen.
»Frag den Jungen, wie lange keiner mehr hier war.«
Craig übersetzte. Der Junge antwortete.
»Lange«, sagte Craig. »Aber nicht sehr lange.«
»Was heißt das?«
»Das heißt, wir sind in Haiti. Die Leute haben kein Zeitgefühl.«
»Psst!«
Maria horchte. Sie hatte Schritte gehört. Jetzt hörte Craig sie auch. Die Schritte kamen näher. Sie hörten einen Schlüssel im Schloss. Ein quietschendes Drehen des Riegels ... Rafael stand in der Tür. Er hielt einen Schlüsselbund in der Hand und schaute durchs Gitter.
»Wie bist du reingekommen?«, fragte Maria.
»Hinten, durchs Fenster.«
»War es offen?«
»Ging so.«
Rafael probierte mehrere Schlüssel aus, bis einer ins Schloss des Gitters passte. Er zog das Gitter auf und ließ sie in einen engen Flur treten.
»Gibt keinen Strom«, sagte er. »Gibt auch sonst nicht viel.«
Die Luft roch nach Staub und Schimmel. Es gab keine Türen, nur Öffnungen in der Wand. Links lag eine kleine Küche mit Gaskocher, einem Klapptisch und zwei Stühlen. Daneben stand ein großer Eimer, halbvoll mit fauligem Wasser. Neben dem Fenster stand ein Kühlschrank, das Kabel lag lose auf dem Linoleumboden. Ein Teil der Wand war gekachelt. Es gab Löcher, vermutlich für Wasserhähne, die nie montiert worden waren. Auf dem Fußboden stand eine Kaffeemaschine. In der Kanne schimmelte der Rest längst getrockneten Kaffees.
Gegenüber der Küche lag ein Büro. Am Fenster stand ein

Schreibtisch mit Kugelschreibern, Notizblöcken, alten Prospekten und Kaffeeflecken auf der Schreibunterlage. Davor ein Bürostuhl, aus dessen Lehne Schaumstoff quoll. Neben dem Schreibtisch ein Sperrholzregal mit Ordnern und Kopierpapier. An den feuchtfleckigen Wänden hingen Plakate des *Office National de Tourisme* von 1995. Eines zeigte eine Marktfrau mit einem Korb voller Früchte, ein anderes eine Languste zwischen Korallen. An der Decke hingen ein Ventilator und eine Energiesparlampe.

»Es muss hier Strom gegeben haben«, sagte Maria.

»Hinter dem Haus gibt's ein Generatorkabel«, sagte Rafael. »Aber keinen Generator.«

Neben der Küche lag ein Raum mit einem Fenster aus Blindglas, das schief im Rahmen hing. Hier musste Rafael eingestiegen sein. Der Boden war gefliest, Kupferrohre führten die Wand entlang. Auf dem nackten Estrich standen Säcke mit Kacheln und Mörtel. Hier hatte wohl ein Bad entstehen sollen. Aber es gab keine Armaturen, keine Dusche, kein Waschbecken. Nicht einmal eine Toilette.

Am Ende des Flurs lag der größte Raum. Er hatte an zwei Seiten Fenster mit heruntergelassenen Jalousien und eine Tür, die in den Garten führte. Die Sonne warf Streifenmuster auf gelb und blau gestrichene Wände. Auf Flokati-Teppiche, die den Estrich bedeckten. Auf einen Wäscheständer, an dem steif getrocknete Shorts und T-Shirts hingen. Auf zerwühlte Laken, die über einer Matratze lagen.

»Hier hat sie gewohnt«, sagte Maria.

Sie erkannte ein T-Shirt wieder von den Fotos, die Jooly mit ihren Newslettern verschickt hatte. *We are ONE world!* Darunter ein stilisierter Globus, getragen von einer schwarzen und einer weißen Hand.

»Schaut, ob ihr noch andere Spuren findet«, sagte sie.

Eine Ausrede. Sie wollte in diesem Raum allein sein. Sie wollte sich Jooly nahe fühlen, die in diesem Raum gelebt hatte. Offenbar allein. Vielleicht bis kurz vor ihrem Tod. Wie hatte sie es hier ausgehalten? In der feuchten Wärme? Dem Schimmelgeruch? Mit einer nackten Energiesparlampe an der Decke?

Sie setzte sich auf die Matratze. Am Kopfende lagen einige Bücher. Jean Ziegler. Naomi Klein. *Das Imperium der Schande. Der Aufstieg des Katastrophen-Kapitalismus.* Sie schlug ein Buch auf. Immer wieder waren einzelne Wörter oder Begriffe unterstrichen: *Kannibalische Weltordnung ... Geohegemonie des agroindustriellen Komplexes ... Ayatollahs des neoliberalen Dogmas ...* Jooly hatte Antikapitalismus-Phrasen geliebt, damals schon. Und Verschwörungstheorien. Keine Woche, an der sie nicht mit einer neuen angekommen war. Marlboro finanzierte den Ku-Klux-Klan. Der Vatikan hatte Lady Di ermordet. Ein tibetanischer Forscher hatte einen Zwei-Liter-Motor entwickelt. Aber die Ölkonzerne fürchteten um ihren Profit und hielten ihn gefangen. Je wilder, desto besser. Und immer machte sie das »mega-wütend«. Immer wollte sie »endlich etwas tun«. Am liebsten wollte sie »das ganze System in Trümmer legen«. Endstation Haiti? Diese verschmutzte Matratze am Ende der Welt? Es passte nicht. Nicht zu dem Landcruiser. Vor allem nicht zu Jooly. Die nie der Typ gewesen war, der sich für etwas opfert. Die das Abenteuer geliebt hatte und den Spaß. Die es allein nie länger als ein paar Stunden ausgehalten hatte. Die sich lustig gemacht hatte über die Mitschüler in der Ökologie-AG. Weil die nur ein paar Kröten und Schmetterlinge retten wollten, nicht gleich die ganze Welt. Jooly konnte hier unmöglich –

»Ich hab was!«, rief Craig.

Maria kam gleichzeitig mit Rafael in die Küche. Craig stand vor dem offenen Kühlschrank. Vom Boden bis zum Gefrierfach waren Kartons voller grünblauer Beutel gestapelt.

»Das sind mindestens dreißig Kilo.« Craig hatte die Hände in den Hosentaschen und wollte entspannt wirken. Aber sein Gesicht war rot vor Erregung. »Was meint ihr? Jeder zehn Kilo?«
»Craig –«
»Wenn wir's nicht nehmen, nimmt's jemand anderes.«
»Schwachsinnsidee«, sagte Rafael.
»Ach ja?! Weißt du, wie viel Kohle das ist?!«
»Das ist nicht dein Ernst, Craig.«
»Deine Freundin wacht nicht wieder auf! Das ist Haiti!«
Er holte einen Karton aus dem Kühlschrank, riss einen Beutel auf: Salz rieselte heraus. Graues, grobkörniges Meersalz. Er riss den nächsten Beutel auf: Meersalz.
»Verdammt ...«
Er kippte den Kühlschrank nach vorn, die Kartons fielen heraus. Mit zitternden Händen riss er die Beutel auf, wie Hagelkörner prasselte das Salz aufs Linoleum ... Sie hörten Schritte. Das Quietschen des Türgitters. Zwei Männer kamen herein, in Uniform. Sie richteten die Läufe ihrer Kalaschnikows in die Küche und riefen etwas auf Kreyòl.
»Ruhig bleiben«, flüsterte Craig. »Und Hände hoch.«

32

Sie hockten auf der Ladefläche des Dodge, zwischen den Seifenkartons. Die beiden Uniformierten saßen vorn im Fahrerraum und hielten es nicht für nötig, ihre Gefangenen zu bewachen. Wohin hätten sie auch fliehen sollen?
Sie verließen Anse Rouge Richtung Kap. Fuhren auf die Sonne zu, deren untere Hälfte in den Abenddunst sank. Die Landschaft war flach, fast völlig ohne Vegetation. Eine Möwe kreiste am Himmel.
Der Fahrer ließ die Kupplung schleifen, Craig ballte die Faust. »Die ruinieren meinen Wagen.«
Sie passierten Salzfelder. Einige waren trocken, mit dicker, weißer Kruste. In einem anderen stand Meerwasser. Ein alter Mann kam ihnen entgegen, gebeugt, unter einem Strohhut. Er trieb eine ausgehungerte Kuh vor sich her. Er blieb stehen und grüßte respektvoll. Nicht die Weißen auf der Ladefläche, sondern die Uniformierten.
Grain of Life. Sie passierten ein verwittertes Schild. Dahinter weitere Salzfelder, versandet und verdreckt. Die Erdwälle zwischen den Feldern waren von Wind und Regen beschädigt. Zwischen zwei Feldern stand ein Militärtransporter. Kamaz, russisches Fabrikat. Maria kannte es aus ihrer Kindheit. Die Fahrertür stand offen. Neben dem Transporter saßen zwei Männer auf Klappstühlen, an einem Campingtisch. Sie tranken Bier und starrten die Weißen auf der Ladefläche an. Der Dodge hielt, sprotzend ging der Motor aus. Aus dem Radio des Transporters drang die Übertragung eines Fußballspieles.
Vorn stiegen die Männer aus. Der Beifahrer bedeutete ihnen mit seiner Kalaschnikow, von der Ladefläche zu klettern. Sie

standen vier muskulösen Männern zwischen zwanzig und dreißig Jahren gegenüber. Alle trugen Uniform. Aber keine Uniform sah aus wie die andere. Eine war schwarz, eine dunkelblau, zwei waren graublau gefleckt. Die Männer, die sie hergebracht hatten, trugen Gummistiefel. Der Jüngste, der am Tisch saß, trug rote Chucks. Militärstiefel hatte nur der Älteste, offenbar eine Art Offizier. Er hatte auch Schulterklappen, eine Ray-Ban auf der Stirn und ein Funkgerät am Gürtel.

»Was wollen Sie hier?«, fragte er in gebrochenem Französisch.

»Ihre Männer haben uns hergebracht«, sagte Craig.

»Sie dürfen nicht hier sein.«

»Wir hatten keine Wahl.«

»Dies ist Sperrgebiet.«

»Wie gesagt, Ihre Männer haben uns gezwungen.«

»Das kostet zehntausend Dollar.«

»Entschuldigung?«

»Für jeden. Sie haben dreißigtausend Dollar?«

Craig schüttelte den Kopf. Maria schüttelte den Kopf. Rafael verstand kein Französisch. Der Offizier gab seinen Kameraden ein Zeichen. Sie tasteten Maria, Craig und Rafael ab. Sie nahmen alles an sich, was sie finden konnten – Armbanduhren, Portemonnaies, Mobiltelefone. Sie bedeuteten Rafael, seinen Gürtel zu öffnen und die Kameratasche abzunehmen. Er musste sein Lederband mit dem silbernen Kreuz, das er um den Hals trug, ablegen. Die Männer legten alles auf den Campingtisch, zwischen Bierflaschen und Spielkarten.

Der Offizier stand auf. Er ging auf Maria zu. Zeigte auf ihre rechte Hand. Auf den Ring.

»Nein«, sagte sie.

Er schaute auf sie herunter. Seine Augenlider zuckten. Er bedeutete ihr, die Finger auszustrecken. Sie schaute hoch und wiederholte:

»Nein.«

Er schien einen Moment unsicher. Blickte sich um. Er machte eine wegwerfende Handbewegung, als sei der Ring sowieso bloß Tand. Er ging zurück zum Tisch, setzte sich und ließ sich Zeit beim Durchsuchen der Portemonnaies. Holte Führerscheine, Scheckkarten, Kopien von Reisepässen heraus und breitete sie aus.

»Sie können Ihre Papiere nehmen und gehen«, sagte er.

»Wohin?«

»Sie sind frei.«

Er nahm ein paar Gourdes-Scheine aus Craigs Portemonnaie und hielt sie ihm hin. »Fahren Sie nach Gonaïves. Besorgen Sie dreißigtausend Dollar. Kommen Sie wieder, und Sie erhalten alles zurück.«

»Aber –«

»Meine Männer sind korrekt. »Ich« – er blickte in Marias Richtung – »bin korrekt.«

Seine Männer nickten. Er machte eine vage Handbewegung Richtung Osten. Sie sollten zu Fuß nach Anse Rouge gehen. Bis zum Morgen auf das Taptap nach Gonaïves warten. Craig wollte protestieren, einer der Männer hob seine Waffe.

»Wer sind die Typen?«, fragte Rafael leise.

»Sie bewachen die Salzfelder«, sagte Maria.

»Soldaten?«

»Eher Milizen oder Rebellen.«

»Wir müssen verhandeln«, sagte Craig.

»Worüber?«, fragte Maria. »Wir haben nichts mehr.«

»Die haben meinen Wagen.«

»Hast du dreißigtausend Dollar?«

Craigs Gesicht war schweißnass. Seine Lippen bebten. Maria

starrte die Männer an, die Männer starrten sie an, ihre Hände an den Waffen.

»Lass uns gehen«, sagte Maria.

»Ich brauche meinen Wagen!«

»Die sind bewaffnet! Hast du dreißigtausend Dollar?!«

»Besser, wenn ihr nicht so tut, als ob ihr Angst habt«, sagte Rafael.

»Wir haben aber Angst, du kleiner Klugscheißer!«

»Wir kennen Leute«, sagte Rafael. »In Port-au-Prince. Wenn die Typen Ärger machen, kriegen sie eins aufs Maul.«

»Wen kennst du?«

Rafael bedeutete ihnen, näher zu kommen. Er sagte, gerade laut genug, dass die Milizen es hören konnten: »Lutteurs!«

»Was?«

»Tut einfach, als ob ihr versteht, wovon ich rede. Lutteurs! Belamour!«

Rafael machte eine Geste, als ob er telefonierte. Er deutete auf die Milizionäre und fuhr mit der Handkante über seine Kehle. Er sagte: »Nicken, Craig.«

»Was soll diese Scheiße?«

»Tu einfach, als ob du kein Weichei bist.«

»Ich sage dir, wer hier –«

»Legliz!«, rief Rafael. »Lutteurs!«

Rafael warf den Männern einen letzten, verächtlichen Blick zu. Er legte seine Arme um Maria und Craig, sie wendeten sich nach Osten, Richtung Anse Rouge. Sie waren einige Schritte gegangen, als der Offizier ihnen etwas nachrief.

»Wir sollen stehen bleiben«, sagte Craig.

»Geh weiter«, sagte Rafael.

Der Offizier rief.

»Weitergehen!«

»Bleiben Sie stehen!«, rief der Offizier auf Französisch. In seiner Stimme war Nervosität. Rafael zog Maria und Craig noch einige Schritte weiter, bevor er, scheinbar entnervt, anhielt. Der Offizier besprach sich mit seinen Untergebenen. Einer zeigte auf Craig. Er kam auf ihn zu, sie wechselten einige Worte auf Kreyòl.

»Er will wissen, wen du anrufst«, sagte Craig.

»Sag ihm, das geht ihn einen Eimer Pisse an.«

»Das kann ich nicht übersetzen.«

»Übersetze es genau so!«

Die Milizionäre schauten vom Campingtisch herüber. Der Offizier bemerkte Rafaels kühle Ruhe und Craigs Angst. Er begann, von oben herab auf Craig einzureden, wie zu einem Knecht.

»Er will wissen, in welchem Auftrag wir hier sind«, sagte Craig.

»Das wird er schon sehen«, sagte Rafael.

»Verdammt –«

»Ich bin ein Freund von Belamour! Übersetze den Eimer Pisse!«

Der Offizier machte einen Witz, offenbar auf Craigs Kosten. Seine Untergebenen lachten und schlugen sich auf die Schenkel. Craig biss sich auf die Lippe. Rafael seufzte, als tue er Craig einen letzten Gefallen, bevor er ihn feuern würde.

»Sage ihm, die Karte meiner Auftraggeber ist im Portemonnaie.«

Craig übersetzte. Der Offizier durchsuchte Rafaels Portemonnaie. Zog eine Visitenkarte heraus. Leinenpapier. Buchstaben, die in der Sonne glänzten. Aus dem Radio tönte Jubel: Eine Mannschaft hatte ein Tor geschossen. Der Offizier, das Kinn vorgereckt, zischte Craig etwas zu. Er demonstrierte seinen Männern, wie man einen Weißen heruntermacht.

»Er sagt, die Karte reicht nicht«, sagte Craig.

»Sein Problem«, sagte Rafael.

»Er sagt, du kannst die Karte von jemand anderem haben.«
»Dann soll er in Port-au-Prince anrufen.«
Craig wischte sich den Schweiß von der Stirn, während er stammelnd übersetzte. Der Offizier holte sein Funkgerät aus der Gürteltasche. Pfiffe aus dem Radio, das Tor wurde nicht anerkannt. Der Offizier herrschte den Jungen mit den Chucks an, er solle sich nicht auf seinem Stuhl fläzen. Der Junge setzte sich gerade hin, der Offizier ging hinter den Transporter. Zwei, drei Minuten hörten sie nichts, bis auf das Fußballspiel. Die drei Männer starrten die Weißen an. Craig versuchte einen lockeren Spruch, der nicht gut ankam. Maria versuchte, in Rafaels Gesicht zu lesen. Es war ohne jeden Ausdruck.
Der Offizier kam zurück und steckte sein Funkgerät in die Gürteltasche. Er wechselte knappe Worte mit seinen Untergebenen. Er zeigte auf den Campingtisch.
»Wir sollen unsere Sachen nehmen«, sagte Craig.
Sie gingen zurück zum Campingtisch und steckten sich ihre Sachen zurück in die Taschen. Rafael hängte seine Kameratasche in den Gürtel, sein Silberkreuz um den Hals.
»Was bewachen sie hier?«, fragte Maria.
»Scheißegal, wir hauen ab«, sagte Craig.
»Die können nicht ohne Grund hier sein.«
»Jetzt fang noch an, mit denen zu diskutieren!«
Craigs Hemdkragen klebte am Hals. Seine Hand mit den Autoschlüsseln zitterte. Aus den Augenwinkeln sah Maria die Männer tuscheln. Als ob sie sich über irgendetwas nicht einig waren. Plötzlich begann der Offizier zu reden. Schnell, entschuldigend, dann fordernd redete er auf Craig ein. Er zeigte auf den Transporter. Er zeigte auf seine Männer. Er zeigte auf den Campingtisch.
»Was sagt er?«, fragte Maria.
»Er sagt, sie tun hier ihre Pflicht«, sagte Craig.

Der Offizier zählte mit den Fingern. Eins, zwei, drei, er schien durcheinanderzukommen.
»Er sagt, sie warten seit fünf Wochen oder mehr auf ihr Geld.«
»Sage ihm, wir kümmern uns darum«, sagte Rafael.
»Er sagt, das war nicht die Abmachung.«
»Wir kennen die Abmachung. Wir werden tun, was wir können.«
»Aber erst«, sagte Maria, »müssen wir prüfen, ob hier wirklich alles korrekt ist.«
Craig sah sie an, schluckte – dann übersetzte er. Der Offizier gab eine knappe Anweisung an den Jungen in den Chucks. Der Junge sah nicht glücklich aus, aber wagte keinen Protest. Er ging zum Transporter und holte einen Spaten von der Ladefläche.
»Craig, du bleibst hier«, sagte Rafael.
»Ich –«
»Du bleibst hier!«
Der Junge ging voraus, Maria und Rafael folgten. Ein leichter Wind strich durch die wenigen Grashalme. Kein Möwenschrei, kein Schlagen von Wellen. Die Salzkristalle glitzerten im Abendlicht wie ein See von Diamanten. Sie bestiegen einen Wall, ihre Schatten glitten über die Felder wie die Silhouetten von Riesen. Zwei Wälle kreuzten sich, sie wandten sich Richtung Meer. Hier steckten, in regelmäßigen Abständen, Pfähle in den Wällen. Nach etwa dreißig Metern stiegen sie den Wall hinab. Ihre Sohlen knirschten auf der verdreckten Salzkruste. Der Milizionär murmelte etwas, das wie ein Gebet klang. Er fasste seinen Spaten fester.
Sie gingen auf die Mitte des Sees zu. Der Milizionär blieb stehen, trat ein paar Schritte zurück, orientierte sich an den Pfählen. Dann drückte er seinen Spaten in die Kruste. Er kippte einige Schaufeln Salz zur Seite, bevor der Spaten auf

etwas Hartes stieß; einen Stein, den er aushebelte und zur Seite warf. Der Spaten stieß auf etwas Weiches. Die nächsten Spatenstiche legten Kleidung frei, eine Schulter, ein Gesicht. Das Gesicht einer Frau. Der Mund stand offen, die Höhlen im Schädel hatten keine Augen. Die Haut war schwarzbraun mumifiziert. Aber man sah ihre Ohrringe. Die kastanienbraunen Strähnchen. Der Milizionär wandte den Blick ab. Rafael hockte sich hin und fotografierte. Bedeutete Maria, aus dem Licht zu treten. Er gab dem Milizionär ein Zeichen, der stieß seinen Spaten aufs Neue in die Kruste. Wieder stieß er auf Steine, bevor er Hände und Gesicht eines Mannes freilegte. Aufgeplatzte Lippen grinsten sie an, als freue er sich über den unerwarteten Besuch. Rafael fotografierte. Der Milizionär schaute aufs Meer. Maria trat neben ihn.

»Wie viele Menschen liegen hier?«, fragte sie.

Er verstand kein Französisch. Sie hörten das Klicken der Kamera.

»Der Nächste«, sagte Rafael.

Der Milizionär grub. Sie gingen von Leiche zu Leiche. Alle waren mit Steinen beschwert worden, offenbar, damit sie in der Salzlake nicht auftrieben. Die Rachen waren mit Sand gefüllt, um die Köpfe zu beschweren. Deshalb die offenen Münder, die dümmliche Fröhlichkeit in den Gesichtern. Allen hatte das Salz die Augen weggeätzt und die Haut dunkel gefärbt. Doch alle Gesichter waren zu erkennen: Zwei Frauen mit Aknenarben, die aussahen wie Mutter und Tochter ... Ein junger Mann mit einem Rosentattoo auf dem Oberarm ... Ein Mädchen mit einer Hasenscharte ...

»Findest du nicht, es reicht?«, fragte Maria.

»Frage ihn, wie viele hier liegen«, sagte Rafael.

»Habe ich schon, er versteht mich nicht.«

»Frage noch mal.«

Der Milizionär stand ein paar Schritte weit entfernt. Maria

legte ihre Hand auf seinen Arm, er zuckte zusammen. Wie viele Menschen lagen hier? Sie zeigte mit den Fingern. Fünf? Zehn? Zwanzig? Der Milizionär zeigte seine zehn Finger. Zeigte sie zweimal, dreimal, viermal. Breitete hilflos die Arme aus. Er wusste es nicht. Sicher war bloß: Der See lag voller Leichen.

33

Michelle musste nicht hier sein. Es war ihre freie Entscheidung. Sie war nicht religiös. Sie war eine Frau auf der Suche nach ihren Wurzeln. Niemand konnte ihr daraus einen Strick drehen.

Église Baptiste Haïtienne de la Délivrance Prochaine. Eine Einladung, die sie nicht hatte ausschlagen können. Sie saß in der ersten Reihe. Auch das konnte ihr niemand zum Vorwurf machen. Dass sie in dieser Kirche saß, bedeutete nicht, dass sie sich mit bestimmten religiösen oder, noch schlimmer, politischen Inhalten identifizierte. Es bedeutete schon gar nicht, dass sie die Methoden gewisser, dieser Kirche verbundener Gruppen guthieß. Angeblich war Haiti nicht nur das Land mit der höchsten Konzentration von Hilfsorganisationen, sondern auch von Kirchen. Katholische Kirchen, Protestantische Kirchen, Episkopale Kirchen, Pentekostale Kirchen ... Michelle kannte sich mit den Unterschieden nicht aus. Buße, Auferstehung, Herrlichkeit, das musste reichen. Ihr, ganz persönlich, reichte Vergebung.

Nackte Wände. Ein Kreuz aus blauen, in die Wand gemauerten Glasziegeln. Keine Kanzel, bloß ein Pult. An der Seite ein Chor, der auf seinen Einsatz wartete. Ein hochgeschossener, pickeliger Jüngling saß auf einem Stuhl mit Bongos. Oder waren es Congas? Auch damit kannte sie sich nicht aus. Sie war hier nur Gast. Sie spürte ihren Blackberry in der Tasche vibrieren. Sie sah Rafaels Namen auf dem Display und drückte den Anruf weg. Wahrscheinlich wartete er im Hotel. Sie musste nicht erklären, warum sie diesen Abend in einer Kirche verbrachte. Niemandem war sie Rechenschaft schuldig!

Hoffentlich dauerte die Veranstaltung nicht zu lange. Der Artikel für die *Süddeutsche Zeitung* – sie musste noch Rafaels Vorschläge einarbeiten. Aber was war der Artikel wert ohne ein Foto des Händedrucks? Was war er wert, wenn am selben Tag der *Jyllands-Posten* ein Foto druckte: Pippi Langstrumpfs Händedruck mit dem Präsidenten? Oder, schlimmer noch, eine Umarmung? Zu solchen Posen war Pippi fähig! Michelles Kehle zog sich zusammen, sie konnte die schwüle Luft kaum atmen.

»Welche Ehre, Madame, für unsere Gemeinde.«

Michelle musste den Kopf nicht heben, sie erkannte die Stimme. Sie blickte auf schwarze Hosenbeine, ein sorgfältig gebügeltes, taubenblaues Hemd, eine Seidenkrawatte mit grauen und dunkelblauen Streifen. Schließlich, in großer Höhe, den Kopf mit der hohen Stirn und der Messingbrille. Irgendwo blitzte eine Kamera.

»Bitte bleiben Sie sitzen, Madame«, sagte Belamour.

»Ich danke für Ihre Einladung«, sagte Michelle und stand auf. Mit Fotos, auf denen sie hochschaute, hatte sie schlechte Erfahrungen. Belamour hielt ein Kind an der Hand, einen hübschen Jungen mit einem blau-weißen Basecap.

»Sie haben einen Sohn?«, fragte sie.

»Ich kümmere mich um ihn. Kinder sind Haitis Zukunft.«

»Er wird bestimmt von Ihnen profitieren.«

»Vater Boisseau möchte während der Vesper einige Worte an Sie richten.«

»Das ist nicht nötig.«

»Vater Boisseau wird es trotzdem tun.«

Er ließ sie stehen wie eine Lakaiin. Das Kind schaute sich nach ihr um, mit einer Mischung aus Neugier und Verachtung. Michelle war ihm in die Falle gegangen. Sie hätte niemals aufstehen dürfen. Jetzt waren alle Blicke auf sie gerichtet. Wieder blitzte die Kamera. Sie setzte sich hastig.

Die Chorleiterin trat vor ihre Sänger. Alle standen gleichzeitig auf. Sie hob die Hände. Die Sopranstimmen setzten ein. Dann Alt, Tenor und Bass. Der Jüngling mit den Bongos setzte hier einen Akzent, verlängerte dort eine Phrase mit einem Wirbel. Nicht unbegabt. Jemand sollte ihm neue Schuhe spendieren. Um seine Akne musste sich ein Dermatologe kümmern. Michelle hatte sich, nach langem Zögern, für ein schlichtes, elfenbeinweißes Kostüm entschieden. Das natürlich teurer war als all die bunten Stoffe und Schleifen, die die Frauen um sie herum trugen. Jetzt stellte sie fest, ihr Kostüm war ein Fehler. Zwischen den großen Hüten und bestickten Fächern war sie gleichzeitig over- und underdressed. Die Stimmen vereinten sich zu einem Choral. Michelle verstand *Bon Dye*, guter Gott. *Jezikri*, Jesus Christus. *Gras Sakre*, heilige Gnade. Der Gesang war packend, das ließ sich nicht bestreiten. Wo war der *Bon Dye* in diesem Augenblick? Dachte er an Michelle und ihre politische Zukunft? Die in den Händen von Verbrechern lag?
Sie hörte die Bässe ersterben, die Tenöre, die Altstimmen ... zuletzt die Soprane. Ein leiser Wirbel auf den Bongos schwebte im Raum. Ein Schlag beendete ihn. Fingernägel schabten über das Fell. Triller, wie das Zwitschern verängstigter Vögel. Die keine Chance hatten gegen den anschwellenden Wirbel auf der großen Trommel, gegen die Faustschläge, hart, als wollten sie die Vögel vom Himmel schießen. Warum diese Brutalität? Warum die dumpfen Schläge, wie Soldatenstiefel? Der Jüngling verdrehte seine Augen. Er schlug auf beide Trommeln, langsam, dann schneller, er zuckte, er schwitzte, er warf den Kopf zurück, wie in Trance. Infernalischer Lärm füllte die Kirche. Ein Schlag auf beide Trommeln, die Kirche totenstill – dann fielen die Chorstimmen ein, schallten durch die Kirche wie Posaunen: *Bon Dye! Gras Sakre!*

Michelles Herz schlug heftig. Ihr war, als begreife sie etwas, in diesem Moment. Über das Land und seine Menschen. Nämlich, dass alles Schicksal war. Dass alles in Gottes Hand lag. Krankheiten brachen aus, Hurrikane tobten, Diktaturen stürzten und errichteten sich neu. Kräfte, über die der Mensch keine Macht hatte. Er konnte nur singen, trommeln und zu Gott beten. Aber das stimmte doch nicht! Es war einfach nicht wahr! Man konnte immer etwas tun! Man konnte Dinge gestalten! Michelle war hier, um für Haiti und seine Menschen etwas zu erreichen!

Ende des Gesangs. Stille bis auf das Drehen der Ventilatoren. Hinter dem Chor öffnete sich eine Tür. Der Pastor schritt zum Pult. Die Gemeinde erhob sich, er grüßte mit einem Winken seiner Hand. Er stellte sich hinter das Pult und sprach einen kurzen Segen. Die Gemeinde setzte sich.

Der Pastor war ein großer, fülliger Mann mit kahlgeschorenem Schädel und einer lustigen Narbe auf der Stirn, die aussah, als ob sie lachte. Er erinnerte Michelle an den Mond aus einem Märchenbuch ihrer Kindheit. Der Pastor trug einen nachtblauen Talar und eine weinrote Stola. Auf der Brust hing ein goldenes, mit Steinen verziertes Kreuz. Woran erinnerte sie das? Die Nationalflagge Haitis, richtig. Unten der rote, oben der blaue Streifen. In der Mitte das Wappen.

Er sprach einige Worte zur Begrüßung. Michelle mochte seine Stimme. Warm und dunkel. Er machte einen Scherz, die Gemeinde lachte. Er streckte Michelle seine Hände entgegen. Er rief ihren Namen. Applaus von den Bänken. Sie konnte nicht anders, sie musste aufstehen. Sie lächelte und winkte. Seine großen, warmen Hände umfassten ihre Hände und schüttelten sie lange. Mehrere Kameras blitzten.

Auf Französisch drückte Vater Boisseau seine Freude aus über die »Rückkehr der verlorenen Tochter«. Dann wechselte er zurück ins Kreyòl. Er machte noch einmal einen Scherz, dann wurde seine Stimme ernst. Michelle hatte den Eindruck, er redete von Krankheit und Armut. Die Menschen in den Bänken senkten betreten die Gesichter. Er holte weit mit dem Arm aus, als beschrieb er ein Panorama des Elends. Plötzlich machte er ein seltsames Geräusch: »*Ii-aa, Ii-aa!*« Er sprach weiter, weiterhin ernst. Plötzlich machte er »*Wuff!*« Alle Augen waren auf ihn gerichtet. Kinder drängten sich in die Arme ihrer Mütter. Wieso bellte er wie ein geprügelter Hund? Er hob seine Stimme, zornig, er schien schweres Unrecht anzuprangern. »*Miau!*« Michelle dämmerte etwas. Aber das konnte nicht sein. Das war grotesk! Der Pastor konnte unmöglich – »*Kikerikiii!*« Ihr wurde kalt, ihr wurde heiß. Kein Zweifel möglich. Er krähte erneut, in der Bank miaute ein Kind. Die Gemeinde lachte. Sie fühlte Schweiß von der Stirn in ihre Augen rinnen. Neben ihr donnerte die Stimme des Pastors. Waren das die Jäger? Oder Räuber? Sie erinnerte sich nur schwach an die Handlung. Irgendwas mit einem Wald? Sie war wehrlos. Diese Menschen machten mit ihr, was sie wollten! Kinder miauten und bellten, ein Greis in der ersten Reihe krächzte »*Ii-aa!*« Die Kirche tobte. Michelle wollte sich am Pult festhalten. Alles drehte sich. Boisseau griff ihre Hand, riss ihren Arm hoch. Jubel aus den Bänken. Wo war sie hier? Sie wollte lachen, sie wollte schreien. Sie legte scherzhaft ihren Kopf gegen die Schulter des Pastors und winkte in die Kameras.

34

»Jetzt müssen nur noch die Reifen durchhalten«, sagte Craig.
Die Piste war in erbärmlichem Zustand. Immer wieder sackten die Reifen in Spurrillen, schlugen Steine gegen den Unterboden. Ein Boot glitt über das Meer, von dem sie in der Dunkelheit nur die Lichter sahen.
»Schaffen wir es nach Port-au-Prince?«, fragte Maria.
»Nein.«
»Wenn ab Gonaïves die Straße besser wird?«
»Nicht ohne Ersatzreifen. Wenn wir eine Panne haben, kommen die Banditen. Wir müssen für die Nacht in Gonaïves was finden. Wie viel Geld hast du dabei?«
»Sechzig Dollar und ein paar Gourdes.«
»Und der kleine Mann? Hey! Kleiner Mann! Aufwachen!«
»Ich habe zweihundert Dollar«, sagte Rafael.
»Oh! Der Kunstfotograf ist reich!«
Craig schob eine Musikkassette in den Recorder. Haitianischer Soul, getragen und melancholisch. Eigentlich das Richtige für eine Fahrt durch die Nacht. Bloß eierte die Kassette. Und Craig war in einem Zustand, den Maria nicht einordnen konnte. Er hatte sich erstaunlich herzlich von den Milizionären verabschiedet; als hätten sie, während Maria und Rafael in den Salzfeldern waren, Freundschaft geschlossen. Jetzt schaute er wieder mit finsterer Miene auf die Lichtkegel der Scheinwerfer.
»Also Waffen«, sagte er.
»Ja«, sagte Maria.
»Viele?«
»Wir haben mehrere Kisten gesehen.«

Eine Lüge, auf die Maria und Rafael sich auf dem Weg zurück zum Transporter geeinigt hatten. Die Leichen, hatte Rafael argumentiert, wurden von bewaffneten Männern bewacht. Es bedeutete, niemand sollte sie sehen. Ihr Wissen konnte gefährlich sein. Er traute Craig nicht zu, das Geheimnis für sich zu behalten. Aber irgendetwas, hatte Maria gesagt, mussten sie unter der Salzdecke gesehen haben. Auf den letzten Metern, der Transporter schon fast in Hörweite, hatten sie sich auf Waffen geeinigt.
»Es macht Sinn«, sagte Craig. »In den Achtzigern hat die Rebellion im Norden begonnen. Jetzt beginnt sie wieder hier. Die Rebellen können trainieren, wo's keiner mitkriegt.«
»So wird's sein«, sagte Maria.
Sie fühlte sich nie gut, wenn sie log. Wer einmal lügt, dem glaubt man nicht ... Auch eine Weisheit ihrer Großmutter.
Craig spulte die Kassette vor, sie eierte noch stärker. Er steckte sich einen Kaugummi in den Mund. Weder Maria noch Rafael bot er einen an.
»Während ihr weg wart, habe ich mit den Männern geredet. Sie dachten, ich wäre euer Fahrer. Hat der kleine Schlingel gut hingekriegt.«
»Er musste –«
»Ich nehme das nicht persönlich. Keine Sorge! Man hätte vielleicht darüber sprechen können. Nachdem ich mich für euch den ganzen Tag zum Affen mache.«
»Du weißt, es war eine List.«
»Ein freundliches Wort klärt manches Missverständnis. Aber da hat eben jeder seinen Stil.«
Es wäre an Rafael gewesen, jetzt etwas zu sagen. Aber er lag wieder auf der Rückbank, die Augen geschlossen, die Arme über der Brust gekreuzt. Auch eine Art, sich aus der Affäre zu ziehen.
»Was haben die Milizionäre gesagt?«, fragte sie.

»Dass deine Freundin nicht lange in dem Haus gelebt hat. Kam eines Morgens an, auf einem Taptap. Mit einem Rucksack und dem Schlüssel für das Haus. *Grain of Life* war vor ein paar Jahren eine wichtige NGO in Anse Rouge. Fair Trade, Salz zum dreifachen Marktpreis. Hat eine Schule gegründet und eine Krankenstation.«

»Warum ist sie jetzt geschlossen?«

»Die Männer wussten nichts Genaues. Gab eine weiße Frau, die hat *Grain of Life* geleitet. Irgendwann ist sie abgehauen. Passiert oft. Entwicklungshelfer starten ein Projekt, versprechen den Eingeborenen das Blaue vom Himmel ... Nach einem Jahr haben sie kein Geld mehr, einen besseren Job in der Hauptstadt oder halten die Hitze nicht aus. In Anse Rouge dachten alle, deine Freundin baut *Grain of Life* wieder auf. Hat sie aber nicht. Hat sich tagelang im Haus verkrochen. Die Leute dachten schon, sie wird von der Polizei gesucht. Nach ein paar Tagen kam sie raus. Hat abends mit den Männern in der Bar gesessen und Bier gesoffen. Die Leute wurden misstrauisch, vor allem die Frauen. Die sind hier konservativer, als man denkt.«

»Und weiter?«

»Eines Morgens ist sie abgehauen. Hat das Haus abgeschlossen und sich mit ihrem Rucksack aufs Taptap nach Gonaïves gesetzt. Keiner hat sie wiedergesehen.«

»Seit wann bewachen die Männer die Felder?«

»Habe ich auch gefragt. Das Problem ist, diese Leute können eine Woche nicht von einem Monat unterscheiden. Sie haben andere Männer abgelöst, so viel ist klar. Sie haben den Auftrag, auf jeden zu schießen, der sich den Feldern nähert. Und dass sie keiner bezahlt, ist eine Lüge. So viel Bier können sich die meisten Haitianer nicht mal leisten, wenn sie einen Job haben. Jemand schickt ihnen Geld aus Port-au-Prince. Und nicht mal wenig. Dafür, dass sie nur sitzen und saufen.«

Auf der Rückbank richtete sich Rafael auf. Er gähnte und streckte sich.
»Gut geschlafen, kleiner Kokser?«, fragte Craig.
»Scheißkarre, schlecht gefedert«, sagte Rafael.
Ein Reifen fiel in ein Schlagloch. Die Kassette sprang aus dem Recorder. Craig presste die Hände fester ums Steuerrad.
»Wo war eigentlich dein Zeug, als sie unsere Taschen durchsucht haben?«
»In der Ritze vom Rücksitz.«
»Cleveres Kerlchen. Erfahrung mit Razzien, was?«
»Stimmt.«
»Rafael hat nicht gekokst«, sagte Maria. »Ich habe ein bisschen was genommen, aus Versehen.«
»Ist doch nur Spaß, Maria!«, lachte Craig. »Was, kleiner Mann? Fühlst dich gut da hinten? Die eigenen Leute runtermachen und den Rest der Zeit pennen?«
Er machte keinen Spaß. Krach lag in der Luft. Maria konnte ihn vielleicht hinauszögern, aber nicht verhindern.
»Wie ist das, wenn man eine Nase zieht?«, fragte Craig. »Fühlt man sich dann einen Kopf größer? Wie die anderen Jungs, die einen sonst fertigmachen? Oder brauchst du ein Teleobjektiv als Penisverlängerung? Da traut man sich was! Plötzlich ist man nicht mehr der Verliererzwerg, dem die anderen ins Gesicht pissen! Verstehst du, Maria?«
»Craig, bitte –«
»Die müssen nicht mal hoch mit dem Strahl zielen! Machen einfach die Hose auf! Platsch, ins Gesicht! Verstehst du? Platsch!«
Er schlug sich wiehernd auf die Schenkel. Die Reifen drehten in einer Spurrille durch. Craig lenkte nach links, rechts, schaltete einen Gang hinunter. Er schaute in den Rückspiegel, sein Blick wurde hart. »Hör auf mit der Scheiße.«

Maria drehte sich um: Rafael schüttete das Kokain aus dem Fenster. Craigs Gesicht lief dunkelrot an.
»Du sollst aufhören!«, schrie er. »Aufhören!«
Rafael schüttete den Rest aus der Tüte. Knüllte sie zusammen und warf sie hinaus. Craig bremste scharf und würgte den Motor ab.
»Du mieser Pisser«, keuchte er.
»Es war sein Koks, Craig«, sagte Maria.
»Halt du dich da raus.«
»Ich –«
»Ich schlag dem die Zähne aus der Fresse!«
Er riss die Tür auf, Maria hielt seinen Arm fest. Craig keuchte und drohte.
»Ich kann ihn nicht mehr lange halten!«, rief Maria.
»Komm raus, wenn du dich traust!«, schrie Craig.
Rafael stieg an der anderen Seite aus. Ging ohne Eile, während er seinen gelben Rucksack auf den Rücken schnallte, Richtung Gonaïves.
»Ich breche dir die Nase!«
Mit einem Ruck zog Maria Craig auf den Sitz. Er stieß seinen Kopf an der Dachkante. Er sank auf den Sitz, heftig atmend, und hielt seine Stirn.
»Was ist dein Problem, Craig?«
»Ich mache ihn fertig …«
»Was ist dein Problem?!«
»Ich habe kein Problem … Du hast ein Problem! Die Leute, die deine Freundin umgebracht haben …«
»Wer hat sie umgebracht?«
»Mieser Wichser …«
»Welche Leute? Wieso mehrere?«
»Weil das hier Haiti ist! Sind immer mehrere!«
Ein dünner Strahl Blut rann seine Schläfe hinunter. Ein Moskito summte im Wagen, dann zwei.

»Ihr glaubt immer noch, Haiti ist wie zu Hause ... Kann man herkommen und ein bisschen helfen ... Aber Haiti ist nicht wie zu Hause! Nachts beten sie zu ihren Geistern! Und tanzen! Und reden in Sprachen, die sie nie gelernt haben! Am nächsten Morgen sind sie wieder wie sonst! Haben die Sprachen vergessen, arbeiten, lernen in der Schule irgendeinen Müll, den die Weißen ihnen beibringen! Da ist eine Grenze, da kommen wir nicht rüber!«

Das Licht des Armaturenbretts beschien Craigs Falten. Alt sah er aus und erschöpft. Immer mehr Moskitos drangen in den Wagen, summten um seine blutende Schläfe.

»Die Reichen denken, die Armen sind unschuldig, weil sie arm sind ... Und glauben, wenn sie den Armen helfen, kriegen sie was von der Unschuld ... Die Armen sind aber nicht unschuldig! Und wenn wir ihnen helfen, ändert das nichts! Nicht an unserer Schuld und nicht an ihrer!«

Er suchte im Handschuhfach nach Papiertüchern. Er wischte sich das Blut von der Schläfe.

»Gibt es etwas über meine Freundin, das du weißt?«, fragte Maria.

»Nein.«

»Als du das erste Mal den Salzbeutel gesehen hast, *Grain of Life* ... Du kanntest die Organisation.«

»Gibt Tausende.«

»Aber du hattest den Namen schon einmal gehört?«

»Möglich.«

»Du warst früher schon in Anse Rouge?«

»War heute das erste Mal.«

»Du wusstest von dem Kokain?«

»Ich hatte keine Ahnung! Und dieser kleine Kokser hat kein Recht –«

Er versuchte, den Motor zu starten. Versuchte es zweimal, dreimal – der Motor blieb tot.

»Und jetzt?«, fragte Maria.
»Ein paar Minuten warten.«
Er bot Maria einen Kaugummi an. Sie kauten. Maria zerdrückte einen Moskito auf ihrem Bein und hatte Blut an der Hand. Rafael war nicht mehr zu sehen.
»Was ist mit dir los, Craig?«
»Nichts.«
»Und wenn ich dir nicht glaube?«
Er atmete durch. »Ich brauche Geld.«
»Wofür?«
»Schulden. Bin in diesem Drecksland nicht freiwillig.«
»Ich dachte, du bist hier, um zu helfen.«
»Blödsinn! Ich habe Familie. Frau, zwei Söhne. Ich hatte die Wahl. Entweder ich gehe in Schottland wegen Konkursverschleppung in den Knast. Oder ich bringe mich in Sicherheit. Schicke meinen Söhnen Fotos. Dass ihr Vater ein Held ist und Kinder rettet. Ich habe meiner Frau versprochen, ich treibe das Geld auf und komme zurück. Sie – will nicht länger warten.«
»Das war gestern das Telefonat am Pool?«
Craig nickte.
»Wie hoch sind die Schulden?«
»Ungefähr eine halbe Million. Britische Pfund. Ich brauche zweihunderttausend, um mich mit den Gläubigern zu einigen. Wenn ich die nicht kriege, verliere ich meine Frau, meine Söhne, alles.«
Schweigen. Moskitos. Ein Nachtfalter flog wieder und wieder gegen das Armaturenbrett.
»Ich habe kein Problem damit, wenn du mich verachtest«, sagte Craig.
»Ich verachte dich nicht.«
»Wenn ich einen Deal machen kann, der mir zweihunderttausend Pfund bringt, dann mache ich ihn.«

»Was soll das für ein Deal sein?«
»Ich schäme mich nicht. Alle machen hier ihre Deals. Warum soll der kleine Craig abseitsstehen? Warum soll er nicht, wie alle anderen, auf dieses Land scheißen?«
Er drehte den Zündschlüssel. Der Motor sprang an.
Er gab Gas, bis die Reifen in den Spurrillen Halt fanden. Sie fuhren ein paar hundert Meter. Sie sahen die Silhouette Rafaels, im Licht der Scheinwerfer. Er ging zügig, ohne sich umzusehen.
»Halt an«, sagte Maria.
»Kommt mir nicht in den Wagen.«
»Er kann hinten mitfahren.«
»Nein.«
»Dann steige ich auch aus.«
Craig bremste. Nach einigen Sekunden hörten sie Rafael auf die Ladefläche klettern.
»Danke«, sagte Maria.
Craig schwieg und gab wieder Gas.
»Und deine Freundin«, sagte er und beschleunigte, »war keine von den Guten.«
»Sie –«
»Wir sind alle am Arsch. Sind alle hier, um zu helfen.«

35

Sie standen auf der Galerie des Hotels und sahen auf die Straße. Rafael hatte zwei Flaschen aus der Bar geholt. Malzbier für sich, *Prestige* für Maria.
»Du trinkst keinen Alkohol?«, fragte sie.
»Nie.«
»Aber mit Drogen kennst du dich aus?«
»Musste ja wissen, was ich verkaufe.«
Sie stießen an. Ostfriese mit Latino-Wurzeln, der Drogen verkauft, aber keinen Alkohol trinkt. Maria hatte keine Lust, weiter nachzufragen. Nicht noch mehr trübe Geheimnisse für heute.
Samstagnacht in Gonaïves. Frauen standen am Straßenrand, grillten Kochbananen, Kartoffeln und Würstchen über Holzkohlen. Junge Männer tranken Bier, lehnten an Motorrädern und pfiffen Mädchen in neonfarbenen Miniröcken nach. Tanzmusik drang aus der Bar unter ihnen. Die Luft roch nach Rauch und verwesendem Abfall.
»Hast du dich bei Craig entschuldigt?«, fragte Maria.
»Nein«, sagte Rafael.
»Wenn du sagst, es tut dir leid –«
»Es tut mir nicht leid.«
»Wenn du so tust, als ob?«
»Er hat angefangen mit ›Kleiner Mann, kleiner Kokser‹. Außerdem musste ich ihn vor den Männern fertigmachen.«
»Warum?«
»Dein Ring, du wolltest ihn dem Offizier nicht geben. War ein Autoritätsverlust. Also musste ich ihm ein Opfer hinwerfen. Einen Weißen. Damit er vor seinen Männern nicht das Gesicht verliert. War die einzige Chance

»Aber das Gerede vom Eimer Pisse ...«
»Craig wusste nicht, wie er das übersetzen sollte. Er hat gestottert. Die Männer konnten über ihn lachen.«
»Opfer also.«
»Genau.«
Rafael spuckte und traf das Blechschild, das an einem Querbalken über dem Hoteleingang hing. *Grâce à Dieu*. Ein christliches Hotel. Kein Zimmer an unverheiratete Paare, die Rezeptionistin hatte nicht mit sich handeln lassen. Sie hatte ein gemeinsames Zimmer für Rafael und Craig angeboten. Alle drei hatten entschieden die Köpfe geschüttelt. Also hatten sie drei Einzelzimmer mieten müssen.
»Der Ring ist dir wichtig, oder?«, fragte Rafael.
»Hat man das gemerkt?«
»Ich dachte, gleich haust du dem Offizier eine runter.«
»Ich prügele mich nicht oft. Na ja, manchmal. Aber für den Ring ... Ich sage nicht, dass meine Eltern mich schlecht erzogen haben. Sie haben mich gar nicht erzogen. Alles habe ich von meiner Großmutter. Den Maßstab für Recht und Unrecht. Wahrheit und Lüge. Manchmal fasse ich den Stein an, damit er mich an sie erinnert. Wer mir den Ring wegnehmen will, muss mir den Finger abhacken.«
»Genau das war das Problem des Offiziers. Gewalt gegen eine hübsche, junge Frau. Wäre nicht gut angekommen.«
Vorhin hatten sie am Straßenrand gegessen, Spaghetti mit Ei und Ketchup. Gebraten auf dem abgesägten Boden eines Ölfasses. Es hatte verblüffend gut geschmeckt. Jetzt war Craig unterwegs, um einen Reservereifen aufzutreiben. Hoffentlich reichte das Geld.
»Was stand auf der Visitenkarte?«, fragte Maria.
»Von meiner Chefin. Hat sie im Hotel auf ihrem Tisch liegen lassen.« Er holte die Karte aus seinem Portemonnaie und hielt sie Maria hin.

JEUNES LUTTEURS HAITIENS POUR LA LIBERTÉ, LA SOLIDARITÉ ET LA DIGNITÉ HUMAINE

BELAMOUR FÉLIX MONDÉSIR LEVAILLANT
PRÉSIDENT

»Junge haitianische Kämpfer für die Freiheit, die Solidarität und die Menschenwürde«, sagte Maria. »Klingt gut.«
»Ich habe die Karte ein paar Haitianern in Port-au-Prince gezeigt. Alle hatten Angst. Keiner wollte reden. Die Lutteurs haben irgendwas zu tun mit einem Pastor, der Boisseau heißt. Ich hab's nicht rausgekriegt. Aber dieser Belamour ist gefährlich. Und in Haiti zählt nur, wen du kennst. Welche Beziehungen du hast.«
»Der Offizier hat in Port-au-Prince angerufen.«
»Er hat geblufft. Da oben gab's kein Netz, habe ich auf meinem Telefon gesehen. Mit seinem Funkgerät kommt er nach Anse Rouge, aber nicht nach Port-au-Prince.«
Ein Paar kam die Treppen hoch. Das Mädchen keine achtzehn, in Stiefeln und Minirock mit Nieten. Er ein paar Jahre älter, in schwarzer Jeans, weißem T-Shirt und einer Uhr mit MP3-Player am Handgelenk.
»Das Hotel ist ein Puff«, sagte Rafael.
»Auf dem Nachttisch liegen Gedeon-Bibeln.«
»Und Kondome.«
»Ein christlicher Puff.«
Das Mädchen und ihr Freier standen kichernd vor der Tür von Zimmer 8. Das Mädchen war zu betrunken, um das Schlüsselloch zu finden. Der Freier umfasste von hinten ihre Taille und presste seine Lenden gegen ihren Po.
Marias Bierflasche war noch halbvoll, trotzdem war sie schon leicht betrunken. Alles rückte in wohltuende Ferne: Die Männer auf ihren Motorrädern. Die Frauen hinter den

Grillständen. Die Transparente über der Straße, die mit Piktogrammen vor Cholera warnten und zum Händewaschen mahnten.

»Glaubst du, deine Freundin hatte mit den Leichen zu tun?«, fragte Rafael.

»Jooly war in Anse Rouge. Die Leichen liegen in einem Salzfeld von *Grain of Life*. Irgendeinen Zusammenhang muss es geben.« Maria versuchte, kühl zu klingen. Aber sie sah wieder die Gesichter der Toten. Wie Geister, die am Himmel schwebten. Offene Münder grinsten. Augenlose Höhlen starrten sie an.

»Vielleicht wurde sie erschossen, damit sie nichts verrät«, sagte er.

»Aber warum an der Grenze zur Dominikanischen Republik? Mit einem Kofferraum voller Kokain? Auch so eine Sache. Jooly hat für *Grain of Life* gearbeitet. Alle Hilfsorganisationen kleben groß ihre Logos auf die Wagen. Ich habe die Ärztin in Haut Bois gefragt. Auf dem Landcruiser stand nichts.«

Ein Halbwüchsiger mit Beinprothese und zwei Eimern voller Wasser kam keuchend die Treppe hoch. Seit dem letzten Hurrikan, hatte die Rezeptionistin erklärt, gab es kein fließendes Wasser mehr. Und Strom nur aus dem Generator, bis Mitternacht. Der Halbwüchsige schloss die Tür zu Zimmer 8 auf und schleppte die Eimer hinein. Das Paar, prustend, taumelte ihm nach.

»Warum«, fragte Maria, »legt jemand ein paar Dutzend Leichen in einen Salzsee? Bewacht sie, über Monate, über Jahre?«

»Vielleicht was Religiöses. Damit die Geister nicht in den Himmel kommen.«

»Die Geister schaffen es nicht durch die Salzkruste?«

»Ich kenne mich nicht aus. Aber Salz hat den Vorteil, dass es die Leichen konserviert. Du erkennst die Gesichter. Du kannst sie jederzeit wieder ausgraben.«

»Wofür? Voodoo-Puppen?«

»Gibt eine andere Möglichkeit. Deine Freundin war in Anse Rouge. Hat sich mit den Männern betrunken. Ist zurück nach Port-au-Prince gefahren, zwei Monate später hat sie einen teuren Wagen und einen Kofferraum voller Kokain. Vielleicht hat sie etwas herausbekommen. Über die Leichen. Warum sie bewacht und konserviert werden.«

»Erpressung?«

»Warum nicht?«

Das war immerhin eine Theorie. Jooly hatte in dem schimmeligen Haus eher vegetiert als gelebt. Aber sie hatte die Leichen gesehen. Sie hatte herausbekommen, wer für ihre Bewachung zahlte und warum. Sie war nach Port-au-Prince gefahren, um ihr Wissen zu verkaufen. Aber an wen? Einen Moment glaubte Maria, einen Zusammenhang zu erkennen, ein Muster. Doch schon zerfiel das Muster wieder und ließ nichts in ihrem Kopf als angetrunkene Verwirrung.

»Halt still«, sagte Rafael.

Sie fühlte ein leichtes Ziepen an ihrem Unterkiefer; schon hielt er das Pflaster zwischen den Fingern.

»Hing nur noch runter«, sagte er.

»Danke.«

»Craig sagt, du bist gegen den Schrank gelaufen.«

»So ähnlich.«

»Muss ein ziemlicher Aufprall gewesen sein.«

»Ich will nicht drüber reden.«

»Okay.«

»Ich prügele mich wirklich nicht oft.«

»Musst nicht drüber reden.«

»Aber da war dieser Gast in der Bar ... Zwei, genauer gesagt ...« Sie trank zwei große Schlucke. »Die Frau eine Theaterleiterin von einem dieser Kreuzberger Off-Theater. Eine von denen, die sich hinten das Haar zusammenstecken und denken, sie wären Simone de Beauvoir. Er Schauspieler. Einer von den Sensiblen. Dreitagebart und große, runde Augen. Es gab wohl ein Problem mit seiner Rolle, ich habe immer nur Fetzen mitgekriegt. Irgendwann fing sie an, sich über ihn lustig zu machen. Dann hat sie ihn beschimpft. Er war kurz vorm Heulen. Ich habe gesagt, sie sollen ruhiger reden oder vor die Tür gehen. Sie hat den Kopf zurückgeworfen und irgendwas mit Schätzchen gesagt. Ich kann eine Menge vertragen, aber keiner nennt mich Schätzchen. Dann hat sie wieder den Typen fertiggemacht. Ich habe die Frau am Arm gefasst und wollte sie rauswerfen. Und dann ist was passiert, das habe ich nicht begriffen. Der Typ ist auf mich losgegangen. Wie ein Opfer, das den Täter schützt. Als ob von ihr sein Off-Schauspielerleben abhängt. Ich weiß nicht, was dann passiert ist. Aber wir hatten alle Wunden, die genäht werden mussten. Gibt Zeugen. Sie sagen, ich wäre völlig ausgerastet.«

»Ist schlecht«, sagte er.

»Stimmt. Ist schlecht. Ich hatte diese Anfälle als Kind. Als ich aus Kasachstan nach Deutschland kam und nichts so war, wie ich es aus meinem Dorf kannte. Ich hab's in den Griff bekommen. Aber seit ein paar Monaten ...« Sie trank die Flasche leer. »Es gibt Grundsätze, oder nicht? Was man verspricht, muss man halten. Was man anfängt, bringt man zu Ende. Wer anderen eine Grube gräbt –«

»Gewalt löst keine Konflikte.«

»Ha! Gewalt löst eine Menge Konflikte! Jedenfalls klärt sie die Situation! Und hier, wo dir jeder erzählt, dass Haiti anders ist, dass unsere Maßstäbe nicht gelten, dass die Menschen eine andere –«

Auf der anderen Straßenseite hielt der Dodge. Craig stieg

aus. Sein Telefon klemmte zwischen Ohr und Schulter. Er notierte etwas auf einer Kaugummipackung. Er lachte. Er steckte das Telefon in seine Brusttasche. Er wählte eine andere Nummer. Sagte ein paar Sätze, als hinterließe er eine Nachricht auf einer Mailbox.

»Er will einen Deal machen«, sagte Maria.

»Was für einen Deal?«

»Hat er nicht gesagt. Aber er hat Schulden. Braucht dringend Geld.«

»Traust du ihm?«

»Ich traue hier niemandem.«

Craig schaute hoch, zum Balkon, zu Maria und Rafael. Er winkte. Er schlug, wie zur Bekräftigung einer Entscheidung, die Wagentür zu.

36

»Du hast es wieder geschafft«, sagte Mads.
»Natürlich habe ich es geschafft.«
Wieder hatte Claire sich aus dem Haus geschlichen. War durch den toten Winkel gekrochen, auf den Wassertank geklettert und über den Zaun gesprungen. Wieder hatte sie gedacht: Einmal wird es schiefgehen, ich werde mir den Knöchel verstauchen oder die Hose aufreißen. Doch wieder saß sie, außer Atem, aber unverletzt, auf dem Beifahrersitz des Mitsubishi Pajero.
»Wie geht es dir?«, fragte Mads.
»Ich jammere nicht.«
»Dein Vater?«
»Telefoniert mit Washington.«
Weitere Wochen, vielleicht Monate ohne Regierung. Hilfsgelder, die nicht freigegeben wurden. Ertrunkene Flüchtlinge, die an die Küsten Floridas gespült wurden. Vorwürfe in der Presse, das Weiße Haus kette sich an einen überforderten Präsidenten.
»Was erwarten sie in Washington?«, fragte Claire. »Jahrzehnte haben sie das Land unterdrückt und ausgebeutet! Und jetzt? Soll Papa das Land von einer Woche zur nächsten in eine Musterdemokratie verwandeln? Haiti ist auf dem *Human Development Index* um zwei Plätze zurückgefallen. Aber wir liegen immer noch vor Turkmenistan! Vor Zimbabwe! Auf dem Korruptionsindex sind wir sogar sechs Punkte aufgestiegen! Hinter Angola und Pakistan müssen wir uns nicht mehr verstecken! Und der *Doing-Business*-Index? Acht Punkte vor Eritrea! Gibt jemand dafür meinem Vater Kredit?!«

Sie redeten immer ein paar Minuten. Dann kam der Moment, in dem er ihre Hand zwischen seine Beine legte. Auf seinen Schwanz, der immer schon hart war. Nicht heute. Er sog an seiner Zigarette und blies Rauchwolken gegen die Windschutzscheibe.

»Hast du mit deiner Mutter gesprochen?«, fragte er.

»Heute Morgen beim Frühstück. Sie sagt, an den Gerüchten sei nichts dran.«

»Wirklich?«

»Sie sagt, die Idee einer Eisenbahn sei Irrsinn. Dass das genau die Träumereien seien, die meinem Vater das Genick brechen sollen.«

»Also ist doch etwas dran.«

Claire wollte darüber nicht reden. Schlimm genug, dass ihre Mutter Geheimnisse vor ihr hatte. Dass sie ihr fremd wurde.

»Du hättest mit deinem Vater reden sollen.«

»Er hat Migräne. Er liegt im Schlafzimmer, abgedunkelt, niemand darf Lärm machen. Das Telefonat mit Washington steht er durch. Dann läuft er auf die Toilette und kotzt.«

Mads stieß Rauch durch die Nase aus. Er rauchte sonst nur nach dem Sex. Wieso fing er heute schon vorher an?

»Es ist eine Bewegung in Gang«, sagte er. »Gegen deinen Vater. Die Senatoren, die die Kandidaten deines Vaters ablehnen, spekulieren auf Neuwahlen. Auf bessere Posten unter einem neuen Präsidenten.«

»Es gibt zu meinem Vater keine Alternative.«

»Wach auf, Claire! Dein Vater hat die Zeltlager schließen lassen! In den Lagern konnten die Flüchtlinge versorgt werden, mit Nahrungsmitteln, Medikamenten, Wasser! Jetzt trinken sie aus Pfützen und kacken in die Kanäle! Die Regenzeit kommt dieses Jahr früher. Das bedeutet Seuchen. Cholera, vielleicht die schlimmste Epidemie, die Haiti je erlebt hat.

Nicht in den Dörfern, wo keiner hinschaut. Sondern mitten in Port-au-Prince. Wo kein Krankenhaus funktioniert. Keine Notfallambulanz. Keine Kläranlage. Humanitäre Katastrophe heißt das Zauberwort. Jeder wird sehen, dass mit Hunderten Millionen Hilfsgeldern außer Kosmetik nichts entstanden ist! Und dann kann nicht mal Washington deinen Vater halten! Dann könnt ihr froh sein, wenn ihr es zum Flughafen schafft, ohne dass der Mob euch lyncht!«

Die Zigarettenschachtel lag auf der Ablage. *Comme Il Faut*, sie kannte sonst niemanden, der haitianische Zigaretten rauchte. Sie hätte jetzt auch gern eine Zigarette geraucht. Sie hatte Angst, dass Mads sie ihr wegnehmen würde. Dass er sie behandeln würde wie ein Kind.

»Dein Vater hält Montagabend eine Ansprache an das Volk«, sagte Mads. »Er will Hoffnung verbreiten und Initiativen ankündigen. Die mit Abstand wichtigste ist der Bau einer Bahnverbindung von Cap-Haïtien nach Port-au-Prince.«

»Woher weißt du das?«

»Er hat mit dem isländischen Botschafter gesprochen. Ich weiß es von seiner Frau. Sage ihm, es ist eine Falle. Er darf die Strecke nicht ankündigen. Sonst ist er erledigt.«

»Du –«

»Kopf runter!«

Er drückte ihren Kopf nach unten. Ein Wagen glitt an ihnen vorbei.

»Zweitens: Er muss ein paar Leute verhaften. Pastor Wilbonheur Boisseau ist einer. Viel wichtiger ist Félix Belamour. Früher war er eine Art Adoptivsohn Boisseaus, inzwischen hat er alles in der Hand. Einige Senatoren kauft er, andere erpresst er. Er kümmert sich nicht mehr um die Drecksarbeit, dafür hat er Leute.«

»Irgendeine Idee?« Claires Kopf lag auf seinem Bein. »Warum mein Vater sie verhaften soll?«

»Korruption, Erpressung, Sex mit Tieren, Hauptsache wegsperren. Im Gefängnis muss ihnen etwas zustoßen.«
»Mein Vater –«
»Dein Vater ist Präsident! Er soll ein einziges Mal stark sein!«
Mads also auch. Er hielt ihren Vater für einen Schwächling. Claire fühlte ihre Augen feucht werden. Ihr Vater war nicht schwach. Er arbeitete jeden Tag bis in die Nacht. Er bot Washington die Stirn, trotz Migräne. Vielleicht war er nicht der fähigste Präsident der Welt. Aber sie wollte nicht, dass er als Verlierer vom Platz ging!
Sie richtete sich auf. Sie sah Mads fest in die Augen und sagte: »Ich will nicht, dass wir heute miteinander schlafen.«
Er sah sie an. Als ob er erstaunt war, dass ihr eine so verrückte Idee in den Kopf kam. Er nahm ihre Hand in seine. »Ich weiß, Claire, dass du in deinem Kopf viel älter bist als fünfzehn. Bald werde ich dir alles sagen, die ganze Wahrheit. Dann wirst du verstehen, warum ich es jetzt nicht kann. Aber bis dahin musst du mir vertrauen. Für uns. Für deinen Vater. Für Haiti!«

37

Maria lag nackt unter ihrem Moskitonetz. Draußen zirpten Grillen. Vor einer halben Stunde war der Generator ausgegangen. Es war vollkommen dunkel. Sie starrte an die Decke und sah Leichen. Augenlose Höhlen. Geblähte Wangen. Sie versuchte, die Bilder aus ihrem Hirn zu wischen. Rafael. Sie hatte ihm mehr erzählt, als sie wollte. Weil sie betrunken gewesen war und ... Sie hatte es eben getan. Was dachte er von ihr? Wenig, wahrscheinlich. War er wirklich Dealer gewesen? Dealte er immer noch?

Sie drehte sich zur Seite. Jetzt sah sie die Leichen ganz nahe, an der Wand. Sah das Salz in den schwarzen Haaren. Haut, die sich wie Leder über die Schädeldecke spannte. Sie versuchte, ihren Kopf mit anderen Bildern zu füllen. Jooly auf dem Schulhof. Sie sitzt auf der Lehne, ihre Füße auf der Sitzfläche, weil's verboten ist. Joolys erster Besuch in Marias Wohnung. Rostock-Lichtenhagen, Plattenbau erster Stock. Maria hatte sich geschämt. Für die gemusterten Tapeten und Möbel aus dem Sozialkaufhaus. Den Geruch von gekochtem Kohl. Für ihre Mutter, die im Wohnzimmer am Bügelbrett stand, wie immer mit geröteten Augen. Vor allem für ihren Vater, der schon zur Mittagszeit im Jogginganzug auf dem Balkon saß, eine Flasche Bier in der Hand. Jooly hatte sich einfach zu ihm, auf einen Campingstuhl gesetzt. Sie hatten über den Abstieg von Hansa Rostock geschimpft und sich glänzend verstanden. Jooly hatte immer sofort zu allen Menschen einen Zugang gefunden, viel schneller als Maria. Sie war ein guter Mensch gewesen, auf ihre Art. Wann war sie abgerutscht? Wann hatte sie die Kontrolle über ihr Leben verloren?

Es klopfte.
Maria blieb liegen und antwortete nicht.
Es klopfte erneut.
»Wer ist da?«, rief sie.
»Ich«, hörte sie Rafael.
»Was willst du?«
»Ist wichtig.«
Maria kroch durch das Moskitonetz aus dem Bett. Sie tastete auf dem Boden nach ihrem T-Shirt und streifte es über. Um ihre Hüften wickelte sie ein Handtuch. Mit vorgestreckten Armen suchte sie in der Dunkelheit, bis sie die Tür fand. Sie schob den Riegel auf.
Rafael stand im Mondlicht. Auch er hatte ein Handtuch umgebunden, ansonsten war er nackt.
»Ich kann nicht schlafen«, sagte er.
»Ist das alles?«
»Craig schnarcht.«
»Er liegt in einem anderen Zimmer.«
»Die Wand ist dünn.«
»Was soll ich jetzt machen?«
Er trat einen Schritt ins Zimmer und umfasste ihren Nacken. Er trat mit einem Fuß die Tür zu und drückte seinen Mund auf ihren ...

Ihr Kopf lag auf seiner Brust. Sie hörte sein Herz pochen und roch auf seiner Haut die haitianische Seife: eine Mischung aus Chlor und Kaugummi. Seine Hand lag auf ihrem Bauch. Draußen zirpten die Grillen. Ihre Hand fühlte seinen Schwanz. Er war groß und zuckte immer noch im Kondom. Sie hätte nicht sagen können, wie lange es gedauert hatte. In der Dunkelheit verlor sie das Zeitgefühl. Nicht lange genug, für ihren Geschmack. Dafür zweimal hintereinander.
»Machst du das öfter so?«, fragte sie.

»Was?«

»Du kommst hier rein ... Wirfst mich aufs Bett ...«

»Du hast keine Ahnung, wie dieser Typ schnarcht.«

Seine Stimme war ruhig, ohne Ausdruck. Sie wollte sein Gesicht sehen. Hoffnungslos, sie hätte die Fensterläden oder die Tür öffnen müssen, um Mondlicht ins Zimmer zu lassen. Sie fühlte seine Hand in ihren Haaren. Seinen Finger, der ihre Wange hinunterglitt.

»Woran hast du gedacht?«, fragte er. »Bevor ich gekommen bin?«

»Alles Mögliche. Die Leichen ... Jooly ... Ich finde gerade mehr über sie heraus, als ich wissen will.«

Seine Hand glitt ihren Hals hinunter und legte sich auf ihre Brust. Sie hatte etwas Beruhigendes, seine Hand. Zwei Jahre lang war Jooly der wichtigste Mensch ihres Lebens gewesen. Seitdem hatte Maria mit niemandem über sie gesprochen.

»In der Schule galten wir als Freaks«, sagte sie. »Die Mädchen haben uns beneidet. Die Jungs waren in uns verliebt. Aber wir gehörten nirgends dazu. Jooly kam aus Frankfurt. Ihr Vater hatte eine Schönheitsklinik. Die Mutter hatte sich umgebracht, deshalb sind sie weggezogen. Er hat die Klinik in Warnemünde neu eröffnet. Villa mit Meerblick. Porsche fürs Wochenende. Ich kam aus dem Plattenbau, mein Vater war arbeitsloser Alkoholiker ... Joolys Vater dachte, ich hätte einen schlechten Einfluss auf seine Tochter. Wollte ihr den Umgang mit mir verbieten. Aber sie hat sich nie etwas von ihm verbieten lassen. Jeden Tag waren wir zusammen. Und die Klauerei –«

»Ihr habt geklaut?«

»Für gute Zwecke. Schuhe für Obdachlose. Telefonkarten für Asylbewerber, solche Sachen. Ich hatte noch hin und wieder die Aggressionsschübe. Aber jetzt hatte mein Leben einen Inhalt, einen Sinn. Immer öfter war Jooly der Meinung, dass ich auch ein guter Zweck war. MP3-Player, Sportkleidung, solche Sachen ... Die alle anderen hatten, aber ich nicht. Das Komische war: Die ganze Zeit haben wir uns als Helden gefühlt. Als ob wir hart arbeiteten, für eine bessere Welt. ›Die anderen labern nur, wir haben das Bewusstsein‹ – das war Joolys Spruch.«

Draußen lallte und sang der Betrunkene. Sie rückte näher an Rafael heran. Chlor und Kaugummi rochen gut auf seiner Haut.

»Eines Nachmittags hat Jooly vor meiner Tür gestanden. Mit einer Flasche Krimsekt und einer Dose Kavier, geklaut aus einem der teuersten Geschäfte in Rostock. ›Auch Robin Hood hat ab und zu an sich gedacht‹, hat sie gesagt. Wir haben am Strand gesessen, den Sekt aus der Flasche getrunken und den Kaviar von den Fingern geleckt. Jooly hat gesagt, dass es Zeit wäre für den nächsten Schritt. Für was Großes. Nicht nur von der Hand in den Mund klauen. Sondern wirklich was verändern. An dem Nachmittag hatten wir die Idee.«

»Welche?«

»Wir wollten Schulsprecher werden. Klingt harmlos, aber wir waren in der achten Klasse. Kein Achtklässler wird Schulsprecher. Wir waren vor allem bekannt für unsere exzentrische Kleidung und dass jeder uns für Lesben hielt. Mädchen wie wir kriegen nicht einmal Stimmen aus Mitleid. Das war uns klar. Klar war auch, wir wollten uns nicht ändern. Kein Pakt mit dem Konformitätsterror. Wir wollten in die Offensive gehen. Eine Kampagne führen, wie sie die Schule noch nicht erlebt hatte. Und die Kampagne sollte selbst nur Teil sein von etwas Größerem.«

»Verstehe ich nicht.«

Rafael schob ihren Kopf auf seine Brust. Maria spürte wieder die Erregung, in der sie damals, in den Wochen der Vorbereitung, gelebt hatte.

»Nazi-Hertha. Sie hatte einen Zeitungskiosk in der Bützower Straße. Kleine dicke Frau, Mitte fünfzig, aber hatte schon graue Haare am Kinn und auf der Nase. Politisch war sie rechter Flügel der NSDAP. Sie hatte ihre eigene Haribo-Mischung, schwarze Lakritz, rote und weiße Fruchtgummis. Die haben immer die Glatzen gekauft. Wir hatten inzwischen den Euro, aber Nazi-Hertha hatte immer noch eine Kassette mit D-Mark, eine einfache graue Geldkasse. Judengeld, hat sie gesagt, hat keine Zukunft. Unsere Position war, dass es sich um unethisches Geld handelte, weil Nazi-Hertha Geschäfte mit Glatzen machte. Und weil das Geld in der Kasse lag, erfüllte es keine gesellschaftliche Funktion. Im Politikunterricht hatten wir von Ressourcen-Allokation gesprochen, Jooly war elektrisiert von dem Begriff. Unser Konzept war –«

»Ihr wolltet die Kasse klauen.«

»Das Geld sollte die Kampagne finanzieren. Plakate, Flugblätter, wir wollten uns als radikale Alternative zur Gerontokratie der Oberstufe präsentieren. Wir wollten die Wahl gewinnen und unser Reformprogramm durchziehen.«

»Welches?«

»Wir hatten noch keines. Aber klar war, wir wollten uns auf die sozial Benachteiligten konzentrieren. Und wir wollten den Kreis so weit fassen, dass sich jeder als sozial benachteiligt angesprochen fühlte. Das war aber erst der Anfang! Sobald wir das Programm durchgezogen und unsere Schule sozial und politisch umgestaltet hatten, wollten wir an die Öffentlichkeit gehen. Nazi-Hertha, der Kiosk, das Glatzengeld; wir wollten alles sagen. Wir wollten eine gesellschaftliche Debatte lostreten über die Legitimität von Geldvermögen. Wir haben überlegt, in welchen Talkshows wir auftreten und was wir dazu anziehen. Wir waren vierzehn!«

Sie fühlte wieder die Euphorie von damals. Sie fühlte sich

gut an, die Euphorie. Jeder Tag mit Jooly war ein Abenteuer gewesen.

»Wir haben uns geschworen – so richtig, mit Fingerritzen und Blut auf Blut –, dass wir uns nicht verraten, falls es schiefgeht. ›Wir sind auf einer Mission, die größer ist als wir selbst‹, hat Jooly gesagt. Wahrscheinlich hatte sie es aus einem Film, der am Ende gut ausgeht. Aber unser Film –«

Rafael richtete sich auf. Sein Finger legte sich auf ihren Mund. Er schob das Moskitonetz zur Seite und stand auf. Sie hörte seine nackten Füße auf dem Holzboden. Er schob die Gardinen zur Seite, er hielt ein Auge in den schmalen Streifen Mondlicht, das durch einen Spalt zwischen den Fensterläden fiel.

»Craig steht auf dem Balkon«, flüsterte er. »Er kaut Kaugummi. Er hört uns zu.«

Neger sagen!

Vor der Mohren-Apotheke!

Und die linke Sprachpolizei?

Drauf geschissen!

Sonntag

»Kennt ihr den Unterschied zwischen Arm und Reich?
Die Armen verkaufen Drogen, um sich Nikes zu kaufen.
Die Reichen verkaufen Nikes, um sich Drogen zu kaufen.«
Frédéric Beigbeder

38

Rhodes stand in seinem Wohnzimmer. Auf dem Tisch lag etwas, das die Haitianer »Zeitung« nannten. Dünnes Papier. Blasser Druck. Unscharfe Fotos. Und alles auf Französisch. In der Hand hielt er ein Fax mit der Übersetzung Jésulas. Vermutlich klang manches in der Übersetzung noch unbeholfener als im Original. Aber auf den Inhalt kam es an. Und der Inhalt war eine Drohung.

PETITION HAITIANISCHER PATRIOTEN UND DER ZIVILGESELLSCHAFT

Wir, die Zivilgesellschaft Haitis, sind besorgt. Wir sind besorgt, dass wir wieder einmal benutzt werden. Dass wir Versuchskaninchen sein sollen für ein Experiment, dessen Gefahren dem haitianischen Volk in Dunkelheit verhüllt wird. Wir sind besorgt, dass im Zentrum unserer Hauptstadt ein Gebäude entsteht, das sich als Museum tarnt, in Wahrheit aber der umfassenden Kontrolle und Unterwerfung der haitianischen Zivilgesellschaft dient. Unabhängige Wissenschaftler haben inzwischen ohne Zweifel herausgefunden, dass das Erdbeben vom 12. Januar 2010 nicht natürlichen Ursprungs ist, sondern künstlichen Ursprungs. Nämlich durch hochfrequente Aurora-Strahlen aus einer geheimen Versuchsanlage in Alaska. Wenn die USA friedliche Absichten haben: Warum tarnen sie dann den Komplex als Museum? Wir zitieren an dieser Stelle die Studien mehrerer internationaler Experten und sogar Nobelpreisträger, die alle das Streben nach geostrategischer Hegemonie der USA wissenschaftlich verurteilen. Haiti ist, wie so oft in seiner Geschichte, nur ein Dominostein in einem Pokerspiel wirtschaftlicher Interessen. Wir, die haitianische

Zivilgesellschaft, fordern vom Präsidenten ein energisches Durchgreifen. Wir wenden uns an die verantwortungsvollen Kräfte der Weltgemeinschaft, Haiti nicht zu einem Spielball in besagtem Pokerspiel zu erniedrigen. Wir fordern alle Bürger auf, dass Gewalt kein Mittel sein darf, um ein Volk nicht nur seiner Rechte zu berauben, sondern auch, und dies ist ein universaler Appell an die Menschlichkeit, diese Rechte mit Füßen zu treten.

Was diesen Appell von einer Lächerlichkeit zur Groteske erhob, war die Liste der Erstunterzeichner. Vater Wilbonheur Boisseau, ein landesweit populärer Pastor. Mads Lerby, ein dänischer Arzt. Michelle de Sélestat, eine deutsche Politikerin. Zwanzig weitere Namen, darunter Senatoren, Attachés und der Nuntius des Vatikans. Vielleicht war die Wirrnis des Textes sogar Kalkül. Eine Petition der haitianischen Zivilgesellschaft. Welcher privilegierte Ausländer hatte das Recht, sie nicht zu achten? Wer durfte sich anmaßen, seine Unterschrift unter diesen herzerweichenden Unsinn zu verweigern?
Rhodes hörte Faustins Radio im Garten. Er arbeitete sonst nie sonntags. Warum heute? Immerhin, die Ameisen im Bad waren weg. Das hatte Faustin hinbekommen. Die Haitianer bekamen eine Menge hin, wenn man sie ließ. Aber Pressefreiheit? Unten in der Stadt, zwischen Staub, Schweinen und Exkrementen, sammelten sie also Unterschriften für die Petition. Gegen das Amanda-Center. Das Problem war nicht, dass sie diese Unterschriften sammelten. Das Problem war, dass sie ernsthaft glaubten, sie könnten mit ihrer Petition sein Museum verhindern. Vielleicht glaubten sie das nicht einmal. Vielleicht waren sie wie Kinder, die im Karussell in ihren Raketen und Rennautos sitzen, das Steuerrad eifrig hin- und herdrehen, obwohl sie wissen: Die Raketen und Rennautos fahren im Kreis, sie können drehen, wie sie wol-

len. Aber wozu dann die Unterschriften? Wozu diese Petition?
Rhodes musste sich mit seinem Gewicht gegen die Terrassentür stemmen, um sie aufzuschieben. Wolken zogen am Himmel. Wind wehte Blätter in den Pool. Rhodes ging den Abhang hinunter. Dort stand Faustin, im weißen Unterhemd, mit seiner Machete.
»Morgen, Faustin.«
»Guten Morgen, Señor.«
»Was für ein Wetter.«
»Und wie, Señor.«
»Meinst du, es gibt Regen?«
»Erst wenn Tropfen vom Himmel fallen, Señor.«
»Danke für die Ameisen.«
»Was habe ich gesagt, Señor? Billiges Gift tötet die Ameisen, aber nur teures Gift vernichtet sie.«
»Stimmt, das hast du gesagt.«
Faustin reckte die Arme hoch und stutzte einen Zweig. Wie stark der Mann war. Alles Muskeln, kein Gramm Fett. Rhodes hätte gern gefragt, ob er wirklich zwei Frauen hatte. Ob er sie betrog oder ob sie voneinander wussten. Ob er eine von beiden liebte. Bei welcher er die letzte Nacht verbracht hatte. Oder hatte er gefeiert, mit Musik und Bier? Und anderen Frauen?
Chorgesang und Trommeln tönten aus dem Radio im Gras.
»Was ist das?«, fragte Rhodes.
»Die Heilige Messe, Señor.«
»Der Pastor, von dem alles spricht?«
»Vater Boisseau, Señor.«
»Was sagt er?«
»Die Wahrheit, Señor.«
Der Pastor hatte eine volle, warme Stimme. Nicht unange-

nehm. Anders als die Politiker, die sich morgens im Radio niederbrüllten.

»Wovon spricht er?«

»Erst so allgemein, Señor. Dann die Wahrheit.«

Der Pastor machte einen Scherz, Gelächter antwortete.

»Predigt der Mann auch über das Erdbeben?«

»Jawohl, Señor.«

»Woher es kommt? Was es ausgelöst hat?«

»Sicher, Señor.«

»Sagt er *goudougoudou*?«

»Es ist ein schlechtes Wort, Señor.«

»Was predigt er?«

Faustin ließ die Schere sinken und sah Rhodes lange an. »Platten, Señor«, sagte er schließlich. »Unter der Erde. Sie reiben und stoßen aneinander. Wenn sie zu stark stoßen und zu viele Jahre alles ruhig ist –« Er verkrümmte die Hände, stieß sie gegeneinander und knackte mit den Knöcheln.

Rhodes fühlte Zorn aufsteigen. Fühlte sein Gesicht heiß werden. Faustin log. Das war nicht, was dieser Pastor predigte. Das war, was Rhodes ihm erklärt hatte! Mit den Händen, mit den Knöcheln! Faustin plapperte es nach, weil Rhodes ihn viel zu gut bezahlte! Damit er die Nächte versoff und verhurte!

»Was haben Sie, Señor?«

»Nichts, Faustin. Nur das Wetter.«

Er stapfte zurück ins Haus. Er musste Faustin kündigen. Heute noch. Er konnte sich das nicht bieten lassen. Die Köchin, wenn sie nachher kam, sollte ihn entlassen. Aber mit welchem Grund? War Faustin nicht ein guter Gärtner? Hatte er sich nicht um die Ameisen im Bad gekümmert, obwohl das nicht seine Aufgabe war? Das war eben die Perfidie dieser Leute! Sie machten sich unentbehrlich! Sie boten keine Angriffsfläche! Genau wie diese Petition!

In Arkansas hatten sie gesagt: »Junge, du bist verrückt.« Rhodes hatte für das Kompliment gedankt. Er wollte für dieses Land etwas tun. Ihm etwas zurückgeben. Auch weil er mitgeholfen hatte, es zu ruinieren. Bill Clinton, dieser Lump. In den neunziger Jahren hatte er die haitianische Regierung gezwungen, den Zoll auf Reis zu senken. Hatte sie noch einmal gezwungen, bis der Zoll so niedrig war, dass amerikanische Farmer wie Rhodes den Markt mit ihrem subventionierten Reis fluten konnten. Sie hatten sich eine goldene Nase verdient. Hatten sich auch noch für Wohltäter gehalten, die dem Land etwas Gutes taten. Sie waren dumm gewesen, weil Dummheit lukrativ war. Rhodes kannte keinen Farmer, der nicht für das *Clinton Presidential Center* in Little Rock gespendet hatte. Haiti hatte sich von ihrer Wohltätigkeit bis heute nicht erholt. Rhodes war kein Mensch, der die Schuld auf andere schob. Er war hier, um eine Rechnung zu begleichen. Wer war dieser verrückte Prediger, ihn daran zu hindern?

Sein Telefon steckte in der Ladestation. Er hatte nicht viele Nummern im Speicher; eine war die Mobilnummer des Präsidenten. Rhodes war kein Bettler. Aber der Präsident war ihm einen Gefallen schuldig. Er hatte auf diesen Gefallen, verdammt noch mal, ein Recht!

39

Graue Wolken zogen über den Himmel. Wind wehte vom Meer, trieb Plastiktüten und Papierfetzen über die Place d'Armes. Maria und Rafael saßen am Fuße eines Denkmals, auf der ein Soldat, umringt von Getreuen, die haitianische Flagge in die Luft hielt. Sie aßen Sonnenblumenkerne. Rafael stellte sich geschickter an als sie. Entweder sie biss nicht stark genug. Oder sie biss zu stark und zerkrümelte den Kern.

»Wie machst du das?«, fragte sie.

»Mit Gefühl«, antwortete er.

Menschen in Sonntagskleidung, Bibeln unter dem Arm, strömten aus einer modernistischen Kathedrale, die am Ende des Platzes lag.

»Hier glauben die Leute noch an Gott«, sagte Maria.

»Du nicht?«

»Etwa du?«

»Klar«, sagte er. »Schützt mich.«

»Wovor?«

»Sünde.«

»Du hast mir erzählt, du warst Dealer.«

»Ja. Aber weil ich gebetet und an Gott geglaubt habe, hat mir die Sünde nicht geschadet. Jedenfalls weniger als anderen.«

Maria hatte gestern Nacht nicht weiterreden wollen. Nicht mit Craig auf dem Balkon, der zuhörte. Rafael hatte in ihr Ohr geflüstert: »Neben der Bibel liegt noch ein Kondom.« Also hatten sie wieder miteinander geschlafen. Länger, leidenschaftlicher. Die ganze Zeit hatte Maria den Verdacht gehabt, dass Rafael es tat, weil Craig draußen stand.

»Craig schläft mit einer Waffe unter dem Kopfkissen«, sagte er.

»Was?!«
»Hat er mir heute Morgen gezeigt. Gegen Arschlöcher. Weiß nicht, ob das eine Drohung sein sollte.«
Craig war in der Stadt unterwegs, angeblich hatte er gestern Abend keinen Ersatzreifen gefunden. Maria hatte Zweifel, ob er überhaupt gesucht hatte.
»Hast du ihn gefragt, woher er die Waffe hat?«
»Abgekauft. Von einer Nonne, die sie nicht mit ins Flugzeug nehmen konnte. Musste sie billig loswerden.«
»Glaubt du das?«
Rafael zuckte die Schultern. »In Haiti sind alle anders drauf. Auch die Nonnen.«
Auf Joolys Wagen war geschossen worden. Craig wusste etwas über *Grain of Life*, das er ihr nicht sagte. Er hatte eine Schusswaffe. Als sie das Wrack des Toyota untersucht hatten, hatte er versucht, Maria die Einschusslöcher auszureden. Steinchen von der Piste, hatte er gesagt. So ein Blödsinn. Aber warum war er mit ihnen in die Berge gekommen? Warum hatte er sie weitergefahren, nach Anse Rouge? Um sie auf eine falsche Fährte zu locken? Aber Jooly hatte dort gelebt, sie hatten die Leichen gesehen. Und wieso hätte er Rafael die Mordwaffe zeigen sollen?
Kinder kamen auf sie zugelaufen, in sorgfältig gebügelter Sonntagskleidung. Die Jungen trugen Fliege oder Krawatte, die Mädchen weiße Kniestrümpfe und Lackschuhe. Im Halbkreis blieben sie vor ihnen stehen.
»*Hello, Mister*«, sagte eine.
»*What your name?*«, sagte eine andere.
»*My name is Maria. And yours?*«
Grinsen, verlegenes Füßescharren.
»Sie verstehen dich nicht«, sagte Rafael. »*Hello* und *What your name?* ist alles, was sie können.«
Die Kinder starrten sie an. Sie redeten nicht. Sie bettelten

nicht. Sie wiederholten *Hello!* und *What your name?* wie Laute, mit denen man die Aufmerksamkeit von Tieren im Zoo erregt.

»Worauf warten sie?«, fragte Maria.

»Vielleicht wollen sie Sonnenblumenkerne.«

»Gib ihnen welche.«

»Sind unsere.«

»Dann lass uns gehen.«

»Wir waren zuerst hier.«

»Rafael –«

»Geht nicht, Maria. Ist unser Platz.«

»Lernt man sowas als Dealer oder auf dem Schulhof?«

»In meinem Fall war das das Gleiche.«

Er spuckte eine Schale aus, präzise zu den anderen auf einen Haufen. Eine Frau trat aus der Tür, rief zornig nach den Kindern.

»Bye, bye!«

»What your name!«

Die Kinder winkten und liefen auf die Kirche zu.

»Haben wahrscheinlich Bibelstunde«, sagte Rafael und stand auf. »Jetzt können wir gehen.«

Die Hauptstraße hieß Rue Christophe. Die meisten Geschäfte hatten geschlossen. Auch alle Internet-Cafés bis auf eines: *Message du ciel*, ein kahler Raum mit zusammengeschobenen Tischen, auf denen sich Laptops, Drucker, Scanner, Steckerleisten und unendlich viele Kabel drängten. Draußen ratterte ein Generator. Ein etwa zwölfjähriger Junge saß vor dem einzigen Desktoprechner, hielt einen Joystick in der Hand und schleuderte Vögel auf verängstigte Schweine. Maria und Rafael waren die einzigen Kunden. Der Junge deutete vage auf die Tische; sie konnten sich die Computer, an denen sie arbeiten wollten, aussuchen.

Maria zeigte auf ein halbwegs neu aussehendes Fünfzehn-Zoll-Notebook. »Ich nehme den Asus. Und du?«
»Ich brauche keinen«, sagte Rafael.
»Willst du keine Mails checken?«
»Kenne mich mit Windows nicht aus.«
»Ist nicht so schwer.«
»Habe ein Airbook.«
So einer, dachte sie. Alle Apple-Besitzer, die sie kannte, waren erfolglose Künstler. Entweder sie hatten ein neues Modell; dann war es ein Geschenk der Eltern, die die Hoffnung noch nicht aufgegeben hatten. Oder das Modell war alt; dann hatten sie sich mit ihren Eltern verkracht. Rafael zog einen zweiten Stuhl heran.
Maria googelte *Grain of Life*. Salz rieselte auf schwarzen Grund. Hellte das Display auf. Modellierte Gesichter, Bauern in einem Salzfeld. Frauen mit Säcken auf dem Kopf. Im Hintergrund eine Schule. Eine Krankenstation. Schließlich das Haus von *Grain of Life* in Anse Rouge. Blumen im Garten. Weiße und schwarze Mitarbeiter, winkend vor der offenen Tür. »Salz ist Leben. Salz ist Hoffnung. Zukunft für die Armen. Zukunft für Haiti. Hand in Hand für eine bessere Welt.« Alles in salzkörniger Schrift.
AKTUELLES.
Ein Pop-up-Fenster sprang auf. Auslieferung von Schulbüchern. Ein Seminar über *local capacity building*. Einweihung eines neuen Salzfeldes. Der letzte Eintrag war elf Tage alt: Spende eines Rollstuhls für die Krankenstation. Vor elf Tagen? Alle Salzfelder, die sie gesehen hatten, waren seit Monaten, wenn nicht Jahren verwaist. Das Büro war ohne Wasser, ohne Strom. Die letzte Bewohnerin war Jooly gewesen. Sie hatte keine Schulbücher ausgeliefert. Keinen Rollstuhl gespendet. Und ganz bestimmt kein Seminar über *local capacity building* gehalten.

WER WIR SIND.
Das Foto einer fröhlichen Frau mit rundem Gesicht, dunkelbraunem Kraushaar und Sommersprossen. Sandy P. Rice, *Managing Director*. Kanadierin aus Vancouver. Diplome in Entwicklungsmanagement und Agrar-Biologie. Ihre erste Reise nach Haiti mit *Volunteer Abroad*. Entsetzen über das Elend. Ärmstes Land der westlichen Hemisphäre. Schuldgefühl, das bequeme Leben zu Hause. Ihr brennender Wunsch, etwas zu tun. Salzbauern im Norden, wegen billiger Importe aus den Industrieländern vor den Trümmern ihrer Existenz. Gründung von *Grain of Life*.
UNSER SPONSOR.
Ein kanadischer Hersteller von Crackern, Chips und Crispies aus Vollkornmehl. Gutes Essen, gutes Leben. Unternehmen in sozialer Verantwortung. Stolz, einen Beitrag zu leisten für die Ärmsten der Armen, von jeder Tüte einen Anteil für Salzbauern in Haiti ...
WIE SIE HELFEN KÖNNEN.
Ein PayPal-Button. Eine Telefonnummer, fünf Dollar Spenden pro Anruf. Ein Online-Formular für Kreditkarten. Eine Kontonummer.
Maria lehnte sich zurück. *Grain of Life* war in Anse Rouge seit langer Zeit nicht mehr aktiv. Aber irgendjemand aktualisierte die Seite. Hielt die Organisation virtuell am Leben. Wegen der Spenden?
Kugelschreiber von *World Vision* und *Plan International* lagen auf dem Tisch. »Schreibe bitte auf«, sagte Maria. »Sandy P. Rice –«
»Geht nicht«, sagte Rafael.
»Da vorn liegt ein Block.«
»Mach du lieber.«
»Sei nicht so faul.«
»Ich kann nicht schreiben.«

»Dann nimm einen anderen Stift.«
»Ich meine, ich kann's nicht. Kann auch nicht lesen.«
Sie sah ihn an. Wieder dieser Blick ohne Ausdruck, ohne Ironie.
»Wie?«, fragte sie. »Du kannst nicht?«
»Schwere Legasthenie. Ich schaffe Buchstaben, aber keine Wörter.« Er schob ihr Kugelschreiber und Block hin. »Schreibe du lieber.«
Sie starrte ihn an. Sie konnte es nicht glauben. Es war unmöglich. Er machte sich lustig! Es konnte nicht sein, dass ein intelligenter, erwachsener Mann ... Der Artikel für die *Süddeutsche Zeitung*. Sie hatte ihn für ihn lesen müssen. Sie hatte ihm sogar gezeigt, wo die Ausrufezeichen waren. Sie hatte ihm auch gestern Abend die Visitenkarte vorgelesen. Alles ohne es zu merken. Die Infos seiner Kamera waren auf Tschechisch; sie hätten auch auf Sanskrit sein können.
»Maria?«
»Ich verstehe das nicht. Wie schaffst du –«
»Schau lieber auf den Bildschirm!« Er drehte ihren Kopf. »Links unten, das Foto!«
Seine Hand zeigte auf das Haus, die Garage. Sie sah Sandy P. Rice vor einem Pick-up voller Reissäcke. Einen Moment wusste sie nicht, was er meinte; dann sah sie es auch.

40

Boisseau saß auf dem Stuhl in der Sakristei und schaute in den Spiegel. Er sah ein erschöpftes Gesicht und Ansätze eines Doppelkinns. Er sah sich nicht gern im Spiegel, schon gar nicht nach einem Gottesdienst. Wenn er sich einsam fühlte wie ein Schauspieler in der Garderobe, nach Bravos und Applaus.

Er hatte über Jona und den Wal gepredigt. Er predigte immer über Jona und den Wal, wenn ihm nichts einfiel, und es kam immer gut an. Heute hatte er der Geschichte einen besonderen Dreh gegeben. Er hatte den Wal als einen Ort der Verführung beschrieben. Der Wärme und Geborgenheit. Hätte Jona sich verschlingen lassen müssen? War es nicht in Wahrheit sein Wunsch gewesen? Jona hatte auf Schutz gehofft, vor dem Tosen des Meers. Die Größe des Wals hatte ihn beeindruckt. Zu spät hatte er seinen Fehler erkannt. Am Ende hatte nur Gott, der einzige Beschützer, der den Menschen niemals enttäuscht, Jona aus dem Bauch des Wals retten können.

Das Amanda-Center hatte Boisseau mit keinem Wort erwähnt. Aber alle hatten gewusst, wovon er sprach. Auch von den Weißen und ihren Hilfsgütern hatte Boisseau nicht gesprochen. Nur vom Sonnentau, jener verführerischen Pflanze, die dem Insekt seine prachtvollen, mit süßem Saft behangenen Blüten darbietet. Und das Insekt mit seinen Tentakeln erstickt.

Über Erfolg oder Misserfolg einer Predigt entscheiden die Momente des Schweigens. Dann blickte Boisseau nicht von Reihe zu Reihe, sondern von Mensch zu Mensch. Wenn sich hier ein Kopf senkte, dort eine Faust ballte; dann wusste er,

seine Predigt rührte die Herzen. Die mit den Fäusten waren die jungen Männer. Meist saßen sie nicht, sondern standen an den Seiten oder an der Tür. Wenn er dann die zornigen Blicke sah, die Muskeln, die sich an Brust und Armen spannten; dann bedauerte er, dass er schon vierzig Jahre alt war und zu so viel Hass nicht mehr fähig.
Boisseau sah, jetzt doch mit Wohlgefallen, sein Spiegelbild. Er war der nächste Präsident. Die Dinge konnten sich entwickeln, wie sie wollten. Ob Neuwahlen, Staatsstreich, Rücktritt oder Volksaufstand; am Ende würde er den Amtseid leisten, seine Hand auf der Bibel. Oder auf der Verfassung? Er war nicht sicher. Er war nicht einmal sicher, ob Haiti zurzeit eine Verfassung hatte. Er hatte sich mit Politik nie befasst. Er las keine Zeitung. Er hörte selten Radio. Der Fernseher in seinem kleinen Haus in Canape Vert war seit Monaten kaputt. Aus dem Internet wusste er nur, was Belamour ihm auf Papier druckte. Boisseau war kein gebildeter Mann. Er hatte kaum fünf Jahre die Schule besucht. Haiti würde er schon auf der Weltkarte finden, auch die Vereinigten Staaten von Amerika. Aber China? Venezuela? Noch weniger als Politik interessierte ihn Geld. Die Kirche und die Radiostation hatten eine Menge gekostet, so viel wusste er. Und noch viel mehr Geld lag auf irgendwelchen Konten. Aber die Vollmachten hatten Belamour und der Däne. Für einen von beiden, das war klar, würde Boisseau sich entscheiden müssen. Und noch etwas war klar: Er konnte die Entscheidung nicht mehr lange aufschieben.
Es klopfte. Die Tür knarrte. Im Spiegel sah er die Silhouette Belamours. Athletisch und lautlos wehte sie herein. Erstes präsidiales Dekret: Verbot italienischer Schuhe.
»Eine wunderbare Predigt, Vater.«
»Es war wieder der Wal.«
»Es war viel mehr als der Wal.«

»Wann lässt du endlich deine Schuhe besohlen?«
»Es sind Loafer, Vater. Die weiche Sohle liegt in ihrem Wesen.«
»Dann ändere das Wesen und nagele eine harte Sohle drauf.«
»Die Nägel würden das Leder beschädigen. Ich habe mich bei mehreren Schustern informiert. Ihr Urteil war einhellig.«
»Wenn man die Sohle klebt?«
»Das Problem ist das Fehlen einer Zwischensohle. Das Material eines harten Absatzes, ob aus Kunststoff, Leder oder Metall, wird die Schuhe zerreißen. Ein Schuhmacher in Pacot sieht eine gewisse Möglichkeit in biegsamen Nägeln aus Plastik. Aber er kennt diese Nägel nur aus einem Prospekt. Er hat sie nie gesehen, schon gar nicht verarbeitet. Zwei weitere Schuhmacher bezweifeln den Erfolg, ein dritter bezweifelt gar die Existenz der Nägel selbst. Er hält sie für Fantasterei.«
Belamour behielt, wie immer, seinen unterwürfigen Ton. Er bot keine offene Flanke. Aber Boisseau durchschaute ihn. Belamour dachte gar nicht daran, seine Schuhe besohlen zu lassen. Die Schuhe waren längst mehr als ein Ärgernis. Sie waren eine Waffe im Machtkampf zwischen Meister und Lehrling.
»Was gibt es noch?«
»Ich habe heute Morgen einen Anruf aus Anse Rouge bekommen, Vater. Drei Weiße waren bei den Salzfeldern. Sie sind fordernd aufgetreten und haben die Männer herumkommandiert.«
»Und?«
»Sie haben alles gesehen. Schlimmer noch: Sie haben Fotos gemacht.«
Boisseau lehnte sich zurück. Das war ein Problem.
»Die Weißen behaupteten, sie hätten Auftrag und Vollmacht,

obwohl dem nicht so war. Außerdem hatten sie einen Schlüssel für das Büro der Hilfsorganisation. Unsere Männer haben sie für Autoritäten gehalten.«

»Wie konnten sie so dumm sein und Weiße für Autoritäten halten?«

Boisseau tupfte seine Stirn mit einem Taschentuch. Drei Weiße waren bei den Salzfeldern gewesen. Hatten alles fotografiert. Welche Gefahr bedeutete das? Boisseau war nicht schnell im Denken. Schon gar nicht in dieser stickigen Hitze. Er wusste nur, er war von Anfang an gegen diese Sache gewesen.

»Hast du eine Beschreibung der Weißen?«

»Eine Frau und zwei Männer. Über die Identität des einen gibt es keinen Zweifel. Er ist der Fotograf der deutschen Deputierten.«

»Wie ist das möglich?«

»Es muss eine Verbindung geben, Vater. Wir finden sie heraus.«

»Der Fotograf darf nicht reden.«

»Auf keinen Fall, Vater.«

»Bring ihn um.«

»Wir müssen erst herausfinden, wer die Frau und der andere Mann ist.«

»Gut. Ja. Dann musst du ihn foltern.«

»Eine kluge Idee, Vater.«

»Foltere ihn, bis er sagt, wer die anderen sind. Dann bringst du sie alle um.«

»Sicher, Vater.«

»Außerdem dürfen die Toten nicht länger in Anse Rouge bleiben. Du hast einen Fehler gemacht. Jetzt musst du sie an einem neuen Ort verstecken und die Weißen foltern. Alles, weil du nicht nachgedacht hast.«

»Es tut mir leid, Vater.«

»Wie mit deinen Schuhen! Du willst etwas Besonderes sein und bringst uns alle in Schwierigkeiten!«
Boisseau atmete durch. So musste man die Dinge regeln. Er hatte Belamour auf seinen Platz verwiesen, wenigstens für den Moment. Aber die Anstrengung hatte ihn erschöpft. Er musste noch einmal beten. Belamour blieb jedoch stehen.
»Der Däne, Vater.«
»Fängst du wieder damit an?«
»Die Tochter des –«
»Rühre ihn nicht an!« Boisseau schlug mit der Faust auf den Tisch. »Der Däne steht unter meinem Schutz! Er macht mir keine Sorgen! Der Däne weiß, wie man die Dinge anpacken muss. Außerdem mögen die Menschen ihn. Vor dir haben sie bloß Angst!«
Belamours kleiner Mund schnappte auf und zu. Er ging zur Tür. Drehte sich um, den Griff in der Hand. Er lächelte nicht. Die Augen blitzten zornig hinter den Brillengläsern.
»Sie haben meine Gefühle verletzt, Vater. Ich rege an, Sie tun das nicht noch einmal.«

41

Die Straße war gut. Nur wenige Wagen waren am Sonntag unterwegs. Hin und wieder überholten sie einen Bus, einen Lastwagen, einen UNO-Transporter.
»Meinst du, es gibt Regen?«, fragte Maria.
»In Haiti weiß man nie«, sagte Craig.
Er schaltete das Radio ein. Er hatte es geschafft, in Gonaïves einen Ersatzreifen aufzutreiben. Sogar der Anlasser hatte heute Morgen auf Anhieb funktioniert.
»Wenn alles gut läuft«, sagte er, »sind wir in zwei Stunden in Port-au-Prince.«
Er klopfte mit den Fingern den Rhythmus aufs Lenkrad. Seine Lockerheit schien nicht einmal gespielt. Er war tatsächlich gut gelaunt, schon den ganzen Morgen. Rafael saß auf der Rückbank, in seine Kamera vertieft. Kein Streit, keine gereizten Sprüche.
Die Musik im Radio endete. Ein Telefon klingelte. Eine Anruferin stellte eine Frage. Ein Mann, der anscheinend ein Experte war – Experten klangen überall auf der Welt gleich –, antwortete.
»Wovon reden die?«, fragte Maria.
»Cholera«, sagte Craig. »Gibt erste Ausbrüche in den Dörfern. Jetzt haben alle Angst vor dem Karneval. Bis zu einer halben Million Menschen, allein in Port-au-Prince. Kommen aus den Dörfern. Bringen ihre Krankheiten mit. Die Abwasserkanäle liegen voller Müll; wenn es regnet, laufen sie über. Eigentlich müsste die Regierung die Stadt absperren.«
Er sagte es nicht wütend, sondern heiter. Regentropfen fielen gegen die Scheibe.

»Was wirst du tun?«, fragte Maria. »Wenn in Port-au-Prince Cholera ausbricht?«

»Was soll ich machen? Die feinen Entwicklungshelfer verschanzen sich in ihren Hotels oder legen sich in der Dominikanischen Republik an den Strand. Der kleine Craig hat kein Geld für den Strand. Der kleine Craig bleibt hier und hilft.«

Regentropfen wehten durch den Fensterspalt auf Marias Gesicht. Craig schaltete die Scheibenwischer ein. Sie schmierten einen Film von Staub und toten Insekten über die Scheibe. Seine Heiterkeit brachte Maria aus dem Konzept. Ihr Plan war gewesen, ihn im Wagen zu stellen. Ihn endlich zur Wahrheit zu zwingen. Aber er verhielt sich, als habe er nicht das Geringste zu verbergen.

Vor ihnen fuhr ein Pick-up. Die Menschen kauerten unter Plastikplanen. Ein Baby hustete auf die Brust seiner Mutter.

»Siehst du?«, rief Craig. »Genau das! Die Hälfte von denen ist krank! Letzte Hoffnung Port-au-Prince! Wieso kümmert sich keiner, dass sich die Krankheiten nicht ausbreiten? Wieso stellt keiner die richtigen Fragen?«

»Was sind die richtigen Fragen?«

»Die richtigen Fragen sind: Warum stehen einige Menschen oben auf der Leiter und die anderen unten? Warum kriegen die meisten nie eine Chance? Ein Weißer tut einem Schwarzen etwas Gutes. Sagt ihm: Hier, hast du Bildung, hast du Essen, kannst werden wie ich. Kann der Schwarze aber niemals. Nicht wenn er aus Haiti kommt. Nicht wenn er randvoll mit Krankheitserregern auf einem Pick-up sitzt. Warum also verarscht der Weiße den Schwarzen? Damit sich auf der Welt etwas ändert? Im Gegenteil, damit sie bleibt, wie sie ist! Damit er sagen kann: Sorry, Neger, aber du hattest deine Chance. Wenn du faul und korrupt bist und an böse Geister glaubst, hast du's nicht besser verdient. Dann ist es nur gerecht, dass ich oben auf der Leiter stehe und dir in die Fresse scheiße. Gibt keinen größeren Rassisten als einen Weißen, der einem Neger etwas Gutes tut.«

Sein Telefon klingelte. Er schaltete das Radio ab und holte seinen mit Klebeband umwickelten Ericsson-Knochen aus der Hosentasche.

»*Bonjou!*«

Er horchte. Er lachte. Er antwortete auf Kreyòl. Er fingerte in seinen Taschen, holte Kugelschreiber und eine Kaugummipackung heraus und machte eine Notiz. Er hängte ein und trommelte wieder den Rhythmus aufs Lenkrad.

»Alles in Ordnung?«, fragte Maria.

»Alles wunderbar. Wieso?«

»Du wirkst gut gelaunt.«

»Du meinst, irgendwas kann nicht stimmen? Wenn's mir auch mal gut geht?«

»Ich meine bloß –«

»Wer verarscht wen, Maria? Warum? Wie lange? Das sind die Fragen, auf die es ankommt.«

»Wen verarschst du, Craig?«

»Niemanden. Das ist mein Problem.«

»Sicher?«

»Wäre ich sonst in Haiti? Würde diese Karre fahren?«

»Guter Punkt. Alter Dodge. Sieht man nicht oft.«

»Werden ewig nicht mehr gebaut.«

»Wo hast du ihn eigentlich her?«

»Vom Gebrauchtmarkt. Gibt einen Händler in Carrefour. War das Beste, was ich mir leisten konnte.«

Er sagte es leicht dahin. Als ob es die Wahrheit war. Natürlich, er hatte seine Lügen vorbereitet. Maria durfte nicht locker lassen. Sie hatte ihn am Haken!

»Und die Pistole?«, fragte sie.

»Die Pistole?« Craig lachte. »Hat der kleine Mann gepetzt? Stimmt, ich schlafe nachts mit einer Pistole unter dem Kopfkissen. Alte Glock, von einer Nonne in Saint Antoine. Passiert nicht oft, dass Banditen ins Hotelzimmer einsteigen. Aber wenn es passiert, fühlt man sich besser.«
Sie wusste nicht mehr, was sie sagen sollte. Die Puzzlesteinchen in ihrem Kopf, die bis vor wenigen Minuten noch zusammengepasst hatten, flogen auseinander. Pistole ... Gebrauchtmarkt ... Kopfkissen ... Nonnen ...
Er sah sie von der Seite an. »Alles in Ordnung? Letzte Nacht wenig Schlaf gekriegt?«
»Ein paar Moskitostiche.«
»Stiche? Nur von den Moskitos?« Er verzog die Lippen zu einem Grinsen, das vielsagend sein sollte.
»Craig!«
»Nur Spaß, Maria.«
»Pass auf!«
»Ich mache nur –«
Er riss das Steuerrad herum und trat auf die Bremse. Der Dodge geriet ins Schleudern, auf die Gegenspur, ein Tanklastwagen kam ihnen entgegen, hupte, Reifen quietschten ...
Sie standen auf der anderen Straßenseite. Craig atmete schwer. Sie sahen dem Tanklastwagen nach. Maria schaute sich um. Rafael rappelte sich aus dem Fußraum hoch und kontrollierte besorgt seine Kamera. Der Pick-up vor ihnen war ins Schlingern geraten. Um ein Haar wäre Craig ihm in die Ladefläche gefahren. Jetzt lag er auf der anderen Straßenseite im Graben.
Craig fuhr an, mit zitternden Händen, und wendete. Er hielt hinter dem Pick-up und schaltete den Motor aus. Männer und Frauen stiegen ab. Kinder wurden heruntergereicht. Einige rieben sich Arme und Beine.
Craig stieg aus. Er ging auf den Pick-up zu und redete mit

dem Fahrer. Er hockte sich hin, der Fahrer leuchtete mit einer Taschenlampe unter die Hinterachse. Craig gestikulierte und wiegte den Kopf.
Maria öffnete die Tür. Sie schüttelte Arme und Beine, bevor sie ausstieg. Sie ließ warme Regentropfen auf ihr Gesicht fallen.
»Er lügt«, hörte sie hinter sich Rafaels Stimme. »Gebrauchtmarkt in Carrefour ... Die verkaufen Autos, aber nicht mit Nummernschild. Nicht mal in Haiti.«
»Er lügt ziemlich gut.«
»Weil er vorbereitet ist. Er wusste, wir waren im Internet-Café. Er kann sich denken, wonach wir gesucht haben.«
Auf der Website von *Grain of Life* hatten sie ein Foto gesehen: Sandy P. Rice und ein Pick-up voller Reissäcke. Nicht irgendein Pick-up. Sondern ein alter, roter Dodge. Von dem Nummernschild hatten sie nur ein P und eine 3 erkannt. Es reichte, um jeden Zufall auszuschließen.
»Hältst du ihn für gefährlich?«, fragte sie.
»Möglich ist alles.«
»Er sagt, er hat die Waffe gegen Banditen.«
»Sagt doch jeder. Pistolen, Messer, alles Selbstverteidigung. Sobald du sie für was anderes brauchst ...«
Sie standen am Straßenrand und schauten aufs Meer. Craig war nicht auf dem Foto gewesen. Er behauptete, er wäre nie in Anse Rouge gewesen. Aber er fuhr den Wagen von Sandy Rice. Es passte alles nicht zusammen. Maria spürte Rafaels Hand in ihrer. Sie fühlte etwas Hartes.
»Der Kamerachip«, sagte er. »Mit den Fotos. Ich habe die Fotos auf einen zweiten Chip kopiert ... Zur Sicherheit.«
Die Haitianer luden Säcke und Tüten vom Pick-up, trugen sie zum Dodge. Craig schichtete Seifenkartons auf, hob Kinder auf die Ladefläche. Craig dirigierte Menschen, Gepäck, zwei Ziegen mit blutig gescheuerten Beinen. Frauen, hoch-

schwanger und mit Babys im Arm, kletterten auf die Rückbank.
»Achse gebrochen!«, rief er ihnen zu. »Ihr müsst euch den Vordersitz teilen!«
»Hat er nicht eben noch gesagt, die sind alle krank?«, fragte Rafael. »Und dass man wegen solchen Leuten die Stadt absperren muss?«
Er holte seine Kamera aus der Tasche und ging in die Hocke. Stellte das Objektiv scharf, veränderte ein paar Zentimeter die Position.
»Was fotografierst du?«, fragte Maria.
»Für meine Chefin«, sagte er. »Früher gab es eine Bahnverbindung zwischen Port-au-Prince und Saint-Marc. Muss hier gewesen sein.«
Maria blickte Richtung Süden. Sie sah Gras, Gestrüpp und hier und da Reste eines Damms, der sich in Regenschleiern verlor. Mit Fantasie konnte man die Reste einer Bahntrasse ahnen.
»Meine Chefin will die Bahnlinie neu bauen. Große Sache. Die Zukunft Haitis.«

42

Vielleicht war es romantisch, jetzt am Pool zu sitzen. Unter den Sonnenschirmen, auf die der Regen fiel. Michelle war nicht in der Stimmung für Romantik. Sie brauchte Konzentration und Klarheit. Sie lag auf dem Bett, den Blackberry in Griffnähe. Morgen war Montag, morgen war der Empfang beim Präsidenten. Einer dieser Termine, bei denen offiziell nichts entschieden wurde und inoffiziell alles. Abends hielt der Präsident seine Ansprache ans Volk. Zukunft, Wiederaufbau, Bau einer Bahnstrecke von Cap-Haïtien nach Port-au-Prince. Wenn Michelle bis dahin nicht mit dem Präsidenten gesprochen hatte, war Bremen aus dem Rennen. Ein paar Krümel konnten noch abfallen, wegen der anteiligen Finanzierung durch die GIZ. Ansonsten: Freie Fahrt für Pippi Langstrumpf!

Auf dem Nachttisch lag die *Dimanche*. Druck und Papier erinnerten fatal an eine Schülerzeitung, die Michelle in der vierten Klasse herausgegeben hatte. Anders als damals ihre Schülerzeitung musste die *Dimanche* offenbar durch keinerlei Zensur. Jede Verleumdung konnten diese Schreiberlinge einfach drucken. *Petition haitianischer Patrioten und der Zivilgesellschaft.* Sie hatte diesen Wahnwitz nicht unterschrieben! Überprüfte das niemand?!

Sie zerknüllte die Zeitung und warf sie gegen den Papierkorb. Kräfte waren am Werk, Michelle zu vernichten. Diese Kräfte arbeiteten mit Präzision und einer tödlichen Waffe. Welche Möglichkeiten hatte Michelle, ihnen diese Waffe aus der Hand zu schlagen?

Sie schlug ihr Notebook auf. Sechsundzwanzig neue Mails, für keine hatte sie jetzt Zeit. Sie konnte eine persönliche Erklärung abgeben. Auf ihrer Homepage oder, besser noch, in der Presse. Interview, persönlich, eine Frau und ihre Wurzeln. Interview mit wem? Kritische Fragen durfte sie nicht riskieren. Jaspers von der *Nordsee-Zeitung*. Er war ein freundliches, schnauzbärtiges Weichei, sie konnte ihm die Fragen in den Mund legen. Aber das Interview musste bald erscheinen. Sie musste schneller sein als diese Verbrecher!

Die Reise nach Haiti war für mich eine Reise in die Vergangenheit. Auf dieser Reise habe ich Dinge über mich erfahren, die ich bis dahin nicht wusste.

Ein guter Einstieg. Jaspers Frage konnte sie später formulieren. Sie hatte die Wahrheit nicht gewusst. Sie wusste sie jetzt. Wer konnte das Gegenteil beweisen?

Die Erzählungen meiner Mutter, der Sturz Duvaliers 1986, Anarchie in Port-au-Prince. Unsere Flucht in einem Fischerboot …

Hier musste sie Jaspers eine Gelegenheit zum Nachhaken geben. Konnte sich Michelle an keine der Stationen erinnern?

Aber wie denn? Ich war nicht einmal drei Jahre alt. Meine ersten Erinnerungen habe ich an Deutschland. Das Land, das ich liebe und das meine Heimat ist.

Den letzten Satz klammerte sie ein; er passte besser ans Ende. Hatte Michelle später nie mit ihrer Mutter über ihre ersten Lebensjahre gesprochen?

Meine Mutter starb vor zwölf Jahren. Wir waren Flüchtlinge in Deutschland, Asylanten. Bis zum Schluss hätte sie die Wahrheit gefährdet.

Aber hatte Michelle nicht in mehreren Interviews ihre Kindheit in Haiti geschildert? Jaspers würde die Frage nicht stellen, wenn sie es nicht zuließ. Aber andere Journalisten würden sie stellen. So oder so, sie brauchte eine Antwort.

Wie gesagt, die Erinnerungen eines kleinen Mädchens. In dessen Kopf sich die Orte vermischen. Ich habe meine Mutter geliebt und ihren Erzählungen geglaubt.

Aber hatte Michelle nicht sogar von ihren Verwandten in Port-au-Prince erzählt? Von denen seit dem verheerenden Erdbeben jedes Lebenszeichen fehlte? Hatte sie nicht, in einem emotionalen Auftritt im *heute-journal*, um Spenden gefleht für die geschundenen Menschen in Port-au-Prince?

Um mich persönlich ging es doch gar nicht. Ich wollte Anteilnahme wecken. Möglich, ich habe Formulierungen gewählt, die im Rückblick missverständlich scheinen …

Ein paar Wochen vorher war der Artikel im *Weser-Kurier* erschienen: »Die schwarze Preußin«. Michelle mit einer Pickelhaube. Sie war sechsundzwanzig und saß seit vier Monaten im Landesvorstand. Sie galt als Frau der Zahlen. Als Saniererin. Sie kämpfte gegen subventionierte Frauentaxis und für die Senkung der Gewerbesteuer. Die Parteifreunde achteten sie nach außen für ihre Kompetenz, aber grummelten hinter vorgehaltener Hand. Wofür wählte man eine Schwarze in den Landesvorstand? Damit sie die Partei für Minderheiten öffnete. Damit sie Wählerstimmen von den Grünen holte. Nicht damit sie sich mit Wirtschaftsvertretern traf. Ganz bestimmt nicht, damit sie sich für die Privatisierung des Flughafens stark machte. Auf dem interkulturellen Stadtfest war sie kaum eine halbe Stunde gesehen worden. Wenn schon eine Schwarze im Bundesvorstand, dann bitte eine, die tanzt! Michelle konnte nicht tanzen und weigerte sich, es zu lernen. Nicht nur den linken Flügel brachte sie damit gegen sich auf. Ihre Tage im Landesvorstand schienen gezählt. Bis am 12. Januar 2010 in Haiti die Erde bebte.

Ich habe nie aktiv behauptet, mein Geburtsland sei Haiti. Vielmehr schien es mir notwendig, in einem erweiterten geografischen Kontext ...

Abends ein Anruf von der *taz*. Ob Michelle, in Haiti geboren, nicht für ein Interview zur Verfügung stände. Michelle? Geboren in Haiti? Ein Irrtum der Volontärin. Aber eine Intrige war gegen Michelle im Schwange. Sie brauchte das Interview.

Möglich, ich habe in diesem Zusammenhang die Berichterstattung in den Medien nicht kritisch genug hinterfragt ...

Bei dem Interview in der *taz* blieb es nicht. Zeitungen und Sender bestürmten sie, mit Anfragen und Einladungen zu Talkshows. Michelle zeigte, was ihr niemand zugetraut hatte: emotionale Wärme. Sie war nicht mehr bloß schwarz. Sie war authentisch. Die Kritik an ihrem Gewerbesteuerkonzept verstummte. Dass sie bei dem Erdbeben Angehörige verloren hatte, war sogar den Jungsozialisten genug. Auf dem nächsten Landesparteitag, nach einem aufwühlenden Appell für mehr Mitgefühl und Solidarität, wählten die Delegierten sie mit einem Rekordergebnis zur Stellvertretenden Landesvorsitzenden.

Ich habe meinen Wikipedia-Artikel nicht selbst verfasst. Die Angaben auf meiner Homepage? Sie wissen doch, wie das ist. Alle schreiben voneinander ab.

Was wäre denn die Alternative gewesen? Die Wahrheit?! Dass sie nicht in Haiti geboren war, sondern auf den Bahamas?! Dass ihre Mutter nicht vor der Armut geflohen war, sondern einem Betrugsprozess?! »Die schwarze Nassauerin« – sie hatte den Scherz ihres Grundschullehrers damals nicht verstanden. Aber sie hatte gefühlt, er bedeutete etwas Schlechtes. Konnte auch in Zukunft etwas Schlechtes bedeuten. Also hatte sie, als sie die zweite Ausgabe ihrer Schülerzeitung vorbereitete, den Geburtsort Nassau aus dem Impressum gestrichen. Und es seitdem, wo immer möglich, so gehalten. »Aufgewachsen in Deutschland«, schrieb sie, oder »Familie stammt aus der Karibik«. Im Internet hatte es nicht mehr viele Quellen ihres Geburtsortes gegeben. Soweit möglich, hatte sie sie in den Wochen nach dem Erdbeben geändert. Ein einziges Mal war die Rückfrage einer Presseagentur gekommen: »Im Jahrbuch Ihrer Abiturklasse steht als Geburtsort Nassau, Bahamas.« Sie hatte geantwortet: »Das ist ein Irrtum. Ich stamme aus Port-au-Prince, Haiti.«
Und nun diese Reise zu ihren Wurzeln. Eine Reise, die künftige Generationen vielleicht einmal als historisch bewerten würden. Ihre Autobiografie *Aufbruch wagen* hatte sie zu zwei Dritteln auf der Festplatte. Sicher, sie brauchte mehr Fotos, Orte ihrer Kindheit in Bremen-Hemelingen, ihr privates Umfeld ... Rafael war der beste Fotograf, den sie sich wünschen konnte. Vielleicht ins Bett gekuschelt, mit ihrer Katze? Falls er die Idee gut fand, würde sie sich eine Katze kaufen.
Sie klappte ihr Notebook zu. Lüge! Lüge! Lüge! Keine Wahrheit half ihr heraus! Die Verbrecher hatten sie in der Hand! Ihre Rede vor dem Geburtshaus. Die alten Frauen, die behauptet hatten, sie zu erkennen. Das war ihre Achillesferse, darauf hätte sie sich nie einlassen dürfen. Wahrscheinlich war es für die Verbrecher gar nicht schwer gewesen. Sie waren vernetzt, auf ihren Inseln. Ein paar Nachforschungen

hier und da. Eine verstaubte Registratur in Nassau. Ein Archivar im abgeschabten Anzug, ein paar Dollar-Scheine unter der Hand ... Schon hatten sie die Geburtsurkunde. Konnten Michelle mit der Veröffentlichung vernichten. Und verlangten für ihr Schweigen einen ständig höheren Preis.
Sie hob die zerknüllte Zeitung auf und strich sie glatt. Immerhin, auf der Liste der Erstunterzeichner war sie in illustrer Gesellschaft. Ihr Name stand direkt unter dem des dänischen Arztes. Wurden diese Leute alle erpresst? Wenn ja, womit? Ihr Blick blieb an einem Namen hängen, ziemlich weit unten. Ein deutscher Name, zuerst konnte sie ihn nicht einordnen. Dann erinnerte sie sich, aber fand ihn unwichtig. Doch plötzlich hatte sie eine Idee. Sie kannte den Feind. Sie kannte seine Waffe. Sie konnte den Feind nicht vernichten. Sie konnte ihm die Waffe nicht aus der Hand schlagen. Aber konnte sie den Ort der Schlacht bestimmen? Die Waffe umlenken, gegen einen anderen, noch gefährlicheren Feind? Sie sah den Plan nur unscharf, aber erschauerte vor seiner Perfidie. Und wenn schon! Wer durfte über sie den Stab brechen? Ließen ihr die Verbrecher eine Wahl?
Sie setzte sich auf und öffnete das Notebook. Sie verband sich mit dem Internet und fluchte über die Langsamkeit der Verbindung ...
Es klopfte an der Tür. Sie schlug ihr Notebook wieder zu. Kamen sie schon, um Michelle abzuholen? Es klopfte erneut. Sie fuhr sich mit der Hand durchs Haar. Sie ging zur Tür, straffte sich und befahl ihrem Mund ein Lächeln. Sie schob die Kette auf.
Rafael stand vor ihr. Er trug ein gelbes, verwaschenes Kurzarm-Hemd und eine graue Hose. Er hatte regennasses Haar und war eine Nuance brauner als gestern. Er sah aus wie ein Callboy, für den sich reiche Frauen und Männer ruinierten.
»Ich bin wieder da«, sagte er.

»Schön«, sagte sie.
»Ich habe gestern versucht, Sie anzurufen.«
»Ich war im Gespräch.«
Er musterte sie von oben bis unten. Als ob etwas mit ihr nicht stimmte.
»Die Deutsche in den Bergen wurde ermordet«, sagte er.
»Das tut mir leid.«
»Man hat ihr in den Hinterkopf geschossen. Ihr Wagen war voll Kokain.«
»Dann trifft sie wohl eine Mitschuld.«
»Frau de Sélestat? Werden Sie erpresst?«
»Bitte?«
»Die Männer, die bei Ihnen waren ... Womit erpressen sie Sie?«
Sie fühlte sich schwach werden, kurz vor dem Zusammenbruch, wie ein Mörder im Verhör. Ihr Fotograf durchschaute sie. Sie konnte ihm nichts vormachen. Aber er hatte kein Recht, ihr diese Fragen zu stellen. Es ging ihn nichts an!
»Welch ein Unsinn«, sagte sie. »Niemand erpresst mich.«
»Was haben die Lutteurs gegen Sie in der Hand?«
Sie fühlte ihr Gesicht taub werden. Sie wusste nicht einmal, ob sie noch lächelte. »Was hast du für verrückte Ideen! Niemand hat etwas gegen mich in der Hand! Schlafe dich aus, die letzten Tage waren anstrengend. Morgen haben wir den Termin beim Präsidenten!«
Er nickte. Aber nicht, als ob er ihr glaubte. Sondern als ob er einsah, dass ein Verhör für den Moment keinen Sinn machte. Er drehte sich um und wollte gehen.
»Rafael?«, rief sie. »Eine Sache, völlig unwichtig, aber ich kriege sie nicht aus dem Kopf. Du siehst, auch mir macht das Klima zu schaffen. Du hast mir einmal erzählt, du bist im Heim aufgewachsen.«
»In mehreren Heimen.«

»Es muss eine schwierige Zeit gewesen sein.«
»Ich habe das Beste draus gemacht.«
»Habt ihr in der Schule über Märchen gesprochen? Zum Beispiel die Bremer Stadtmusikanten?«
»Wir haben es als Theaterstück aufgeführt. Ich war die Katze.«
»Was habt ihr über das Märchen gelernt? Die Botschaft, die Moral? Ich erinnere mich kaum noch ...«
»Es geht um Tiere, die keiner will. Die ganz unten stehen. Die nur überleben, indem sie zusammenhalten. Wir sollten lernen, füreinander da zu sein und uns weniger zu kloppen.«
»Und? Habt ihr euch weniger gekloppt?«
»Ein Märchen, Frau de Sélestat! Wir waren Kinder, aber keine Idioten.«

43

Claire stand am Kühlschrank und schenkte sich ein Glas Orangensaft ein. Ihre Mutter stand am Terrassenfenster. In der einen Hand hielt sie das Telefon, mit der anderen zupfte sie Blätter aus der Pflanzschale.
»Aber Chester ...«, sagte ihre Mutter. »Jeder weiß, was du für dieses Land tust ... Jeder ist dir dankbar. Nicolas ist dir dankbar ...«
Sie trug einen weißen Sport-BH und weiße Shorts, wahrscheinlich fürs Laufband. Hinter ihr fiel Regen auf die Terrasse.
»Die Zeitungen! Niemand liest haitianische Zeitungen! Lass dich doch von dem Geschwätz nicht beeindrucken!«
Ihr Vater lag immer noch im abgedunkelten Schlafzimmer. Einen Pressetermin für den Nachmittag hatte sein Büro abgesagt. Ebenso den Besuch eines Benefizkonzerts in der Alliance française.
»Ich schaue, was ich erreichen kann ... Ich verspreche es dir ... Chester! Wo bleibt dein Optimismus?«
Chester Rhodes, Claire hatte ihn nur ein paar Mal gesehen. Im Wahlkampf hatte er einen Gegenkandidaten ihres Vaters unterstützt. Trotzdem, aus Gründen, die Claire nicht klar waren, galt er als Freund des Hauses und spielte jeden Samstag mit ihrer Mutter Golf. Ihre Mutter beendete das Telefongespräch und schaute einen Moment in den Regen.
»Claire?«, rief sie. »Was machst du da?«
»Ich trinke Orangensaft.«
»Komm bitte her.«
Ihre Mutter setzte sich in den Sessel des finnischen Designers, in dem ihr sonst nach wenigen Minuten der Rücken

wehtat. Sie deutete auf das Sofa desselben finnischen Designers gegenüber. Claire setzte sich. Sie saßen hier sonst nie.
»Wo warst du gestern Nacht?«, fragte ihre Mutter.
»Wieso? In meinem Zimmer.«
»Da warst du nicht.«
»Vielleicht im Bad.«
»Da warst du auch nicht.«
»Jetzt fällt es mir ein. Ich war draußen. Am Teehaus.«
»Nachts?«
»Ich habe gelesen.«
»Ach, richtig«, sagte ihre Mutter. »Immacula hat unter der Liege ein Buch gefunden. Findest du, *Fifty Shades of Grey* ist die passende Lektüre für ein fünfzehnjähriges Mädchen?«
»Ich habe das Buch abgebrochen.«
»Tatsächlich?«
»Ich lese den neuen Roman von Bret Easton Ellis.«
»Nachts? Ohne Licht?«
»Auf meinem iPad, Mama.«
Ihre Mutter beugte sich vor. »Liebe Tochter, wollen wir das Versteckspiel nicht beenden?«
Ihre Mutter hielt ihr einen Umschlag hin. Claire nahm ihn, öffnete ihn – und wurde blass. Der Umschlag enthielt Fotos, aufgenommen bei Nacht. Claire, die durch den toten Winkel kroch ... Claire auf dem Wassertank ... Wie dämlich sie aussah, als sie über den Zaun sprang! Claire in der dunklen Einfahrt, an der Tür des Mitsubishi ...
»Wer hat diese Fotos gemacht?«
»Ein Mann des Sicherheitsdienstes. Ich habe ihn angewiesen, dich nicht aufzuhalten. Glaubst du, ich weiß es nicht seit Wochen?«
Ihre Mutter streckte ihre Hand aus, als wolle sie sie Claire aufs Knie legen. Zum Glück hatte der finnische Designer an einen Glastisch gedacht.

»Auch ich war einmal jung, Claire«, sagte ihre Mutter. »Auch ich habe das Abenteuer gesucht. Jungen in meinem Alter haben mich nie interessiert. Wir sind Mutter und Tochter. Wir haben den gleichen Geschmack. Soll ich dir deshalb böse sein?«

Claire fühlte Hitze und Kälte, Ohnmacht und Scham. »Weiß Papa davon?«

»Um Himmels willen! Wozu sind wir Frauen?«

Jetzt zwinkerte sie auch noch! Claire wollte die Fotos zerreißen. Wollte ihrer Mutter die Schnipsel ins Gesicht werfen. Seit Wochen wusste ihre Mutter Bescheid! Seit Wochen spielte sie ihr die Ahnungslose vor!

»Ich weiß, wie wichtig in deinem Alter Geheimnisse sind. Aber nächste Woche kommen Sicherheitsexperten aus Fort Lauderdale. Sie installieren neue Kameras und verstärken den Zaun. Ich glaube, sie machen ihn sogar elektrisch. Reine Routine, niemand will uns etwas Böses. Aber du wirst das Grundstück nicht mehr unbemerkt verlassen können. Ich schlage vor, du informierst mich, wenn euch nacheinander verlangt. Wir finden einen Ort, an dem ihr euch treffen könnt, ohne dass es Gerede gibt. Zur Not bringe ich dich persönlich zu seinem Auto. Ich weiß, es ist nicht ideal. Aber du bist die Tochter des Präsidenten. Auch du stehst in der Verantwortung.«

Wenn euch nacheinander verlangt. Jede Formulierung hätte sie wählen können, aber nicht diese. Wie aus einem Kitschroman!

»Ich darf voraussetzen, dass der dänische Arzt sich mit Verhütung auskennt? Ich vertraue dir, Claire. Ich weiß, du bist kein Kind mehr. Obwohl ich dich sehe, als wäre es gestern. In deinem rosa Rüschenkleid, das du am liebsten jeden Tag getragen hättest. Du spielst mit –«

»Lass es, Mama.«

»Du hast recht, man soll nicht um Vergangenes trauern. Ich freue mich, dass wir so offen über alles reden können. Allerdings gibt es einen Punkt, über den muss ich nicht mit dir, sondern mit deinem Verehrer reden. Es hat mit eurer Romanze nichts zu tun. Das Gespräch muss vertraulich bleiben. Nicht einmal dein Vater darf davon erfahren, bis es ihm besser geht.«

Verehrer! Romanze! Claire hielt es nicht aus. Sie wollte in den Garten fliehen und sich in den Pool stürzen.

»Claire? Hörst du mir zu?«

»Was, Mama?«

»Ich vermute, du hast dein Telefon bei dir?«

»Es liegt oben.« Claire hatte es in der Hosentasche.

»Dann hole es. Rufe ihn an und frage, ob er ungestört ist.«

»Soll ich ihm nicht sagen, worum es geht?«

»Sage ihm, es geht um eine wichtige politische Frage.«

Claire sprang auf. Bebend blickte sie auf ihre Mutter hinunter. »Du bist First Lady, Mama. Deine Funktion ist repräsentativ.«

»Was?!«

»Politische Fragen gehen dich nichts an! Genauso wenig wie meine Verehrer!«

Claire lief zur Treppe. Sie sah die Stufen durch einen Schleier von Tränen. Einen Augenblick glaubte sie, ihre Mutter komme ihr nach, wolle sie von der Treppe zerren. Aber nein, sie durfte nicht schreien, sie durfte keinen Lärm machen. Oben lag ihr Vater mit Migräne. Claire erreichte ihr Zimmer. Sie drückte die Tür hinter sich zu, drehte zweimal den Schlüssel und warf sich schluchzend aufs Bett.

Alcatraz!

Nächste Woche würden die Experten aus Fort Lauderdale kommen und ihre letzte Fluchtmöglichkeit schließen. Dann würde sie hier gefangen sein, mit einer Mutter, der sie nicht länger traute. »Wir haben den gleichen Geschmack.« War sie etwa scharf auf Mads? Wie sollte sie ihm je wieder nahe sein, ohne an ihre Mutter zu denken?!

Reine Routine, niemand will uns etwas Böses. Noch so eine Lüge. Sie installierten Kameras und Sensoren. Setzten den Zaun unter Strom. Also fürchteten sie Anschläge. Oder, schlimmer noch, den Mob, der ihren Vater lynchen wollte. Wenn in der Stadt die Cholera ausbrach. Mads hatte recht. Und ihre Mutter, die überall kleine Schritte nach vorn sah, hatte unrecht. Sie belog nicht nur Claire, sie belog sich selbst. Warum? Weil sie First Lady bleiben wollte, um jeden Preis?

Claire horchte. Sie hörte keine Schritte. Sollte sie Mads anrufen? Ihm sagen, dass sie sich nicht länger sehen konnten? Ihre Mutter wollte mit ihm sprechen. Vertraulich. Nicht einmal ihr Vater sollte davon erfahren. Was plante sie, hinter seinem Rücken?

Claire presste den Kopf ins Kissen und ballte die Fäuste. Sie war die Letzte, die noch auf der Seite ihres Vaters stand. Sie waren gemeinsam Gefangene in Alcatraz. Sie mussten hier raus, bevor es zu spät war!

44

Sie konnten seine Nikon klauen, dann hatte er immer noch die Fotos auf seinem Airbook. Sie konnten das Airbook klauen, dann hatte Maria die Fotos auf dem zweiten Chip. Besser, er kopierte sie noch in seine Taschenkamera. Und in den Cloud-Speicher. Bloß hatte vorhin das Internet nicht funktioniert. Musste am Regen liegen.
Rafael schwamm allein durch den Pool. Er schwamm gern im Regen. Er dachte an Maria. Die Leichen. Seine Chefin. Und ob es einen Zusammenhang gab. Männer erpressten seine Chefin, dieselben Männer ließen die Leichen bewachen. Zumindest hatte der Offizier gewusst, wer die Lutteurs waren. Die Visitenkarte hatte ihn beeindruckt, ihm geradezu Angst gemacht. Aber was bedeutete diese Verbindung? Courtois hatte geklagt, als sie zusammen vor der deutschen Botschaft auf Michelle gewartet und die jungen Männer mit ihren Pässen gesehen hatten. Früher, hatte er gesagt, gab es in Haiti Arbeit, in der Landwirtschaft, in den Textilfabriken. Aber seit durch die Entwicklungshilfe alles umsonst hereinkam, waren achtzig Prozent der Männer ohne Job und ohne Einkommen. Der Neid machte ihm Angst, hatte Courtois gesagt, mit dem sie auf die Autos der Entwicklungshelfer starrten. Konnte man ihnen verübeln, wenn sie jedem Scharlatan nachliefen? Der ihnen versprach, diese Autos würden sie bald fahren, vorausgesetzt, sie wählten ihn an die Macht? Die jungen Männer waren immer der Schlüssel zur Macht. Unter den Duvaliers hießen sie Tontons Macoutes. Unter Aristide Schimären. Heute hießen sie Lutteurs. Aber es waren nicht die Männer des Präsidenten.
»Guten Abend, Monsieur Velasco.«

Nackte Füße in schwarzen Slippern am Beckenrand. Blue Jeans, ein weißes Polohemd von Ralph Lauren. Unter einem dunkelblauen Regenschirm das Gesicht mit der hohen Stirn und der Messingbrille.

»Willkommen zurück in Port-au-Prince. Hatten Sie eine angenehme Rückfahrt?«

»Ein Baby hat in unseren Wagen gekotzt.«

Rafael stieß sich vom Beckenrand ab, tauchte und schwamm dicht über den Kacheln. War Belamour also gekommen. Hatte er schon erfahren, dass sie in Anse Rouge gewesen waren. Schneller, als Rafael gedacht hatte. Er tauchte auf der anderen Seite auf. Wieder schaute er auf die Slipper.

»Wollen wir uns unterhalten, Monsieur Velasco?«

»Worüber?«

»Ihren Ausflug nach Anse Rouge.«

»Es war kein Ausflug.«

»Tatsächlich? Schon haben wir ein Thema.«

Sein Englisch war gut. Besser als das der meisten Haitianer, die ihr Englisch von amerikanischen Fernsehserien oder Rap-Songs gelernt hatten. Rafael wollte nicht mit ihm reden. Er konnte aber auch nicht ewig im Pool bleiben. Er stützte die Hände auf den Beckenrand und drückte sich aus dem Wasser.

»Warum unterhalten Sie sich nicht mit Frau de Sélestat?«, fragte er.

»Ist sie in ihrem Zimmer?«

»Weiß ich nicht.«

»Waren Sie mit ihr in Anse Rouge?«

»Nein.«

»Mit wem dann?«

Natürlich, das war es. Belamour wollte wissen, mit wem Rafael bei den Salzfeldern gewesen war. Rafaels Kleidung lag auf einem Liegestuhl, er zog seine Hose an. Belamour war nicht älter als er, vielleicht sogar jünger. Er war groß und sah gut aus. Einer dieser Typen, die im Märchen nicht die Katze spielen, sondern den Löwen. Rafael war nie mit ihnen klargekommen.

»Welchen Eindruck hatten Sie von Anse Rouge?«, fragte Belamour.

»Ging so.«

»Anse Rouge ist kein Ziel für Touristen. Abgelegen, die Straße ist schlecht. Man muss einen Grund haben, sonst lohnt sich der Weg nicht.«

Rafael knöpfte seine Hose zu. Belamour setzte sich auf den Liegestuhl neben ihm und musterte seine Brust, seinen Bauch. Rafael kannte diesen Blick, auch aus dem Heim, auch von den Löwen. Wegen dieser Blicke hatte er jahrelang ein Springmesser in der Tasche getragen.

»Sie waren nicht allein in Anse Rouge«, sagte Belamour.

»Stimmt.«

»Freunde?«

»Bekannte.«

»Verraten Sie mir die Namen?«

»Nein.«

Die Milizionäre hatten ihm vermutlich zwei Männer und eine Frau beschrieben. Rafael hatte er im Hotel und vor Michelles Geburtshaus gesehen, auf ihn war Belamour leicht gekommen. Fehlten Maria und Craig.

»Ich erkläre Ihnen, warum es wichtig ist«, sagte Belamour.

»Müssen Sie nicht.«

»Sie kommen aus Bremen. Bremen ist arm. Die Männer sind ohne Arbeit. Die Kinder verwahrlost.«

»Waren Sie schon mal dort?«

»Ich lese Zeitungen.«

»Die Zeitungen übertreiben.«

»Armut ist relativ, nicht wahr? Stellen Sie sich vor, einige gutgesinnte Menschen – sagen wir, es sind Haitianer – kommen nach Bremen. Sie sind schockiert von dem, was sie sehen. Der Schmutz, das Elend, die Gewalt. Sie beschließen, die Stadt zu entwickeln. Arbeit für die Männer, Bildung für die Kinder. Einerseits sind die Bremer dankbar. Andererseits fragen sie sich: Warum schaffen wir es nicht allein, uns zu entwickeln? Warum brauchen wir die Haitianer? Was stimmt nicht mit uns? Die Bremer fangen an, sich zu erforschen. Nach schmutzigen Geheimnissen zu suchen. Schmutzig ist alles, was sie von den Haitianern, ihren Helfern, unterscheidet. Sie verstecken ihre Geheimnisse, vergraben sie. Je tiefer sie sie vergraben, umso dunkler werden sie. Die haitianischen Helfer spüren, dass etwas nicht stimmt. Warum entwickeln sich die Bremer nicht? Warum gehen die Männer nicht zur Arbeit? Sind die Kinder immer noch verwahrlost? Die Haitianer fangen an zu schnüffeln. Graben nach den Geheimnissen, zerren sie ans Licht. ›So seid ihr Bremer!‹, rufen sie. ›Schaut eure dreckigen Geheimnisse an! Verrecken sollt ihr in eurer Armut!‹ Verstehen Sie, warum die Bremer das nicht zulassen können? Warum sie ihr Geheimnis schützen müssen, um jeden Preis?«

Rafael zog seine Socken an, seine Schuhe und sein Polohemd.

»Sagen Sie mir, Monsieur Velasco, mit wem sie in Anse Rouge waren?«

»Mit einem Mann und einer Frau.«

»Das wissen wir.«

»Wie wäre es mit einem Geschäft?«, fragte Rafael. »Ich sage Ihnen den Namen der Frau, wenn Sie mir sagen, womit Sie Michelle de Sélestat erpressen. Und den Namen des Mannes, wenn Sie mir sagen, warum Sie seit Jahren die Leichen im Salzfeld bewachen.«

Belamour lächelte wie über eine Idee, die so absurd war, dass

sich das Nachdenken über sie lohnte. »Auf so ein Geschäft würden Sie sich einlassen?«
Rafael zuckte die Schultern und stand auf. Er hatte die Bestätigung, die er brauchte: Belamour erpresste seine Chefin, und er steckte hinter der Bewachung der Leichen.
»Wo wollen Sie hin?«, fragte Belamour.
»Ins Bett legen. Zeichentrickfilme gucken.«
»Glauben Sie nicht, wir finden Ihre Freunde auch ohne Sie?«
Rafael wollte gehen, Belamour hielt ihn fest. »Da ist noch etwas«, sagte er, und seine langen Finger bohrten sich in Rafaels Unterarm. »Die Bremer wollen nicht länger arm sein. Sie wollen ihr Stück vom Kuchen. Die Haitianer haben kein Recht, sich in ihre Angelegenheiten zu mischen. Die Bremer sind nicht ihr Eigentum! Ihre Geheimnisse gehen die Haitianer nichts an!«

Rafael schloss die Tür hinter sich und schob die Kette vor. Die Kamera lag auf dem Tisch, niemand hatte etwas angerührt. Er startete sein Airbook und schloss die Kamera an. Er rieb die Druckstellen an seinem Unterarm. Er musste die Fotos kopieren. Und er musste Maria warnen. Mit Sicherheit hatten die Milizionäre eine kleine, blonde Frau beschrieben. Davon gab es in Port-au-Prince nicht viele. In ihrem Hotel war sie sicher. Sobald sie es verließ, war sie in Gefahr.
Villa Jardin. Rafael kannte den Namen des Hotels und wusste, wo es lag. Aber jetzt konnte er nicht hinfahren. Wenn ihm jemand folgte, würde er ihn geradewegs zu Maria führen. Die Résidence Étoile war umgeben von einer hohen Mauer mit Stacheldraht; er konnte sie nicht unbemerkt verlassen. Wenn er zur Rezeption ging und nach der Telefonnummer fragte? Aber Belamour ging hier ein und aus. Bestimmt hatte er an der Rezeption einen Spitzel.

»Villa Jardin.«
Mit seinem Airbook konnte er reden, jedenfalls in kurzen Sätzen. Die Verbindung war langsam. Es dauerte fast eine Minute, bis das Airbook ihm die Suchergebnisse vorlas: »Villa Jardin, Bretagne. Villa Jardin, Montreal. Villa Jardin, Mahe Island ...«
Er machte einen zweiten Versuch: »Villa Jardin, Port-au-Prince.«
Das Airbook verstand ihn oft, aber nicht immer. Schon gar nicht, wenn er Französisch redete. Jetzt leierte es eine Liste französischer Namen und Zahlen herunter, von denen Rafael nur Bruchstücke verstand. Marias Hotel war nicht dabei. Vermutlich war es auf den Seiten der großen Anbieter nicht gelistet. Vielleicht hatte es nicht einmal einen Internetauftritt. Dann musste man suchen, auf Stadtplänen, Websites ...
Rafael fühlte seine Hände feucht werden. Sie hatten versucht, ihm Lesen beizubringen. Sie hatten versucht, ihn zum Lesen zu zwingen. Hatten es mit Therapien versucht und Strafen. Es hatte seine Angst vor Buchstaben nur vergrößert. Sie bewegten sich, sobald er sie anschaute. Stürzten auf seine Netzhaut, drängten sich vor, die dicken machten die dünnen platt. Er sah das N, erst links, dann in der Mitte. Da W war gleichzeitig ein M. Er hörte die Stimme der Lehrerin, die es gut meinte. Er hörte die Stimme des Heimleiters, der mit Sonderschule drohte. Villa Jardin ... Er musste Maria retten. Er fühlte Übelkeit und Kopfschmerz. Er zog die Buchstaben weit auseinander. Versuchte, sie einzeln zu lesen: *P U E R T O R I C O* ...
Er schlug das Airbook zu. Er atmete schnell. Draußen fiel immer noch Regen auf die Blätter. Er öffnete die Tür. Der Bungalow seiner Chefin lag näher am Pool. Er musste einige Schritte gehen, bis er sie in der offenen Tür stehen sah. Sie redete mit Belamour. Sie schaute an ihm vorbei, in Rafaels Gesicht. Sie hatte Angst.

45

Maria wachte auf.
Draußen war es fast dunkel. Das bedeutete, es war ungefähr halb sieben Uhr. Sie fühlte Flauheit im Magen, geradezu Hunger. Sie hatte Appetit auf Spaghetti mit Ei und Ketchup, wie sie sie gestern in Gonaïves gegessen hatte. Musste es auch in Port-au-Prince geben.
Sie musste eine Mail an Joolys Vater schreiben, das hatte sie versprochen. Aber was sollte sie schreiben? Dass seine einzige Tochter erschossen worden war? Als sie versucht hatte, einen Kofferraum voller Kokain in die Dominikanische Republik zu bringen? Das würde ihm die Trauer nicht leichter machen. Er würde es nicht einmal glauben.
Sie hatte Rafael die Geschichte mit Nazi-Hertha nicht zu Ende erzählt. Sie war nicht gut ausgegangen. Sie hatten die Welt nicht gerettet, Jooly war von der Schule geflogen. Das war der Wendepunkt gewesen. Danach hatten Joolys Probleme angefangen. Ihr Vater hatte sie auf ein Internat in Hessen geschickt. Dann auf eines in Sachsen. Nirgends hatte sie es ausgehalten. Sie hatte eine Ausbildung abgebrochen, dann noch eine ... Und so weiter. Maria hatte sich zusammengerissen. Wollte sich beweisen, dass sie es auch ohne Jooly schaffen konnte. Zwei Jahre später war sie Schulsprecherin geworden. Mit Jochen Saeckmann, über dessen kurze Beine sie sich mit Jooly immer lustig gemacht hatte. Sie hatten keinen Kontakt mehr gehabt, aber bestimmt hatte Jooly es erfahren, ebenso ihr Vater. Hatte sie es als Verrat empfunden?
Mit einem Ruck stand sie auf. Sinnlos, über längst vergangenes Zeug zu grübeln. Und sie musste Ahrens nicht die Wahr-

heit schreiben. Sie konnte schreiben, dass sie Menschen getroffen hatte, die sich voll Wehmut an Jooly erinnerten. Dass sie Kranke gepflegt und Kinder gerettet hatte. Medikamente in die Berge gebracht, zu den Ärmsten der Armen. Kein Gesetz befahl, sich an Menschen so zu erinnern, wie sie waren.

Regenwasser sammelte sich auf den Tischen und Stühlen, die außerhalb des Vordachs standen. Die Luft roch nach nassem Holz und verfaulenden Blättern. Sonntag, auch für die Gäste der Villa Jardin. Einige spielten Backgammon oder legten Patiencen. Howard las ein Buch, lächelte ironisch und machte am Rand eine Notiz. Sein Herpes war von einer dicken Schicht Creme bedeckt. Die Österreicher diskutierten nicht, sondern arbeiteten still an ihren Laptops. Im Vorbeigehen sah Maria Kurven, Balken, Fotos von Kindern vor Lehmhütten.
Doreen saß abseits, nippte an einem Becher Kaffee und schaute in den Fernseher. Bilder von überschwemmten Dörfern. Menschen auf den Dächern ihrer Häuser, sie winkten und schrien um Hilfe. Helfer, die Ertrinkende in Schlauchboote zogen.
»Abend, Doreen«, sagte Maria.
»Hallo, Maria.«
»Sind Sie nicht mit Ihrer Gruppe in den Dörfern?«
»Zwei Frauen wurden krank, ich musste sie zurückbringen.«
»Ernsthaft krank?«
»Es werden immer ein paar krank. Das gehört zum Abenteuer.«
Maria legte ihr altes Dell-Notebook auf den Tisch. Holte eine Flasche Wasser aus dem Kühlschrank und machte einen Strich auf der Liste.
»Falls Sie ins Internet wollen«, sagte Doreen, »seit einer hal-

ben Stunde ist die Verbindung tot. Überall in der Stadt. Vermutlich der Regen.«
Maria war erleichtert. Keine Internetverbindung. Also musste sie die Mail an Joolys Vater auf später verschieben.
»Schon einen Job gefunden?«
»Nicht so einfach.«
»Dort sollten Sie sein«, sagte Doreen und zeigte auf den Fernseher.
Bilder von verschleierten Frauen, die die Hände reckten. Eine Reporterin in schusssicherer Weste mit den letzten Informationen: Sechzig Prozent des Ganges-Deltas überschwemmt. Ausbreitung von Seuchen. Schlimmste humanitäre Katastrophe seit Jahrzehnten. Wettlauf gegen die Zeit.
»Sie haben in Bangladesch viel zu wenig Helfer«, sagte Doreen. »Der Flughafen ist gesperrt. Die würden sich um Sie reißen.«
»Hier gibt es auch eine Menge zu tun«, sagte Maria.
»Aber wo fließt das Geld hin? Vor einem Jahr hatte ich jede Woche eine Gruppe. Jetzt ist es höchstens eine im Monat.«
»Sie reden wie eine Reiseveranstalterin.«
»Was glauben Sie, was ich bin? *Vitamin Warriors* ist meine Agentur. Meine Kunden haben Jobs, in denen sie einen Haufen Geld verdienen und todunglücklich sind. Hier spüren sie für ein paar Tage das Leben. Dass sie gebraucht werden. Sie sollten meine Kunden sehen, wenn sie in ein Waisenhaus kommen. Manche weinen und brechen zusammen. Die Kinder müssen sie in den Arm nehmen und trösten. Natürlich lernen wir die Kinder an, sie machen das hervorragend.«
Im Fernseher trieben tote Kühe durch die Fluten. Überforderte Politiker sprachen in Mikrofone.
»Haitis Regierung hat die Zeltlager geschlossen«, sagte Doreen. »Den Präsidentenpalast abgerissen. Sie haben ein paar

Grünflächen angelegt, Straßen geteert und geglaubt, wenn man das Elend nicht mehr sieht, ist das Fortschritt. Völliger Blödsinn. Was kann Haiti verkaufen, außer Naturkatastrophen und Armut? Das ist, als würde Paris den Eiffelturm abreißen.«

»Aber es kommen doch noch Helfer«, sagte Maria.

»Ein Bruchteil von früher. Natürlich, ich habe Stammkunden. Sie kommen jedes Jahr, wollen ihre Kinder aufwachsen sehen. Ansonsten: Haiti ist tot. Was Sie hier sehen, sind die Übriggebliebenen. Die nicht loslassen können. Die hoffen, dass etwas passiert: ein Erdbeben, ein Hurrikan, irgendetwas.«

Doreen rührte Milchpulver in ihren Kaffee. Im Fernseher schwamm ein Mädchen in schlammigen Wellen. Es klammerte sich an einen Karton, die Kamera zoomte aufs Etikett: *ZARA*.

»Ha!« Doreen zeigte mit ihrem Löffel auf den Fernseher. »Genau solche Bilder brauchen Sie. Die Leute haben *ZARA* im Kleiderschrank und fühlen sich schuldig.«

»Vielleicht kriege ich einen Job«, sagte Maria. »In Anse Rouge.«

»Sie Arme.«

»Die Organisation heißt *Grain of Life*.«

»*Grain of Life*? Die gibt's nicht mehr.«

»Sind Sie sicher?«

»Die Frau, die *Grain of Life* aufgebaut hat, hat hier ein paar Nächte verbracht. Sally, Mandy ...«

»Sandy Rice.«

»Genau. Da vorn saß sie, an der Bar, und hat sich besoffen. Wie das so ist, wenn ein Projekt abstürzt.«

»Wieso ist es abgestürzt?«

»Ich erinnere mich nur noch, dass sie mir eine wirre Geschichte erzählt hat, von Geistern, und dass Bewaffnete ihr

die Salzfelder weggenommen haben. Ehrlich gesagt, ich habe kein Wort davon geglaubt.«
»Wann war das?«
»Ich hatte die Herbsttour ... Ende Oktober, Anfang November. Jedes Mal das Gleiche: Wenn Entwicklungshelfer scheitern, geben sie allen die Schuld. Nur nicht sich selbst.«
»Hat sie gesagt, wer die Bewaffneten waren? Warum sie die Salzfelder wollten?«
»Wieso interessiert Sie das?«
»Falls ich den Job kriege.«
»Ich kann Ihnen nur sagen, was Sandy mir erzählt hat. Die Einheimischen haben geglaubt, dass in den Feldern böse Geister leben. Oder so ähnlich, ich habe nicht hingehört. Besser, Sie fragen ihn.«
Craig stand in der Terrassentür. Er hatte sich rasiert und sogar die Haare geschnitten. Er trug schwarzes Hemd, schwarze Hose, schwarze Lederschuhe, alles frisch gebügelt und geputzt. Dazu eine signalrote Krawatte. Er versuchte nicht, auf locker und jugendlich zu machen. Es stand ihm gut. Er kam zu ihnen an den Tisch. Maria roch herbes Eau de Toilette, das ihr gefiel.
»Guten Abend, die Damen«, sagte er.
»Gut siehst du aus«, sagte sie.
»Habe eine Verabredung. Nicht was ihr denkt. Manchmal wird man verarscht, manchmal wird man nicht verarscht. Mal sehen, was sich ergibt.«
Craig blieb an Howards Tisch stehen. Howard las ihm eine Stelle aus dem Buch vor und machte eine Bemerkung, die bestimmt geistreich war. Craig gab ihm einen Klaps auf die Schulter und verließ die Terrasse.
»Sie kennen sich?«, fragte Doreen.
»Wir waren zusammen in Anse Rouge.«
»Allein? Mit ihm?«

»Es war noch ein anderer Mann dabei. Wieso?«
Doreen zuckte die Schultern. »Am Anfang mochte ich ihn. Er war witzig und nicht so verbohrt wie viele andere Helfer. Aber er hat einen Knacks. Viele Helfer kommen, weil sie vor irgendwas fliehen. Job verloren, gescheiterte Beziehungen, Suchtprobleme ...«
»Warum glauben Sie, er weiß etwas über *Grain of Life*?«
»Weil er und Sandy sich zusammen an der Bar betrunken haben. Niemand ist verständnisvoller als ein Mann, der lange keine Frau mehr im Bett hatte. Ich bin sicher, sie haben die Nacht zusammen verbracht.«
»Kannten sie sich vorher schon?«
»Woher soll ich das wissen?«
»Bitte, Doreen ... Versuchen Sie, sich zu erinnern.«
Doreen sah sie an, ein wenig irritiert. »Mein Gefühl sagt mir ... Ich glaube, sie kannten sich nicht. Männer und Frauen landen schneller im Bett, wenn sie sich vorher nicht kennen.«
»Wie lange war Sandy hier?«
»Ein paar Tage. Ich glaube, sie wollte nach Kanada. Aber es gab Schwierigkeiten mit dem Flug. Ich weiß wirklich nicht –«
Craig kam zurück. Seine Hände waren ölverschmiert. Auf dem Hemdärmel hatte er einen Fleck. Wahrscheinlich der Anlasser. Er machte ein Gesicht, als lache die Welt ihn aus. Ohne jemanden anzusehen, ging er die Treppe hoch. Wahrscheinlich um seine Hände zu waschen und das Hemd zu wechseln. In wenigen Minuten würde er zurückkommen.
»Sieht nach Rendezvous aus«, sagte Doreen.
»Meinen Sie?«
»Aber nicht mit einer Einheimischen. Dafür putzt sich kein weißer Mann so raus.«
Maria schüttelte den Kopf. Craig war nicht unterwegs zu

einer Frau. Nicht heute Nacht. Sie stand auf und ging zur Rezeption. Prudhomme stand über das Gästebuch gebeugt, seine Lesebrille auf der Nase, und trug Daten aus Reisepässen ein.

»Prudhomme?«, sagte Maria. »Ich brauche Ihre Hilfe.«

46

Michelle zog an einer Zigarette, hustete und sagte: »Die Deutsche Welle ist eine Säule unserer Demokratie.«
Es war die erste Zigarette ihres Lebens. Sie war nicht nach Haiti gekommen, um mit dem Rauchen anzufangen. Aber ihr war kein besserer Vorwand eingefallen, um sich hier mit dem Reporter zu treffen. Vor dem Hotel, im Schatten der Mauer, wo sie niemand sah.
»Ihre Kollegen in Berlin sehen das anders«, sagte Bolling. »Sie wollen schon wieder unseren Etat kürzen. Die Deutsche Welle ist auf dem Weg in die Bedeutungslosigkeit.«
Als ob sie dort nicht längst war, dachte Michelle. Als ob dieser drittklassige Versuch, die BBC zu kopieren, mehr war als eine nationale Peinlichkeit.
»Ich habe immer für die Deutsche Welle gekämpft«, sagte sie. »Die Etatkürzung ist ein Skandal. Wir müssen sie gemeinsam verhindern.«
Ein SUV passierte das Tor, die Lichtkegel seiner Scheinwerfer schwenkten über Michelle. Sie widerstand dem Reflex, in Deckung zu gehen. Dieser aufgeschwemmte Reporter mit den verschwitzten Strähnen über der flachen Stirn durfte nicht glauben, sie habe etwas zu verbergen.
»Ich habe Ihre letzten Reportagen im Netz gesehen«, sagte sie. »Sie sind beeindruckend.«
In Wahrheit hatte Michelle nur zwei Reportagen von Bolling gefunden. Eine über eine Korruptionsbagatelle in Santo Domingo. Ein deutsches, mit der Sanierung historischer Gebäude beauftragtes Unternehmen hatte möglicherweise dem zuständigen Bürokraten ein paar Pesos in die Tasche gesteckt. Lächerlich! Was blieb deutschen Unternehmen in

solchen Ländern anderes übrig, als nach den Regeln zu spielen? Die zweite Reportage – eigentlich nur ein kleiner Beitrag von drei Minuten Länge – hatte Michelles Rede vor ihrem Geburtshaus behandelt. Es war nicht einmal klar, ob sie gesendet oder nur auf die regionale Internetseite gestellt worden war.

»Natürlich war ich geschmeichelt«, sagte sie, »Sie im Garten meiner Kindheit zu sehen. Ein vielbeschäftigter Mann, für diese doch eher unwichtige Sache –«

»Es können sich größere Dinge daraus entwickeln«, sagte Bolling.

»Natürlich, das ist möglich.«

»Als Journalist hält man mehrere Fäden in der Hand.«

»Ich merke, ich rede mit einem Profi.«

»Das tun Sie, Frau de Sélestat. Deshalb schütze ich meine Quellen.«

»Quellen?« Sie warf die halbgerauchte Zigarette in die Dunkelheit.

»Ich sage bloß, man ist an mich herangetreten. Man hat mir Material angeboten für eine Story, die stark genug ist, um Sie zu vernichten. Zunächst war ich skeptisch. Man kriegt hier allerhand angeboten. Aber diese Leute haben einen Beweis angekündigt. In Ihrer Rede, haben sie gesagt, werden Sie einen Satz aussprechen. Einen historisch belasteten Satz, den niemand in einer Rede einfach so verwendet. Tatsächlich haben Sie diesen Satz gesagt.«

»Ach, dieser Satz ...«

»Also haben meine Informanten etwas gegen Sie in der Hand.«

»Reine Achtlosigkeit.«

»Genau genommen waren es zwei Sätze.«

Michelle bereute, dass sie die Zigarette so schnell weggeworfen hatte. Allein schon, um ihre rechte Hand zu beschäftigen.

Um nicht nervös an den Knöpfen ihrer Bluse zu nesteln, wie sie es gerade tat.
»Ich weiß, wovon sie sprechen«, sagte sie. »Man will mich zum Opfer einer Intrige machen. Ehrlich gesagt, ich nehme diese Sache nicht besonders ernst. Ich habe nichts zu verbergen. Bloß aus Interesse: Warum kommen diese Leute ausgerechnet zu Ihnen?«
»Was wollen Sie mit ›ausgerechnet‹ sagen?«
»Ich meine bloß –«
»Diese Leute wünschen eine kritische Berichterstattung. Die den Ängsten der einfachen Bevölkerung Raum gibt. Konkret geht es um den Neubau eines Museums, aus dem karzinogene Strahlen ins Freie gelangen. Man berichtet über eine Häufung von Lungen- und Brustkrebs im Umkreis des Museums. Die Deutsche Welle nimmt diese Besorgnisse ernst.«
So also, dachte Michelle, verstanden diese Leute ihren Job. Wahrscheinlich hatte dieser unappetitliche Mensch die Petition sogar freiwillig unterschrieben. Die Deutsche Welle war ein Sumpf, in dem es blubberte. Man musste ihn austrocknen.
»Nun kommen Sie zu mir, Frau Sélestat. Wollen mich dringend sprechen. Bieten mir eine neue Story an. Doch offenbar, um die Veröffentlichung des brisanten Materials zu verhindern.«
»Aber lieber Herr Bolling –«
»Was haben die Lutteurs gegen Sie in der Hand?«
Michelle seufzte. »Gefälschte Dokumente. Die irgendetwas beweisen sollen. Sie wissen, wie diese Leute sind. Manchmal versteigen sie sich in Verschwörungstheorien, man kann nur den Kopf schütteln.«
»Welche Dokumente?«
»Worauf es ankommt –«

»Was für Dokumente?«
»Lassen Sie mich ausreden, verdammt!«
Sie atmete durch. Schon wieder rollte ein SUV durchs Tor. Das Hotel empfing heute Abend eine größere Delegation.
»Das Land strengt uns an, nicht wahr?«, sagte sie. »Die Hitze, die Armut ... Wir wollen etwas tun, einen Beitrag leisten. Auch Sie wollen einen Beitrag leisten. Gleichzeitig müssen Sie als Journalist aufpassen, dass man Sie nicht benutzt. Und das ist der Punkt: Sie und ich, wir werden benutzt. Wir sind nur Rädchen in einer viel größeren Verschwörung. Entweder Sie bringen einen kleinen Beitrag über das Rädchen. Oder Sie machen etwas Großes, über das Uhrwerk. Eine Enthüllung der Machenschaften, um die es wirklich geht. Die Wahrheit muss an die Öffentlichkeit. Aber es geht um Tage, Herr Bolling. Vielleicht um Stunden.«
»Ich höre«, sagte Bolling und scharrte mit seinen Stiefeln.
»Morgen ist Montag«, sagte Michelle. »Am Nachmittag empfängt der Präsident verschiedene Vertreter westlicher Geberstaaten. Am Abend wendet er sich in einer Ansprache an das Volk. Er wird verschiedene Maßnahmen verkünden, um das Elend der notleidenden Bevölkerung zu lindern. Die Wichtigste ist der Bau einer Bahnlinie von Cap-Haïtien nach Port-au-Prince.«
»Man munkelt das seit Tagen.«
»Worauf ich hinauswill –«
»Werden Sie den Präsidenten treffen?«
»Ihre Frage, Herr Bolling, zielt genau auf den Punkt. Nein, ich werde ihn nicht treffen. Weil ich mich nicht missbrauchen lasse. Für einen Korruptionsskandal, der alle Grenzen sprengt. Es geht um Hunderte Millionen Euro. Um Milliarden. Es geht um Politiker, die sich gegen Deutschland verbünden. Um eine Mafia, die vor Verleumdungen und Fälschung von Urkunden nicht zurückschreckt. Diese Ver-

schwörung muss die Deutsche Welle ans Licht bringen! Bevor es zu spät ist!«

»Haben Sie Beweise?«

»Und ob ich Beweise habe. Ich habe den Kopf der Verschwörung.« Sie zog Bolling am Arm in die Dunkelheit. Sie sprach leise, dicht an seinem Ohr. »Eine Abgeordnete im europäischen Parlament. Ihr Name ist Lykka Poulsen.«

47

Eine Strähne rutschte aus Marias Helm und wehte in ihr Gesicht. Sie stopfte sie zurück. Sie schob die Hände unter ihre Schenkel und rutschte näher an den Motorradfahrer. Zwar gab es in der ganzen Stadt keinen Strom, die Straße war, bis auf wenige Lampen vor Geschäften und Marktständen, dunkel. Aber immer wieder kamen ihnen Wagen entgegen, blendeten die Scheinwerfer. Möglich, dass Craig im Rückspiegel ihre blonden Haare und ihre helle Haut sah. Sie durfte kein Risiko eingehen.

Sie folgten dem Dodge auf einer Seitenstraße, die hinter dem Nationalstadium bergab führte. Vielleicht war diese Verfolgung keine gute Idee. Aber sie wollte endlich die Wahrheit. Wer war Craig? Was wusste er über Jooly und *Grain of Life*? Was war der Deal, von dem er gestern gesprochen hatte? Junge Männer mit Motorrädern hatten in reicher Auswahl vor dem Hotel gewartet. Prudhomme hatte einen ausgesucht, den er kannte, und den Preis ausgehandelt. Er hieß Lincoln und sprach weder Englisch noch Französisch. Aber er hatte es geschafft, in einer nahe gelegenen Werkstatt einen Helm aufzutreiben. Gerade rechtzeitig, bevor der Dodge aus dem Tor rollte.

Maria atmete warme, faulige Luft durch den Spalt des Visiers. Vermischt mit dem Geruch von Abgasen, Holzkohle, manchmal Urin. Sie hörte Musik und ratternde Generatoren. Und überall, auf der Straße, an den Mauern, in den Eingängen zerstörter Häuser, sah sie Jugendliche, die auf Bordsteinen saßen oder Plastikflaschen hin- und herkickten. Kinder, die in Pfützen hockten und mit Stöckchen in der Brühe rührten. Babys, in Tücher gewickelt, auf dem Rücken

ihrer Mütter. Oder ihrer Schwestern, das war unmöglich zu entscheiden.
Der Dodge blinkte und bog auf die Hauptstraße Richtung Süden. Das Motorrad schlingerte in einem Matsch verrottender Obstschalen, dann hatte Lincoln es wieder unter Kontrolle. Ein großer, stiller Junge, mit breitem Kreuz und Nackenmuskeln, die sich unter seinem T-Shirt wölbten. Er hielt Abstand, um nicht aufzufallen. Sie fuhren schneller, Maria umfasste Lincolns Taille. Rechts, zwischen Ruinen und Zelten mit UN-Logo, sah sie das Meer, am Horizont Positionslichter von Schiffen. Sie sah Kerosinlampen vor den Zelten, glühende Holzkohle, Frauen, die aus Plastikschüsseln schlammige Brühe auf die Straße kippten.
Sie verließen die Stadt. Ein kühler Wind blies vom Meer. Maria rückte nahe an den schützenden Rücken Lincolns. Sie fühlte den Drang, ihren Kopf auf Lincolns Nacken zu legen. Sie wollte Nähe. Sie wollte eine Grenze einreißen, zwischen ihm und ihr. Sie stellte sich vor, dass sie am Straßenrand standen, sich umschlungen hielten und küssten. Dass es für einen Moment keinen Hunger und keine Gewalt gab, keine Hautfarbe, keine Täter, keine Opfer. Bloß einen Mann und eine Frau, die sich küssten.
Die Straße gabelte sich. Der Dodge fuhr nach links. Es gab keine Häuser mehr und keine Lampen. Nur die Rücklichter in der Dunkelheit. Lincoln vergrößerte den Abstand und schaltete den Scheinwerfer aus. Maria sah Brachland, Strommasten ohne Kabel, ein Autowrack im Graben. Keinen Mond, nur einen hellen Fleck hinter Wolken.
Sie passierten ein verrostetes Schild auf eingeknickten Stangen: *Parc industriel de l'Ouest.*
Der Asphalt endete, ein Plattenweg begann. Sie fuhren nur noch Schritttempo, die Platten waren gebrochen und unterspült. Mehrmals musste Lincoln das Motorrad mit dem Fuß

abstützen. Maria sah Industriehallen, mit großen Löchern, wo Tore hätten sein müssen. Entweder die Hallen waren nie fertig gebaut worden oder schon wieder demontiert. Sie fuhren auf ein Licht zu. Es brannte vor einer Halle, die in besserem Zustand war als die anderen. Sie hatte sogar ein Tor. Der Dodge hielt vor der Halle. Sie sahen seine Rücklichter verlöschen.

Lincoln schaltete den Motor aus. Sie rollten ein paar Meter und blieben stehen. Sie hörten mehrere Generatoren. Das Schlagen einer Wagentür. Sie sah Craig in den Lichtschein der Lampe treten. Er rieb seine Hände an der Hose und kontrollierte den Sitz seiner Krawatte. Er klopfte an eine Tür neben dem Tor. Er horchte. Er drückte die Klinke, zog die Tür auf und verschwand in der Halle.

Maria stieg vom Sitz und setzte ihren Helm ab. Sie bedeutete Lincoln zu warten, hier, im Schutz der Dunkelheit. Er wiegte den Kopf. Er hatte bei der Sache kein gutes Gefühl. Mit Lincoln hatte sie Glück. Sie gab ihm den Helm. Sie nahm sich vor, ihm, wenn sie zurück am Hotel waren, das Doppelte des vereinbarten Preises zu zahlen. Mindestens.

Sie ging auf die Halle zu, eine Rundbogenhalle aus Wellblech. Die Luft war kühl und trocken. Vor dem Tor standen zwei Pick-ups und ein Kastenwagen. Sie ging auf die Tür zu. Sie hörte Musik, einen Merengue. Sie blieb vor der Tür stehen. Bis eben hatte sie keine Angst gespürt, weil Lincoln in ihrer Nähe war. Jetzt fühlte sie ihr Herz pochen.

Sie klopfte. Niemand antwortete. Sie zog die Tür auf. Licht, feuchte Hitze, Geruch von Lack und Lösungsmitteln schlugen ihr entgegen. Sie hörte Kreischen und Hämmern, sah grelle und glänzende Farben. Kinder hockten auf dem Boden, rührten Lacke an, reinigten Pinsel, löteten Drähte. Jugendliche standen auf Leitern, mit Schweißgeräten und Bohrmaschinen. Aus einem Kofferradio sang eine Frau, die

Antwort des Chors ging unter im Kreischen einer Motorsäge. Maria ging weiter in die Halle, hinter ihr fiel die Tür zu. Ein Drache grinste auf sie herunter, das Maul aufgerissen, scharfe Zähne entblößt, als wolle er sie fressen. Eine Hexe mit roten Augen reckte ihr behaarte Arme entgegen. Maria sah Schlangen, Spinnen, Dämonen und Engel, denen Blut aus dem Herzen tropfte. Einige Figuren hatten noch keine Gesichter, von anderen sah sie nur das Gerippe aus Sperrholz und Eisen. Ein Junge, nackt bis auf einen Lendenschurz, stand auf einer Leiter und klatschte Pappmachée auf Maschendraht. Maria trat einen Schritt zur Seite; eine riesige Echse, mit fauligen Zähnen und hängenden Brüsten, wurde von Kindern durch die Halle gerollt.
Die Hitze, die Dämpfe der Lacke machten Maria benommen. Niemand beachtete sie. Alle arbeiteten, fast überall in Gruppen. Es schien für die Figuren nur vage Pläne zu geben. Trotzdem wusste jeder, was er zu tun hatte. An der Seite stand eine Reihe von Nähmaschinen, Mädchen nähten Felle und Häute zusammen. Sie sah zwei, drei erwachsene Männer in dunkelgrauen Kitteln, die von Skulptur zu Skulptur gingen, hier und da die Zähne eines Raubfisches, die Knochen eines Skeletts prüften. Sie gaben Tipps für den Auftrag der Farbe oder die Verschraubung eines Gelenks. Einer hob den Kopf, sah Maria kurz an und ging weiter. Wieder und wieder schoss eine blau-orange Flamme aus dem Mund eines Drachen. Jugendliche standen auf der Leiter, richteten die Düse, verlängerten den Gasschlauch.
Marias Augen brannten. Ihr Kopf schmerzte. Alle Geräusche schienen überlaut. Sie sah an einer Skulptur hoch, die größer war als die anderen. Ein Wesen mit weißer Haut, weißen Haaren und wasserblauen Augen. Ein Wesen ohne Alter und Geschlecht. Von den schmalen, zusammengepressten Lippen tropfte Blut. Es tropfte über das spitze, bartlose Kinn,

rann den dünnen Hals hinunter bis auf ein weißes Gewand, das ein Talar sein konnte oder ein Arztkittel. Aus dem Gewand ragten Antennen. Es war nicht klar, ob das Wesen ferngesteuert wurde oder ob es seine Umwelt mit diesen Antennen kontrollierte. Das Wesen war halb Roboter, halb Leiche. In seinen blau geäderten, dürren Händen zappelte ein schwarzes Kind ohne Kopf. Die Haut war bedeckt von Pflastern und Verbänden, in seinem Arm steckte eine Kanüle, das Händchen hielt ein Stück Brot. Das weiße Wesen hielt das Kind in seinen Händen, als wolle er es schützen. Und jetzt begriff Maria das Blut an den Lippen, die Verdickung im Hals. Das Wesen hatte dem Kind den Kopf abgebissen. Es hatte ihn verschluckt. Es war im Begriff, den Rest des Kindes zu fressen. Ein Kannibale. Der das Kind fütterte und pflegte, ihm die Wunden verband, bevor er es verschlang.

Marias Augen tränten. Sie wollte hier raus. Der Kannibale machte ihr Angst. Die Halle machte ihr Angst. Was sollte das hier? Warum stand der Junge mit einem Pinsel auf der Leiter, zog die Lippen des Kannibalen nach. Überall sah sie Zähne, Schlünde, Krallen und Blut. Aus welcher Richtung war sie gekommen? Wo war die Tür? Ihr schwindelte. Sie musste sich festhalten ...

Sie sah Craig. Er kniete auf dem Zementboden. Er hielt die Hände vor sich, fing Blut auf, das von seiner Nase tropfte. Maria wollte schreien. Eine Hand legte sich auf ihren Mund.

48

Rafael saß vor seinem gegrillten Hummer in Orangen-Chili-Sauce. Er hatte keinen Appetit. Es gab immer noch kein Internet, er musste sein Airbook gar nicht aufklappen. Es gab auch kein Telefonnetz. Er sah es an den anderen Gästen, die untätig vor ihren Laptops saßen oder über die Displays ihrer Smartphones wischten. Er hatte keine Möglichkeit, Maria zu warnen.

Vor einer halben Stunde hatte Michelle das Hotel verlassen. Rafael war ihr bis zum Tor gefolgt. Dann hatte er auf der anderen Straßenseite den Mann mit dem Motorrad gesehen. Er trug einen Schal vor dem Mund, aber Rafael hatte ihn erkannt, an der schiefen Nase und den Tätowierungen auf den Unterarmen: Belamours bulliger Lakai. Er stand dort, um ihn zu überwachen.

Seit einer Stunde kamen ständig neue Gäste an. Zogen ihre Rollkoffer über die Pflasterwege, liefen hinter Gepäckträgern her. Irgendeine Konferenz. Die meisten neuen Gäste sahen skandinavisch aus. Eine kleine Frau mit Stiefeln und roten Zöpfen lief hin und her und machte sie miteinander bekannt.

»Wie ist der Hummer?«

Die Französin stand vor ihm, in ihrer geblümten Tunika.

»Gut«, sagte Rafael.

»Nicht zu scharf gewürzt?«

»Genau richtig.«

»Das Fleisch löst sich von der Schale?«

»Ganz einfach.«

»Der Grilleur schreckt die Hummer vor dem Grillen nicht richtig ab. ›Eiswasser‹, sage ich. ›Nicht was ihr hier kalt nennt. Eiskaltes Wasser!‹ Mein Sohn leitet dieses Hotel.«

»Ich weiß.«
»Habe ich Ihnen das schon erzählt?«
»Und dass Sie Geneviève heißen.«
»Ich bin eine alte Frau. Ich wiederhole mich. Allen gehe ich auf die Nerven.« Sie setzte sich an Rafaels Tisch. »Für Guadeloupe war mein Sohn ihnen nicht gut genug. Sie haben ihn nach Belize abgeschoben. Für Belize war er auch nicht gut genug. Sie haben ihn hierher abgeschoben. Was ist die nächste Station? Mogadischu? Ich sage: ›Claude-Daniel, achte auf die Details. Eiswasser!‹ Das Hotel schreibt rote Zahlen. Was allein die Generatoren kosten! Bis zum Ende der Regenzeit lassen sie ihn zappeln, dann schicken sie ihn nach Mogadischu.«
Der Pianist spielte *As time goes by*. Kellner servierten Weißwein in Eiskühlern. Der Flachbildschirm neben der Flügeltür zur Brasserie zeigte überschwemmte Dörfer und weinende Frauen mit Kopftüchern. Ein Mädchen trieb durch schlammbraune Fluten und hielt sich an einem Pappkarton fest.
»Sehen Sie den Dänen?«, fragte Geneviève und zeigte auf einen rotblonden Mann, der gerade die Stufen hochkam und von der Frau mit den Zöpfen begrüßt wurde. »Er ist Arzt. Man sieht ihn hier öfter. Gestern habe ich seinen Kindergarten besichtigt. Übrigens mit Ihrer Kollegin.«
»Michelle de Sélestat?«
»Damenprogramm. Sie wissen nicht, was sie mit uns Weibern anfangen sollen. Nun ja, die Kinder waren niedlich. Zu niedlich für meinen Geschmack.«
Michelle als Teil eines Damenprogramms. Davon hatte sie nichts erzählt. Wahrscheinlich war es ihr peinlich.
Der Arzt war groß und dünn, fast hager. Er trug Leinenhemd und Leinenhose, weiß und naturfarben, beides zwei Nummern zu groß. Eher der Typ, auf den intellektuelle Frauen abfuhren. Er war kaum angekommen, da drängten sich

schon die Skandinavier um ihn, eine Frau hielt ihm ein Mikrofon vor den Mund.

»Er scheint der Star zu sein«, sagte Rafael.

»Die Skandinavier meinen immer alles besonders gut. Sie hatten nie Kolonien. Man kann sie nicht ernst nehmen.«

Plötzlich piepte und klingelte es von allen Seiten. Menschen griffen in ihre Taschen, fuhren ihre Laptops hoch, hörten ihre Mailboxen ab.

»Schauen Sie, wie wichtig sie tun«, sagte Geneviève. »Von dem Geld, das diese Leute vertelefonieren, könnte man jedes haitianische Kind zur Schule schicken. Aber natürlich, dann wären sie nicht mehr wichtig.«

»Können Sie mir einen Gefallen tun?«, fragte Rafael und klappte sein Airbook auf. »Ich muss eine Bekannte in ihrem Hotel anrufen. Ich muss eine Telefonnummer heraussuchen. Aber meine Brille liegt in meinem Zimmer.«

»Sie tragen eine Brille?«

»Nur zum Lesen.«

»Das kriege ich hin. Sie glauben nicht, wie viel Zeit eine alte Frau im Internet verbringt. Sie hat ja sonst nichts.«

»Das Hotel heißt Villa Jardin.«

»Wissen Sie, was mir im Internet das Liebste ist? Videos mit kleinen Kindern. Wir brauchen diese verrückte Technik, um uns zu erinnern, wie drollig Kinder sind.«

»Villa Jardin ...«

»Was für seltsame Tasten!« Geneviève holte ihre Brille aus der Tunika und beugte sich über die Tastatur. »Kein Buchstabe, wo er hingehört. Ist Ihnen das einmal aufgefallen? Die Deutschen haben ihre eigene Tastatur. Die Engländer haben ihre eigene Tastatur. Die Skandinavier haben alle ihre eigene Tastatur. Bis auf die Franzosen. Und uns wirft man vor, wir sind eigensinnig. Villa Jardin. Siebzig Dollar die Nacht? Muss eine Kaschemme sein!«

Sie las die Telefonnummer vor. Rafael wählte. Keine Verbindung. Klar, diese Idioten überlasteten das Netz mit ihrem Datenverkehr. Er wählte erneut. Jetzt war die Leitung besetzt. Michelle war immer noch nicht zurück. Zwei Frauen waren in Gefahr. Eine, mit der er schlief, eine, die ihn bezahlte. Es machte ihn nervös.
Dritter Versuch. Leitung einige Sekunden tot, dann besetzt. Er beobachtete den Dänen. Er redete, gestikulierte und flirtete sogar mit den Frauen. Aber mehr auf eine unterschwellige Art, so dass die Frauen sich nicht als Objekt fühlten und trotzdem schwach wurden.
»Sehen Sie das Baby!« Geneviève schaute verzückt auf den Bildschirm. »Mein Lieblingsvideo. Natürlich ist der Luftballon viel zu groß. Trotzdem versucht es ... Achtung, gleich ...«
»Wie heißt der Arzt?«, fragte Rafael.
»Fragen Sie mich nach dänischen Namen! Für mich klingen die alle wie Frischkäse.«
»Hat der Arzt mit Frau de Sélestat gesprochen?«
»Er hat mit allen gesprochen. Ich hatte nicht das Gefühl, dass sie beeindruckt war. Montessori-Kindergarten. Die Kinder sollen mit Bauklötzen spielen und sich selbst entdecken. Warum tut man ihnen das an?«
Rafael wählte. Keine Verbindung. Es konnte noch Stunden dauern, bis er durchkam. Bis dahin war es vielleicht zu spät. Ob der Arzt ihm helfen konnte? Möglich, er konnte unauffällig einen Wagen zu Marias Hotel schicken. Allein kam Rafael aus der Situation nicht heraus.
»Da! Der Luftballon!«
»Hat der Kindergarten eine Homepage?«
Rafael musste an den Arzt herankommen. Nicht nur das, er brauchte seine Aufmerksamkeit für mehr als eine halbe Minute. Er musste sich etwas ausdenken, eine dringende Nachricht von Michelle. Oder Spenden, für seinen Kindergarten.

»In Haiti hat alles eine Homepage«, sagte Geneviève und tippte. »Hier. Schauen Sie sich die Kinder an! Wie aus dem Katalog! Ich frage mich, ob man Kinder so verhätscheln sollte. Ich habe meinen Sohn verhätschelt. Im Rückblick muss ich sagen, das war ein Fehler.«
Rafael klickte sich durch die Homepage. Viel Text. Viele Fotos von Kindern. Und immer wieder der Arzt. Auf einem Baugerüst. Mit einem Baby, dem er die Flasche gibt. Handschlag mit einer hochgewachsenen Mulattin, vielleicht eine Ministerin. Vor einem Rohbau, über einen Plan gebeugt, mit Sean Penn.
»Das lief sogar auf *TV5*, nach dem Erdbeben. Da war mein Sohn noch in Guadeloupe. Schauen Sie, wie er gealtert ist!«
Eine Reportage, die ihn bei der Arbeit als Arzt zeigte, ein paar Jahre jünger. Er wirkte übernächtigt und verschwitzt. Das Licht einer Kameralampe blendete ihn. Er sprach in Mikrofone, auf Französisch, auf Englisch, er redete von Seuchen. Von den Ärmsten der Armen, die keine Chance hatten. Die Kamera schwenkte über Kirchenbänke, ein Kreuz vor einer Wand mit einem breiten Riss, den Pastor, Rafael erkannte ihn an der Narbe. Mads fuhr die Journalisten an, sie seien hier nicht auf einem Abenteuerspielplatz, sondern im Slum. Er zeigte auf seine Patienten, die mager, verängstigt und erschöpft, manche mit offenen Stellen an Armen und Beinen, auf ihre Impfungen warteten. Sie sollten ihn, verdammt noch mal, arbeiten lassen!
Dann sah Rafael die Gesichter.
Er hielt das Video an. Fuhr langsam vor und zurück. Vergrößerte hier einen Ausschnitt, dort ein Gesicht. Er starrte auf die andere Seite des Pools. Auf den Arzt, der gerade jemandem die Hand schüttelte. Er klickte, vergrößerte, schob Fenster nebeneinander.
»Was haben Sie?«, rief Geneviève.

Rafael sah Michelle kommen. Schnell, mit starrem Blick. Sie näherte sich dem Pool, blieb stehen, wie ein Raubtier, das eine Herde belauert. Plötzlich ging sie auf die Gruppe zu, die Arme ausgebreitet, strahlend über das ganze Gesicht. Sie umarmte die Frau mit den Zöpfen. Presste sie an ihre Brust, als wolle sie sie erwürgen. Die Frau befreite sich prustend, stellte Michelle dem dänischen Arzt vor. Sie drückten einander die Hand, als seien sie beste Freunde.

49

Angelot hupte. Ein Fehler, dachte Claire. Sie sollte nicht hier sein. Ein Wachmann schaute aus der Klappe am Tor. Angelot ließ sein Fenster herunter. Sie wechselten ein paar Worte auf Kreyòl.

»Mister Rhodes ist zu Hause«, sagte er.

Der Wachmann öffnete das Tor, sie fuhren in die Einfahrt. Zu spät, sie konnte nicht mehr zurück. Angelot fuhr sie jeden Morgen zur Schule, er konnte ein Geheimnis für sich behalten. Jedenfalls hoffte sie das.

Das Haus war umgeben von hohen Hecken und Bäumen. Claire hatte ein größeres Anwesen erwartet. Andererseits hieß es, dass Rhodes sich, trotz seines Vermögens, aus Status nicht viel machte. Dass er auch in Arkansas bescheiden wohnte und sein Geld lieber für wohltätige Zwecke spendete.

Sie stieg aus. Sie reckte sich. Immer wenn sie älter wirken wollte, als sie war, reckte sie sich. Rhodes stand in der Haustür, in Pantoffeln, kariertem Flanellhemd und Cordhose.

»Nanu«, sagte er.

»Es tut mir leid, dass ich Sie stören muss«, sagte Claire.

»Du störst nicht. Worum geht's?«

Sie schluckte. Wie sollte sie es ihm erklären, ohne dass es wie Verrat klang? Sie schaute sich um, sah Angelot und den Wachmann beim Wagen stehen.

»Sind Sie allein?«, fragte sie leise.

Er bedeutete ihr, hereinzukommen. Er führte sie durch eine Diele in ein Wohnzimmer, dessen Boden weiß gefliest und dessen Wände weiß gekachelt waren. Vor dem Kamin, in dem ein künstliches Feuer brannte, lag ein Eisbärfell. An den Wänden brannten violette Lampen.

»Schau nicht so bestürzt. Ein anderes Haus habe ich nicht bekommen«, sagte Rhodes.
»Wie ein Set für einen Film«, sagte Claire.
»Keinen Film, den ein Mädchen in deinem Alter sehen sollte. Weiß dein Vater, dass du hier bist?«
»Nein.«
»Deine Mutter?«
»Erst recht nicht.«
»Jetzt bin ich aber gespannt.« Er deutete auf die weißen Ledersessel. »Willst du etwas trinken?«
»Orangensaft. Oder Apfelsaft. Eigentlich möchte ich gar nichts trinken.«
Er schaute sie skeptisch an und ging in die Küche. Wahrscheinlich hielt er sie für überspannt. Ihr Herz klopfte, und ihre Hände waren feucht. Sie sank in einen der weißen Veloursessel, in denen man eher lag als saß.
Rhodes holte eine Flasche Bier aus dem Kühlschrank. Er kam zurück und setzte sich auf die Lehne des Sessels gegenüber.
»Also?«, fragte er.
»Ich habe heute Nachmittag Ihr Gespräch mit meiner Mutter mitgehört. Sie wollen, dass sich mein Vater für Ihr Erdbeben-Museum starkmacht.«
»Ich möchte, dass er es in seiner Rede erwähnt.«
»Er wird es nicht tun.«
»Deine Mutter hat es mir versprochen.«
»Ich habe vorhin mit angehört, wie sie mit meinem Vater die Rede durchgegangen ist, die er morgen im Fernsehen und Radio halten soll. Sie hat nichts von Ihrem Museum erwähnt.«
Er runzelte die Stirn.
»Er wird den Bau einer Eisenbahnverbindung von Cap-Haïtien nach Port-au-Prince verkünden. Meine Mutter wollte es

ihm ausreden, aber er sagt, die internationalen Geldgeber setzen ihn unter Druck. Außerdem muss er dem Volk Hoffnung machen, sonst bleibt es nicht länger ruhig.«

»Eine Eisenbahn? In Haiti?! Was für ein Irrsinn!«

»An unserem Haus werden die Sicherheitsvorkehrungen verstärkt. Sie wollen sogar einen elektrischen Zaun bauen. Alle haben Angst vor der Regenzeit. Vor der nächsten Cholera-Epidemie. Dass es dann Unruhen gibt. Und dass sie meinen Vater verantwortlich machen.«

»Das ist allerdings möglich.«

»Ich habe Angst, Herr Rhodes! Haiti macht meinen Vater kaputt! Aber meine Mutter will First Lady bleiben, unbedingt! Alles sieht sie rosarot, überall sieht sie Fortschritt, obwohl es keinen Fortschritt gibt. Ich habe Angst, dass wir es nicht rechtzeitig zum Flughafen schaffen, bevor –«

»Bevor was?«

»Bevor sie uns lynchen.«

Sie war den Tränen nahe. Auf keinen Fall wollte sie, dass er sie jetzt tröstete. Dass er sie behandelte wie ein unreifes Mädchen. Er tat es auch nicht. Er trank einen Schluck aus seiner Flasche und sah sie prüfend an.

»Warum bist du gekommen?«, fragte er.

»Ich weiß«, sagte sie, »dass Sie bei der letzten Wahl einen Gegenkandidaten unterstützt haben. Weshalb ich hier bin ... worum ich Sie bitte ... dass Sie ihn wieder unterstützen. Oder einen anderen Kandidaten, egal. Fordern Sie meinen Vater zum Rücktritt auf. Ich weiß, das klingt verrückt. Aber ich weiß keinen Ausweg. Wir müssen hier raus! Bevor es zu spät ist.«

»Du glaubst also, ich habe einen Gegenkandidaten unterstützt?«, fragte er.

»Das konnte man überall lesen.«

Rhodes stand auf und stellte seine Bierflasche auf den Ka-

minsims. Er trat ans Terrassenfenster und schaute in die Nacht.
»Es gibt etwas, was du nicht weißt«, sagte er. »Vermutlich solltest du es nie erfahren. Aber hast du dich nie gefragt, warum ihr gleich nach der Ankunft in diese riesige Villa gezogen seid? Obwohl der Wahlkampf noch gar nicht begonnen hatte? Obwohl dein Vater nicht einmal als Favorit galt?«
Doch, das hatte sie sich gefragt. Sie hatte sogar, kurz nach dem Einzug, mit ihren Eltern darüber reden wollen, aber nur ausweichende Antworten bekommen. Wir glauben an uns, hatten sie gesagt, und dass die Villa ein gutes Omen sei.
»Als dieses Land in Trümmern lag«, sagte Rhodes, »hat man das in Washington nicht nur als Katastrophe begriffen. Sondern als Chance, das Land besser aufzubauen, als es vorher war. Nicht nur die Gebäude, die Infrastruktur. Auch das politische System. Man war sich einig, dass Haiti Demokratie braucht und Marktwirtschaft. Man war sich ebenso einig, dass die Haitianer für beides nicht reif sind. Über Monate hat das State Department Präsidentschaftskandidaten geprüft und verworfen. Der Präsident sollte nicht zu jung sein und nicht zu alt. Beim Volk beliebt, aber kein Demagoge. Als Person glaubwürdig, aber unerfahren und leicht zu steuern. Washington entschied sich für deinen Vater. Dein Vater stand als Sieger der Präsidentschaftswahl fest, lange bevor es einen Wahltermin gab. Natürlich wünschte sich Washington trotzdem einen Wahlkampf. Bunt und lebendig, mit Fahnen und Luftballons. Einen Wahlkampf, der die Haitianer für Demokratie begeistert und, vor allem, für deinen Vater. Zu einem Wahlkampf gehören Gegenkandidaten. Für einen der Gegenkandidaten wünschte sich Washington einen öffentlichen Unterstützer aus den USA. Es sollte am Ende aussehen, als habe nicht der Favorit Washingtons gewonnen,

sondern der wahre Kandidat des haitianischen Volkes. Washingtons Wahl für den Gegenkandidaten fiel auf einen Gewerkschaftsführer mit Prostatakrebs. Ich habe mich bereit erklärt, diesen Mann zu unterstützen. Unter zwei Bedingungen: Erstens durfte er auf keinen Fall gewinnen. Zweitens wollte ich Bauland und politische Rückendeckung für das Amanda-Center.«

Claire bereute, dass sie Rhodes nicht um Saft gebeten hatte. Ihr Mund war trocken. Sie konnte nicht glauben, was sie gerade hörte.

»Dein Vater wirkte im Wahlkampf unbeholfen und überfordert. Mein Kandidat streute Wahlversprechen ins Volk wie Konfetti. Ein dritter Kandidat, ein früherer Wirtschaftsprofessor ohne Charisma, machte Wahlkampf mit nichts als einem Programm und einem Schattenkabinett von Experten. Dieser Wirtschaftsprofessor erhielt im ersten Wahlkampf die meisten Stimmen. Die Haitianer hatten sich von den Fahnen und Luftballons nicht blenden lassen. Sie hatten den besten Mann gewählt. Mein Kandidat wurde zweiter, dein Vater dritter. Er war nicht einmal in der Stichwahl. Washington war außer sich. Die Verkündung des Wahlergebnisses wurde gestoppt. Die Ergebnisse ganzer Wahlkreise wurden für ungültig erklärt. Als das Ergebnis endlich veröffentlicht wurde, lag dein Vater in Führung, der Professor knapp dahinter, mein Kandidat war draußen. Die Stichwahl war keine Wahl mehr, sondern ein Krieg. Jeder konnte die Verleumdungen sehen, die Einschüchterungen, die Gewalt. Dein Vater hat den Krieg gewonnen. Als Söldner Washingtons. Und die Haitianer haben gelernt, dass ihre Stimme in einer Demokratie nicht zählt. Wann hält er seine Rede?«

»Morgen Abend um acht«, flüsterte Claire. Alles sah sie plötzlich klar. Die Wahl ein Krieg. Ihr Vater ein Söldner. Sie wollte lieber blind sein!

»Dein Vater muss das Amanda-Center verteidigen«, sagte Rhodes. »Es geht um mich, noch mehr um ihn. Washington wird ihn nicht ziehen lassen, sonst kriegen sie es mit dem verrückten Pastor zu tun. Und was dich angeht: Deine einzige Chance –«

Fensterscheiben splitterten. Steine schlugen gegen Wände, zertrümmerten Lampen und Spiegel. Ein Stein verfehlte Rhodes' Kopf knapp, auf dem Kaminsims zersprang die Bierflasche. Rhodes riss Claire zu Boden, sie kauerten hinter dem Sessel. Claire hörte Rufe, draußen sah sie Schatten, ein Mann kletterte über eine Mauer ...

»Herr Rhodes? Herr Rhodes?!«

Rhodes kniete auf dem Boden. Er fühlte seine Stirn, seine Schläfen, seine Arme. Er stand auf. Er schwankte und hielt sich am Kamin fest. Er ging auf die Terrassentür zu. Scherben knirschten unter seinen Pantoffeln. Nachtfalter und Moskitos flogen ihm entgegen.

»Hast du gesehen?« Er starrte nach draußen, auf den Pool, der still in der Dunkelheit lag. »Hast du das gesehen?«

50

Maria hörte Wellen, die sich an einem Strand brachen. Sie roch Holz, Mottenpulver und etwas, was sie nicht einordnen konnte. Ihre Wange lag auf einem rauen, gerippten Stoff. Sie lag auf der Seite. Ihre rechte Hand hing hinunter. Sie ertastete lackiertes Holz.

Sie schlug die Augen auf. Sie sah hohe, getäfelte Wände in fahlem Dämmerlicht. Eine Flügeltür mit Messinggriff und Intarsien. Neben der Tür einen Bistrotisch aus Gusseisen mit Marmorplatte. Auf der Platte einen Stapel Zeitschriften und eine Handglocke aus Messing.

Sie versuchte, sich aufzusetzen. Sprungfedern quietschten, sie sackte zurück, atmete Staub und hustete. Sie spürte Benommenheit und Kopfschmerz. Sie erinnerte sich an die Halle, die Dämpfe von Lacken und Lösungsmitteln. Sie erinnerte sich an die Kinder und die Drachen. An Craig und das Blut, das in seine Hände tropfte. Was danach passiert war, wusste sie nicht.

Sie lag auf einem Polstersofa mit Damastbezug. Mondlicht fiel durch ein hohes Fenster mit Rundbogen. Unter dem Fenster standen Möbel, alle in Leinentücher geschlagen. Das Fenster stand einen Spalt offen, ein leichter, feuchter Wind bewegte verschlissene Gardinen. Eine Möwe schrie. Man hatte sie an einen anderen Ort gebracht. In der Nähe der Hallen hatte es kein Meer gegeben und keine Möwen.

Sie setzte sich auf. In der Mitte des Raumes, unter einem Kronleuchter mit eingestaubten Kristallen, stand ein Billardtisch, schwarz, mit schweren, verzierten Füßen. Der Lack war rissig und an den Kanten abgestoßen. Rechts vom Bil-

lardtisch hing ein Kabel. Es lief in einer weiten Schlaufe über das Rautenparkett bis unter die Flügeltür.
Maria stand auf. Schmerz zuckte durch ihren Kopf, sie zwang sich stehenzubleiben, nicht zurückzufallen in die Staubwolke. Sie hielt die Luft an, trat zwei Schritte aus der Staubwolke, atmete aus und ein. Sie blickte auf den Billardtisch und war nicht sicher, ob die Dämpfe immer noch ihr Gehirn vernebelten. Auf dem Billardtisch war eine Modelleisenbahn aufgebaut. Genau so eine, wie sie sich als Kind gewünscht und nie bekommen hatte. An der Stirnseite, wo das Gleis am Prellbock endete, stand eine Dampflokomotive mit Waggons. In dem Bahnhof einer Stadt am Meer, mit weißen Häusern und winzigen schwarzen Menschen. In den Waggons saßen Männer mit Zeitungen, Frauen mit Babys im Arm. Über der Öffnung, in die sonst die Billardkugeln rollten, lag ein Brett mit einem Regler und einem Hebel. Maria drückte ihn: Häuser, Kirchen, Signalmasten leuchteten auf. Sie drehte den Regler. Die Lokomotive surrte und zog die Waggons aus dem Bahnhof. Dampfwölkchen pufften aus dem Schornstein. Der Zug verließ die Stadt, fuhr in weiten Kurven durch Wälder und Gebirge, durch Tunnel und über eine Brücke, vorbei an Feldern, auf denen Kühe grasten, und Gärten, in denen Frauen Obst von Bäumen pflückten. Maria folgte ihm an der Längsseite des Billardtisches bis zu einer Stadt am Mittelloch für die Kugeln. Sie erkannte die Kathedrale und das Freiheitsdenkmal: Gonaïves. Das Gleis führte am Meer entlang, vorbei an Frachtschiffen und Fischerbooten. Wandte sich ins Landesinnere, fuhr über ein Kreuz, als sei diese Linie nur der Beginn eines Netzes. Wieder drehte sich das Gleis, jetzt fuhr die Lokomotive auf die Hauptstadt zu, auf Hochhäuser, Kirchen, einen neuen Präsidentenpalast, einen prachtvollen Bahnhof ... Maria musste den Zug anhalten. Sie lief zurück zur Stirnseite, stol-

perte, riss den Regler herum ... Die Lokomotive krachte auf den Prellbock, kippte in den Bahnhof, alle Lichter erloschen mit einem Knall. Die verkeilten Waggons legten die Innenstadt in Trümmer. Ein Hochhaus fiel auf den Präsidentenpalast und begrub Menschen unter sich.
Maria zog und drückte den Hebel, drehte den Regler – nichts. Kurzschluss. Sie hörte das Knarren der Flügeltür und hob den Kopf: Ein Haitianer stand in der Tür, groß und gutaussehend. Er trug schwarze Slipper und Jeans, die teuer aussahen. Aber vielleicht lag das nur an seinen langen Beinen. Das Polohemd war von Ralph Lauren. Das längliche Gesicht mit der Messingbrille war fast zu schmal für die breiten Schultern. Zornig schaute er auf die Verwüstung auf dem Billardtisch.
»Was soll das?«, fragte er.
»Es war keine Absicht«, sagte Maria.
»Machen Sie das in Ihrem Land genauso? Alles anfassen und kaputt machen?«
Er begann, die Lokomotive und die Waggons wieder auf die Gleise zu setzen. Richtete Menschen und Häuser auf. Bog Bäume gerade, die umgeknickt waren wie nach einem schweren Sturm.
»Wo bin ich hier?«, fragte Maria.
Er antwortete nicht.
»Warum haben Sie mich hergebracht?«
»Halten Sie die Wolkenkratzer.«
Er hielt ihr zwei Hochhäuser hin. Ein Geschäftsgebäude und ein Hotel mit Swimmingpool auf dem begrünten Dach. Er stellte Autos und Busse auf die Straßen. Richtete den Turm der Kathedrale auf. Stellte die Hochhäuser auf die Fundamente. Der Präsidentenpalast allerdings war nicht mehr zu retten.
»Bin ich hier gefangen?«, fragte Maria.

»Das hängt von Ihnen ab.«
»Was verlangen Sie von mir?«
»Informationen, unter anderem.«
»Dafür mussten Sie mich nicht entführen.«
»Warum waren Sie in Anse Rouge?«
»Wegen einer Freundin.«
»Wer hat Sie dort hingeschickt?«
»Niemand.«
»Sehen Sie? Genau deshalb mussten wir Sie entführen.«
»Sie –«
»Es nützt Ihnen nichts, wenn Sie nicht offen sind.«
Er drehte den Regler. Er überprüfte die Stromkabel. Irgendwo war der Kurzschluss, aber er fand ihn nicht.
»Sie sind im Firmensitz der *Compagnie Nationale des Chemins de Fer*«, sagte er. »Dies ist ein Modell der künftigen Bahnverbindung von Cap-Haïtien nach Port-au-Prince.«
»Mit einer Dampflokomotive?«
»Wir konnten für das Modell keine andere bekommen. In Wirklichkeit wird es eine Diesellok sein. Danach werden wir die Strecke elektrifizieren. Wir wollen einen Hochgeschwindigkeitszug. Wir wollen, dass die Menschen in Haiti genauso komfortabel reisen wie in Europa.«
Sie hörte einen Schrei. Laut, dann erstickt, wie durch einen Knebel.
»Was war das?«, fragte sie.
»Es muss Sie nicht kümmern.«
Sie horchte. Sie hörte nichts mehr, bis auf den Schrei der Möwe.
»Helfen Sie mir mit den Fußgängern«, sagte er.
Die Fußgänger, ungefähr zwanzig winzige Figuren, lagen verstreut auf dem Bahnhofsvorplatz und in den umliegenden Straßen.
»Ich weiß nicht, wie sie vorher standen«, sagte sie.

»Sie sind eine typische Weiße. Sie schauen unser Land nicht einmal an, bevor Sie es in Trümmer legen.«
»Ich kann sie so hinstellen, dass es aussieht, als ob sie zum Bahnhof gehen.«
»Erst machen Sie alles kaputt und dann kommen Sie mit eigenen Ideen?«
Wieder hörte sie einen Schrei. Er kam von unten. Dann Stöhnen, wie Geräusche eines Kampfes.
»Woher kommt –«
»Stellen Sie die Fußgänger hin!«
Einige der Fußgänger hatten gebrochene Beine. Anderen war die Lokomotive unglücklich aufs Gesicht gefallen. Der Unfall hatte die Bevölkerung der Hauptstadt um ungefähr ein Drittel dezimiert.
»Die *Compagnie Nationale des Chemins de Fer*«, sagte der Mann, »war bis ins letzte Jahrhundert die größte Eisenbahngesellschaft Haitis. Das Land war von den USA besetzt. Der Präsident hieß Louis Borno und war ein Vasall der Vereinigten Staaten. Die USA wünschten eine Modernisierung der Wirtschaft und einen Ausbau des Schienennetzes. Also gab der Präsident der Compagnie eine Konzession. Für das ganze Land. Auf unbestimmte Zeit. 1934 zogen die USA ihre Truppen ab. Unruhen brachen aus, von einem Ausbau des Schienennetzes war keine Rede mehr. Die Konzession wurde vergessen. Aber sie gilt bis heute. Als einziges Unternehmen hat die *Compagnie Nationale des Chemins de Fer* das Recht, in Haiti eine Eisenbahn zu bauen. Die internationale Gemeinschaft möchte eine Bahnverbindung von Cap-Haïtien nach Port-au-Prince bauen? Sie kann das gern tun. Aber nur mit uns.«
Wieder hörte Maria den Schrei. Und jetzt erkannte sie die Stimme.
»Wieso ist –«
»Arbeiten Sie!«

Maria senkte den Blick auf den Bahnhof, als ob sie arbeitete. Sie machte einen Satz zur Seite, stieß die Flügeltür auf, lief in einen dunklen Raum. Sie stieß gegen Möbel, lief auf ein Licht zu, drückte eine weitere Tür auf. Sie lief ausgetretene Marmorstufen hinunter, vorbei an rissigen, gekalkten Wänden. Sie hörte Stimmen und Schreien, jetzt näher. Eine schmale Treppe führte in den Keller. Sie riss eine Tür auf ...

Craig saß gefesselt auf einem Stuhl. In einem kleinen, weiß getünchten Raum. Seine Augen waren geschwollen, die Brauen aufgeplatzt. Aus Mund und Nase tropfte Blut. Ein Zahn lag auf dem Boden. Vor ihm stand ein hübscher Junge von etwa zehn Jahren, in Rapper-Kleidung mit einem weißblauen Basecap. An seiner rechten Faust steckte ein Schlagring.

»Ich weiß nichts!«, schrie Craig. »Ich habe keine Ahnung! Was wollt ihr von mir?! Welche Leichen?!«

An der Wand lehnte eine schlanke, junge Frau. Ihr braunes Haar fiel auf eine perlmuttfarbene schimmernde Bluse. Ihr Teint war hell, mit einem Hauch von Sommerbräune. In der Hand hielt sie ein Martiniglas. Sie blickte lächelnd auf: »Hallo, Maria.«

51

Mads fühlte dem kleinen Moïse die Stirn. Sie glühte.
»Du musst trinken«, sagte er.
Er hielt ihm das Fläschchen an den Mund. Moïse nuckelte immer noch gern am Fläschchen, obwohl er schon vier oder fünf Jahre alt war. Genau wussten sie es nicht. Ein namenloses Baby, unterernährt und dehydriert, Marktfrauen hatten es halbtot am Straßenrand gefunden. Sie hatten es zu Mads gebracht. Wie hätte er Nein sagen sollen? Er hatte ihn aufgenommen, obwohl sie im Kindergarten eigentlich keinen Platz mehr hatten. Er hatte ihm selbst das Fläschchen gegeben. Die älteren Kinder hatten ihn gewiegt und gewickelt. Alle wollten, dass er überlebte. Kenwood hatte angefangen, ihn Moïse zu nennen. Und alle waren sich einig: Es war ein guter Name.
»Ich will bei den anderen schlafen«, sagte Moïse.
»Wenn du wieder gesund bist.«
»Ich habe Angst.«
»Das musst du nicht. Siehst du? Die kleine Lampe brennt die ganze Nacht. Und ich passe draußen auf, dass keiner kommt.«
»Auch keine Gespenster?«
»Vor allem keine Gespenster. Aber du musst trinken. Versprichst du mir das?«
Moïse nickte. Mads strich ihm mit einem Finger über die Wange. Moïse hielt den Finger mit seinem Händchen fest. Drückte ihn an seine Lippen und sagte: »Danke.«
Mads erschauerte. Es war einer dieser Momente, die alles aufwogen. Die Arbeit, die Erschöpfung, die Angst. Er zog das Laken höher und gab Moïse einen Kuss auf die Stirn. Er

stand auf und schloss das Moskitonetz über dem Bett. Bevor er das Deckenlicht löschte, winkte er. Moïse winkte zurück.

Mads atmete die laue Abendluft. Sollte er noch einmal in die Schlafsäle schauen? Lieber nicht. Sarafina hatte einen leichten Schlaf. Wenn sie aufwachte, würde sie Lärm machen und die anderen wecken. Damit er ihnen noch eine Geschichte vorlas.

Er schaltete die Taschenlampe ein und stieg die Holzstufen hinunter. Er ging auf das Haupthaus zu, vorbei am Kräutergarten, der Sandkiste, der Wippe ... Er blieb stehen und schaltete die Taschenlampe aus. Jemand saß auf einem Schaukelpferd. Schaukelte hin und her.

»Hallo?«, rief Mads.

Keine Antwort.

»Wer sind Sie?«

Mads rief auf Französisch, auf Englisch. Keine Antwort, nur ruhiges Schaukeln. Mads schaltete die Taschenlampe ein. Auf dem Schaukelpferd saß ein junger Mann. Zu dunkel für einen Weißen, zu hell für einen Mulatten. Er war klein, aber kräftig. Eine schwarze Locke hing ihm in die Stirn. Am Handgelenk trug er ein Armband aus geflochtenen Gräsern.

»Was wollen Sie?«, fragte Mads.

»Sie treffen«, sagte der Mann.

»Wer hat Sie hereingelassen?«

»Niemand.«

»Wie sind Sie hereingekommen?«

Der Mann deutete mit dem Kopf zur Mauer.

»Da kommen Sie nicht rüber.«

»Doch. Da komme ich rüber.«

»Ich rufe den Wachdienst.«

»Das wollen Sie nicht.«

»Und ob ich das will.«
»Erst möchten Sie das hier sehen.«
Der Mann stand auf und kam auf Mads zu. In der Hand hielt er etwas, das Mads im ersten Augenblick für eine Waffe hielt. Aber es war eine Kompaktkamera.
»Hier drin sind Fotos«, sagte er. »Von Menschen. Zugegeben, lange tot. Fast Mumien. Aber man erkennt noch die Gesichter. Schmuck ... Tätowierungen ...«
»Ich sehe nicht, was mich das angeht.«
»Ich verspreche Ihnen: Diese Fotos gehen Sie etwas an.«

Mads räumte einen Stapel Zeitschriften vom Stuhl. Das Büro war klein und überfüllt. Computer, Drucker, Scanner; alles waren Spenden. Der Mann stand am Fenster.
»Ist schön hier«, sagte er.
»Es steckt viel Arbeit in diesem Heim«, sagte Mads.
»Der Kräutergarten? Auch für die Kinder?«
»Sie kümmern sich selbst um die Pflanzen.«
»Verantwortung lernen?«
»Und Respekt vor der Natur.«
Mads versuchte, selbstsicher zu wirken. Aber immer wieder blieb sein Blick an der Kamera hängen.
»Das Gute am Heim ist«, sagte der Fremde, »dass man die Menschen kennenlernt. Welche okay sind und welche Arschlöcher. Wissen Sie, wer die größten Arschlöcher sind? Außer katholischen Pfarrern? Evangelische Pfarrer. Weil die sich für was Besseres halten als die Katholiken.«
»Eine interessante Theorie.«
»Halten Sie sich für etwas Besseres, Herr Lerby?«
»Nein.«
»Lügen Sie?«
Mads wich dem Blick des Fremden aus, als ob er sich schämte. Wofür eigentlich? Er opferte sein Leben für die Kinder. Dä-

nische Jugendliche hinterließen Einträge auf seiner Homepage, dass er ihr Vorbild sei. Heute hatten ihn wieder Dutzende Entwicklungsexperten um Rat gefragt. Sollte Mads sich hin und wieder für etwas Besseres halten – er hatte jeden Grund.

»Wie heißen Sie?«, fragte er.

»Rafael.«

»Ich glaube nicht, dass das Ihr richtiger Name ist.«

»Doch, ist er.«

»Ich glaube, Sie sind ein Betrüger. Sagen Sie mir, was Sie wollen. Warum ich die Fotos sehen soll. Sonst verlange ich, dass Sie gehen.«

Rafael warf ihm die Kamera zu. »Mit einem Finger blättern. Mit zwei Fingern Ausschnitt vergrößern.«

Mads blätterte. Und blätterte. Die Augen in den Höhlen ... Das Grinsen der halboffenen Münder ... Die geblähten Wangen, die schwarze Haut ... Ihm wurde übel. Ihm wurde kalt. Wo hatte dieser Mensch die Fotos gemacht? Wieso kam er damit an, nach so vielen Jahren?!

»Und? Schon mal gesehen?«

Mads hatte immer geleugnet. Seit dieser verfluchten Nacht hatte er nichts anderes getan, als zu leugnen. Einmal waren Gerüchte aufgeflammt, vor zwei Jahren, als ein chilenischer Reporter sich in die Cité Soleil verirrt hatte. Mads hatte die Flammen ausgetreten, mit Geld, Drohungen und Hilfe von Boisseau. Wieso sollte er jetzt mit der Wahrheit anfangen? Niemand hatte das Recht, sie von ihm zu verlangen!

»Wann haben Sie die Fotos gemacht?«

»Gestern Abend.«

»Wo?«

»Warum wollen Sie das wissen?«

»Sie haben recht.« Er hielt Rafael die Kamera hin. »Die Frage war reine Höflichkeit.«

»Sie kennen die Menschen auf den Fotos nicht?«
»Ich habe sie nie gesehen.«
»Schade«, sagte Rafael und steckte die Kamera ein. »War einen Versuch wert.«
»Sie sollten die Fotos nicht so herumzeigen.«
»Warum nicht?«
»Sie könnten religiöse Gefühle verletzen. Die Ruhe der Toten ist den Haitianern heilig.«
»Sie meinen, ich soll die Fotos nicht auf YouTube stellen?«
»Auf keinen Fall.«
»Ich wollte einen Zusammenschnitt machen. Vorher/Nachher, mit dem Film von Ihrer Homepage. Erst Ihre Patienten in der Kirche, die auf ihre Impfungen warten. Dann die Mumien. Gibt bestimmt Leute, die das interessant finden.«
Mads wurde bleich. Einen Moment schwankte er. Rafael deutete auf den Sessel hinter dem Schreibtisch. Mads sank hinein.
»Was ich von Ihnen wissen will –«
»Sagen Sie mir, wo Sie die Fotos gemacht haben!«
»Ich stelle die Fragen. Sind die Regeln.«
»Welche Regeln?«
»Meine.«
In Mads' Angst mischte sich Wut. Er bezahlte für seine Schuld. Seit Jahren bezahlte er für seine Schuld. Jetzt machte dieser Rafael es sich auf seiner Fensterbank bequem, sah auf ihn hinunter und tat, als ob nichts, was er hier aufgebaut, hatte, eine Bedeutung hatte. Als ob nichts zählte als diese alte Geschichte! Mads hatte das nicht verdient!
»Sie waren gleich nach dem Erdbeben im Slum?«, fragte Rafael.
»Ich war nicht in irgendeinem Slum. Ich war in der Cité Soleil. Dreihunderttausend Menschen. Kein Trinkwasser.

Keine medizinische Versorgung. Ich war der einzige Arzt, der sich nach dem Erdbeben dorthin traute.«
»Um zu impfen.«
»Die Menschen hatten keinen Schutz. Nicht gegen Tetanus, Diphterie, Hepatitis, gegen gar nichts. Der Ausbruch von Seuchen war eine Frage von Tagen.«
»Was war das für ein Impfstoff?«, fragte Rafael.
»Eine Kombinationsimpfung. Alles andere wäre sinnlos gewesen.«
»Und am Ende war ein Haufen Leute tot?«
»Es war kein Haufen.«
»Wie viele?«
»›Haufen‹ ist keine humanitäre Kategorie!«
Der Besucher sah ihn prüfend an. Nicht unfreundlich. Einfach wie ein Mensch, der nicht vorhatte, diesen Raum mit weniger als der ganzen Wahrheit zu verlassen.
»Alle Kombinationsimpfstoffe, die zu dieser Zeit auf dem Markt waren, hatten gravierende Nachteile«, sagte Mads. »Oft waren mehrere Impfungen notwendig. Es dauerte Tage oder Wochen, bis der Schutz wirkte. Es gab Nebenwirkungen und Unverträglichkeiten. Vor allem schützt keine andere Kombinationsimpfung vor Cholera.«
»Sagten Sie *schützt* oder *schützte*?«
»Ich sagte *schützt*.«
»Es gibt bis heute keine Impfung gegen Cholera?«
»Nicht als Kombinationsimpfung.«
»Aber damals haben Sie eine Kombinationsimpfung verabreicht?«
Mads schluckte. »Ich habe –«
»Das heißt, den Impfstoff, den Sie verwendet haben, gibt es nicht mehr? Wieso nicht?«
Wieder fühlte Mads Hitzeschauer. Dieser Fremde stellte genau die richtigen Fragen. Fragen, die niemand Mads je ge-

stellt hatte. »Weil es ein neuer Impfstoff war. Er stand kurz vor der Markteinführung. Klinische Studien hatten eine Reihe von Vorteilen bewiesen.«

»Klinik ist nicht Wirklichkeit.«

»Da haben Sie recht. Klinik ist nicht Wirklichkeit.«

Und weil Klinik nicht Wirklichkeit war, war Mads damals mit größeren Mengen des Impfstoffes nach Haiti gereist. Und weil der Hersteller – ein angesehenes, mittelständisches Unternehmen aus Ålborg – ihm eine Art Stipendium bezahlt hatte, war es für ihn überhaupt möglich gewesen, für vier Monate seines Praktischen Jahres hierherzukommen. Hätte er ablehnen sollen?

»Was ist passiert?«, fragte Rafael. »Nach der Impfung?«

»Die Nebenwirkungen waren stärker, als sie hätten sein dürfen. Fieber, Erbrechen, allergische Schocks. Unter klinischen Bedingungen hätte ich sie in den Griff bekommen. Aber ich hatte kein Adrenalin, keine Histaminblocker, keine Salzlösung, ich hatte nicht einmal sauberes Wasser.«

»Sie haben weitergeimpft?«

»Was hätte ich tun sollen? Abbrechen? Panik wäre ausgebrochen. Außerdem ging es um die Verhinderung von Epidemien. Diese Leute hatten nicht den geringsten Schutz!«

Rafael nickte. Schien zu begreifen. Vielleicht konnte Mads ihn auf seine Seite ziehen.

»Warum gibt es unter den Leichen keine Kinder?«

»Weil das Immunsystem von Kindern zu schwach ist. Vor allem wenn sie unterernährt sind oder Parasiten haben. Ich habe kein Kind unter sieben Jahren geimpft.«

»Nur die Eltern?«

»Nur die Eltern.«

»Und als die Eltern tot waren –«

»Es waren nicht alle Eltern tot! Das ist eine Lüge! Viele haben sich erholt! Die meisten haben sich erholt!«

»Wie viele sind gestorben?«
»Weiß ich nicht.«
»Wie viele?«
»Achtundvierzig. Vielleicht ein paar mehr, an den Spätfolgen. Wissen Sie, wie viele Menschen bei dem Erdbeben umgekommen sind? Zwischen zwei- und dreihunderttausend! Hunderttausend mehr oder weniger! Die keiner zählt!«
»Was ist danach passiert?«
»Nichts.«
»Wie? Nichts?«
»Ich habe gearbeitet. Siebzig, achtzig Stunden ohne Schlaf. Ich bin zusammengebrochen. Helfer anderer Organisationen haben mich zurückgeholt, nach Pétionville.«
»Sie sind nicht zurückgekommen?«
»Es war nicht mehr nötig. Einen Tag später eröffnete *Médécins Sans Frontières* in der Cité Soleil ein Lazarett.«
»Aber Sie müssen zurückgekommen sein. Wegen der Kinder.«
Bis hierhin war Mads das Sprechen leichter gefallen, als er vermutet hatte. Es war ein Geständnis gewesen, mehr noch – eine Befreiung. Doch jetzt sah er wieder die Kinder. Die in der Kirche saßen, hungrig, zerlumpt, verweint. Die ihn, den *Blan*, anstarrten. Nicht wie den Mörder ihrer Eltern, sondern wie den lieben Gott.
»Es war die Idee des Pastors«, sagte Mads leise. »Die Kinder hatten kein Zuhause. Keine Eltern. Niemanden, der ihnen zu essen gab. Der Pastor sagte, es sei ein steiniger Weg. Aber der Weg, den Gott für mich bestimmt habe. Ich habe, mit ein bisschen Geld meiner Eltern, den Kindergarten gegründet. Montessori. Ich hatte keine Ahnung von Montessori. Dachte, das ist so ähnlich wie Waldorf. Aber es klang gut. Ich wollte, dass es den Kindern gut geht. Der Kindergarten wurde eine Goldader. Haiti. Montessori. Dänischer Arzt aus

dem Fernsehen. Die Spenden sind geprasselt. Ich konnte den Kindergarten vergrößern. Leute einstellen. Kindergärtner ausbilden. Ich wollte für meine Schuld bezahlen. Ich bezahle bis heute. Begreifen Sie das?«

»Ja, das begreife ich.«

Mads hörte in der Stimme von der Fensterbank nicht mehr nur Freundlichkeit. Er hörte sogar Verständnis. Natürlich, alle Menschen begriffen, wenn man von Schuld sprach. Weil jeder für irgendetwas bezahlte.

»Aber irgendwann«, sagte Rafael, »tauchte ein Problem auf.«

»Es war am Anfang kein Problem«, sagte Mads. »Bis Belamour, die rechte Hand von Pastor Boisseau, mich zur Seite nahm. Ob es nicht ungerecht ist, dass die weißen Helfer das ganze Geld bekommen, und für die Schwarzen bleibt nichts übrig? Ob es nicht Zeit wäre für mehr Solidarität? Er hatte sogar recht. Die ersten Monate nach dem Erdbeben schwamm Port-au-Prince in Spendengeldern. Mittzwanzigjährige, frisch von der Uni, lebten in den tollsten Villen, mit Personal und fetten Autos. Alle waren Helden, alle waren high. Gleichzeitig konnte der haitianische Staat seine Angestellten nicht bezahlen. Konnte seine Ministerien nicht aufbauen. Konnte nicht einmal den Schutt der zerstörten Häuser wegräumen. Ob ich mich nicht beteiligen möchte, hat Belamour gefragt, an Boisseaus neuer Kirche. Wir waren gerade im dänischen Fernsehen gewesen, Spendenmarathon, ich wusste nicht, wohin mit dem Geld. Ich habe für die Kirche die Tonanlage bezahlt. Und die Sendestation.«

»Er muss Sie mit etwas unter Druck gesetzt haben.«

»Ja, er ... Er hatte Fotos. Die Toten sahen ganz frisch aus. Ich habe vermutet, sie liegen in Port-au-Prince, in einem Kühlhaus. Natürlich war es eine Erpressung. Aber ich habe versucht, es nicht so zu empfinden. Ich hatte Grund, dem Pastor dankbar zu sein. Mit der Zeit hat Belamour mehr gefordert. Obwohl unsere Spendeneinnahmen sanken. Ich habe ihm klar gemacht, dass er mir die Luft abwürgt. Dann kamen Überweisungen, aus dem Ausland. Die keine Spenden waren. Die ich nicht an den Pastor weiterleiten sollte, sondern an die Lutteurs.«

»Was waren das für Gelder?«

»Drogen, Erpressung, Schmuggel von Hilfsgütern ... Keiner überprüft die Konten eines Montessori-Kindergartens. Verdammte Scheiße! Was sollte ich machen?!«

Rafael sprang von der Fensterbank, ohne einen Laut. Er ging zur Tür und löschte das Licht. Er bedeutete Mads, ans Fenster zu kommen. Von hier konnten sie über die Mauer sehen, auf die Straße. Unter den Bäumen lehnte ein Motorradfahrer an seiner Maschine.

»Kennen Sie ihn?«, fragte Rafael.

»Er heißt Eisenhower. Belamours Mann fürs Grobe.«

»Er überwacht mich.«

»Seit wann?«

»Seit ich das Hotel verlassen habe.«

»Warum?«

»Weil Belamour weiß, dass ich die Leichen fotografiert habe.«

Es dauerte einen Moment, bis Mads begriff, was das bedeutete. »Sind Sie verrückt? Wenn Belamour weiß, dass Sie hier sind –«

»Vielleicht hat Eisenhower ihn schon angerufen.«

»Wenn er glaubt, er hat mich nicht mehr in der Hand, bin ich ein toter Mann!«

Rafael holte sein Telefon aus der Tasche. Versuchte zu wählen. »Kein Netz. Wahrscheinlich hat er ihn noch nicht erreicht. Hat der Kindergarten einen zweiten Ausgang?«

»Nur das Tor.«

»Wenn ich über die Mauer klettere?«

»Müssen Sie um das Grundstück herumlaufen.«
»Wo komme ich auf die Straße?«
»Ungefähr zwanzig Meter oberhalb.«
Rafael schaute in die Dunkelheit. Auf Eisenhower auf seinem Motorrad. »Haben Sie ein Seil?«

52

Sie standen auf dem Balkon. Sterne blinkten am Himmel. Möwen kreisten über dem Wasser. Jooly öffnete eine Packung Zigaretten.
»Immer noch Gauloises«, sagte Maria.
»Ich bleibe mir treu.«
Jooly hielt ihr die Packung hin. Maria hatte Lust auf eine Zigarette. Wenigstens auf ein, zwei Züge, um das Pochen ihres Herzens unter Kontrolle zu bringen. Aber dann hätte Jooly ihre Hände zittern sehen. Sie beherrschte sich und sagte:
»Ich bleibe mir auch treu. Ich rauche nicht.«
Jooly zündete sich eine Zigarette an. Mit einem schmalen, silbernen Feuerzeug, das teuer aussah. Sie lebte. Es konnte nicht wahr sein. Aber wenn Maria träumte: War der Traum gut oder böse? Jooly blies einen Rauchring in die Nacht. Das konnte sie schon damals gut.
»Alle denken, du bist tot«, sagte Maria.
»Ich war noch nie so lebendig.«
»Dein Vater schickt mich.«
»Vergiss den alten Sack.«
»Er –«
»Vergiss ihn!« Jooly deutete mit ihrer Zigarette auf Lichter im Norden. »Da vorn ist der Hafen. Früher gab es hier eine Palmenpromenade, einen Schiffsanleger mit einem Casino. Mick Jagger war hier, Jackie Kennedy, der ganze Jetset.«
»Lange her.«
»Kann alles wieder werden.«
»Was ist mit Craig?«

»Er bleibt da unten sitzen.«
»Er braucht einen –«
»Er bleibt sitzen.«
Jooly war immer noch schön. Aber etwas hatte sich in ihrer Stimme verändert. Etwas hatte sich in ihrem Gesicht verändert. Der gleichgültige Blick auf einen gefesselten, wimmernden Mann, dem ein Kind Augen und Ohren blutig schlug ... Wie ein Mensch, der von den Toten auferstanden ist. Er spricht und sieht aus wie früher. Aber er ist nicht mehr derselbe Mensch.
»Ich war in den Bergen«, sagte Maria. »Wo du den Unfall hattest.«
»Hast dir richtig Mühe gegeben.«
»Kannst du mir sagen, welche Leiche im Autowrack lag?«
»Meine jedenfalls nicht.«
»Dein Führerschein, dein Reisepass –«
»Ich habe einen Ersatzpass. Den Führerschein lasse ich neu ausstellen. Herrgott, Maria! Wir haben uns ein halbes Jahr nicht gesehen, und du redest von diesen Banalitäten. Entschuldige, das Wetter ... Die Regenzeit kommt dieses Jahr früher. Macht uns alle aggressiv. Belamour ist außer sich. Du hast seine Eisenbahn kaputt gemacht. Wenn er dann noch hört, dass du seinen kleinen Engel angeschrien und ihm das Spielzeug weggenommen hast ...«
»Es war ein Schlagring.«
»Andere Kultur, anderes Spielzeug.«
Von innen rief eine Männerstimme. Jooly warf ihre Zigarette über die Brüstung und ließ Maria allein. Durch die Gardinen sah sie ihre schlanke Silhouette neben dem Billardtisch. Maria hörte ihr Lachen, immer noch glockenhell. Aber nicht mehr ansteckend wie früher.
Jooly kam zurück mit einer Plastiktüte. Holte Styroporschalen heraus, Stäbchen, zwei Fläschchen Sojasauce ...

»Sushi?«, fragte Maria.
»Ich lasse sie aus Pétionville kommen. Keine Angst, nicht der tiefgefrorene Fraß wie in Berlin. Sie machen die Sushi taufrisch, aus lokal gefangenem Fisch. Zackenbarsch, Speerfisch, Goldmakrele ...«
Sie stellten die Schalen auf die Brüstung. Die Sushi sahen gut aus. Aber Maria hatte keinen Appetit. Immer wieder blieb ihr Blick an Joolys Gesicht hängen. Es schimmerte weiß im Mondlicht. Aber nicht wie Marmor, sondern wie Wachs.
»Dein Ring ist schön«, sagte Jooly, während sie Sojasauce auf ihre Sushi sprenkelte.
»Danke.«
»Wertvoll?«
»Ja.«
»Schenkst du ihn mir?«
»Nein.«
»Ich habe gehört, du warst bei den Hallen. Wo sie die Figuren für den Karneval machen. Die Kinder arbeiten mit giftigen Dämpfen. Sie ruinieren ihre Gesundheit für das Vergnügen von ein paar ausländischen Touristen. Wir werden das ändern.«
»Wir?«
»Belamour und ich. Wir geben den Menschen ihre Würde zurück. Wir werden Haiti radikal umbauen.«
»Das ganze Land?«
»Natürlich das ganze Land. Wir müssen Haiti neu denken.«
»Ich dachte, es geht um Eisenbahnen?«
»Ach, Maria. Die Eisenbahn ist der Weg, nicht das Ziel. Dieses Gebäude gehörte früher der größten Eisenbahngesellschaft. Jahrzehntelang stand es leer. Nach dem Erdbeben haben die Lutteurs es besetzt und hergerichtet. Der Keller war voller Akten. Belamour liebt alte Akten. Das meiste war

natürlich zerstört. Aber er hat ein Dokument gefunden, das alles ändert. Für uns und für Haiti.«

»Die Konzession?«

»Richtig. Die *Compagnie Nationale des Chemins de Fer* ist ansonsten wertlos, sie existiert nur noch auf dem Papier. Sie gehörte einem Erben, einem Hals-Nasen-Ohrenarzt in Santo Domingo, der keine Ahnung hatte, auf welchem Schatz er saß. Bloß konnte Belamour die Firma nicht kaufen.«

»Warum nicht?«

»Er ist Haitianer. Er kriegt für die Dominikanische Republik nicht einmal ein Visum. Vor allem ist es gefährlich. Wenn du in Haiti zu stark wirst, machst du dir Feinde. Senatoren, Minister, alles machthungrige Geier. An einen Ausländer trauen sie sich nicht so leicht heran. An eine Ausländerin schon gar nicht.«

»Du hast die Compagnie gekauft.«

»Für einen Spottpreis. Seit Monaten halten die Geberländer Hilfsgelder zurück. Der Präsident muss ihnen etwas bieten. Er muss den Startschuss für etwas Großes geben, das in Haiti noch nicht gescheitert ist. Natürlich sind alle besorgt wegen der Korruption. Alle Geldgeber wollen eine Beteiligung des privaten Sektors. *Public-Private Partnership* heißt das Zauberwort. Was schaust du so?«

»Ich frage mich, ob du von Eisenbahnbau den Hauch einer Ahnung hast.«

»Natürlich nicht! Die Architekten, die Ingenieure, alles kommt von außen. Das verlangen schon die Geldgeber. Sie wollen zu Hause ihre Arbeitsplätze sichern, die Politiker kriegen Druck aus ihren Wahlkreisen. Warum isst du deine Sushi nicht?«

»Keinen Appetit.«

»Haiti will ein Rechtsstaat sein. Die *Compagnie Nationale*

des Chemins de Fer hat als einziges Unternehmen eine rechtsgültige Konzession. Also laufen alle Gelder über uns. Wir leiten sie weiter, abzüglich fünfzehn Prozent Provision. Wie es in der Entwicklungshilfe üblich ist.«

»Fünfzehn Prozent von wie viel?«

»Wenn man das vorher wüsste.« Jooly seufzte. »Es gibt einen Kostenplan, er liegt bei siebenhundert Millionen Dollar. Natürlich werden solche Projekte immer viel, viel teurer. Die Geldgeber wollen, dass sie teurer werden. Damit möglichst viel zurück in ihre Industrien fließt. Mit eineinhalb bis zwei Milliarden muss man wohl rechnen. Und ob dann wirklich schon Gleise liegen ...«

Jooly griff ein Garnelen-Sushi aus Marias Schale und warf es über die Brüstung. Es flog auseinander, die Möwe schnappte nach dem Reisklumpen. Die Garnele landete unter dem Balkon im Matsch.

»Lass das«, sagte Maria.

Jooly warf ein zweites Stück. Die Möwe konnte sich nicht zwischen Reis und Goldmakrele entscheiden, bis es zu spät war.

»Es sind Nahrungsmittel.«

Jooly griff nach einem Maki, Maria legte ihr die Hand auf den Arm: »Ich esse es!«

»Ich esse es, ich esse es«, äffte Jooly. »Bloß damit die Möwe nichts kriegt. Wischst du immer noch deinen Teller mit Brot sauber? Fand ich schon damals eklig.«

Maria steckte sich das Maki in den Mund. Die Möwen flogen Kreise vor dem Balkon und beobachteten sie.

»Fünfzehn Prozent«, sagte Maria.

»Wischst du den Teller sauber oder nicht?«

»Von zwei Milliarden Dollar ...«

»Schämst du dich oder was?«

»Ja, ich wische ihn sauber! Und ich schäme mich nicht! Fünf-

zehn Prozent von zwei Milliarden sind dreihundert Millionen Dollar Provision!«
»Dreihundert, vierhundert ... Belamour und ich sind da offen. Glaube mir, es geht uns nicht ums Geld.«
»Sondern?«
»Die Macht, die wir uns damit kaufen. Belamour wird Präsident, ich werde First Lady. Ich sage nicht, dass wir politisch die gleichen Visionen teilen. Belamour will eine Entwicklungsdiktatur, wie Singapur oder Äthiopien. Ich denke eher an Sozialismus, natürlich mit freier Meinungsäußerung. Ich zeige dir etwas.«
Sie zog Maria durch die Gardinen in den Billardraum. Sie suchte in den Zeitschriften auf dem Bistrotisch. Draußen landeten die Möwen auf der Brüstung und pickten den Fisch von den Reisbällchen.
»Hier werden wir wohnen«, sagte Jooly und reichte Maria eine Zeitschrift.
Architectural Digest von 1976. Fotostrecke einer Villa, gebaut aus bunten Glaswürfeln, in denen sich Sonnenlicht bricht. *A singular sensation.* Bilder eines kubistischen Springbrunnens. Eines schwarz gekachelten Pools. Eines Wohnzimmers mit minimalistischen Sitzmöbeln.
»Der Architekt hat für Barbra Streisand und Liz Taylor gebaut. Belamour und ich werden in diesem Haus leben. Wir werden Künstler, Philosophen, Intellektuelle aus der ganzen Welt einladen. Ich möchte einen Freiraum schaffen, einen Ort ohne ökonomischen Zwang. Ich möchte, dass unsere Welt wieder die Kraft für Utopien findet.«
Unten schrie Craig. Er brüllte.
»Was machen sie mit ihm!«
»Belamour sagt, ein Kind muss früh lernen, anderen Menschen wehzutun.«
Craig kreischte vor Schmerz. Er flehte, Maria verstand die

Wörter nicht. Sie wollte zur Tür stürzen, Jooly hielt sie fest und drückte sie gegen die Wand. »Wenn du runterläufst, machst du alles noch schlimmer.«
»Was wollt ihr von ihm?«
»Die Leichen. Wegen euch musste Belamour sie ausgraben lassen. Seine Leute sind auf dem Weg hierher. Kannst du mir sagen, wo er sie lagern soll? Jetzt, wo alles heiß und feucht ist?«
»Aber Craig weiß von nichts!«
»Er war mit euch bei den Salzfeldern.«
»Er war unser Fahrer! Er hat die Leichen nicht gesehen!«
»Wie kann Belamour sicher sein?«
»Sag ihm, er soll den Jungen stoppen!«
»Der Junge wird mit dir das Gleiche machen! Wenn du deine Karten nicht auf den Tisch legst!«
Wieder war alles still. Vielleicht war Craig bewusstlos. Vielleicht wechselte der Junge nur sein Werkzeug.
»Meine Karten?«
»In ein paar Tagen sind wir am Ziel. Dann kann der Präsident uns nichts mehr tun, der Däne nicht, niemand. Aber bis dahin dürfen wir uns keinen Fehler leisten. Sie dürfen keinen Vorwand finden, uns zu verhaften. Vor allem darf keiner die Leichen finden. Keiner darf eure Fotos sehen. Verstehst du das?«
»Ja, das verstehe ich.«
»Also? Wer sind deine Auftraggeber?«
»Wir hatten keine Auftraggeber.«
»Wer hat euch nach Anse Rouge geschickt?«
»Niemand.«
»Von wem hattet ihr eure Informationen?«
»Wir hatten keine Informationen.«
»Das kannst du unten auf dem Stuhl erzählen.«
»Ich sage dir –«

»Wir sind keine Achtklässler, Maria. Dieses Mal ist es ernst.« Sie ließ Maria los und strich ihre Bluse glatt. »Ich bin kurz vor dem Ziel. Ich kriege mein Leben auf die Reihe. Noch mal halte ich nicht für dich den Kopf hin.«

53

Die Schlingpflanzen rissen, Rafaels Füße fanden keinen Halt mehr ...

Er sprang.

Er landete im Schatten der Mauer und horchte.

Mads Lerby hatte die Alarmanlage ausgeschaltet. Das größte Risiko waren jetzt die Alarmanlagen der Nachbarn. Rafael schlich sich weiter, kontrollierte vor jedem Schritt, dass seine Schuhe keine Äste zerbrachen.

Er konnte auf die Straße sehen. Eisenhower saß auf seinem Motorrad, den Eingang des Kindergartens im Blick. Rafael stand hinter ihm, etwa zwanzig Meter. Er löste das Seil von seinem Gürtel und schlich sich heran. Er war etwa fünf Meter entfernt, als Eisenhowers Telefon klingelte. Rafael sprang auf das Motorrad, auf Eisenhowers Rücken, schlang das Seil um seinen Hals. Eisenhower bäumte sich auf, Rafael zog das Seil fest, das Motorrad fiel krachend zur Seite. Sie wälzten sich, Eisenhower griff in seine Tasche, nach dem Telefon, Rafael trat es ihm aus der Hand. Eisenhower stand auf, torkelte, Rafael hing wie ein Kind an seinem Rücken, würgte ihn mit dem Seil. Woher hatte dieser Mann so viel Kraft? Wo blieb der Arzt?

Endlich kam er aus dem Tor, außer Atem, mit weiteren Seilen. Eisenhower sackte auf die Knie. Rafael lockerte das Seil, Eisenhower hechelte, Mads stopfte ihm den abgerissenen Mund eines Stofftiers als Knebel in den Mund. Das Telefon hörte auf zu klingeln. Mads fesselte seine Füße, seine Arme.

»Schauen Sie ins Telefon«, rief Rafael. »Wann er zuletzt telefoniert hat.«

Eisenhower schlug um sich, während Rafael die Fesseln straff zog und Mads durch die Anrufliste blätterte.
»Eben ein Anruf, aber nicht angenommen«, sagte Mads. »Vor zwei Stunden hat er selbst angerufen. Aber anscheinend gab es keine Verbindung.«
Vor zwei Stunden hatte Rafael auf einem Moto-Taxi das Hotel verlassen. Das Telefonnetz war noch überlastet gewesen. Offenbar wurde es langsam besser. Aber es bedeutete, Belamour wusste noch nicht Bescheid.
Eisenhower lag verkrümmt auf dem Asphalt und konnte nur noch die Finger bewegen. Sie hörten einen Motor, sahen Scheinwerfer, die sich näherten. Sie rollten Eisenhower an den Straßenrand, in den Schatten von Büschen. Rafael zog das Motorrad von der Straße, winkte in die Scheinwerfer, als habe er bloß einen harmlosen Unfall gehabt. Der Wagen fuhr weiter.
Rafael richtete das Motorrad auf. Sukida 250, eines der chinesischen Billigmodelle, die man in Haiti überall sah. Er prüfte Schalter und Licht; der Sturz hatte nichts beschädigt.
»Wollen Sie damit fahren?«, fragte Mads.
»Muss jemanden suchen.«
»Um diese Zeit?«
»Erst müssen wir ihn von der Straße kriegen.«
»Das schaffe ich allein.«
»Sicher? Was ist mit Ihren Wachleuten?«
»Sehen ein Fußballspiel. Ich komme klar.«
»Halten Sie ihn bis morgen früh fest. Wäre gut, wenn Sie ihn anständig behandeln. Die Aktion mit dem Seil war an der Grenze.«
»Sie war nötig.«
»War trotzdem an der Grenze.«
Mads packte Eisenhower an den Schultern. Rafael setzte sich auf das Motorrad.

»Eine Frage noch«, sagte Rafael. »Sagt Ihnen der Name Maria Brecht etwas?«
»Nein, wieso?«
»Blonde, deutsche Frau? War bei Ihnen, hat nach einem Job gefragt? Hat Ihnen ein Foto Ihrer Freundin gezeigt? Braune Haare, hieß Jooly?«
Mads blinzelte. »Nein.«
»Maria? Jooly? Die Namen sagen Ihnen beide nichts?«
»Ich würde mich erinnern.«
»Gehen Sie zur Beichte, Herr Lerby?«
»Warum sollte ich?«
»Der Sinn der Beichte ist, dass man einmal alles sagt. Man muss sich danach nicht ändern. Man kann genauso weitermachen wie vorher. Aber einmal muss man alles sagen. Sonst fühlt man sich nicht frei.«
»Ein interessantes Konzept. Aber ich glaube nicht an Religion.«
Rafael sah ihn an, von oben bis unten. Dann startete er den Motor und gab Gas.
Mads sah ihm nach. Sah das Rücklicht hinter einer Kurve verschwinden. Eisenhower grunzte durch den Knebel. Mads musste ihn von der Straße schaffen. Aber wohin? Die Garage war keine Option. Nicht für das, was er vorhatte.
»Ich werde jetzt meinen Wagen holen«, sagte er. »Wir fahren an einen Ort, wo uns niemand sieht oder hört. Ich werde dir Fragen stellen, du wirst antworten. Wenn du nicht antwortest, werde ich dir wehtun. Wenn du immer noch nicht antwortest, werde ich dir sehr weh tun. Ich bin Arzt. Ich tue, was nötig ist. Ich stehe in der Verantwortung für meine Kinder.«

54

Sie hatten Maria zwanzig Minuten gegeben. Zwanzig Minuten, um alles zu gestehen. Ihren Auftraggeber. Die Mitwisser der Fotos. Den Kopf der Verschwörung. Sie saß auf dem Damastsofa im Billardzimmer. Hungrige Möwen schrien vor dem Balkon.

»Wir sind keine Achtklässler. Ich halte nicht noch mal für dich den Kopf hin.«

Was hatte Jooly damit sagen wollen? Absurd, sie hatte damals nicht für Maria den Kopf hingehalten. Sie erwartete, dass andere für sie den Kopf hinhielten. Es ging hier nicht mehr um ein paar geklaute Schuhe. Um den Überfall auf einen Kiosk. Jooly hatte sich mit Schwerverbrechern eingelassen. Wach auf, Jooly!

Aber wenn sie gar nicht schlief? Wenn sie im Gegenteil hellwach war? Maria erinnerte sich an eine Dokumentation, die sie vor ein paar Wochen auf 3sat gesehen hatte. Über Stahlwerke in Pakistan. Staudämme im Kongo. Über korrupte Präsidenten und Generäle, die Milliarden Hilfsgelder in die eigene Tasche wirtschafteten. Über Jahre, aus den Etats einer Unzahl Geberländer und Hilfsorganisationen, von denen keine wusste, wen die andere finanzierte. Gelder, die nie an die Machthaber direkt flossen. Sondern an private Firmen, mit Konten auf Zypern, den Caymans oder in der Schweiz. Public-Private Partnership. Firmen wie die *Compagnie Nationale des Chemins de Fer*. Vielleicht war Joolys Plan kein Wahn, sondern genial. Vielleicht stand sie wirklich kurz vor dem Ziel.

Maria trat auf den Balkon. Sie schaute nach unten. Da lagen die zerhackten Sushi-Schalen. Wenn sie Stromkabel zusam-

menknotete und sich abseilte? Aber das Haus war umgeben von einer hohen Mauer mit Stacheldraht. Bestimmt saßen am Tor Wachleute. Keine Chance, sie war hier gefangen.
Sie hörte Stimmen, hinter dem Haus, und einen Motor. Zischen von Druckluftbremsen, Schlagen von Türen. Ein Lastwagen oder Transporter war angekommen. Vielleicht verlängerte das Marias Frist. Wenigstens ein paar Minuten. Sie verlangten von ihr ein Geständnis, Namen, den Kopf der Verschwörung. Sie hatte keine Namen, die sie gestehen konnte. Sie kannte niemanden in Haiti. Wo war Lincoln? Wartete er noch vor den Hallen auf sie? War er geflohen? Vielleicht hielten sie ihn auch gefangen. Das Kind mit dem Schlagring machte ihr Angst.
Hupen. Öffnen von Ladeklappen. Maria beugte sich über die Brüstung, konnte aber nichts erkennen außer dem Widerschein von Scheinwerfern an der Mauer. Sie fühlte etwas Hartes in ihrer Po-Tasche. Den Kamera-Chip. Der Chip führte allerdings zu einem Namen, den sie auf keinen Fall gestehen durfte: Rafael. Sie hielten Craig gefangen, sie hielten Maria gefangen. Wenn sie Rafael noch nicht gefunden hatten, suchten sie nach ihm. Ihr wurde heiß. Sie wusste, in welchem Hotel er wohnte. Menschen gestanden unter Schmerzen alles Mögliche. Wie viele gebrochene Finger und ausgeschlagene Zähne würde sie durchhalten? Bis sie schrie: »Rafael Velasco! Pressen Sie alle Informationen aus ihm heraus!« Ruhig bleiben ... Tief atmen ... Klar denken ...
Sie durfte Rafael nicht verraten. Es gab nur einen Namen, den sie nennen musste, immer wieder, bis das Kind sich müde geschlagen hatte: ihren eigenen. Craig war nicht eingeweiht. Rafael war nicht eingeweiht. Lincoln sowieso nicht. Sie war der Kopf der Verschwörung. Sie übernahm die Verantwortung. Sie hatte die Fotos auf dem Chip. Sie fühlte sich ein bisschen besser. Wenigstens wusste sie, was sie tun

musste. Die Konsequenz? Was würden sie mit ihr machen? Ruhig bleiben ... Jooly war, trotz allem, immer noch ihre Freundin. War sie das? Maria hatte keine Wahl, sie musste daran glauben.

Sie hörte die Flügeltür. Schritte. Sah Joolys schlanke Hand, die die Gardinen zur Seite schoben.

»Dein Craig ist unschuldig«, sagte sie.

»Das habe ich dir gesagt.«

»Die Männer aus Anse Rouge sind gekommen. Sie bestätigen seine Geschichte. Er war nur euer Fahrer.«

»Craig braucht einen Arzt.«

»Millionen Haitianer brauchen einen Arzt. Hat dein Craig mehr Rechte, weil er weiß ist?«

Jooly hatte wieder ihr Martiniglas in der Hand. Müde sah sie aus und gereizt. »Du hättest Michelin den Schlagring nicht aus der Hand reißen dürfen. Du hast ihm den Mittelfinger verrenkt. Er konnte nicht mehr schlagen und musste brennende Zigaretten auf dem Kopf von deinem Craig ausdrücken.«

»Sag, das ist nicht wahr.«

»Es ist deine Schuld.«

»Du hast daneben gestanden und zugesehen?!«

»Meine Gauloises.«

»Du hast –«

»Weißt du, was die französischen Plantagenbesitzer mit ihren Sklaven gemacht haben? Sie haben sie auf glühende Pfähle gespießt! Sie haben sie mit Schießpulver zersprengt! Sie haben Kinder auf Ameisenhaufen gefesselt! Die Eltern mussten zusehen, wie ihre Söhne und Töchter über Stunden zerfressen wurden! Deine Bigotterie kotzt mich an!« Sie warf ihr Martiniglas über die Brüstung. »Ist es nicht verrückt? Wie sich alles wiederholt? Ich fühle mich wieder wie mit vierzehn. Ich spüre, dass es einen Unterschied macht. Ob ich auf der Welt bin oder nicht. Dass ich etwas verändern kann. Und plötzlich tauchst du wieder auf.«

»Du hast nicht für mich den Kopf hingehalten.«

»Ich habe bezahlt, du hast nicht bezahlt. So einfach. Wie ein böser Geist. Dieses Mal machst du mich nicht kaputt, Maria. Dieses Mal nicht!«

Jooly verließ den Balkon. Maria sah sie neben dem Billardtisch auf Belamour einreden. Der Junge drehte am Regler der Eisenbahn, drückte auf Knöpfe. Er hatte Blutflecken auf seinen Armen, seiner Hose, sogar auf seinem Basecap. »Sie kooperiert nicht«, hörte sie Jooly sagen und: »Sie lügt die ganze Zeit.«

Maria trat durch die Gardinen. »Ich kooperiere.«

»Glaub ihr kein Wort!«

»Ich trage die Verantwortung. Ich gestehe.«

»Sie lügt!«

»Hier ist der Kamera-Chip. Mit den Fotos.«

»Na und? Was bedeutet ein Chip? Die Fotos können überall sein!«

Belamour sah von einer Frau zur anderen. Er hatte ein Telefon in der Hand. Wählte, horchte, schüttelte den Kopf. Offenbar gab es keine Verbindung.

»Wo ist der Däne?«, fragte er.

»Wer?«, fragte Maria.

»Der dänische Arzt.«

»Ich kenne keinen dänischen Arzt.«

»Sie wollen der Kopf der Verschwörung sein und kennen den Dänen nicht?«

»Du darfst dieser Frau nicht trauen!«, schrie Jooly.

Belamour sah sie missbilligend an. Ihm gefiel ihr Verhalten nicht. Ihm gefiel nicht, dass sie schon wieder ein Martiniglas in der Hand hielt. Er brauchte Jooly, für seinen Griff nach der Macht. Wenn er die Macht hatte? Was würde er mit ihr

tun? Jetzt wechselte er mit Jooly ein paar schnelle, leise Worte. Sie wollte protestieren, er schnitt ihr das Wort ab. Er zog eine Handschelle aus seiner Tasche. Eine dieser Plastik-Handschellen, die nur aus einem Riemen bestanden.
»Drehen Sie sich um«, sagte er zu Maria.
»Was passiert mit mir?«
»Das werden Sie sehen.«
»Nein.«
»Möchten Sie, dass ich Sie festhalte? Dass ich Michelin auf Sie loslasse?«
Maria zögerte. Sie drehte sich um. Belamour fesselte ihr die Handgelenke auf dem Rücken. Der Junge flüsterte etwas. Aufgeregt, in Kreyòl. Jooly schaltete sich ein. Beide redeten auf Belamour ein.
»Ist das wahr?«, hörte sie Belamours Stimme.
»Was?«
»Sie haben meinem Jungen wehgetan?«
»Nein.«
»Sie haben seinen Mittelfinger gezerrt?«
»Ich habe ihm den Schlagring weggenommen.«
»Machen Sie das zu Hause auch so? Kindern mit Gewalt etwas wegnehmen?«
»In meiner Heimat schlagen Kinder nicht auf gefesselte Männer ein.«
»Was wollen Sie damit sagen?«
»Ich will sagen –«
»Weiße Kinder sind moralisch höherwertiger als schwarze Kinder?!«
Er packte sie an den Schultern und drehte sie herum. Hinter den Brillengläsern glühten die Augen vor Wut.
»Ich wollte einen Mann vor Gewalt schützen«, sagte sie.
»Weil er weiß war?«
»Weil er ein Mensch war.«

»Haben Sie jemals einen Schwarzen vor Gewalt geschützt?«
Maria konnte sich nicht erinnern.
»Wann, Frau Brecht? Wann?!«
Jooly flüsterte in Belamours Ohr. Er nickte, wie zum Zeichen, dass er nichts mehr für Maria tun konnte. Er hielt Marias Schultern fest, Jooly drehte ihren Arm nach hinten. Michelin holte aus und schlug seine Faust in Marias Magen. Ihr wurde schwarz vor Augen, sie würgte und verkrümmte sich. Der Junge nahm erneut Anlauf. Holte weit aus, sie sah die Faust kommen. Das Letzte, was sie hörte, war Joolys Stimme, dicht an ihrem Ohr:
»Zwei Jahre älter, und er würde dich ficken!«

55

»Gewalt erzeugt Gegengewalt. Wenn ich dir eine Frage stelle und du antwortest nicht, obwohl an deiner Antwort Leben hängen; dann ist das verbale Gewalt.«
Eisenhower kauerte gefesselt, den Kopf gesenkt, im Matsch. Aus den Stümpfen, wo früher Fingernägel gewesen waren, lief Blut über seine Hände und seinen Rücken.
»Du weißt, dass ich Arzt bin«, keuchte Mads. »Dass ein Arzt manchmal Schmerzen zufügen muss, um schlimmere Schmerzen zu verhindern. Wenn ich mit einem Fingernagel anfange und du antwortest nicht; dann kannst du dir denken, dass ich dir auch den zweiten ausreiße. Und wenn ich dir den zweiten ausreiße und du bist immer noch bockig ... Du kannst dir doch alles denken!«
Acht Fingernägel, bis Eisenhower endlich geredet hatte. Wer hielt so viel Schmerz aus? Zuckerrohrsklaven. Auslese über Jahrhunderte. Nur die Zähesten hatten überlebt.
»Ich werde jetzt deine Finger desinfizieren«, sagte Mads und öffnete seinen Erste-Hilfe-Kasten. »Es brennt, aber das Schlimmste hast du hinter dir. Dann lege ich Verbände an. Morgen früh musst du sie wechseln. Das ist wichtig, hörst du? Wenn sich die Wunden entzünden, kann es sein, dass du deine Finger verlierst. Dann kann ich nichts mehr für dich tun. Stillhalten! Du hast viel Blut verloren. Die nächsten Tage wird es dir schlechtgehen. Du hast dir alles selbst zuzuschreiben!«
Für einen stabilen Verband hätte Mads die Fesseln lösen müssen. Natürlich war das ausgeschlossen. Er überlegte, Eisenhower zurück in den Kofferraum zu schaffen. Besser, er ließ ihn hier liegen, auf diesem Stück Brachland oberhalb

der Stadt. Obwohl die feuchte Erde nicht ideal war, wegen der Keime. Warum hatte der Mann nicht einfach geantwortet?
»Ich komme wieder«, sagte Mads und stand auf. »Wenn alles erledigt ist, kriegst du zu essen und zu trinken. Wechseln wir die Verbände. Verstanden?«
Mads sah eine Bewegung des Hinterkopfes. Besser so, er wollte nicht in dieses Gesicht blicken. Er packte Eisenhower bei den Oberarmen und zog ihn tiefer ins Gestrüpp. Für den unwahrscheinlichen Fall, dass ihn hier jemand finden würde. Er packte Schere, Pflaster, Verbandsreste wieder in den Erste-Hilfe-Kasten. Ihm fiel nichts ein, was er dem Mann, der stöhnte und in den Knebel hustete, noch sagen konnte. Außer dass das alles nicht nötig gewesen wäre. Aber das hatte er schon gesagt.
Er setzte sich in seinen Wagen. Er fuhr einen Sandweg bergab, dann eine kurvige, unbeleuchtete Stichstraße. Passierte ein Hotel, einen Nachtclub, zwei Galerien. Straßenkinder schliefen in den Eingängen. Junge Männer hockten auf dem Bordstein und zeigten dem Mitsubishi den Mittelfinger.
Er sah Lichter und bog rechts in die Rue Pavée. Er hatte das Fenster einen Spalt offen. Nach Mitternacht, die Straße war immer noch voller Menschen. Er roch Holzkohle und gegrilltes Dosenfleisch. Motorräder überholten ihn. Viele Fahrer trugen bloß ein Unterhemd oder ein knappes T-Shirt. Einige hatten Mädchen in kurzen Röcken auf den Rücksitzen. Er fühlte in seiner Hosentasche die Pistole. Oder den Revolver. Er wusste den Unterschied nicht, er wollte sich mit diesen Dingen gar nicht auskennen. Er wusste nur, er musste es tun. Heute Nacht. Er hätte es längst tun müssen. Er war feige gewesen und zahlte nun den Preis.
Er fuhr nur selten in die Innenstadt, schon gar nicht nachts. Der Lärm, die Enge, der Schmutz machten ihm Angst. Die

Ausländer erzählten einander Horrorgeschichten, von Überfällen und Vergewaltigungen. Tatsächlich war Mads in Haiti noch nie beraubt worden. Nicht einmal bedroht. Er kannte niemanden, dem etwas Ernstes zugestoßen war. Die Geschichten, die die Ausländer sich erzählten, waren immer Geschichten vom Hörensagen: Jemand hatte einen Bekannten, dessen Kollege einen Anruf vom Mitarbeiter eines Partnerprojekts bekommen hatte, der nachts mit einem Messer bedroht worden war ... Es gab Untersuchungen, nach denen war Port-au-Prince sicherer als Washington oder New Orleans. Alle Weißen wiesen diese Untersuchungen empört zurück. Haiti war gefährlich! Sie waren mutig, hier zu sein! Es war ein Glaubenssatz, an dem niemand rüttelte.
Mads bog in die Rue Paul VI. Wenn Eisenhower ihn angelogen, ihm das falsche Haus beschrieben hatte? Möglich, aber unwahrscheinlich. In gewisser Weise hatte er schon nach dem fünften Fingernagel geredet. Mads hatte ihm drei weitere ausreißen müssen, um sicherzugehen. Sein Versprechen, in ein paar Stunden zurückzukommen, würde er kaum halten können. Obwohl er seinen Kindern beibrachte, dass man Versprechen halten musste. Weil Vertrauen das Kostbarste war, das Menschen einander schenken konnten. Er hatte auch Rafael versprochen, dass er Eisenhower gut behandeln würde. Obwohl das irreal gewesen war, von Anfang an. Was hatte er gesagt, über die Beichte? Dass man einfach weitermachen konnte, wie vorher? Mads glaubte nicht an Stillstand, sondern Veränderung. Er glaubte nicht an Religion, sondern Verantwortung. Wenn er heute Nacht gelogen hatte; nun gut, er übernahm Verantwortung für die Lügen.
Er fuhr über den Boulevard Dessalines. Am Straßenrand standen Taptaps, beladen mit Koffern, Reissäcken, zu Bündeln gefesselten Hühnern. Er passierte den Eisenmarkt. Es bedeutete, er war zu weit gefahren. Er bog links in eine Sei-

tenstraße und fuhr auf der Avenue Marie-Jeanne ein Stück zurück, bis zum Boulevard Truman. Seit Monaten war er hier nicht gewesen. Er sah die alten Botschaftsgebäude und Handelskontore. Hier und da wehte die Fahne eines Landes oder einer Firma, die meisten Gebäude waren dunkel und verwaist. Wieso brannten nicht einmal Straßenlaternen? Von Monat zu Monat wurde es schlimmer mit der Stromversorgung. Port-au-Prince, unter einer dünnen Schicht Kosmetik, verfiel zur *failed city*. Wer übernahm dafür die Verantwortung?
Mads sah die Mauer, das schiefe Dach, eine Fahnenstange ohne Fahne; Eisenhower hatte ihm das Haus korrekt beschrieben. Lichter brannten hinter den Fenstern. Das Tor stand offen. In der Einfahrt stand ein Militärtransporter. Mads hielt auf der anderen Straßenseite, im Schutz der Dunkelheit. Er schaltete den Motor aus. Er fingerte ein Tablettenröhrchen aus seiner Hemdtasche und schluckte eine Fenetyllin. Indische Generika, man konnte nie sicher sein, was drin war. Im Handschuhfach hatte er Koffeintabletten. Aber Wachbleiben reichte nicht. Im entscheidenden Moment brauchte er Konzentration.
Eisenhower hatte nicht schwören können, dass Belamour in dem Haus war. Nicht einmal nach dem achten Fingernagel. Aber er verbrachte die meisten Nächte hier. Ebenso die Deutsche. Falls Mads nicht großes Glück hatte, würde er nur einen töten können. Belamour war wichtiger. Aber sein Hass auf die Deutsche war größer. Das Fenster herunterlassen, einen Schuss abfeuern, höchstens zwei. Scheibe hoch und Gas geben. Niemand würde hinter dem getönten Glas sein Gesicht sehen. Belamour hatte Feinde, jeder wusste es. Geheimdienste, Rache unter Banden, ein Killer aus dem Umfeld des Präsidenten ... Spuren, die in alle Richtungen führten. Aber nicht zu einem dänischen Arzt.

Nieseltropfen fielen auf die Windschutzscheibe. Er holte die Waffe aus der Hosentasche. Letztes Jahr hatte er schießen geübt. Auf der Trekkingtour durch das Massif de la Selle, zusammen mit zwei Kaliforniern von *Volunteers for Peace*. Natürlich demonstrierten die Kalifornier in ihrer Heimat für strengere Waffengesetze. Natürlich waren alle drei gegen die Todesstrafe. Aber ihnen war auch klar, sie waren hier in einem anderen Land, einer anderen Kultur. Welches Recht hatten sie, Haiti mit den Maßstäben ihrer Heimat zu messen?

56

Sie saßen in Bollings absurd kleinem Fiat Panda, in dem es nach nassem Hund roch. Bollings Knie stießen gegen das Lenkrad. Er hielt den Kopf geduckt, um nicht gegen das Dach zu stoßen. Auf dem Schoß hatte er einen Laptop, grau und plump wie er selbst.

»Ich kann das nicht veröffentlichen«, sagte er.

»Wieso nicht?«, fragte Michelle.

»Das sind alles nur Behauptungen.«

»Wenn ich Ihnen sage, die Behauptungen sind wahr?«

»Ich muss die Meinung der Gegenseite einholen.«

»Die Gegenseite wird Sie belügen.«

»Darauf kommt es nicht an.«

»Es kommt nicht darauf an, dass Lykka Poulsen lügt?«

»Was Sie schreiben ... Die Unterstellung von Korruption ...«

»Ich war in Jacmel. Ich wollte eine Meerwasserentsalzungsanlage besichtigen. Die Deutschen haben Hunderttausende in das Projekt gesteckt. Nach zwei Jahren Bauzeit sieht man nichts als einen Bagger und ein paar Säcke Zement. Nebenan haben die Dänen Windräder hochgezogen. In sechs Monaten! Sie geben sogar Strom! Ich frage Sie: Wie ist das möglich ohne Korruption?«

Der Fiat stand am Ende eines unbefestigten Weges. Michelle sah Unkraut und Erdhaufen. Rechts eine Mauer, hinter der, behauptete Bolling, ein Golfplatz lag.

»Der Bericht fürs Fernsehen kann später kommen«, sagte Michelle. »Natürlich werden Sie Lykka Poulsen in diesem Bericht die Möglichkeit geben, sich zur Sache zu äußern. Aber dieser Artikel muss heute Nacht auf die Homepage der Deutschen Welle. Natürlich fehlt ihm noch der Schliff, Ihre professionelle Sprache. Wir müssen die Dänen stoppen, bevor es zu spät ist!«

»Frau de Sélestat –«

»Die Deutsche Welle lebt vom Geld des deutschen Steuerzahlers. Zweihundertsiebzig Millionen Euro pro Jahr, wenn ich nicht irre.«

»So können Sie das nicht rechnen.«

»Die Deutsche Welle braucht Mut zur Kontroverse!«

Michelle ahnte, warum es in diesem Auto nach nassem Hund roch. Bolling war der nasse Hund. Sie konnte nicht einmal die Fenster öffnen, wegen der Moskitos. In der Seite seines Laptops steckte der USB-Stick mit Michelles Artikel. Er enthielt nichts als Hetze und Verleumdung. Aber Hetze und Verleumdung waren ihre letzte Chance. Bolling hatte den Laptop mit seinem Handy verbunden. Über das Handy hatte er Zugriff auf das Netzwerk der Deutschen Welle, wenigstens die Regionalseite. Nicht dass unter normalen Umständen jemand diese Regionalseite las. Aber falls Michelle in Berlin die richtigen Leute ans Telefon bekam, konnte der Artikel diplomatische Verwicklungen auslösen. Sie musste sich an jeden Strohhalm klammern.

»Was haben die Lutteurs gegen Sie in der Hand?«, fragte Bolling.

»Jetzt fangen Sie wieder damit an.«

»Die wissen doch was.«

»Jetzt hören Sie mir –«

»Nein, Sie hören mir zu! Ich arbeite für die Deutsche Welle! Aber ohne Vertrag! Ich bin, wie man so sagt, fester Freier! Ich bin nach Haiti gekommen, weil ich dachte, man reißt mir die Beiträge aus der Hand! Nichts reißt man! In den letzten zwei Monaten habe ich einen einzigen Beitrag verkauft. Einhundertzehn Sekunden, aus der Dominikanischen Republik. Ich versuche es bei Zeitungen, aber die winken alle ab. Die Deutsche Welle hat ein Auslandsbüro in Buenos Aires. Ich kann mich auf eine Stelle bewerben. Aber ich muss etwas liefern. Ich muss zeigen, dass ich gut bin. Eine Story, die Sie vernichtet, ist gut.«

»Sie spekulieren auf meine Vernichtung?«

»Ich spekuliere auf eine Festanstellung.« Bolling riss den USB-Stick aus dem Laptop wie einen Schädling. »Sie haben mir ein Angebot gemacht. Ich lehne Ihr Angebot ab.«

Er hielt ihr den Stick hin. Wenn sie ihn nahm, war alles vorbei. Die Lutteurs würden ihn mit Material versorgen, das sie zerschmetterte. Nichts würde von ihrem Leben übrig bleiben – außer Tränen, Scham und Hohngelächter des linken Parteiflügels.

»Die Lutteurs sind Verbrecher«, sagte sie.

»Alles eine Frage der Perspektive.«

»Warum stehen Presse und Politik immer auf verschiedenen Seiten? Wenn Sie und ich, gemeinsam für die Ärmsten der Armen –«

Bolling lachte schrill und startete den Motor.

»Warten Sie!«

Michelle sah das schlaffe Gesicht mit den hängenden Wangen. Den Tränensäcken und entzündeten Lidern. Sie sah Lüge, Mittelmaß und Feigheit. Dieser Mann hatte kein Recht, Sie zu vernichten!

»Ich fahre Sie ins Hotel«, sagte Bolling.

»Ich finde allein zurück.«

Sie stieg aus und schlug die Tür zu. Der Fiat fuhr an. Sie sah Rücklichter, die kleiner wurden. Jetzt Bremslichter. Natürlich, da vorn war nichts als ein Abhang. Sie horchte. Sie hörte ein Atmen. Stöhnen. Sie sah einen Körper im Gebüsch. Einen Mann, geknebelt undgefesselt, die Fingerkuppen in blutdurchtränkten Verbänden. Der Fiat kam zurück. Sie winkte. Bolling ließ die Fensterscheibe herunter.

»Hier liegt ein Mann!«
»Lassen Sie ihn liegen.«
»Er ist voller Blut.«
»Steigen Sie ein!«
»Wir können ihn nicht hier liegen lassen.«
»Ein Journalist macht sich nicht mit einer Sache gemein. Auch nicht mit einer guten.«
Bolling wollte anfahren. Michelle presste ihre Hände um den Außenspiegel. Die Halterung sah nicht stabil aus.
»Sie helfen mir sofort, den Mann ins Auto zu setzen.«
»Sie behindern einen Mitarbeiter der freien Presse.«
»Sie fahren den Mann zum Arzt!«
»Ich warne Sie, Frau de Sélestat. Eins, zwei –«
»Steigen Sie aus!«
»Die letzte Zahl heißt Numero –«
Bolling konnte nicht anfahren, ohne seinen Spiegel abzubrechen. Er griff in die Mittelkonsole und hielt seine Kamera auf Michelle. »Null Uhr vierundzwanzig. Michelle de Sélestat behindert einen Mitarbeiter der freien Presse. Ich fordere eine Stellungnahme der Bremer Regierung, der Landespartei –«
»Hören Sie sofort auf!«
»Null Uhr fünfundzwanzig. Michelle de Sélestat droht mit Sachbeschädigung. Ich fühle mich körperlich bedroht. Ich fordere eine Stellungnahme der Bundespartei, der Bundesregierung und des Auswärtigen Amtes.«
Sie griff in den Wagen, versuchte, ihm das Telefon aus der Hand zu drehen. Er zog an ihren Haaren. Sie rammte ihm ihren Ellenbogen gegen die Nase. Sie fühlte heißes Blut auf ihrem Ärmel. Das Telefon fiel in den Fußraum, die Kamera lief weiter.
Sie versuchte, mit der anderen Hand die Fahrertür zu öffnen. Einen Augenblick der Schwäche, den Bolling nutzte. Er

stieß sie vom Wagen weg, wollte anfahren und würgte den Motor ab. Er kurbelte die Fensterscheibe hoch. Gerade noch rechtzeitig riss Michelle den Rückspiegel aus der Halterung und warf ihn gegen Bollings Brust. Röchelnd hielt er seine Rippen. Die Kamera zeichnete alles auf.

»Sie ... Sie ...«, keuchte Bolling.

Michelle musste handeln, bevor Bolling das Fenster hochkurbelte und den Motor startete. Sie hob einen Stein auf und zertrümmerte mit zwei, drei Stößen die Scheibe. Sie entriegelte die Tür und beugte sich über Bollings Schoß. Da lag das Telefon, zwischen den Pedalen. Sie fühlte seine feuchten Hände, die sich um ihren Hals schlossen. Sie biss in sein Hemd. Er drückte fester zu, sie verbiss sich in seinem Bauchfett. Blut sickerte in ihren Mund. Das Telefon lag zwischen den Pedalen und zeichnete alles auf.

Sie presste ihre Hände in die Polster, schnellte hoch, ihr Hinterkopf schlug gegen sein Kinn. Er schrie, seine Hände glitten von ihrem Hals. Sein Oberkörper sackte nach vorn. Sie war in einer Position der Stärke, die sie entschlossen nutzen musste. Sie löste den Gurt, zerrte Bolling vom Sitz. Spuckend und röchelnd fiel er in den Dreck. Endlich bekam sie das Telefon zu fassen. Sie zertrümmerte es mit einem Stein und verscharrte die Reste im Matsch.

»Haben Sie gesehen?«, rief sie dem Schwarzen zu. »Wie ich versucht habe, Sie zu retten?«

Sie suchte im Handschuhfach nach einem Messer. Aber da war nichts außer mexikanischen Pornoheften und einigen Broschüren der Deutschen Welle. Sie wankte zu dem gefesselten Mann, beugte sich hinunter, versuchte, die Knoten mit den Händen zu lösen. An den Fußfesseln brach sie sich einen Fingernagel ab. Die Handfesseln bekam sie auf. Der Mann setzte sich. Wie muskulös er war. Wie blöde er auf seine Finger glotzte. Sie erkannte sein Gesicht. Coolidge, Roosevelt ...

»Eisenhower!«, schrie Michelle. »Ich habe Sie gleich erkannt! Der *Blan* wollte Ihnen nicht helfen! Ich war auf Ihrer Seite, sonst niemand!«
Eisenhower nickte benommen. Er schlug mit einer bandagierten Hand auf seine Knietasche. Michelle zog einen Schlüsselbund heraus, mit einem kleinen Taschenmesser. Sie sägte die Fußfesseln auf.
»Wir müssen zusammenhalten«, sagte sie. »In uns fließt das gleiche Blut. Was machen wir jetzt? Mit dem *Blan*?«
Eisenhower stand auf. Er wankte zum Fiat. Bolling stöhnte und wälzte sich im Licht der Scheinwerfer. Eisenhower setzte sich hinter das Steuer. Hatte Mühe, mit seiner Hand den Zündschlüssel zu drehen. Er startete den Motor, legte einen Gang ein. Fuhr vor und zurück, vor und zurück, bis Michelle den Schädel platzen hörte. Eisenhower hielt, bedeutete Michelle, einzusteigen. Michelle wandte sich ab und schüttelte den Kopf. Eisenhower wartete einen Moment, dann fuhr er an. Sie blieb stehen, bis sie den Fiat nicht mehr hörte.
Nicht hinter sich schauen. Unter ihr die Lichter der Stadt. Dankbar sein für die Möglichkeit, Dinge zu gestalten. Einen Beitrag zu leisten für Menschen, die im Schatten lebten. War es nicht das, worauf alles ankam?

Montag

»Sei du selbst die Veränderung,
die du dir wünschst für diese Welt.«
Gandhi

57

Eine Möwe schrie. Erste Sonnenstrahlen fielen durch die Luke im Dachstuhl. Maria saß zwischen Holzkisten und aufeinandergestapelten Leichen. Ihr Bauch fühlte sich nach den Schlägen immer noch taub an, ebenso ihre gefesselten Hände. Sie hatte Durst. Einige Leichen erkannte sie wieder. An den kastanienbraunen Strähnchen, am Rosentattoo ... Eine junge Frau war vom Stapel gefallen und lag zu Marias Füßen. Der Blick war abgewandt, als sei sie wegen etwas beleidigt. Maria hörte den unregelmäßigen Atem Craigs. Er lag neben der Bodenklappe. Sein Haar war versengt und blutverkrustet. Das Hemd schweißnass. Er hob den Kopf. Ein Auge blinzelte, zwischen einer blauschwarz verquollenen Masse, in der schief die gebrochene Nase hing.

»Ich ... ich ...«

Sein Kopf sackte wieder nach vorn. Je höher die Sonne stieg, desto heißer würde es hier oben werden. Maria konnte eine Weile ohne Wasser überleben. Craig, in seinem Zustand, würde nicht lange durchhalten.

»Du musst ...«, sagte er.

»Wir reden, sobald wir hier raus sind.«

»Du denkst, ich ... ich ...«

»Spar deine Kraft, Craig.«

»Das ist wichtig! Falls ich es nicht schaffe ...« Er gurgelte und spuckte Blut. »Ich habe den Dodge ...«

»Ich weiß.«

»Habe ihn nicht ...«

»Du hattest ihn von Sandy Rice.«

»Sie hat ihn mir gelassen ... Sie brauchte ihn nicht mehr ...«

»Warum hast du gelogen?«

»Weil ich nicht wollte, dass ihr denkt ... Ich hatte mit Anse Rouge nichts zu tun ... Dem Kokain ...«
»Aber Sandy hatte damit zu tun?«
»Erst als deine Freundin ... Sie haben sich getroffen, Zufall, in einem Hostel in Costa Rica ... Deine Freundin wollte nicht zurück nach Deutschland ... Sandy hat von *Grain of Life* erzählt ... Dass sie das Büro schließen musste ... Deine Freundin war Feuer und Flamme ... Hat Sandy versprochen, sie baut *Grain of Life* wieder auf ...«
»Aber?«
»Deine Freundin war nicht lange in Anse Rouge ... Hat Sandy geschrieben, dass sie für *Grain of Life* eine Studie über Salzmangel bei Kleinkindern macht ... Dass sie in Pétionville wohnt, schicke Leute kennenlernt und einen neuen Landcruiser fährt ...« Craig atmete in kurzen Stößen. Hob den Kopf, schien einen Moment nicht zu wissen, wo er war. »Sandy ... Sie wurde misstrauisch ... Hatte das Gefühl, deine Freundin dreht mit *Grain of Life* ein krummes Ding ...«
»Und?«
»Sie ist zurückgekommen.«
»Wann?«
Craig stöhnte. Sein Kopf sackte nach vorn.
»Craig! Wann ist Sandy zurückgekommen?«
»Drei Wochen ... oder vier ...«
Ein großer Stein fiel ins Puzzle. Zwei junge Frauen ... Beide helle Haut, mit schulterlangem, braunem Haar ... Sandy war rundlich gewesen, fast korpulent. Aber das war kein Unterschied gewesen, den die Ärztin in der Dunkelheit, auf einem Passfoto hatte erkennen können.
Craig bewegte die Lippen, aber redete nicht mehr. Maria robbte sich heran, stieß mit dem Fuß gegen sein Bein.
»Craig! Nicht einschlafen!«

Plötzlich hatte sie viele Fragen. Mit wem hatte er tagsüber telefoniert? Warum war er gestern Nacht zu den Hallen gefahren? Wer wusste, dass sie hier gefangen waren? Ihr Überleben hing von diesen Fragen ab. Und das Überleben von Rafael.

Eine Fliege landete auf seiner wundgeschlagenen Lippe. Er zuckte hoch. Ein fiebrig glänzendes Auge blickte sie an – dann spuckte er Blut und sackte zur Seite.

»Craig!«

Sie stieß ihn wieder mit dem Fuß an – keine Reaktion.

Sie robbte weiter, bis zur Bodenklappe. Versuchte, sie aufzuziehen. Die Klappe war von unten verriegelt. Sie musste aufstehen. Vielleicht konnte sie durch die Dachluke ... um Hilfe schreien. Ihre Füße waren zu eng gefesselt, sie musste sich an etwas hochziehen. Augenlose Höhlen starrten sie an. Münder grinsten dümmlich, mit geblähten Wangen. Als wollten sie ihr Mut machen. Sie robbte zurück, bis sie mit dem Rücken an einem Leichenstapel lehnte. Bis ihre Hände verdorrte Glieder fühlten, in den Lumpen, die einmal Kleider gewesen waren.

Sie zog sich hoch. Hier und da fühlte sie Knöpfe, Taschen, in den Taschen etwas Hartes. Steine meistens, mit denen die Männer die Leichen beschwert hatten. Aber auch ein Stück Seife, einen Kugelschreiber, ein paar Münzen. Ihr Herz setzte aus, als sie ein Handy ertastete. Unsinn, natürlich war der Akku leer.

Sie stand. Sie hielt sich an den Rippen eines Brustkorbs fest. Ihr war übel, sie sah schwarze Punkte. Noch ein paar Zentimeter nach rechts, dann konnte sie bis zur Luke –

Hinter ihr brachen Knochen. Der Leichenstapel gab unter ihrem Gewicht nach, weitere Knochen brachen, sie verlor Halt, krachte in einer Staubwolke von Haut und porösen Gliedern zu Boden. Sie war außer Atem. Sie wollte sich übergeben. Der Schädel eines Mannes war neben ihre Knie gerollt. Ein lippenloser Mund grinste sie an, mit großen, gebleckten Zähnen ...

58

Rhodes stand vor dem Loch, das sein Terrassenfenster gewesen war. Er schaute auf die Stadt, von der er bis vor wenigen Stunden noch geglaubt hatte, dass er sie verstünde. Nicht vollkommen, aber besser als die meisten Ausländer. Wie naiv war er gewesen. Er war der Ball in einem Spiel, dessen Regeln er nicht begriff. Er sah die Spieler nicht, fühlte nur ihre Tritte. Sie taten entsetzlich weh.
Claire hatte behauptet, sie habe an der Mauer einen Mann im weißen Unterhemd gesehen. Es bedeutete nichts. Port-au-Prince war voll von Männern in weißen Unterhemden. Faustin trug heute ein Oberhemd mit gelben und schwarzen Karos. Wieso ausgerechnet heute? Auch diesem Detail durfte Rhodes keine Bedeutung zumessen. Er hörte Faustin in der Küche, er untersuchte das Fenster. Faustin war nur ein einziges Mal im Haus gewesen, im Bad, wegen der Ameisen. Jetzt kam er durch das Wohnzimmer auf ihn zu, ganz selbstverständlich, als sei er hier zuhause.
»Die Männer haben viel kaputt gemacht, Señor.«
»Das haben sie.«
»Alle Scheiben haben sie eingeschlagen. Und die Spiegel über der Bar.«
»Das sehe ich.«
»Böse Menschen, Señor.«
»Hast du gehört, ob es auch in anderen Häusern passiert ist?«
»Nur bei Ihnen, Señor.«
Faustin roch anders als sonst, nach einem süßlichen Eau de Toilette. Warum ausgerechnet heute?
»Sie brauchen einen Glaser, Señor. Ich kenne einen guten. Er

hat die Scheiben im Haus Ihrer Nachbarn eingesetzt, nach dem Sturm. Ihre Nachbarn waren zufrieden.«
»Wirklich?«
»Sie können sie fragen.«
»Ich glaube dir.«
Das stimmte nicht. Er misstraute Faustin. Er musste ihn entlassen, sobald wie möglich.
»Möchten Sie, Señor, dass ich Ihnen die Telefonnummer des Glasers aufschreibe?«
»Ich werde verschiedene Angebote einholen.«
»Das ist gut, Señor. Aber nehmen Sie nicht das billigste. Auch nicht das teuerste. Nehmen Sie eines in der Mitte.«
»Du musst den Pool reinigen.«
»Jawohl, Señor.«
»Seit Tagen will ich schwimmen, aber in dem Dreck ist es unmöglich. So geht es nicht weiter.«
»Auf keinen Fall, Señor.« Faustin stieg durch den Fensterrahmen, in dem noch einige Scherben hingen.
»Faustin?«, fragte Rhodes. »Wo warst du letzte Nacht?«
»Ich? Bei meiner Frau und meinem Kind.«
»Du hast nur ein Kind?«
»Jawohl, Señor. Ein Mädchen. Aber meine Frau und ich wünschen uns ein zweites.«
Rhodes versuchte, in Faustins Blick zu lesen. Sah er Belustigung? Ärger? Feindseligkeit? Nichts verstand er von diesen Menschen. Er musste das Land verlassen. Keinen Tag länger hielt er es in Haiti aus. Nein! Er musste kämpfen! Im Amanda-Center steckte sein Vermögen! Im Amanda-Center steckte das Andenken an seine Frau! Er stand kurz vor der Eröffnung! Ein paar Vandalen glaubten, sie kriegten ihn klein? Glaubten, ein Chester Rhodes kapitulierte vor ein paar zerbrochenen Fensterscheiben?! Vielleicht ging es darum gar nicht. Vielleicht sah er wieder nur die Oberfläche. Die Ar-

mut, den Dreck, die Krankheit. Wie alle Weißen glaubte er, die Haitianer wollten so nicht leben. Aber vielleicht stimmte das gar nicht. Vielleicht hetzten sie gegen sein Amanda-Center, weil sie sich vor dem nächsten Erdbeben gar nicht schützen wollten. Weil all die Hurrikane, Epidemien, Erdbeben und Überschwemmungen, die dieses Land regelmäßig heimsuchten, sie in ihrem Lebensgefühl machtloser Unschuld bestätigten. Rhodes hatte diese Unschuld gesehen, in den Augen der Haitianer, vom ersten Tag an. Das Lachen, die großen Augen, die schön gerundeten Köpfe. Er hatte gedacht, was alle Weißen dachten: wie Kinder. Sie sahen das Elend, das Leid, die Unterdrückung und schämten sich, weil sie an Unschuld und Kinder dachten. Also wollten sie helfen. Sie begriffen nicht – und auch Rhodes begriff es nur unscharf, weniger war es Gedanke als Gefühl –, dass alles zusammengehörte. Armut und Gewalt, Krankheit und Unschuld, Lachen und Tod. Dass die Arbeit der Weißen, der sie so viele schöne Namen gaben – Hilfe zur Selbsthilfe, Partnerschaft für Entwicklung, Bürde des weißen Mannes –, nichts war als der Versuch, ein Kind aus der Pfütze zu ziehen. Aus seinem *goudougoudou*. Aber das Kind wollte sich nicht aus dem *goudougoudou* ziehen lassen. Weil es fühlte, dass es, sobald es aufstand und sich den Dreck von der Kleidung wischte, ein bisschen weniger Kind sein würde.

Rhodes hörte ein Räuspern und fuhr herum. Faustin stand im Fensterrahmen. Breitbeinig, die Machete auf der Schulter.

»In Haiti gibt es ein Sprichwort, Señor. Ein Mann ist so stark wie seine Freunde.«

»Und?«

»Sind die Freunde stark, ist der Mann stark. Sind die Freunde schwach, ist der Mann schwach. Der Pastor aus dem Radio ist stark. Viele Menschen wollen sein Freund sein. Er schnippt mit den Fingern, und ein Baum fällt um – so.« Er schnippte mit dem Finger und kippte seinen Arm. »Vielleicht ist es gut, Señor, Sie besuchen seine Kirche. Reden mit ihm. Fragen, was können Sie tun? Was kann er für Sie tun?«

»Und wenn ich nicht der Freund dieses Pastors sein will?«

»Es gibt ein anderes Sprichwort, Señor. Je größer sich das Segel bläht, desto eher zerreißt es der Wind.«

59

Craig saß in einer Pfütze aus Schweiß. Die Augen waren geschlossen, er atmete flach. Ein Speichelfaden, vermischt mit getrocknetem Blut, hing von seiner Lippe. Die letzten Sätze hatten den Rest seiner Kraft gekostet. Doch nun war es heraus, das Geständnis. Ein Drogendeal. Das Versprechen auf zwanzig Kilogramm Kokain. Der Treffpunkt bei den Hallen war eine Falle gewesen.

Maria hörte Schritte. Sie kamen die Treppe hoch. Der Riegel wurde zurückgeschoben, die Bodenklappe hochgedrückt. Jooly stieg herein. Sie trug ein weißes Polohemd, weiße Shorts, weiße Socken und Sportschuhe. Ihr Haar war zu einem Zopf zurückgebunden. Sie blickte sich um und schüttelte sich. »Wie es hier stinkt! Und diese Hitze! Ihr Armen! Wie haltet ihr das aus?«

»Craig braucht Wasser.«

»Was glaubst du, wie viele Menschen in diesem Augenblick Wasser brauchen?«

»Jooly –«

»Ich kann nicht alle retten. Was ist mit den Leichen passiert?«

»Sie sind heruntergefallen.«

»Da gucken die Knochen heraus.«

»Craig muss –«

»Unten wartet der Wagen. Ich habe einen Tennistermin im Karibe Hotel. Ich imitiere das oberflächliche Leben, das ich verabscheue. Heute Abend hält der Präsident seine Ansprache, bis dahin können wir nichts tun.«

»Du kannst uns Wasser bringen.«

»Ich laufe ganz bestimmt nicht noch einmal runter und schwitze mein Hemd durch. Belamour macht Michelin für

die Schule fertig. Der Kleine hat eine ganz schöne Rechte, was?«
»Das hat er.«
»Hör zu, Maria. Ich bin gekommen, um mich zu verabschieden. Ich glaube nicht, dass wir uns noch einmal sehen. Die Kisten hier sind voller Sprengstoff. Belamour will das Haus in die Luft sprengen. Hier oben die Leichen, unten der Keller voller Blutflecken ... Das Risiko ist zu groß. Außerdem kommt die Regenzeit, dann wird das Klima unerträglich. Wir ziehen nach Pétionville.«
»Ihr wollt uns mit dem Haus in die Luft sprengen?«
»Wir ziehen einen Schlussstrich. Was ich sagen will: Ich habe mich über deinen Auftritt gestern geärgert. Ich war wütend, vielleicht auch ungerecht. Du warst für mich ein wichtiger Mensch. Wir haben viel Schönes miteinander erlebt. Dafür möchte ich dir danken.«
Wie seltsam, dachte Maria, dass Jooly immer noch schön war. Und dass immer noch Menschen glaubten, Schönheit sei Ausdruck von etwas Gutem. Der Teufel stand vor ihr. Der Teufel sah gut aus.
»Du wirst eine beeindruckende First Lady sein«, sagte sie.
»Ich werde radikal sein.«
»Du warst immer die Mutige.«
»Das war immer dein Problem, Maria. Du hast nie groß gedacht. Deshalb bist du nicht weit gekommen.«
»Schade bloß.«
»Was?«
»Mein Ring. Dass er unter einem Haufen Trümmer endet.«
»Gib ihn mir.«
»Meine Hände sind gefesselt.«
»Du kannst ihn vom Finger ziehen.«
Maria zog hinter ihrem Rücken am Finger. »Ich kriege ihn nicht ab.«

»Zieh fester.«
»Ich schaff's nicht.«
»Ich schicke einen von den Männern mit einer Kneifzange hoch.«
»Eine Kneifzange? Für den Ring?«
»Für den Finger.«
»Der Ring ist teuer. Wenn der Mann abhaut?«
»Das wird er nicht wagen.«
»Du beruhigst mich, wenn du ihn abziehst.«
Jooly verzog entnervt das Gesicht. »Beug dich vor. Hebe deine Hände hoch. Höher. Wieso sind deine Fußfesseln aufge...«
Maria schnellte hoch. Riss Joolys Kopf nach hinten und hielt ihr einen gespitzten Knochen an den Hals. »Weißt du noch, Bio-Unterricht bei Frau Joost? Warum Neger so scharfe Zähne haben? Kalzium, wegen der vielen Bananen!«
»Du bist so ein –«
»Weißt du, was gegen deinen Hals drückt? Ein Wadenbein! Scharf gespitzt! Wenn ich sterbe, sterben wir zusammen!«

Stufe für Stufe gingen sie die Treppe hinunter. Maria hielt Jooly die Knochenspitze an den Hals. Hinter einer Tür hörte sie Belamour und Michelin, der wegen etwas quengelte. Zweiter Stock, erster Stock ... Männer kamen die Stufen hoch, sie flüchteten hinter eine Tür. Zwei der Milizionäre aus Anse Rouge gingen an ihnen vorbei, mit Kabelrollen und Zündschnur. Maria hielt Jooly den Mund zu. Weiter gingen sie, bis sie vor der Haustür standen.
»Wir gehen Arm in Arm da raus«, flüsterte Maria. »Wenn wir jemanden sehen, tun wir, als wären wir beste Freundinnen. Wenn du glaubst, du kannst mich austricksen, stoße ich dir den Knochen zwischen die Rippen, genau hier.« Sie stieß Jooly die Knochenspitze gegen die Rippen. »Und dann breche ich ihn ab. Schätze mal, wie lange das dauert. Einen Knochen

aus einem Brustkorb zu operieren. Während er langsam zerbröselt. Sind wir beste Freundinnen?«
Jooly wimmerte. Maria drückte die Spitze fester ins Fleisch, ein Tropfen Blut sickerte ins Polohemd.
»Sind wir beste Freundinnen?!«
Jooly nickte. Maria drückte die Tür auf. Die Sonne blendete. Das Tor stand offen. Der Kamaz stand in der Einfahrt. Zwei Milizionäre saßen im Schatten der offenen Fahrertür auf Campingstühlen, tranken Bier und spielten Karten.
»Sag Guten Morgen«, flüsterte Maria.
»*Bonjou*«, sagte Jooly.
»*Bonjou*«, sagten die Männer.
Sie gingen an den Männern vorbei. Maria drückte Jooly an sich. Drückte das Wadenbein gegen ihre Rippen. Der junge Milizionär in den Chucks sah auf. Er begriff, dass etwas nicht stimmte. Er sagte etwas zu seinem Kameraden. Jooly riss sich los, schrie etwas auf Kreyòl. Die Männer griffen zu ihren Waffen –
Schüsse fielen. Die Männer sackten nacheinander zu Boden. Ein weißer Mann mit rotblonden Haaren schoss aus einem Geländewagen auf der anderen Straßenseite. Er zielte auf Jooly. Sie sprang hinter Maria in Deckung, Maria packte sie, sie fühlte einen Stoß in der Hand ... Jooly schrie auf, riss sich los und stürzte ins Haus.

60

»Sie hätten mich nicht hindern dürfen«, sagte der Mann.
»Ich habe nicht –«
»Sie standen in der Schusslinie!«
Sie fuhren hinter einem Taptap her, auf dessen Bänken Mädchen in Schuluniformen saßen. Einige hatten Hefte auf ihren Knien, tippten in Taschenrechner und schrieben.
»Sagen Sie mir, wer Sie sind?«, fragte Maria.
»Ich heiße Mads Lerby. Ich bin Arzt.«
»Der Däne?«
»Woher wissen Sie das?«
»Im Haus haben sie von einem dänischen Arzt gesprochen.«
»Wer?«
»Der Mann hieß Belamour.«
»Was hat er gesagt?«
Maria schloss die Augen und versuchte, sich zu erinnern. Ihr war heiß, sie war dehydriert, ihr Herz pochte.
»Was hat er gesagt?!«
»Er war überrascht, dass ich Sie nicht kenne.«
»Mehr nicht?«
»Er wollte wissen, wo Sie sind.«
Er lachte grimmig. »Was haben Sie dort in der Hand?«
»Ein Wadenbein.«
»Versuchen Sie nicht, mich zu belügen.«
»Ich –«
»Für ein Wadenbein ist es zu kurz.«
Maria schlug die Augen auf. Er hatte recht: Die Spitze fehlte, ungefähr zehn Zentimeter. Ihr wurde kalt. Was war vor dem Haus passiert? Jooly hatte sie zu Boden gerissen. Maria hatte einen Stoß gespürt, einen Druck ...

Mads Lerby gab Gas und überholte das Taptap. Wich zwei Motorradfahrern auf der Gegenspur aus. Seine Augen waren gerötet, er wirkte überreizt, als habe er zu viel Kaffee getrunken.
»Wir müssen zurück«, sagte sie.
»Ausgeschlossen.«
»Auf dem Dachboden liegt ein Mann. Er ist schwer verwundet.«
»Sie können ihn nicht herausholen.«
»Ich habe es versprochen.«
»Versprechen Sie keine Dinge, die Sie nicht halten können.«
»Dann rufen wir die Polizei.«
»Sind Sie verrückt? Dies ist Haiti!«
Er schaute in den Rückspiegel, als würden sie verfolgt. Bog in eine breite Straße mit weniger Verkehr. Maria sah Hafenanlagen und Container.
»Die Polizei hat gerade ein Training absolviert«, sagte Mads. »Finanziert mit Mitteln der Europäischen Union. Achtung der Bürgerrechte. Keine Hausdurchsuchung ohne richterliche Anordnung. Sie können die Anordnung beantragen. Aber das ist keine Sache von Tagen, sondern von Wochen.«
Er bog in eine Seitenstraße und bremste scharf. Ein Transporter blockierte die Straße. Junge Männer luden Bierkisten vor einem Nachtclub ab. Auf einer Plastikplane am Straßenrand hatten Marktfrauen Tomaten und Maniokwurzeln ausgebreitet. Maria sah sich um: Wenn es einen Verfolger gab, hatten sie ihn abgeschüttelt.
»Wie heißen Sie?«, fragte er.
»Maria Brecht.«
»Sie sind die Deutsche? Nach der der Fotograf sucht?«
»Rafael? Wo ist er?«
»Zuletzt habe ich ihn auf einem Motorrad gesehen.«
»Wann?«

»Frau Brecht, ich verstehe, dass Sie Fragen haben. Ich habe auch Fragen. Glauben Sie mir, meine Fragen sind wichtiger. Weil von Ihren Antworten abhängt, ob wir heute Abend noch leben.«

Er griff in seine Hemdtasche und steckte sich etwas in den Mund, das wie eine Tablette aussah. Marias Blick fiel auf die Anzeige der Klimaanlage: siebzehn Grad.

»Können Sie die Temperatur höher stellen?«

Mads stellte die Temperatur auf achtzehn Grad.

»Noch höher.«

Er stellte sie auf neunzehn Grad. Aus dem Nachtclub drang Musik. Die Männer tanzten auf der Ladefläche, die Getränkekisten auf ihren Schultern.

»Sie haben gemeinsam die Leichen fotografiert?«, fragte er.

»Ja.«

»Wo?«

»In Anse Rouge. Bei den Salzfeldern.«

Sie hörte ihn durch die Zähne zischen. Sie war nicht sicher, ob das Lachen Resignation oder Wut bedeutete. Wieder fühlte sie den Stoß in ihrer Hand. Jooly hatte geschrien. Aber da war kein Blut gewesen, sie hatte kein Knacken gehört ...

»Wo sind die Leichen jetzt?«, fragte Mads.

»Auf dem Dachboden.«

»Alle?«

»Ich habe sie nicht gezählt. Aber es sind mindestens vierzig.«

Er trommelte mit den Fingern aufs Lenkrad. Er hupte. Die Männer auf der Ladefläche lachten und winkten ihm zu.

»Ich habe Durst«, sagte sie.

»Wir halten, wenn wir einen Wasserverkäufer sehen.«

»Und ich verlange, dass Sie die Klimaanlage hochstellen.«

»Wer ist zurzeit im Haus?«

»Dreiundzwanzig Grad. Sonst sage ich kein Wort.«

Er fixierte sie aus seinen geröteten Augen. Er stellte die Temperatur auf dreiundzwanzig Grad. »Also? Wer ist im Haus?«

»Zwei Männer aus Anse Rouge, vielleicht mehr ... Belamour und ein etwa zehnjähriger Junge, falls er ihn nicht schon in die Schule bringt ... Craig ...«

»Der Mann auf dem Dachboden?«

»Der Mann, der stirbt!«

»Ich kann es nicht ändern!«

Mads presste mit der flachen Hand die Hupe. Die Männer setzten sich auf die Ladefläche und öffneten Bierflaschen.

»Ich werde die Botschaft informieren«, sagte Maria.

»Das werden Sie nicht tun.«

»Den Präsidenten. UN-Truppen. Irgendjemand muss –«

»Glauben Sie, die UN-Truppen holen Ihren Mann da raus? Lächerlich. Außerdem darf niemand von der Sache erfahren. Wenn die Lutteurs sich bedroht fühlen, bringen sie ihn sofort um. Und dann bringen sie Sie um!«

Er setzte den Wagen zurück. Er manövrierte an dem Transporter vorbei, ein Reifen geriet auf den Bordstein und überfuhr die Maniokwurzeln. Maria hörte die Frauen schimpfen, sah sie im Rückspiegel die Fäuste recken.

»In welchem Hotel wohnen Sie?«, fragte er.

»Villa Jardin.«

»Ziehen Sie um. Sagen Sie niemandem, wo Sie hingehen. Verlassen Sie das Land, so schnell Sie können.«

»Woher weiß ich, dass ich Ihnen trauen kann?«

»Ich bin Arzt.«

»Sie haben gerade zwei Menschen erschossen.«

»Ich habe Ihr Leben gerettet!«

Stimmt, er hatte recht. Aber warum? Maria versuchte zu begreifen, warum ein dänischer Arzt frühmorgens mit einer Schusswaffe vor dem Haus der Lutteurs wartete. Sie konnte nicht länger klar denken, ohne Wasser.

»Sie haben gesagt, ich stand in der Schusslinie.«
»Habe ich das gesagt?«
»Sie wollten auch Jooly töten?«
»Ich wollte tun, was nötig war.«
»Als Arzt? Menschen töten?«
»Sie haben keine Ahnung, wie viele Menschen ich schon gerettet habe. Keine Ahnung!«
Sie erkannte die Rue Dessalines wieder und den Champ de Mars. Sie sah einen Wasserverkäufer und noch einen. Mads fuhr weiter.
»Im Kern«, sagte er, »geht es um etwas Einfaches. Den Kampf von Gut gegen Böse. Von Menschen, die das Land aufbauen, gegen Menschen, die es zerstören. Wir im Westen sind gewohnt, alles zu relativieren. Nicht mehr zu unterscheiden zwischen Tätern und Opfern, Schuld und Unschuld. Aber manchmal muss man sich entscheiden. Sie, Frau Brecht, müssen sich entscheiden, auf welcher Seite Sie stehen.«
»Sie sind einer von den Guten?«
»Wenn Sie es sich einfach machen wollen: Ja, ich bin einer von den Guten.«
Er hielt mit quietschenden Bremsen vor einem Tor. Maria brauchte einen Moment, um das Dach wiederzuerkennen, die Säulen und Giebel. Sie standen vor der Villa Jardin.
»Da ist noch etwas«, sagte sie. »Das Haus ist voller Sprengstoff. Die Lutteurs wollen es in die Luft sprengen.«
»Wann?«
»Das ist nicht klar. Aber sie fühlen sich bedroht. Sie wollen alle Spuren vernichten.«
»Auch die Leichen?«
»Auch die Leichen. Und Craig. Verdammt! Es muss eine Möglichkeit geben, einen sterbenden Mann aus einem Haus von Verbrechern zu befreien!«

Wieder trommelte er mit seinen Fingern aufs Lenkrad. Schlug zweimal mit der Hand auf die Stirn, als erschlage er einen Moskito. Aber da war kein Moskito.
»Ich werde es versuchen«, sagte er.
»Was können Sie tun?«
»Ich habe Kontakte. Ich verspreche nichts, was ich nicht halten kann. Aber ich werde alles tun, was ich kann. Wenn Sie dichthalten! Niemand darf von dem Haus erfahren. Niemand darf von den Leichen erfahren. Ihre Freundin tut alles, um Haiti zu zerstören! Sie wird alles tun, um Sie zu zerstören!«
»Ich glaube, ich habe sie schwer verletzt.«
Er blinzelte sie an. Dann lachte er, eine Spur zu laut. »Mit dem Knochen?«
»Die Spitze ist abgebrochen.«
»Sie haben sie nicht einmal geritzt.«
»Sie hat geschrien.«
»Und dann ist sie ins Haus gelaufen. Oder nicht? Ihre Freundin ist unverletzt. Sie ist gefährlich. Wenn Sie Ihren Freund auf dem Dachboden retten wollen, dann müssen Sie die nächsten Stunden dichthalten. Versprechen Sie es mir!«
Eine innere Stimme sagte ihr, dass sie dem Arzt nicht trauen durfte. Aber durfte sie ihrer inneren Stimme trauen, in ihrem Zustand?
»Tun Sie alles, was Sie können«, sagte sie und öffnete die Beifahrertür. »Bis heute Mittag zwölf Uhr will ich ein Lebenszeichen von Craig. Danach tue ich, was ich kann.«
Sie stieg aus und schlug die Tür zu. Der Mitsubishi fuhr an. Sie hatte Jooly also nicht verletzt. Falls der Arzt die Wahrheit sagte. Sie wollte, dass er die Wahrheit sagte. Ganz bestimmt hatte sie sie nicht verletzt. Trotzdem, Maria spürte keine Erleichterung. Nur Taubheit. Junge Männer lehnten am Stra-

ßenrand auf ihren Motorrädern. Keiner von ihnen war Lincoln. Sie begriff nicht gleich die verwunderten Blicke. In der Hand hielt sie immer noch das Wadenbein.

61

Rafael klopfte an die Tür. Er horchte. Er klopfte noch einmal. Bald acht Uhr. Um diese Zeit saß Michelle sonst beim Frühstück, telefonierte und schrieb Mails. Er hatte vor wenigen Minuten das letzte Mal versucht, sie anzurufen. Ihr Telefon war ausgeschaltet. Die Rezeptionisten wussten nicht, ob sie im Zimmer war. Die Wachleute hatten ihre Schicht um sechs Uhr begonnen. Niemand hatte sie zurückkommen sehen.

Er prüfte das Türschloss. Ein einfaches Schloss, leicht zu knacken. Er hörte ein Husten aus dem Zimmer. Er klopfte kräftig. Das Husten verstummte. Er hörte Schritte, das Umfallen eines Stuhls. Die Tür wurde einen Spalt geöffnet. Dahinter sah er ein Gesicht, das er zuerst nicht erkannte. Michelle sah aus, als sei sie schwer krank.

»Ja, bitte?«, hauchte sie.

»Ich wollte wissen, ob Ihnen etwas passiert ist.«

»Wieso?«

Ihr Atem roch nach Alkohol. Sie hielt ein Handtuch an ihre Brust gedrückt, unten war sie nackt. Hinter ihr sah er den offenen Kühlschrank der Minibar. Leere Schnapsfläschchen lagen auf dem Boden verstreut.

»Lassen Sie mich rein?«

Sie starrte ihn aus glasigen Augen an. Er drückte die Tür auf und schob sich in den Raum. Das Bett war zerwühlt, ihre Kleidung hing auf dem umgekippten Stuhl. Sie wollte danach greifen, verlor das Gleichgewicht und stützte sich auf den Frisiertisch.

»Was ist das?«

Rafael hielt eine Bluse hoch. Sie war voller Blut.

»Gewalt«, sagte sie.
»Gewalt gegen wen?«
»Gegen alle. Die Armut.«
»Das Blut kommt von der Armut?«
»Nein! Rafael! Was redest du?!« Sie riss ihm die Bluse aus der Hand. »Gestern ... Ich war auf der Straße ... Ein Mann ... Ein kleines Mädchen ... Er hat das Mädchen bedroht ... Ich habe sie geschützt ...«
»Das Blut ist von dem Mädchen?«
»Ja ... Nein ... Das Blut ist von ...« Sie sank auf das Bett »Willst du mich quälen? Drängst dich hier rein ... Beschuldigst mich ...«
»Ich beschuldige Sie nicht.«
»Ich kann den Sicherheitsdienst rufen.«
»Sie sind betrunken.«
»Ihr wollt mich fertigmachen! Alle!«
Sie warf ihm das Handtuch ins Gesicht. Nackt, mit gespreizten Schenkeln saß sie auf dem Bettrand. Ihre Brüste hingen bis auf den Bauch. Sie hatte Dehnungsstreifen auf den Oberschenkeln. Sie war keine schöne Frau. Und dann waren da die Blutflecken. Nicht nur auf ihrer Bluse, auch im Gesicht.
»Wir fliegen sofort zurück nach Deutschland«, sagte sie.
»Warum?«
»Weil Haiti ein Fass ohne Boden ist. Nichts geht voran.«
»Der Präsident –«
»Er hält die Hand auf. Korruption ist in diesem Land das größte Problem.«
Sie stieß auf dem Weg ins Bad gegen den Türrahmen. Er hörte Wasserrauschen, das Aufklappen eines Toilettendeckels. Sie steckte den Kopf aus der Tür.
»Was ist? Geh zur Rezeption! Sie sollen unsere Flüge umbuchen!«

»Wir fliegen sowieso heute Abend.«
»Drücke ich mich unklar aus oder was?! Wir fliegen jetzt!«
Rafael warf die Tür hinter sich zu. Die Zeiten, in denen er nur mit einem Springmesser auf die Straße gegangen war, waren lange vorbei. Trotzdem konnte er ungefähr abschätzen, welche Verletzungen welche Blutspuren hinterließen. Blut im Gesicht? Auf den Schultern der Bluse? Nicht von einem kleinen Mädchen. Ein Fingernagel war abgebrochen, sie hatte eine Beule am Hinterkopf. Dunkle Flecken am Hals, die Würgemale sein konnten. Spuren eines Kampfes. Mit dem Mann? Rafael hatte ihren Körper nackt gesehen. Nirgends waren Wunden. Das Blut war nicht von ihr.
Vor einer halben Stunde hatte er zuletzt in Marias Hotel angerufen. Sie war immer noch nicht zurück. Er konnte sich noch einmal aufs Motorrad setzen. Die ganze Nacht hatte er nach ihr gesucht, hatte Obdachlose und Türsteher in Nachtclubs gefragt. Aber welchen Sinn hatte es jetzt, im Morgenverkehr?
Die Morgenluft war warm und feucht. Dunkle Wolken standen am Himmel; bald würde es wieder anfangen zu regnen. Er ging über den Plattenweg zu seinem Zimmer. Zwei Skandinavier kamen ihm entgegen, den Kopf gesenkt, beide tippten auf ihren Smartphones. Rafael musste ihnen ausweichen und trat auf eine Nacktschnecke. Unwahrscheinlich, dass es einen früheren Flug gab. Außerdem war es idiotisch. Rafael hielt viel auf Loyalität. Aber niemand machte ihn zum Komplizen!
Sein Telefon klingelte.
»Ja? Maria? Wo bist du?«
Sie war in ihrem Hotel. Sie konnte nicht lange reden. Was wusste Rafael über den Dänen?

62

Claire saß am Küchentisch und goss Milch auf ihre Weetabix. Sie hatte ihr iPhone am Ohr. Sie hörte Mads' Stimme, er redete schnell, abgehackt, wie im Fieber. Er musste ihren Vater sprechen, unbedingt und sofort. Es gehe um Leben und Tod. Es gehe um Haiti. Er redete von Liebe und Vertrauen.
»Mein Vater steht unter der Dusche«, sagte sie.
Ihre Mutter lehnte am Geschirrspüler. Sie trug die türkisfarbene Bluse mit dem Perlenmuster. Früher hatte Claire diese Bluse an ihrer Mutter geliebt; heute Morgen fand sie sie abgeschmackt.
»Wer ist das?«, fragte sie.
Mads redete von einer tickenden Uhr. Einem Faden, an dem das Schicksal ihres Vaters hing. Der Faden war aus Seide. Seine Stimme schrillte aus dem iPhone.
»Ist das Lerby?«
»Geht dich nichts an.«
»Gib ihn mir.«
»Das geht dich nichts an!«
Ihre Mutter drehte Claire das Telefon aus der Hand. Claire schrie und wand sich, ihre Mutter fing das Telefon auf. »Doktor Lerby? Ich weiß, Sie schlafen mit Claire. Ich bin die Mutter. Was gibt's?«
Ihre Mutter ging zur finnischen Sitzgruppe. Claire rieb ihr Handgelenk, fassungslos vor Hass und Entsetzen. Woher kannte ihre Mutter diesen Griff? Jetzt ging sie vor der Fensterfront auf und ab. Redete kaum, warf nur hin und wieder ein Wort ein. Offenbar redete Mads mit ihrer Mutter anders. Vernünftig, wie mit einer erwachsenen Frau. Was bedeutete, dass Mads in Claire nur ein unreifes Ding sah. Ein Spielzeug

für sein Vergnügen! Claire wollte schreien und weinen. Draußen hupte Angelot. Undenkbar, dass sie heute in die Schule ging.
Ihre Mutter ließ das Telefon sinken.
Oben schlug eine Tür. Ihr Vater kam aus dem Bad.
»Du wirst heute nicht in die Schule fahren«, sagte ihre Mutter.
»Das habe ich auch nicht vor.«
»Du bleibst die ganze Woche zu Hause.«
Sie kam zurück an den Küchentisch. Sie legte das Telefon neben Claires Teller und sagte: »Das hast du gut gemacht.« Ihre Finger strichen durch Claires Haar. Dieselben Finger, die ihr eben fast das Handgelenk gebrochen hatten. Claire verkrümmte sich auf ihrem Stuhl, nicht einmal fähig, sich gegen den Kuss auf ihre Stirn zu wehren.
»Es tut mir leid, wenn ich grob war, mein Liebes«, sagte ihre Mutter. »Es tut mir leid, wenn ich deine Gefühle verletzt habe. Eines Tages, wenn du älter bist, wirst du einsehen, dass ich nicht anders –«
»Mama, lass es!«
Die Finger blieben einen Augenblick in Claires Haar hängen; dann glitten sie heraus. Claire starrte auf ihren Teller, hörte ihre Mutter die Treppe hochgehen. Hörte sie mit ihrem Vater reden. Claire stand auf. Wischte die Spuren des Kusses mit einem Geschirrtuch von ihrer Stirn und schlich die Treppe hoch. Ihre Eltern standen im Schlafzimmer. Die Tür war angelehnt. Claire glitt neben der Tür die Wand hinunter und horchte.
Ihre Mutter sagte etwas von einer Stunde der Entscheidung. Dass man so nicht weitermachen könne. Dass es um jetzt oder nie ging. Claire verstand »Gelegenheit« und »Steuer herumreißen«. Sie stellte sich vor, dass ihr Vater auf dem Bettrand saß, immer noch schwach von der Migräne. Ihre

Mutter sprach von »Klarheit«. Sie hatte ein Gefühl für Sprache, viel mehr als ihr Mann. Jetzt aber sagte sie »Wegwischen« und »Saubermachen«, Wörter, die zu den anderen nicht passten. Claire hörte schwachen Widerstand ihres Vaters. Und wieder ihre Mutter: »Saubermachen!«, »Wegwischen!«, »Gelegenheit!«

Claire hörte Schritte. Bevor sie aufstehen konnte, stand ihre Mutter vor ihr. Kniete sich zu ihr herunter. Claire hatte Angst vor Schlägen oder, noch schlimmer, einem weiteren Kuss.

»Du bist erwachsen, Claire. Du begreifst viel mehr als andere Mädchen deines Alters. Was ich dir voraushabe – nicht weil ich intelligenter bin, sondern weil ich ein paar Jahre länger auf dieser Welt lebe: Ich habe gelernt, dass es im Leben jedes Menschen einen Punkt gibt, an dem sich der Erfolg seines Lebens entscheidet. Eine Weggabel. Wenn er in die falsche Richtung geht, kann er danach noch so viel richtig machen – sein Leben bleibt ein Fehler. Wenn er an dieser Gabel die richtige Richtung wählt, heißt das nicht, dass er den Rest seines Lebens vor Irrtümern geschützt ist. Aber keiner dieser Irrtümer wiegt die eine, notwendige Entscheidung auf. Dein Vater steht heute Morgen an dieser Gabel. Du und ich, wir dürfen nicht zulassen, dass er in die falsche Richtung geht. Wir müssen Opfer bringen. Du, ich, dein Verehrer, sogar Chester Rhodes.«

»Warum Chester?«

»Weil er eine Natter an seiner Brust genährt hat. Weil er dafür den Preis zahlen muss. Weil wir keine Waffe in der Hand unserer Feinde lassen dürfen.«

Claire hörte die Armreifen an ihrem Ohr klirren. Sie fühlte die Finger in ihrem Haar. Sie waren nicht so schlimm wie die Lippen auf ihrer Stirn, aber schlimm genug.

»Es ist gut, dass Lerby dich angerufen hat«, sagte ihre Mutter. »Er hat verantwortungsvoll gehandelt, als Arzt und als Mensch.«

»Und Papa?«

»Er wird heute Abend eine andere Rede halten. Eine große Rede. Weil Haiti eine Krise droht, eine Tragödie, die unsere schlimmsten Befürchtungen übersteigt. Dein Vater wird entschlossen handeln!«

63

Maria hängte Reisetasche und Rucksack über ihre Schulter. Warf einen letzten Blick auf den rostigen Ventilator, den Kleiderschrank, dessen Tür nicht schloss, den Lampenschirm mit den zerquetschten Moskitos ... Dann schloss sie ihr Zimmer ab.
In Craigs Zimmer strich ein Zimmermädchen das Laken glatt, wischte über die Möbel, als ob es hier heute Morgen etwas zu reinigen gab.
»Lassen Sie mich einen Moment allein«, sagte Maria.
Das Mädchen zögerte.
»Craig und ich sind Freunde.«
Sie hielt dem Mädchen zwei Dollar hin. Das Mädchen nahm das Geld, Eimer und Lappen und schloss hinter sich die Tür.
Craigs Zimmer war größer als Marias. Es hatte einen Polyesterteppich auf dem Holzboden. Einen Schreibtisch mit Schublade und einen Sessel vor dem Fenster. Nicht nur einen Vorhang vor dem Bad, sondern eine Tür. Es gab sogar einen Fernseher, er hing über dem Bett an der Wand. Sie sah eine Reihe von Hemden auf Bügeln, Hosen, Socken, Unterwäsche gestapelt im Regal des Kleiderschranks, dessen Tür offenbar ebenso wenig schloss wie in Marias Zimmer.
Sie zog die Schublade des Nachtschränkchens auf. Sie holte ein Fotoalbum heraus, aus Stoff und Pappe geklebt, wie es Kinder für ihre Eltern bastelten.
Craig mit seinen Söhnen beim Fußballspiel.
Craig ölt eine Fahrradkette, seine Söhne schauen bewundernd zu.
Craig mit seiner Frau auf einem Segelboot. Er hält die Pinne,

sie lehnt an seiner Schulter und hält ihr Gesicht in die Sonne.
Craig mit seinen Söhnen auf einem Bagger. Offenbar hatte er mit einer Baufirma Pleite gemacht.
Zwanzig Kilogramm Kokain.
Um wieder ein liebender Vater und Ehemann zu sein.
Dafür saß er jetzt fiebernd, mit entzündeten Wunden und gebrochener Nase auf dem Dachboden eines baufälligen Hauses. Zwischen getrockneten Leichen und Sprengstoff. Unwahrscheinlich, dass er noch lange lebte. Denn da waren die Informationen, die Maria eben von Rafael bekommen hatte. Cité Soleil. Die Impfungen. Das Video auf Mads Lerbys Homepage. Jooly, die die Leichen gesehen hatte. Lerby hatte ihr Schweigen erkauft. Mit einer schamlos honorierten Studie über Salzmangel bei Kleinkindern. Schicker Landcruiser. Teure Restaurants. Das Gefühl, auf der richtigen Seite zu stehen. Bloß hatte es Jooly nicht gereicht. Sie wollte mehr. Sie hatte immer mehr gewollt.
Regentropfen schlugen gegen die Fensterscheibe. Maria fühlte wieder den Druck in der Hand. Als ob die Knochenspitze in weiches Fleisch ... Nicht zwischen den Rippen, weiter unten, in den Unterleib ... Sie schüttelte den Gedanken ab. Jooly war ins Haus geflohen. Kein Blut. Lerby hatte es gesehen, die Spitze war abgebrochen. Sie hatte Jooly nicht verletzt!

Die Serviermädchen räumten die Reste vom Frühstücksbuffet ab. Maria kam gerade noch rechtzeitig, um die letzte Scheibe Toastbrot aus dem Korb zu nehmen. Sie setzte ihr Gepäck ab und holte eine Flasche Wasser aus dem Kühlschrank.
»Schon wieder?«, fragte Doreen.
»Habe Durst«, sagte Maria kauend. »Gibt's hier Spaghetti mit Ei und Ketchup?«

»Auf dem Champ de Mars. Aber nicht um neun Uhr morgens.«
»Müssten Sie nicht wieder bei Ihrer Gruppe sein?«
»Ich fahre, wenn der Regen aufhört. Falls dann nicht die Straßen unter Wasser stehen.«
Der Regen fiel in langen Fäden aufs Vordach und in den Pool. Im Fernseher lief CNN. Pfahlbauten und schlammige Fluten. Der Moderator hielt den Film an, zoomte heran.
»Immer noch das Mädchen mit dem *ZARA*-Karton?«, fragte Maria.
»Der Film ist eine Lüge. Das Mädchen schwimmt nicht im Ganges, sondern im Mekong. Die Aufnahme stammt aus Laos und ist Wochen alt.«
»Ist das so schlimm?«
»Es ist eine Katastrophe! Wenn die Leute das Mädchen nicht glauben, glauben sie die ganze Überschwemmung nicht. Ich habe vorhin mit einer Kollegin in Dhaka gechattet. Die Online-Spenden sind seit gestern um zwanzig Prozent eingebrochen. Es ist ein hartes Geschäft. Und es ist ein schnelles Geschäft. Haiti müsste jetzt Bilder liefern. Die Leute sind jetzt heiß, sie wollen spenden. Aber diese Regierung ist einfach zu blöd.«
Prudhomme kam, wie immer in Weste, gestärktem Hemd und schwarzer Fliege. Er hielt ihre Rechnung in der Hand. Zum ersten Mal sah sie, dass er am Stock ging und eine Beinprothese hatte.
»Sie fliegen zurück nach Deutschland?«, fragte er.
»Noch nicht.«
»Aber Sie verlassen Port-au-Prince?«
»Ich habe Arbeit gefunden.«
»Wie schön!«
»Ein Hilfsprojekt.«
»Viele Ausländer kommen nach Haiti und wollen helfen.

Aber es ist nicht so einfach.«
»Wer wirklich helfen will, findet auch etwas.«
»Das ist die richtige Einstellung.« Sie sollte das Hotel verlassen, hatte Mads Lerby ihr eingeschärft. Sie sollte niemandem sagen, wohin sie ging. Sie traute dem Dänen nicht, aber in dem Punkt hatte er recht. Die Rechnung wies vier Nächte aus, von denen sie bloß zwei hier verbracht hatte. Viele Flaschen Wasser, drei Flaschen Bier, eine Dose Cola.
»Haben Sie Lincoln gesehen?«
»Den ganzen Morgen nicht.«
»Kann ich für ihn Geld hinterlassen?«
»Sicherlich.«
»Meinen Sie, ich finde ein Moto-Taxi?«
»Bei dem Wetter?«
»Ein Waisenhaus. Sie brauchen mich dringend.«
»Ich schicke den Boy.«
Abschied, dachte Maria. Die Österreicher saßen an ihrem Tisch und diskutierten. Howard schrieb in sein Moleskine-Buch, hob den Kopf und lächelte feinsinnig in die Runde. Neue Besucher waren gekommen. Fünf mittelalte Frauen saßen an einem Tisch voller Wollknäuel und häkelten Babykleidung. *Breaking News* im Fernseher. Eine Frau unter dem Dach eines Regierungsgebäudes. Wagen mit dunklen Scheiben, der Gesundheitsminister auf dem Weg zu einer Dringlichkeitssitzung. Meldungen über erste Todesfälle. Archivbilder von dunkelhäutigen, ausgedörrten Menschen. Doreen rückte näher an den Fernseher.
»Ich wusste nicht, dass es in Bangladesch Schwarze gibt«, sagte Maria.
»Sie berichten nicht aus Bangladesch. Sondern aus Haiti.«

64

Boisseau kniete in der Sakristei vor dem Spiegeltisch. Er versuchte zu beten. Sonst erschien ihm Jesus schon nach wenigen Augenblicken. Dann spürte Boisseau Wärme und Licht, er fühlte sich leicht werden und schweben. Wo war Jesus heute Morgen? Warum ließ er ihn, in der Stunde größter Verwirrung, allein?

Regen prasselte aufs Dach. Boisseau senkte den Kopf, kniff die Augen zusammen, klammerte die Hände ineinander. Obwohl er wusste, das war falsch. Jesus ließ sich nicht zwingen. Er war Gnade und Geschenk. Also lockerte Boisseau seine Hände und Augenlider und versuchte es mit Dankbarkeit. Für alles, was der Herr ihm geschenkt hatte. Die Kirche zum Beispiel und die Radiostation. Für die Gabe, anderen Menschen Mut zu machen. Aber schon wurden die Dinge wieder verworren. War dieser Mut wirklich ein Geschenk? War er nicht vielmehr ein gefährliches Gift, das junge Männer verführte, sich zu überschätzen? Auf Abwege zu stürzen? Männer wie Belamour?

Draußen hörte er eine Polizeisirene, die sich näherte und wieder entfernte. Boisseau schlug die Augen auf. Er sah sein Gesicht im Spiegel, kalt und klar. Er sah den nächsten Präsidenten Haitis. Brutal, korrupt und überfordert, wie alle seine Vorgänger. Er wollte die Augen wieder schließen, aber eine Macht, die stärker war als er, hielt seine Augen weit geöffnet, zwang ihn zum Blick auf die Wahrheit.

Er sah, obwohl er die Augen weit offen hielt, eine leblose Landschaft. Er sah sich selbst in dieser Landschaft, auf einem kaum begangenen Pfad. Der Pfad führte in Richtung eines Gipfels, auf dem nichts war, kein Baum, kein Strauch, nicht einmal ein Kreuz. Der Anstieg war mühsam, ein kalter Wind wehte, Regen durchnässte seine Kleider. Boisseau wusste nicht, was er dort oben sollte. Aber es gab nur diesen Pfad, und er war schon zu weit gegangen, um ohne Scham wieder umzukehren. Jeder Schritt wurde schwerer, als ob er eine Last zog. Und weil die Vision Spiegelung war und höhere Wahrheit, sah er nicht nur den Berg, sondern auch sich selbst auf dem Pfad. Sah den Kopf, den er gesenkt hielt, und die Last, die er zog: Belamour, mit seinen italienischen Schuhen. Zwischen denen er ausgestreckt lag wie in einer Kutsche. Belamour hielt die Zügel in der Hand. Boisseau war nicht mehr sein Vater, nur noch ein Lastesel. Auf den Gipfel sollte er ihn ziehen. Sobald sie beide oben standen, würde Belamour ihn in den Abgrund stürzen. Die Menschen unten im Tal würden sich zuflüstern: Wie hat er es nach oben auf den Berg geschafft? Ohne sich die feinen Schuhe zu beschmutzen? Er muss unser Erlöser sein! Wir müssen niederknien, ihn anbeten und Opfer bringen!

Boisseaus Herz klopfte. Er sah wieder den Spiegeltisch und sein Gesicht. Er hatte gerade etwas Entscheidendes begriffen: Er musste Belamour loswerden. Jesus drängt ihn zum Handeln. Boisseau durfte keine Zeit verlieren. Er musste –

Er hörte schnelle Schritte. Das Quietschen von Gummisohlen und Schlagen gegen die Tür. Er stand auf, klopfte sich Staub von den Knien. Die Tür wurde aufgestoßen, Eisenhower stand vor ihm. Sein Gesicht war verzerrt von Wut und Angst. Er war dreckig und verschwitzt. Von seinen Fingern hingen alte, blutverkrustete Verbände. Er stieß unverständliche Laute aus.

»Mein Junge? Was ist dir passiert?«

Eisenhower riss einen Verband von seinem Finger und schrie. Boisseau hatte keine Ahnung, was ihm zugestoßen war. Aber er wusste: Dies war der Mann, den Jesus ihm geschickt hatte.

Er war Boisseaus Waffe und Werkzeug. Wieder hörte er eine Polizeisirene. Jetzt mehrere. Sie schienen aus allen Richtungen zu kommen. Sie hielten vor seiner Kirche. Was war da los? Er hörte Rufe. Das Umwerfen von Kirchenbänken. Tritte von schweren Stiefeln. Sie kamen näher ...

65

Die Reifen fuhren durch Pfützen, Wasser spritzte hoch. Maria rückte an Lincolns Rücken. Manchmal passierten Dinge, die waren schön. Zum Beispiel dass der Hotelboy Lincoln gefunden hatte, gegen alle Wahrscheinlichkeit. Die Lutteurs hatten ihn gestern Nacht verfolgt. Aber er war in die Dunkelheit entkommen.

Ein Hubschrauber kreiste am Himmel. Vor dem Denkmal des Unbekannten Sklaven stand eine Reporterin in Marias Alter. Im Gesicht den Ausdruck ernster Wichtigkeit. Sie trug eine schusssichere Weste, als berichte sie aus einem Krieg. Ein Mann mit Ziegenbart und stark behaarten Armen hielt eine Kamera, aufwendig in Plastik gewickelt, auf der Schulter. Er trug keine Weste, nur Regenjacke. Die Frau sprach in ihr Mikrofon, streckte einen Arm aus, die Kamera folgte ihrer Bewegung, über Zelte, Schutthaufen, Frauen, die zu beiden Seiten der beiden Seiten der Avenue de la Liberté unter Planen standen, mit Pfannen, Töpfen und Mixern.

Maria war auf dem Weg zum Haus der Lutteurs. Zehn Minuten nach zwölf Uhr, kein Lebenszeichen von Craig. Sie berührte mit zwei Fingern den Blautopas. »Was man verspricht, muss man halten«, hörte sie die Stimme ihrer Großmutter. Sie musste Craig retten, musste es wenigstens versuchen. In der Hosentasche hatte sie einen Zettel, auf dem sie Jooly drohte, alles auffliegen zu lassen. Sie ins Gefängnis zu bringen, wegen Drogenhandels und Mordes. Sie drohte mit ihrer physischen Vernichtung, wenn sie Craig nicht freiließ. Maria hatte noch nie jemandem mit seiner Vernichtung gedroht. Jetzt war sie so weit.

Ein Motorradfahrer kam ihnen entgegen, rief ihnen etwas zu. Lincoln bog in eine Seitenstraße, die bergan führte.
»Rue Dessalines!«, rief Maria.
Lincoln schüttelte den Kopf, zeigte auf Polizeiwagen mit Blaulicht, die eine Straße sperrten.
Sie fuhren auf Straßen, die Maria nicht kannte. Bäche flossen die Abwasserkanäle hinunter, trugen Kartons, Tüten, Plastikflaschen ein paar Meter mit sich, bevor sie sie wieder liegen ließen. Ihre Tasche und ihr Rucksack waren in einem Plastiksack auf den Gepäckträger geschnallt; sie selbst war klatschnass. Sie passierten einen Platz, an dessen Ende ein weißer Neubau lag. *Amanda-Center* stand über dem Eingang. Mannschaftswagen standen davor, Uniformierte warfen Schaukästen und Geräte mit vielen Kabeln aus den Fenstern.
Sie durften dem Haus der Lutteurs nicht zu nahe kommen. Marias Plan war, einem Kind oder Jugendlichen fünf Dollar zu geben, damit es den Zettel am Tor abgab. »Ich bin dein böser Geist«, hatte Maria geschrieben. »Ich mache dich fertig!« Sie hoffte nicht länger auf Joolys Mitgefühl. Nur noch auf ihre Angst.
Eine Kolonne weißer SUVs mit dem Logo von *Safe the Children* kam ihnen entgegen, das Wasser spritzte Maria bis zur Brust. Hier und da sah sie Menschen unter Plastikplanen hocken, dicht gedrängt um Kofferradios. Auf der anderen Straßenseite hielt ein SUV, wieder sprang eine Reporterin heraus. Älter und magerer als die erste. Aber die gleiche aufrechte Haltung, der gleiche wichtige Ernst im Gesicht. Und natürlich in schusssicherer Weste.
Jooly hatte damals bezahlt, Maria hatte nicht bezahlt – na und? Sie hatten gelost: Wer steht Wache, wer bricht in den Kiosk ein? Das Los war auf Jooly gefallen. Keiner hatte damit gerechnet, dass Nazi-Hertha in ihrem Kiosk übernach-

tet – mit CS-Spray und einem Baseballschläger. Jooly hatte es noch geschafft, die Geldkassette auf die Straße zu werfen; dann hatte Nazi-Hertha sie außer Gefecht gesetzt. Maria hatte die Kasse aufgehoben und war weggerannt. Jooly hatte Marias Namen im Verhör genannt. Obwohl sie einander geschworen hatten, sich nicht zu verraten. Die Polizei war bei ihr gewesen, zwei Mal. Maria hatte zwei Mal alles abgestritten. Die Polizei hatte keine Beweise. Also war allein Jooly von der Schule geflogen. Hatte Maria sich schuldig gefühlt? Natürlich, jahrelang. War sie auch deshalb nach Haiti gekommen? Um eine Schuld an Jooly wieder gutzumachen? Sinnlos, es abzustreiten. Deshalb saß Craig jetzt halbtot auf dem Dachboden. Weil sie gemeint hatte, sie müsse für ihre Schuld bezahlen. Deshalb war sie auf dem Weg zum Haus der Lutteurs. Brachte sich, Lincoln, sogar Craig in Gefahr. Weil ihre Schuld mit jedem Versuch, sie zu bezahlen, nicht kleiner wurde, sondern größer.
Maria erkannte das Nationalstadion wieder, an dem sie gestern Abend vorbeigefahren waren. Vorn sah sie die Rue Dessalines. Ab hier war sie nicht mehr sicher, wo sie waren. Heute Morgen war Lerby zunächst nach Norden gefahren, Richtung Hafen. Jetzt waren sie viel weiter südlich.
»Geradeaus!«, rief sie.
Der Regen machte ihre Gedanken klar und ihren Blick scharf: Sie war nicht besser als die Lerbys, Craigs und Sandys, die nach Haiti kamen, um sich von ihrer Schuld zu reinigen. Die dealten, betrogen, töteten, um bessere Menschen zu werden. Die die Nebenwirkungen ihrer Taten betäubten, indem sie die Dosis erhöhten.
»Nach links!«
Das Haus war weiter unten, näher am Wasser. Aber hinter den Regenschleiern sahen alle Gebäude gleich aus. Je näher sie dem Haus kamen, desto stärker fühlte sie, dass sie nicht hier

sein sollte. Wenn ihr Befreiungsversuch schiefging, machte er alles noch schlimmer. Gleichzeitig wusste sie: Sie konnte nicht mehr zurück. Sie war auf dem Trip. Sie fühlte sogar Stolz, weil sie sich dem Haus noch einmal näherte. Sich in Todesgefahr begab, um einen Menschen zu retten. Nein, sie war überhaupt nicht besser.

»Umdrehen! Da vorn!«

Sie erkannte Zelte wieder, die in der Ruine eines Handelshauses standen. Da vorn war das Haus der Lutteurs. Das Tor stand offen. Polizei- und Panzerwagen versperrten den Weg. Uniformierte – nicht alle sahen aus wie Polizisten – sicherten den Eingang. Die zwei Milizionäre aus Anse Rouge, obwohl schon über zwei Stunden tot, lagen immer noch neben dem Kamaz-Transporter, jetzt unter Planen. Sie hörte Rufe durch ein Megafon. Funkgeräte klickten und rauschten. Trotz des Regens war die Straße voller Schaulustiger. Wieder ein Ruf aus dem Megafon. Maria überlegte, ob sie die Uniformierten warnen sollte. Ob sie sagen sollte, dass oben auf dem Dachboden Kisten voller Sprengstoff –

Sie hörte eine dichte Folge von Explosionen. In dem Regen gedämpft, eher wie Püffe, als ob eine Hand auf Papierbeutel schlug. Glas splitterte, an einer Seite stürzte der Dachstuhl ein. Schreie auf der Straße, Rufe durch das Megafon. Uniformierte kamen aus dem Haus, im Laufschritt. Sie führten Belamour, zwei Milizionäre und das Kind heraus, alle mit nach unten gedrücktem Kopf, die Arme auf den Rücken gedreht. Jooly? Wo war Jooly? Alle starrten den Eingang an, als warteten sie auf den Auftritt der Hauptdarstellerin. Aber sie kam nicht. Stattdessen gab es weitere Explosionen, im ersten und zweiten Stock. Auch sie gedämpft. Aber stark genug, dass Glasscheiben aus den Rahmen sprangen. Aus dem Dach stieg schwarzer Rauch auf, den der Regen gleich nach unten riss. Sie hörten etwas poltern und aufschlagen, hinter dem

Haus, vielleicht den Balkon. Eine Außenmauer gab nach. Das Haus hing schief, sekundenlang, wie ein alter Mann an einer Krücke. Endlich stürzte es krachend und staubend zusammen.

Kinder riefen aufgeregt durcheinander. Einem, dachte Maria, war gerade ein Fünf-Dollar-Job entgangen. Die Uniformierten schauten auf die Trümmer, aus denen nun doch ein paar Flammen stiegen. Vielleicht, dachte Maria, hatten die Lutteurs die Leichen zur Sicherheit mit Benzin übergossen. Dann hatten sie auch Craig übergossen. Das bedeutete, sie konnte nichts mehr tun.

Oben kreiste der Hubschrauber. Lincoln drehte sich fragend um. Es hatte keinen Sinn, weiter im Regen zu stehen. Schon begann die Menge sich zu zerstreuen. Maria war unfähig zu einem klaren Gedanken, einer Anweisung. Warum hatten sie Jooly nicht herausgebracht?

66

»Bitte setz dich«, sagte Michelle.

Rafael setzte sich. Sie waren die Einzigen, die draußen saßen. Unter einem Sonnenschirm, auf den der Regen fiel. Das Frühstück wurde heute Morgen in der Brasserie serviert.

»Hast du gefrühstückt?«, fragte sie.

»Ja.«

»Möchtest du etwas trinken?«

»Nein.«

»Hast du schon ferngesehen?«

»Simpsons.«

»Gehört es nicht zu deinem Job? Wahrnehmen, was in diesem Land passiert? Eine Epidemie ist ausgebrochen. Vermutlich Cholera. Aber eine Mutation, die gegen die üblichen Medikamente resistent ist. Angeblich gibt es zahlreiche Todesfälle im Norden, niemand weiß Genaues. Warst du nicht im Norden?«

»Ungefähr.«

»In Gonaïves?«

»Geht so.«

»Was heißt das? Kannst du nicht normal antworten?«

Zwei Entwicklungshelfer, ein Mann und eine Frau, hasteten an ihnen vorbei, Heftmappen über dem Kopf. Michelle war stärker geschminkt als üblich und trug ein Seidentuch um den Hals. Sonst sah sie aus wie immer. Ihr Notebook lag auf dem Stuhl.

»Hast du die Flüge umgebucht?«

»Nein.«

»Wir bleiben ein paar Tage länger. Die Epidemie ist eine

ernste Sache. Ich würde mich schuldig fühlen, wenn ich die Menschen im Stich ließe. Die Deutsche Welle will ein Interview. Ihren einzigen freien Mitarbeiter in Haiti erreichen sie nicht. Wir machen es in einer Stunde über Skype. Ich möchte, dass du mich fotografierst. Ich habe eine Schwellung am Hinterkopf. Kriegst du es hin, dass sie nicht aufs Bild kommt?«

»Ja.«

»Der Pool auch nicht. Schon gar nicht das weiße Klavier. Wenn Wachleute durchs Bild laufen, mit ihrer Kalaschnikow über der Schulter, zeigt es die angespannte Situation.«

»Sind zu weit weg.«

»Herrgott! Stecke ihnen ein paar Scheine in die Tasche, dann laufen sie einen Umweg! Den Artikel für die *Süddeutsche Zeitung* schreibe ich um. Man kann nicht von Hoffnung schreiben, während hier Menschen sterben. Der Präsident hat alle Termine abgesagt. Den Bau der Bahnlinie sehe ich inzwischen kritisch. Natürlich brauchen wir für die neue Fassung andere Fotos.«

»Wir haben das Mädchen auf dem Autoreifen.«

»Hörst du mir zu? Hier sterben Menschen! Vielleicht finden wir heute Nachmittag welche auf der Straße. Sonst mache ich einen Termin im Krankenhaus. Achte bloß drauf, dass du nur importiertes Wasser trinkst. Haiti steht humanitär am Abgrund.«

»Sonst noch was?«

»Rafael, ich –«

Die Entwicklungshelfer kamen zurück. Prustend, sich an den Händen haltend, liefen sie an ihrem Tisch vorbei.

»Wie du mich heute Morgen gesehen hast ... Ich schäme mich. Kein Mann sollte eine Frau so sehen. Ich erinnere mich an diese Nacht wie einen bösen Traum. Eine Nebenstraße in der Dunkelheit. Der Kerl über alle Berge, und das

Mädchen ... Mein Gott, in welcher Kultur der Gewalt wächst es auf? Ich möchte, dass wir die Erinnerung als ein Geheimnis bewahren. Das uns verbindet und nicht trennt.«

»Ich bin Ihr Fotograf.«

»Du bist ein wundervoller Fotograf.«

»Ich bin nicht hier, um mich mit Ihnen zu verbinden.«

»Was wirfst du mir vor? Dass ich nicht genug tue? Dass ich nicht auf die Straße renne und jedes Kind rette, das mir über den Weg läuft?« Sie wollte nach seinem Arm greifen, er zog ihn zurück. Ihre Hand blieb in der Luft hängen. »Entschuldige. Die Situation belastet uns beide.«

»Ich hole meine Kamera.«

Er ging durch den Regen. Er trat einen Federball ins Gras. In seinem Kopf tauchte das Bild eines Schweins auf, das auf Michelles Tisch stand und auf ihr Notebook pisste. Das wäre ein wirklich gutes Foto. Aber wo sollte er ein Schwein herkriegen? Die Französin kam ihm entgegen. Unter einem riesigen, geblümten Regenschirm, passend zu ihrer Tunika.

»Sind diese Haitianer nicht ein dankbares Volk?«, rief sie. »Sie haben immer genau die Krankheiten, die die Ausländer von ihnen erwarten. Jetzt ist es also eine Cholera-Mutation. Resistente Erreger. Wer denkt sich so etwas aus?«

»Es gibt Todesfälle, oder?«

»Ach! Es gibt immer Todesfälle. Wenn eine Mutter dem Arzt sagt, ihr Kind hat Durchfall, muss sie die Medikamente bezahlen. Wenn sie sagt, ihr Kind hat die neue Seuche, kriegt sie alles umsonst. Natürlich haben alle die Seuche! Eben hat mich mein Sohn zur Seite genommen. Das Hotel hat eine Auslastung von sechzig Prozent. Wenn sich die Seuche aber hält und ausbreitet und die Fernsehteams kommen und die Krisenstäbe und die Direktoren der großen Organisationen; dann schafft er achtzig, fünfundachtzig Prozent. Mein Sohn ist alles, was ich habe. Wenn die Seuche bedeutet, dass das Hotel schwarze Zahlen schreibt und sie ihn nicht nach Mogadischu schicken – voilà, ich bin für die Seuche!«

67

Lincoln hielt vor der Résidence Étoile.
Zwei SUVs passierten das Tor. Landcruiser, neues Modell. Getönte Scheiben. Metallic-Lackierung. Maria war durchnässt, ihre Hose voll aufgespritztem Schlamm. Vielleicht würde man sie in ihrem Zustand gar nicht hineinlassen.
Sie stieg ab und schnallte ihr Gepäck vom Sitz. Sie holte ihr Portemonnaie aus der Hosentasche und gab Lincoln einhundertfünfzig Dollar. Dies war nicht der Augenblick für Geiz. Es war auch nicht der Augenblick für Dankbarkeit. Lincoln nickte und steckte das Geld ein. Er wendete, sie blickte ihm nach. Er sah sich nicht noch einmal um. Wahrscheinlich war Maria ihm unheimlich.
Sie ging, den Plastiksack mit ihrem Gepäck in der Hand, auf das Tor zu. Die SUVs warteten vor einem überdachten Nebengebäude, über dem *Réception* stand. Livrierte Gepäckträger luden Koffer aus. Mittelalte, sonnengebräunte Männer in Chinos und weißen Kurzarmhemden tauschten Daten auf ihren Smartphones aus. Als Maria an ihnen vorbeiging, roch sie den Weichspüler ihrer Kleidung.
Hinter ihr wurde gehupt. Sie versperrte einem roten Mitsubishi den Weg. Sie erkannte das Gesicht hinter dem Lenkrad. Der Fahrer wollte an ihr vorbeifahren, wollte sogar die Zentralverriegelung schließen ... Maria war schneller. Sie riss die Tür auf und warf sich auf den Sitz.
»Ihr Reaktionsvermögen ist nicht gut«, sagte sie.
»Verlassen Sie meinen Wagen«, sagte Mads.
»Zu wenig geschlafen?«
»Ich bin auf dem Weg zu einem dringenden Termin.«
»Kindern eine Zukunft geben?«

»Sie sitzen auf dem Kriseninterventionsplan des Gesundheitsministeriums.«
Maria zog eine zerknickte Heftmappe unter ihrem Po hervor. Mads' Telefon klingelte. Er gab einige knappe Antworten auf Dänisch und steckte das Telefon wieder in die Brusttasche.
»Wenn Sie mich jetzt bitte –«
»Sie sind Leiter des Krisenstabes?«
»Der Präsident hat mich vor einer Stunde ernannt.«
»Warum niemanden aus dem Gesundheitsministerium?«
»Es geht um internationale Kommunikation und Glaubwürdigkeit.«
»Sie meinen, im Ministerium arbeiten nur Haitianer?«
Mads fuhr am Rezeptionsgebäude vorbei. Ein Wachmann hob die Hand an die Schirmmütze. Mads grüßte mit einem Kopfnicken. Er hatte sich umgezogen. Er trug ein hellgraues Sakko, weißes Hemd mit offenem Kragen. *Business casual*, es stand ihm gut. Er hielt auf dem Parkplatz, zwischen anderen SUVs, und schaltete den Motor aus. Sein Telefon meldete eine SMS.
»Steigen Sie aus?«, fragte er.
»Nein.«
»Ich verlange, dass Sie meinen Wagen verlassen.«
Sie griff in ihre Hosentasche. »Wissen Sie, was das hier ist?«
»Ein Kamera-Chip.«
»Praktisch, die Dinger. Da vorn, schon wieder jemand mit einem Laptop. Er muss den Chip nur in den Kartenleser stecken, schon sieht er ganz viele Fotos. Wenn ihm dann noch jemand einen Tipp gibt, das Video auf Ihrer Homepage –«
»Das Video ist gelöscht.«
»So schnell?«
»Nach jedem Erdbeben, jedem Hurrikan gibt es in Haiti

Tausende Tote. Wer, glauben Sie, interessiert sich für Fotos von alten Leichen?«

Schon wieder klingelte sein Telefon. Er holte es aus der Tasche, Maria riss es ihm aus der Hand und schaltete es aus.

»Geben Sie mir mein Telefon zurück.«

»Die Wahrheit, Herr Lerby.«

»Ich warne Sie –«

»Wollen Sie in Ihrem Wagen eine Schlägerei anfangen? Ganz ehrlich, ich bin in Stimmung.«

Sie war wirklich in Stimmung. Er schien es zu merken. Er lehnte sich zurück, wischte sich mit dem Handrücken über die Stirn.

»Ich habe mir nichts vorzuwerfen«, sagte er.

»Ich beneide Sie.«

»Niemand wollte, dass das passiert.«

»Dass was passiert?«

»Die ganze Sache. Ihre Freundin hätte einfach stillhalten müssen. Tagsüber in ihrem Landcruiser an den Strand fahren. Nachts in den Clubs rumhängen. Alles für eine Studie im Auftrag der Montessori-Stiftung, von der keiner erwartete, dass sie sie jemals schreibt!«

»Aber sie hat nicht stillgehalten?«

»Sie hat sich mit Belamour Levaillant eingelassen.«

»Wo hat sie ihn kennengelernt?«

»In einer Hotelbar, im Tennisclub ... Was weiß ich? Solche Leute finden sich überall. Sie hatten den Plan, die *Compagnie Nationale* zu kaufen. Am Anfang hat Jooly sich um Kontakt zu Geschäftsleuten bemüht. Windige Typen gibt's hier genug. Als daraus nichts wurde, haben sie sich entschieden, sie drehen das Ding zu zweit.«

»Sie wussten davon?«

»Am Anfang nicht.«

»Aber?«

»Eines Morgens stand eine Frau in meinem Büro. Behauptete, sie sei Sandy Rice und leite eine NGO, die sich *Grain of Life* nennt. Sie sei aus Costa Rica zurückgekehrt und werde zur Botschaft gehen, zur Presse und alles auffliegen lassen. Zuerst habe ich nicht begriffen, was sie wollte. Es stellte sich heraus, dass Ihre Freundin meinen Wagen und *Grain of Life* als Vehikel benutzte.«

»Vehikel wofür?«

»Schmuggel vor allem. Drogen und gefälschte Pässe. Das Problem war, dass Sandy Rice selbst mit einem Bein im Knast stand. Hatte für ihre Homepage Hilfsprojekte erfunden, die nicht existierten, und damit Sponsoren und Spendengelder geworben. In Kanada, wo sie herkam, ist das Betrug. Ihre Freundin wusste das und hat sich sicher gefühlt. Sie fühlte sich so verdammt sicher!«

Eine Frau im langen Rock mit Römersandalen beugte sich hinunter, winkte durch die Seitenscheibe, offenbar stolz, den dänischen Arzt zu kennen. Er winkte flüchtig zurück.

»Wir haben überlegt, was wir tun können? In Port-au-Prince kamen wir nicht an sie heran. In der Dominikanischen Republik schon eher. Die Grenze ist dreihundertsechzig Kilometer lang. Polizei und Militär können sie nicht kontrollieren. Wenn ihnen aber jemand einen Tipp gibt ... Einmal waren wir dicht dran. Haben den Grenzschutz in Jimani informiert. Aber Ihre Freundin hat eine andere Route genommen. Ich glaube, Belamour erzog sie zum Misstrauen. Was aus seiner Sicht dringend nötig war.«

Wie damals, dachte Maria. Wenn es gut lief, zum Beispiel das Klauen in den Kaufhäusern oder die Geldkasse schon in Griffnähe, verlor Jooly jedes Gefühl für Risiko.

»Sandy Rice hatte einen Job in Aussicht. Ein Hilfsprojekt für Straßenhunde in Puerto Plata, an der Nordküste der Dominikanischen Republik. Ohne eigenen Wagen braucht man für die Strecke zwei Tage. Jooly hat angeboten, sie in ihrem Wagen mitzunehmen. Ich war misstrauisch, ich hielt es für eine Falle. Aber wir dachten, wir könnten die Falle für uns nutzen. Unser Plan war, dass Sandy ihr Telefon eingeschaltet lässt, damit ich sie orten kann. Dass ich immer einige Kilometer hinter ihnen bleibe. Dass ich die dominikanischen Grenzschützer informiere, sobald wir wissen, wo der Wagen über die Grenze geht. Je näher Sie der Grenze kommen, desto größer werden die Funklöcher. Das wussten wir, das sahen wir nicht als Problem, weil es im Grenzgebiet kaum noch Pisten gibt. Man kann sich nicht verlieren. Aber es bedeutete, ich hatte auf dem letzten Abschnitt zu Sandy keinen Kontakt. Ich weiß bis heute nicht, was in dem Wagen passiert ist. Sie hat mir eine SMS geschickt. Dass es schiefläuft, dass sie aussteigen will. Ich habe die SMS erst Stunden später bekommen. Kurz hinter Haut Bois habe ich Reifenspuren gesehen. Sie waren frisch und führten über eine Kante. Ich bin ausgestiegen und habe unten den Landcruiser gesehen, auf der Seite, in einem trockenen Flussbett. Ihre Freundin stand daneben. Sie war höchstens leicht verletzt, ich habe kein Blut gesehen. Sie hat mich kommen sehen und angeschrien, wegen Leuten wie mir sei Haiti das ärmste Land der westlichen Hemisphäre. Sandy Rice saß auf dem Beifahrersitz, ohne Gurt. Die Tür war offen, aber verklemmt. Als ob sie aus dem fahrenden Wagen hatte fliehen wollen. Sie war schwer verletzt. Ich habe versucht, sie aus dem Wagen zu befreien. Ich hätte die Hilfe Ihrer Freundin gebraucht. Aber sie stand schon oben auf der Piste. Hat gewinkt, hämisch, und sich abgesetzt. Da wurde mir klar, dass auf der anderen Seite der Grenze Belamours Leute warteten.«

»Warum?«

»Weil Sandy ein Risiko war. *Grain of Life* war eine registrierte Hilfsorganisation, mit einem seriösen Ruf, einer eigenen

Website, einem bekannten Sponsor. Sie war eine ideale Hülle. Ich habe versucht, Erste Hilfe zu leisten. Habe das Handschuhfach und den Kofferraum nach Verbandsmaterial durchsucht. Ich habe das Kokain gefunden und die Papiere Ihrer Freundin. Aber Sandys Prognose, eingeklemmt in dem Wagen und ohne die Möglichkeit medizinischer Hilfe, war schlecht. Sie hatte starke Schmerzen. Es gab nichts, was ich für sie tun konnte.«

»Aber Sie haben etwas getan.«

»Ich werfe mir das nicht vor.«

»Sie hatten Ihre Waffe bei sich?«

Mads schüttelte den Kopf. »Sie war in meinem Wagen, im Handschuhfach. Ich musste wieder hochklettern. Den Wagen abseits der Piste parken. In den Bergen gibt es starke Echos. Ich habe neben Sandy gewartet, bis es dunkel wurde. Bis oben eine Kolonne Lastwagen entlangfuhr, die genug Lärm machte, damit ich ... damit ich meiner Verantwortung gerecht werden konnte.«

»Sie haben von hinten auf den Wagen geschossen.«

»Es war nötig. Damit es aussieht wie ein Überfall. Das emotional Belastendste war, Sandy auf den Fahrersitz zu ziehen. Ihr Joolys Papiere in die Tasche zu stecken. Ihr Gesicht so herzurichten, dass ein Unterschied zum Passfoto nicht mehr zu erkennen war.«

»Sie haben ihr den Schädel gebrochen.«

»Als Arzt im Krisengebiet stehen Sie in einem permanenten ethischen Konflikt.«

»Sie haben Sandy nicht erschossen, um sie zu erlösen.«

»Meine Verantwortung –«

»Sie haben sie erschossen, weil Sie Angst hatten, dass sie überlebt. Dass sie redet.«

»Ihre Prognose war schlecht!«

Sonnenstrahlen brachen durch einen Riss in der Wolkendecke. Schienen auf Limonenbäume und Hibiskussträucher. Ein livrierter Kellner klopfte, eine Servierglocke auf dem Unterarm, gegen die Tür eines Bungalows. Das also war die Welt, zu der Jooly hatte gehören wollen. Auf der richtigen Seite stehen. Ein Leben mit Sinn.

»Sie haben die Polizei in Saint Thomas verständigt?«

»Sobald ich auf der anderen Seite der Grenze war. Es schien mir wichtig, dass Ihre Freundin offiziell für tot erklärt wird. Dass sie unter Druck gerät und sich stellen muss. Aber dann habe ich mich an das Kokain erinnert. Dass der Landcruiser auf meinen Namen zugelassen war. Selbst wenn ich ihn als gestohlen meldete; das Risiko war zu groß. Ich trage Verantwortung, Frau Brecht! Für Kinder, die außer mir niemanden haben! Ich bin zurückgefahren. Habe wieder den Wagen versteckt, was in den kahlen Bergen nicht einfach ist. Bin die letzten zwei Kilometer zurückgelaufen, durch das Flussbett. Aber ich kam zu spät. Männer, Frauen, sogar Kinder waren dabei, den Wagen zu plündern. Haben alles demontiert. Ich habe mich hinter einem Felsen versteckt und gewartet, die halbe Nacht. Als ich mich dem Wagen endlich nähern konnte, war nur noch das Gerippe übrig. In dem Gerippe saß die Leiche von Sandy Rice. Bekleidet, die Plünderer hatten sie nicht angerührt. Ehrlich gesagt, hatte ich das nicht erwartet. Sogar der Reisepass steckte noch in der Tasche. Aber er würde höchstens ausreichen, um die Polizei in Saint Thomas zu täuschen. Die Möglichkeit, dass Spezialisten Fingerabdrücke und Blutproben untersuchen, konnte ich nicht ausschließen. Ich habe mir also die Leiche über die Schultern gelegt. Ich bin zurückgegangen, zu meinem Wagen. Bin wieder über die Grenze in die Dominikanische Republik gefahren. Wenn Sie bergab fahren, kommen Sie in einen Nationalpark. Dichte Vegetation, Ameisenhaufen, Insekten. Der ideale Ort, um eine Leiche verschwinden zu lassen. Ich habe nichts getan, was Belamours Leute nicht auch getan hätten. Ich bin sicher, sie hätten Sandy grausamer leiden lassen.«

Er steckte sich eine Tablette in den Mund und öffnete einen Hemdkragen. Eine Gruppe schlanker, blonder Menschen ging an dem Wagen vorbei, mit Dokumentenmappen und Kaffee in Plastikbechern. Maria hörte *crisis task force* und *emergency priority check list*.

»Was sind das für Leute«, fragte Maria.

»Eine Expertengruppe des Nordischen Rates. Sie sind eigentlich nach Haiti gekommen, um Strategien für die Wasserversorgung von Port-au-Prince zu entwickeln.«

»Jetzt haben sie neue Aufgaben?«

»Wir werden alle hart arbeiten müssen, um das Schlimmste zu verhindern.«

Maria schlug die Mappe auf. Der Kriseninterventionsplan bestand aus vier Seiten. Mads Lerby, als Leiter des Krisenstabs, war der verantwortliche Autor. Der Plan beschrieb die Bedrohung: unbekannte Mutation. Hohe Infektiosität. Kein Impfstoff. Resistenz gegen alle bekannten, in Haiti verfügbaren Medikamente. Dann die Herausforderungen: Verhinderung der Ausbreitung. Information der Bevölkerung. Koordination der Nothilfe. Besonderer Schutz der Kinder. Schließlich eine Reihe notwendiger Sofortmaßnahmen: Schließung von Schulen und Kindergärten. Verbot öffentlicher Versammlungen. Freie Ausgabe von Medikamenten an Menschen, die Symptome der Seuche zeigten. Laufende Information von Presse und internationalen Geldgebern. Marias Blick fiel auf den letzten Absatz.

»Es geht darum, oder?«, fragte sie. »Der letzte Punkt der Sofortmaßnahmen. Die Einrichtung der Lazarette. Die Polizei darf in jedes Gebäude eindringen ... Alles beschlagnahmen ...«

»Bitte lesen Sie sorgfältig. Dort steht ausdrücklich: Jedes *geeignete* Gebäude.«

»Wer entscheidet, welche Gebäude geeignet sind? Der Leiter des Krisenstabes?«
»Wir stehen vor der größten humanitären Herausforderung –«
»Ich war vor dem Haus der Lutteurs. Es war umstellt von Polizei.«
»In der Innenstadt gibt es einen akuten Mangel geeigneter Gebäude.«
»Sie wussten, das Haus war voller Sprengstoff. Sie wussten, sobald die Lutteurs sich bedroht fühlten, würden sie das Haus in die Luft jagen. Mit allen Beweisen. Mit den Leichen. Mit Craig!«
»Ich hatte keine Informationen.«
»Sie hatten die Informationen von mir! Sie hätten Craig retten können.«
»Ich hätte –«
»Sie haben gesagt, Sie haben Kontakte. Sie haben versprochen, alles zu tun, was Sie können. Aber das hatten Sie nie vor, stimmt's? Ich sollte einfach dichthalten. Ihre einzige Sorge waren die Leichen. Sobald sie zerstört sind, sind Sie frei.«
Lerby zündete sich eine Zigarette an. Blies den Rauch gegen die Windschutzscheibe. Müde sah er aus, hart und entschlossen.
»Was ist mit Jooly?«, fragte Maria.
»Soweit ich weiß, haben die Männer sie in dem Haus gefunden.«
»Warum haben die Männer sie nicht herausgebracht?«
»Weil sie nicht transportfähig war. Sie hatte eine Stichwunde, im Unterleib.«
Maria fühlte ihr Herz nicht mehr schlagen.
»Soweit ich weiß, wollten die Männer medizinische Hilfe rufen. Aber es war zu spät. Das Haus stand in Flammen.«

Maria schloss die Augen. Versuchte, die Szene zu sehen. Die Uniformierten, die Belamour und das Kind herausführten. Da waren noch keine Flammen gewesen ... Niemand hatte um Hilfe gerufen ...

»Die Prognose Ihrer Freundin war schlecht.«

Maria wollte in dieses übernächtigte Gesicht schlagen. Sie wollte seine Nase brechen. Sie wollte ihm alles antun, was das Kind Craig angetan hatte. Er sollte für seine Schuld bezahlen!

»Ich verstehe, Frau Brecht, das ist für Sie emotional belastend. Aber bitte machen Sie sich klar: Haiti ist ein verwundetes Land. Als ich hierher kam, war mir nicht klar, wie tief die Wunde ist. Wie weit sie zurückreicht, in die Geschichte, die Kultur –«

»Sagen Sie einfach die Wahrheit! Es gibt keine Seuche! Sie haben sie erfunden, um Ihren Kopf zu retten! Und den Kopf des Präsidenten gleich mit!«

»Wir lösen die Probleme nur in kleinen Schritten! Wir lösen sie nicht durch Konfrontation, sondern durch gemeinsames Handeln! Versuchen Sie nicht, einen Kampf zu beginnen, den Sie nur verlieren können.«

»Was wollen Sie damit andeuten?«

»Ich will andeuten, dass ich Ihre Faust sehe. Dass überall auf dem Gelände Wachleute stehen. Dieser Wagen hat große Fenster. Als Leiter des Krisenstabes bin ich eine gefährdete Person. Könnte sein, dass ich zu laut um Hilfe rufe. Dass die Wachleute überreagieren und Sie erschießen.«

»Sie haben gewonnen, oder?«

»In diesen Kategorien denke ich nicht.«

»Sie sind jetzt ein wichtiger Mann. Die Leichen sind verbrannt. Ihre Feinde verhaftet. Wird man Belamour anklagen?«

»Sie haben es selbst gesagt. Alle wichtigen Beweise für Belamours verbrecherischer Aktivitäten waren in dem Haus. Die Zeugen, die noch leben, werden nicht reden. Ich halte eine Anklage für unwahrscheinlich.«

»Sie glauben, er kommt frei?«

Mads inhalierte den Rauch. »Gefängnisse sind in Haiti unsichere Orte. Die Begriffe von Schuld und Sühne sind völlig andere. Ich halte es für denkbar, dass ihm im Gefängnis etwas zustößt. Wann werden Sie Haiti verlassen?«

Maria antwortete nicht.

»Frau Brecht? Wann verlassen Sie Haiti?«

»Fragen Sie, weil ich eine Zeugin bin?«

»Ich frage, weil Haiti ein unsicheres Land ist. Für uns alle.«

»Ich wünsche Sie in die Hölle.«

»Im Gegensatz zu Ihnen versuche ich, für das Land und seine Menschen etwas zu tun.«

68

Maria lag nackt auf Rafaels Bett, ihr nasser Kopf auf seinem Bein. Die Tür zum Bad stand offen. Wasserdampf waberte vor den Spiegeln, den Ablagen mit den vielen weißen Handtüchern, den messingblitzenden Armaturen.

»Er darf damit nicht durchkommen«, sagte sie.

»Er kommt durch«, sagte Rafael.

Developing Story auf CNN. Kinder in überfüllten Krankenhäusern. Polizisten, die eine Kirche besetzten, die Bänke vor einem blauen Glaskreuz stapelten, um Platz zu schaffen für ein Notlazarett. Andere Polizisten zerrten einen grauhaarigen Mann, der schrie und um sich schlug, aus dem Gebäude, über dessen Eingang *Amanda-Center* stand. Ein Experte im Studio lobte das entschlossene Handeln des Präsidenten. In den letzten Monaten habe er oft entscheidungsschwach und überfordert gewirkt, jetzt zeige er Mut zu unpopulären Maßnahmen. Großaufnahme eines kleinen schwarzen Jungen, dünn und schwach. Mit letzter Kraft drückte er einen Teddy an seine Brust. Es war ein rührendes Bild. Es war genau das Bild, das Doreen gefordert hatte.

»Wir haben immer noch die Fotos«, sagte Maria.

»Was nützen sie uns? Ohne Zeugen, ohne Leichen?«

»Dir ist das alles egal?«

»Nicht egal.«

»Aber?«

»Du kannst gegen solche Leute nicht kämpfen. Weil du ihnen sonst immer ähnlicher wirst.«

»Wenn ich gegen Verbrecher kämpfe, bin ich kein Verbrecher.«

Werbepause auf CNN. Ein Investmentfonds in Dubai. Urlaub in Kroatien. Rafael schaltete den Fernseher aus.

»Ich erzähle dir eine Geschichte«, sagte er. »Aus meiner Zeit im Heim. Wir waren sechs Jungen, zwischen acht und elf Jahren alt. Wir haben eine Art Bürgerwehr gegründet. Zur Verteidigung, gegen die Älteren.«
»Was haben die mit euch gemacht?«
»Alles, worauf sie Lust hatten. Gab sogar Betreuer, die haben uns ermutigt. Wir waren ja die Kleinen. Die Schwachen. Aber je länger wir gegen die Älteren kämpften, desto ähnlicher wurden wir ihnen. Wir haben die gleichen Sachen mit denen gemacht wie die mit uns. Irgendwann haben wir Sachen gemacht, die waren schlimmer. Die Betreuer haben weggeschaut. Einige haben uns immer noch ermutigt. Wir haben uns gut gefühlt. Null schlechtes Gewissen. Wir waren ja die Opfer.«
»Und?«
»Krankenhaus, zwei Fünfzehnjährige. Sind beide durchgekommen, aber knapp. Was ich sagen will: Mads Lerby und die anderen da draußen brauchen die Armut und die Seuche. Damit sie sich wie gute Menschen fühlen. Wenn du anfängst, gegen sie zu kämpfen, fühlst du dich selbst wie ein guter Mensch.«
Ende der Werbepause. Bilder aus Bangladesch. Streit zwischen Experten um das manipulierte Video. Rafael schaltete den Fernseher aus. Streichelte durch Marias nasse Haare.
»Was machst du in Berlin? Wenn du wieder zurückkommst?«, fragte er.
»Weiß noch nicht.«
»Musst von etwas leben.«
»Stelle mich wieder hinter die Bar.«
»Wo du die Schlägerei hattest?«
»Eben. Weiß nicht, ob ich das aushalte. Ich habe das Gefühl, ich entwickele mich zurück. Zum kasachischen Dorfmädchen, das in Deutschland nicht klarkommt und um sich

schlägt. Solange ich studiert habe, solange ich wusste, was ich mit meinem Leben anfangen soll, war alles okay. Aber seit ich das nicht mehr weiß ...«

»Kannst zurück an die Uni gehen.«

»Halte ich nicht aus.«

»Dann brauchst du was anderes.«

»Ist mir klar.«

»Ich habe meine Kamera. Ich sehe Sachen, die andere Leute nicht sehen. Du bist mehr der Typ für Buchstaben.«

»Ich kann lesen und schreiben.«

»Jeder von uns kriegt sein Leben allein auf die Reihe. Aber wenn wir zusammenwerfen – dann kann wirklich etwas dabei herauskommen.«

Sie verstand nicht recht, was er sagen wollte. Zusammenwerfen? Herauskommen? Wollte er ein Kind zeugen?

»Ich habe wahrscheinlich bald einen neuen Auftrag«, sagte er. »Muss ein bisschen recherchieren. Ich schaff's allein. Aber eigentlich brauche ich jemanden für die Buchstaben.«

»Du brauchst jemanden, der dir die Texte vorliest?«

»Nicht nur. Wir haben in Haiti was hingekriegt. Keiner von uns hätte das allein geschafft.«

»Wir haben nichts verändert.«

»Doch, haben wir. Ich glaube nicht, dass Belamour noch Präsident wird. Und deine Freundin wird nicht First Lady. Die Fotos von den Leichen: Wenn du willst, stelle ich sie ins Netz. Ich habe Lerbys Video von seiner Homepage runtergeladen. Ich mache eine Montage. Nicht weil wir gegen ihn kämpfen. Wenn du gegen jemanden kämpfst, spielst du sein Spiel. Sondern weil wir die Wahrheit sagen und er lügt.«

Maria war nicht sicher, ob Rafael recht hatte. Sie war zu erschöpft zum Denken. Aber es tat gut, an seinem Bein zu liegen. Seine Hand in den Haaren zu spüren, seine Stimme zu hören.

»Du wohnst in Bremen«, sagte sie. »Ich in Berlin.«
»Berlin nervt.«
»Manchmal.«
»Musst nach Bremen kommen.«
»Gibt bloß ein Problem. Ich habe eine Ratte.«
»Wie alt?«
»Sechs Monate.«
»Dann musst du bald kommen. Damit sie sich gewöhnt.«

Der Regen hatte aufgehört, wenigstens für den Moment. Hier und da riss die Wolkendecke auf, die Sonne schien durch tiefblaue Löcher. Es roch nach Blumen und frisch gemähtem Gras. Ein Gärtner schnitt Ziersträucher in Terrakotta-Töpfen. Michelle de Sélestat saß an einem Tisch unter einem Sonnenschirm und starrte auf ihr Notebook. Ein Headset hing um ihren Hals.
»Rafael kommt gleich«, sagte Maria.
»Er soll sich beeilen. Das Interview beginnt in wenigen Minuten.«
»Kann ich mich setzen?«
»Was? Natürlich.« Michelle sah kaum auf. »Es ist furchtbar. Sie berichten von Hunderten Toten in der Provinz. Niemand weiß Genaues, die Polizei hat die Straßen gesperrt. Es müssen sich entsetzliche Szenen abspielen. Und wir sitzen hier und trinken Mineralwasser aus den Vogesen. Man fühlt sich schuldig. Man möchte aufspringen und etwas tun.«
Die Tür der Brasserie flog auf. Männer kamen heraus, redeten und hielten Telefone ans Ohr. Mads Lerby ging in der Mitte, im Arm den Kriseninterventionsplan. Er gab Anweisungen an eine junge Frau, die einen halben Schritt hinter ihm ging und alles in einem Organizer notierte. Er sah Maria an, nur den Bruchteil einer Sekunde; dann verschwand er auf der anderen Seite des Pools.

»Sind Sie Rafaels Freundin?«, fragte Michelle.
»Wir kennen uns von hier.«
»Aber Sie waren zusammen in den Bergen?«
»Ja.«
»Hat er über mich gesprochen?«
»Was meinen Sie?«
»Er muss über mich geredet haben.«
»Dass er Ihr Fotograf ist.«
»Und sonst? Heute Morgen?«
»Dass es eine Meinungsverschiedenheit gab wegen des Hintergrunds für die Fotos.«
»Das war alles?«
Maria nickte. Michelle schien erleichtert.
»Aus welcher Stadt kommen Sie?«
»Berlin.«
»Was tun Sie dort?«
»Arbeite in einer Bar.«
»Wie aufregend. In Ihrem Alter hatte ich schon mein Diplom und saß im Landesvorstand meiner Partei.«
»Für mich klingt das aufregender.«
»Finden Sie? Manchmal frage ich mich, ob es richtig war. Die Entscheidung für die Politik. Ich wollte Dinge verändern. Etwas erreichen, für die Menschen. Habe ich etwas erreicht? Hat Bremen heute weniger Schulden? Mehr Arbeitsplätze? Wohnungen für sozial Schwache? Und wenn, was ist mein Verdienst? Dann sehe ich hier die Helfer. Die wirklich etwas ändern. Die sich um die Straßenkinder kümmern. Um Behinderte. Kleinbauern eine Zukunft geben. Und ich denke: Ja, das ist es. Genau das wollte ich immer machen.«
»Sie wollen in die Entwicklungshilfe?«
»Vielleicht ist es nur ein Traum. Eine verrückte Idee. Aber ein eigenes Projekt, etwas mit Kindern ... Alles hinter sich

lassen, neu anfangen ... Das ist es, wonach wir uns sehnen, oder? Dass wir die Welt ein bisschen besser machen.«
Aus ihrem Notebook tönte ein Signal: Ein Skype-Anruf. Michelle setzte das Headset auf und nahm den Anruf an. Sie lachte und sagte: »An zuverlässigen Technikern fehlt es nicht nur in Buenos Aires.«
Rafael kam mit seiner Kamera. Er setzte sich im Schneidersitz auf einen Liegestuhl. Maria setzte sich zu ihm, sie saßen Schulter an Schulter. Im Pool blitzten die Reflexe der Sonne. Sie hörte das Klicken der Kamera. Alles fühlte sich gut und einfach an. Wenn ein besseres Leben möglich war, ein Leben mit Richtung und Ziel – dann mit ihm.
»... ärmstes Land der westlichen Hemisphäre«, sagte Michelle de Sélestat. »Haiti ist ein verwundetes Land. Es braucht jetzt unsere Solidarität und unser Mitgefühl. Es ist ein Wettlauf gegen die Zeit.«